四川省社会科学院神话研究院
《巴蜀神话研究丛书》编辑委员会

主　任　向宝云

编　委（以姓氏笔画为序）
　　　　艾　莲　向宝云　苏　宁
　　　　杨　骊　邱　硕　周　明
　　　　苟世祥　敖依昌　贾雯鹤

主　编　向宝云

副主编　苏　宁　周　明

巴蜀神话研究丛书　主编　向宝云

古蜀神话传说试论

李诚 著

四川人民出版社

图书在版编目（CIP）数据

古蜀神话传说试论 / 李诚著. — 成都：四川人民出版社，2023.1
ISBN 978-7-220-12996-4

Ⅰ.①古… Ⅱ.①李… Ⅲ.①神话—文学研究—四川 Ⅳ.①I207.73

中国国家版本馆CIP数据核字（2023）第019274号

巴蜀神话研究丛书

GUSHU SHENHUA CHUANSHUO SHILUN
古 蜀 神 话 传 说 试 论

李　诚 / 著

出 版 人	黄立新
项目策划	谢　雪　周　明
统筹执行	邹　近　董　玲
责任编辑	戴黎莎
版式设计	戴雨虹
封面设计	张　科
责任校对	舒晓利
责任印制	李　剑
出版发行	四川人民出版社（成都市三色路238号）
网　　址	http://www.scpph.com
E-mail	scrmcbs@sina.com
新浪微博	@四川人民出版社
微信公众号	四川人民出版社
发行部业务电话	（028）86361653　86361656
防盗版举报电话	（028）86361661
照　　排	四川胜翔数码印务设计有限公司
印　　刷	四川机投印务有限公司
成品尺寸	170mm×240mm
印　　张	24.25
字　　数	320千
版　　次	2023年1月第1版
印　　次	2023年1月第1次印刷
书　　号	ISBN 978-7-220-12996-4
定　　价	108.00元

■版权所有·侵权必究
本书若出现印装质量问题，请与我社发行部联系调换
电话：（028）86361656

总　序

2022年5月27日，习近平总书记在主持中共中央政治局就深化中华文明探源工程进行第三十九次集体学习时指出，"要把中华文明起源研究同中华文明特质和形态等重大问题研究紧密结合起来，深入研究阐释中华文明起源所昭示的中华民族共同体发展路向和中华民族多元一体演进格局"。巴蜀地区是古代长江上游的文明中心，巴蜀文化是中华文明的一个重要发源地和组成部分。研究好巴蜀文化，可以为中华文明的源头、特质和形态以及中华民族多元一体格局演进等重大理论问题提供重要支撑。习总书记这一指示，为巴蜀文化研究提供了明确方向和巨大动力。

巴蜀独特的山川地理、经济生业和发展历史催生了独特的巴蜀文化，其内容包括在巴蜀地区形成的价值观念、语言符号、行为规范、社会关系与组织、物质产品等。巴蜀神话是巴蜀文化中一颗璀璨的明珠，涉及巴蜀文化的方方面面，它以思想、信仰和道德等价值观念为基础，形成了覆盖口头和书面的语言符号系统，并渗透在人们的法律、习俗等行为规范中，协调和凝聚各种社会关系与组织，还呈现于饮食、服饰、建筑、工具、器皿等物质产品中。因此，巴蜀文化的研究必然离不开对巴蜀神话的研究。目前中国和世界都在关注三星堆考古进展，我们看到了越来越多令人惊叹的文物，像鸟足曲身顶尊人像、猪鼻龙形器、四翼神兽等，它们都是古蜀神话的物化形态，蕴藏着古蜀人独特的价值观念和仪式行为，对古蜀社会有着重要的功能意义，也很可能铭刻着古蜀与中华文明其他发源地互动的密码。我们必须对巴蜀上古神话进行深入的研究，才能解读这些文物及古蜀文化。

　　巴蜀地区是中华神话的渊薮之一，除了三星堆神话，巴蜀地区还孕育和发展了众多本源性神话，为中华民族提供了优秀文化基因和海量文化资源。比如北川、汶川羌族民众中流传的大禹神话，讲述了大禹的出生、婚配、治水的相关事迹，融入中华民族大禹神话的大家庭，对中华民族共同体的凝聚起到了巨大作用；盐亭的嫘祖神话，涉及中华民族母亲神、蚕桑生产和服饰发明、婚嫁礼仪创制等重大文化议题，让盐亭成为全球炎黄子孙寻根祭祖、守望精神家园的文化圣地；梓潼的文昌帝君神话是中国民间和道教尊奉文教之神的源头，对中华民族的勉学重教传统影响巨大，至今仍以文昌祭祀大典的形式促进海峡两岸文化交流。此外，关于女娲、蚕丛、鱼凫、杜宇、柏灌、廪君、二郎等巴蜀神话也成为中国神话的重要元素……巴蜀神话之丰厚瑰丽，其对中华文明影响之深远、对中华民族共同体贡献之巨大，一时难以尽道。由此可见，巴蜀神话研究不仅具有史学、文化学、民族学等方面的学术价值，也具有凝聚全球中华民族精神、铸牢中华民族共同体意识的现实价值。

　　面对如此深厚的神话资源，前辈学人筚路蓝缕，进行了开拓性研究。民国时期，顾颉刚、冯汉骥、郑德坤、董作宾、常任侠、林名均等一批历史学、考古学、民族学、文学研究者，对巴蜀文化进行了大量探索，其中或多或少地涉及巴蜀神话。1949年以后，徐中舒、蒙文通、邓少琴、林向、汤炳正、李绍明、萧崇素、洪钟等老一辈四川学者，在研究巴蜀文化的过程中也不同程度地论及巴蜀神话。其中，最早提倡将巴蜀神话作为专题来研究并取得辉煌成就的学者，首推已故著名神话学家、我院研究员袁珂先生。袁先生毕生从事神话研究，对中国神话学贡献卓著，他的《中国古代神话》《中国神话资料萃编》《中国神话史》《中国神话通论》等书都不同程度地涉及巴蜀神话的研究，并提出自己的观点，为后来的巴蜀神话研究奠定了坚实的基础。

我们欣喜地看到，继袁珂先生之后，我省黄剑华、李诚、周明、苏宁、贾雯鹤、李祥林等学者继续进行巴蜀神话的深入研究。尤其是在2019年四川省社会科学院神话研究院成立以后，巴蜀神话研究领域更加活跃。我院将巴蜀神话研究列为重点研究方向之一，神话研究院主办的《神话研究集刊》也每期开辟"巴蜀神话研究"专栏，重点刊发相关研究论文。围绕"巴蜀神话研究"方向，我们聚集了一批省内外高等院校、科研机构的相关专家学者进行专题研究，撰写了一批学术论文，在国内外学界产生了较好的影响。

为了进一步凝聚巴蜀神话研究的人才队伍、营造巴蜀神话研究的良好学术氛围，以及从神话学角度和与神话学相关的角度对巴蜀文化进行系统研究，神话研究院于2021年成立了《巴蜀神话研究丛书》编辑委员会，将《巴蜀神话研究丛书》的编撰纳入科研计划立项，并与四川人民出版社多次磋商，达成了出版共识。

本丛书立足于巴蜀神话研究，以神话研究为切入点，关联若干与神话相关的学科或主题，形成以巴蜀神话资料长编，巴蜀神话与文学、艺术、审美，巴蜀神话与历史、巴蜀神话与考古、巴蜀神话与民俗、巴蜀神话与四川少数民族文化、巴蜀神话与宗教等为主题的系列专题著作，从学术研究的层面多方位地探讨巴蜀神话与巴蜀文化的关系，立足学术，兼及普及。我们争取将本丛书打造为一套有深度、有规模、有影响力的学术研究丛书，做好巴蜀神话研究的人才队伍建设和学科建设，深入挖掘巴蜀文化，进而为阐释中华文明起源、中华民族共同体发展路向和中华民族多元一体演进格局作出应有的贡献。

是为序。

向宝云

2022年9月11日

题　记

蜀有汶阜之山，江出其腹。帝以会昌，神以建福，故能沃野千里。淮、济四渎，江为其首，此其一也。禹生石纽，今之汶山郡是也。昔尧遭洪水，鲧所不治，禹疏江决河，东注于海，为民除害。生民以来，功莫先者，此其二也。天帝布治房心，决政参、伐，参、伐则益州分野。三皇乘祇车出谷口，今之斜谷是也……[①]

——蜀汉·秦宓

[①] （晋）陈寿：《三国志》，中华书局1959年版，第975页。引者按：以下凡引是书，皆出此本，仅具书名及页码。

目 录 ///

前　言　　　　　　　　　　　　　　/ 001

第一章　石神论　　　　　　　　　　/ 008
　　第一节　石与生命之源　　　　　/ 011
　　第二节　石与生命流转　　　　　/ 025
　　第三节　石与生命归宿　　　　　/ 034
　　小　结　　　　　　　　　　　　/ 037

第二章　李冰论（上）　　　　　　　/ 039
　　第一节　官职封号之变　　　　　/ 041
　　第二节　治水内容之变　　　　　/ 052
　　第三节　治水地域之变　　　　　/ 059
　　小　结　　　　　　　　　　　　/ 066

第三章　李冰论（中）　　　　　　　/ 068
　　第一节　神的要约　　　　　　　/ 068

第二节　神的襄助　　　　　　　　/ 076

　　第三节　神的附身　　　　　　　　/ 084

　　小　结　　　　　　　　　　　　　/ 088

第四章　李冰论（下）　　　　　　　　/ 089

　　第一节　故事的演变　　　　　　　/ 089

　　第二节　故事的来源　　　　　　　/ 096

　　第三节　水怪的变幻　　　　　　　/ 105

　　小　结　　　　　　　　　　　　　/ 116

第五章　二郎论　　　　　　　　　　　/ 117

　　第一节　二郎与李冰　　　　　　　/ 117

　　第二节　山神与二郎　　　　　　　/ 124

　　第三节　李冰、二郎与赵昱　　　　/ 131

　　小　结　　　　　　　　　　　　　/ 140

第六章　杜宇论　　　　　　　　　　　/ 152

　　第一节　杜宇时代　　　　　　　　/ 153

　　第二节　杜宇神格　　　　　　　　/ 157

　　第三节　杜宇与后稷　　　　　　　/ 165

　　第四节　杜宇与鱼凫　　　　　　　/ 178

　　小　结　　　　　　　　　　　　　/ 194

目 录

第七章　鳖灵论（上）　　　　　　　　　／195
　　第一节　鳖灵业绩　　　　　　　　／198
　　第二节　五丁与五女　　　　　　　／210
　　第三节　五女与蜀妃　　　　　　　／216
　　第四节　五丁与五牛　　　　　　　／221
　　小　结　　　　　　　　　　　　　／228

第八章　鳖灵论（下）　　　　　　　　　／230
　　第一节　鳖灵治水区域　　　　　　／231
　　第二节　鳖灵洪水起因　　　　　　／239
　　第三节　鳖灵治水与女神　　　　　／243
　　第四节　鳖灵治水之幻形　　　　　／249
　　小　结　　　　　　　　　　　　　／254

第九章　廪君论　　　　　　　　　　　　／255
　　第一节　廪君时代　　　　　　　　／256
　　第二节　廪君身份　　　　　　　　／262
　　第三节　廪君图腾　　　　　　　　／267
　　小　结　　　　　　　　　　　　　／275

第十章　神女论　　　　　　　　　　　　／277
　　第一节　巫山　高丘　高唐　云梦　／278

第二节　帝女　枕席　母羊　瑶草　　　/ 286

第三节　女神　江神　汉神　湘神　　　/ 304

小　结　　　　　　　　　　　　　　　/ 316

第十一章　岷山蜀江诸神论　　　　　/ 319

第一节　五帝世系　　　　　　　　　　/ 320

第二节　夏帝世系　　　　　　　　　　/ 331

第三节　青神蚕丛　　　　　　　　　　/ 348

小　结　　　　　　　　　　　　　　　/ 355

结　语　　　　　　　　　　　　　　　/ 356

后　记　　　　　　　　　　　　　　　/ 375

前　言

　　对古代蜀、巴尤其是古蜀文化的深入研究，无疑将是研究华夏文化建构最重要的课题之一。从1929年三星堆玉器的发现至今，近百年过去了，持续不断的考古发现一再显示出古蜀地确实存在着绵延逾五千年且未曾中断过的文明。且如果一切皆秉持真正的科学精神而非先入之见的话，我深信，这一文明还将在三星堆正在开展的大规划发掘中得到更清晰的呈现，展示出其辉煌璀璨的光芒及其对华夏文明建构的重要性。当然，本著的主体内容并不是讨论历史，而是讨论神话传说，但古蜀神话传说无疑是古蜀文明不可分割之一部分。

　　古蜀神话传说自有一番天地，不传三皇五帝，却有蚕丛鱼凫、杜宇开明；不仅夏禹治水，更有鳖灵、李冰；不说后稷稼穑，年年杜宇催春；不知简狄、姜嫄之灵，唯祀江神、朝云之祠……

　　然而若将上述所列相互比较，则古蜀念兹在兹：蚕丛、鱼凫、杜宇、开明之禅让何逊五帝；江神、朝云、湘神、汉女之降福不让简狄；鳖灵治水正方驾夏禹；杜宇劝农则仿佛后稷……古蜀神话传说与华夏史籍中所载者竟如契如符，黄淮南北所叙者与古蜀神话传说竟如影如响……

　　然古蜀神话传说似更古朴、原始。姑数其荦荦大者：

001

蚕丛居石室而归葬于石棺石椁；蜀王开明十二世，每王薨，则由五丁力士运巨石为墓表以志其归宿，实原始石神崇拜之征。

蚕丛、西陵为蚕神，杜宇劝民力农；织女支机石独蜀严君平能识，洪水唯鳖灵能治；陆路赖五丁移山，沟洫乃李冰得通……凡兹数端，皆农业社会之基础而古蜀神话传说之精髓。

更为古老者，明言廪君精魄化白虎，后世以人血为祀，神话传说言图腾者，莫此为确；神女所在皆有，江水、盐泉是其所司所生，治洪、灌溉仰其所引所助；云雨繁衍子孙，灵芝助人长寿，故杜宇携朱利而族壮大，望帝淫鳖妻而失位，斯皆其例也。

若论古蜀与华夏之牵连，则三皇袛车，驱驰于谷口；吾夏古帝，尽蜀江而生；五帝联姻于岷若，汶山实诸帝众神之巅。

……

有了蜀地考古的重大发现作为背景，蜀地考古的物证、文献以及所载神话传说、民俗得以相互印证，并具有了进一步探讨的契机和必要。这必能促使学界对华夏文明建构多元背景下古蜀神话传说的形成与流传路径增加新的思考，开启进一步的探索。可以说，如果没有对以神话传说为其重要内容的古蜀文化、古巴文化及其与巴蜀域外文化的关系做全面、客观、透彻的研究，任何有关华夏文化建构的讨论都将是不完整的，从而也不可能得出令人信服的结论。

诚然，古蜀之地从古至今流传着的大量神话传说，并非仅限于与古史相关联者。如与传统藏羌彝文化走廊相关者，有流传于蜀地之少数民族神话；以清初所谓"湖广填四川"为代表之古代历次移民运动所淆乱者，有遍布蜀中各类祭祀。[①]斯皆治古蜀神话传说者题中应有之义！然

---

① 引者按：《宣汉县志》载徐陈谟《重修禹王宫碑记》："予尝观天下各郡国之会馆，祀其乡所产之神，而独楚人之建馆于蜀则侍奉神禹之像而因称之曰禹王宫。询之楚民之居于川者，皆莫识其所自。"又载邵某《重修禹王宫碑记》："禹生石纽，蜀人也，祠庙遍蜀中而祠之者楚人。或疑与各省会馆各祠其乡之贤之义未协，然四川会馆祠川主……何乡人而蜀人祀之耶？"《宣汉县志》卷三，第31页。

纲举目张，或可免治丝益棼之弊。与古史相关联者，当即其"纲"。而这一领域研究却从来因仅属区域文化之分支被视为"怪物"①（司马迁所讥《山海经》者正与古蜀有神秘关系）而问津者寥寥。自20世纪河姆渡、牛河梁、三星堆之发掘，华夏文明建构之多起源说已为学术界共识，但于传统巴、蜀文化之缘起与价值却似乎重视不够，更勿论以华夏文明建构多起源为背景来思考古蜀神话传说，仅有论文十数篇，专著寥寥。近来虽因四川省社会科学院神话研究院之大力倡导和努力，研究之势逐渐蔚起，然无可讳言，所涉及者仍然有限。余故敢不揣鄙陋致意于此，以期抛砖引玉之效。

本著以"古蜀"神话传说为题而不及"巴"，并非厚此薄彼。

神话传说乃文化中重要内容，而"文化"应该为一定时段、一定地域、一定族群于一定物质基础上，物质生活与精神生活之共有表现。它既是流动的（不断演变），也是历时的（可多层次切分）。因此在不同历史阶段应有不同之内涵与外延。然无论如何流动变化，上述四个"一定"与"共有"却乃基本前提。准此而论，笼统地不计历史背景，不加任何限制条件地论"巴蜀文化"（当然其中亦包含"巴蜀神话传说"）显然并不合乎上述基本前提。

"巴蜀文化"作为重要学术范畴，乃近数十年事。先后经历了郭沫若先生所谓"西蜀文化"，徐中舒先生所谓"古代四川文化"，顾颉刚先生所谓"巴蜀"与"古蜀国的文化"，卫聚贤先生所谓"巴蜀文化"诸概念之异彩纷呈，②遂为凡论及今日重庆、四川地域及其相关者所经常、当然使用之词汇。今日凡提笔撰文及于重庆、四川者，几言必称"巴蜀文化"。然细揆之，恐"巴蜀文化"之使用，实难不分时段、不

---

① 引者按：（汉）司马迁《史记·大宛列传》："言九州山川，《尚书》近之矣。至《禹本纪》《山海经》所有怪物，余不敢言之也。"（汉）司马迁：《史记》，中华书局1959年版，第3179页。引者按：以下凡引是书，皆出此本，仅注明书名及页码。
② 汤洪：《古代巴蜀与南亚的文化互动和融合》，中华书局2020年版，第2—3页。

论内容一概而论，其所自来，实多受秦汉以还之地域表述习惯影响而未暇细思之结果。兹略陈之。

考巴、蜀之见于文献，"蜀"虽已具甲文，经典中实罕见。《尚书·牧誓》固然有"庸、蜀、羌、髳、微、卢、彭、濮"[①]，而《左传》宣公十八年有"楚于是乎有蜀之役"[②]之语。但于《左传》，杜注云"蜀，鲁地。泰山博县西北有蜀亭"；于甲文、《尚书》，则有学者以为亦类同上引《左传》中"蜀"。[③]与之迥异，"巴"则屡见于《左传》。[④] 故概观之，以春秋及其以前文献所载：一、蜀似相对独立而与诸侯无涉，而巴却颇预于其事，尤与楚接触甚多；二、巴、蜀罕有交往。由是观之，春秋及其以上，较之江、河流域齐、晋、楚、吴、越等诸文化，诚然无所谓"巴蜀文化"。

"巴蜀"以词组联称，始见于《战国策》（两见于《秦策》，两见于《楚策》，一见于《赵策》），皆当在秦惠文王后元九年（公元前316年）秦取巴蜀前后。[⑤]

至于汉，"巴蜀"联称则往往多见，尤以《史》《汉》二书为甚。揆其实，不过秦汉以来涉及地理、行政区划之习谈。又特别值得注意者，西汉以来，中央朝廷着眼点在蜀而不在巴，故往往言虽连带及于"巴"，而其实乃"蜀"。《汉书·地理志》云：

> 巴、蜀、广汉本南夷，秦并以为郡。土地肥美，有江水、沃野、山林、竹木、疏食、果实之饶；南贾滇僰，滇僰僮，西近邛

[①] 《尚书正义》，（清）阮元校刻《十三经注疏》，中华书局1980年版，第183页。引者按：以下凡引是书，皆出此丛书，仅具此书名、丛书名及页码。
[②] 《春秋左传正义》，（清）阮元校刻《十三经注疏》，中华书局1980年版，第1890页。引者按：以下凡引是书，皆出此丛书，仅具此书名、丛书名及页码。
[③] 顾颉刚：《论巴蜀与中原的关系》，四川人民出版社2019年版，第69—82页。
[④] 引者按：具见桓公九年、庄公十八年（两见）、文公十六年（亦两见）、昭公九年、昭公十三年、哀公十八年等。
[⑤] 《史记》，第207页。引者按：《史记·秦本纪》："九年，司马错伐蜀，灭之。"

莋，莋马旄牛。民食稻鱼，亡凶年忧。俗不愁苦，轻易淫泆，柔弱褊厄。景、武间，文翁为蜀守，教民读书、法令。未能笃信道德，反以好文刺讥，贵慕权势。及司马相如游宦京师诸侯，以文辞显于世。乡党慕循其迹，后有王褒、严遵、扬雄之徒，文章冠天下。繇文翁倡其教，相如为之师。故孔子曰：有教亡类。①

《汉书·食货志》又云：

> 唐蒙、司马相如始开西南夷，凿山通道千余里，以广巴蜀，巴蜀之民罢焉。②

是皆统"巴蜀"而实说"蜀"也。又或所言本"巴"，却又往往连蜀而实以蜀视之。如班氏所称"巴寡妇清"，③太史公则称"巴蜀寡妇"。④北宋建"川峡四路"⑤，加之其后所谓"湖广填四川"之类，使区域外人口流入，以"四川"而统言巴蜀已成表述习惯，"四川"之称更于无意中强化了以"巴蜀"连称或以"蜀"而概括"巴"作为地理、行政区划之意识。⑥其实巴、蜀之间族群来历、民风、习俗乃有不同，至今犹然。揆之载籍，则扬雄《蜀王本纪》谓蜀之来云：

> 蜀之先称王者，有蚕丛、折权、鱼凫、俾明。是时椎髻左衽，不

---

① （汉）班固：《汉书》，中华书局1962年版，第1645页。引者按：以下凡引是书，皆出此本，仅具此书名及页码。
② 《汉书·食货志》，第1157页。
③ 《汉书·货殖传》，第3686页。
④ 《史记·货殖列传》，第3260页。
⑤ （元）脱脱等：《宋史·地理志》，中华书局1977年版，第2230页。引者按：以下凡引是书，皆出此本，仅具此书名及页码。
⑥ 引者按：如明曹学佺于四川右参政迁按察使任上撰《蜀中广记》，目虽仅蜀，实即兼述巴地即可为证。

晓文字，未有礼乐。从开明巳上至蚕丛，凡四千岁。次曰伯雍，又次曰鱼尾。尾田于湔山得仙。后有王曰杜宇出天堕山，又有朱提氏女名曰利，自江原而出，为宇妻。乃自立为蜀王，号曰望帝，移居郫邑。①

阚骃《十三州志》亦云：

杜宇称帝于蜀，以褒、斜为前门，熊耳、灵关为后户，玉垒、峨眉为池泽，汶山为畜牧，中南为园苑。②

而范晔《后汉书·南蛮西南夷传》谓巴之来云：

巴郡南郡蛮本有五姓：巴氏、樊氏、瞫氏、相氏、郑氏，皆出于武落钟离山。其山有赤黑二穴，巴氏之子生于赤穴，四姓之子皆生黑穴。未有君长，俱事鬼神。乃共掷剑于石穴，约能中者，奉以为君。巴氏子务相乃独中之，众皆叹。又令各乘土船，约能浮者当以为君。余姓悉沉，唯务相独浮。因共立之，是为廪君。乃乘土船，从夷水至盐阳。盐水有神女，谓廪君曰："此地广大，鱼盐所出，愿留共居。"廪君不许。盐神暮辄来取宿，旦即化为虫，与诸虫群飞，掩蔽日光，天地晦冥。积十余日，廪君思其便，因射杀之，天乃开明。廪君于是君乎夷城，四姓皆臣之。廪君死，魂魄世为白虎，巴氏以虎饮人血，遂以人祠焉。③

---

① （宋）李昉等：《太平御览》，载影印文渊阁《四库全书》，上海古籍出版社1987年版，第894册，第612—613页。引者按：此段文字与《太平御览》卷八百八十八有异，颇值得探究。不过与本文主旨关系不大，姑且不论。又按：以下凡引是书，皆出此丛书，仅具此书名、丛书名、丛书册数及页码。
② 《太平御览》，载《四库全书》，第894册，第613页。
③ （南朝宋）范晔：《后汉书》，中华书局1965年版，第2840页。引者按：以下凡引是书，皆出此本，仅具书名及页码。

是皆神话传说中可觅巴、蜀之来历。仅此已不难见，从社会经济、文化形态言，巴、蜀实有极大不同。春秋以前，"巴""蜀"无涉；秦汉以来，言"蜀"往往兼"巴"，故本著虽亦将"廪君"纳入且又往往及于巴人、巴域，但要皆遵从春秋以前情实与秦汉习惯，从岷江、长江立说，仍以"古蜀神话传说"为目而不勉强言"巴"也。

华夏以神（或古帝王）为中心之神话传说，存于儒典、诸子、史籍、楚辞中。若以今日眼光区别之，究其大较，则儒典、史籍中为历史，楚辞中为神话传说，诸子则游移两者间；若以区域而划分之，则在北方多为史实，在南方多为神话；若以所涉及对象而言之，则南北诸典之界限大致泯灭，所传皆不外三皇五帝、鲧禹启稷。

因此本著虽亦依一般神话传说而论，以个案或主题予以探讨，却不免蜀人修史之癖，自"石神"始，以"岷山蜀江"终，寓个案于历史中，希借以彰显古蜀神话传说固有之"史"之本色。是亦本著凡及于时间、地域，皆不厌其烦，注明"公元"，说明今地，俾读者千载之下，想象得以穿越千古之本意所在。

又本著所取，实多扬雄、常璩书。或曰：蜀人扬子云见《易》而作《太玄》，诵《论语》而作《法言》，读《仓颉》而作《训纂》，善《虞箴》而作《州箴》，慕《离骚》而作《反骚》，此皆"争强好胜"之作，讵知《蜀王本纪》非此类乎？曰：固如是，则扬雄以前诸书言黄帝、颛顼、鲧、禹、启诸神帝娶蜀降蜀之事又岂扬雄所得生造？且常璩著《华阳国志》明言所取材在扬雄之前者已有相如、君平二家，又岂子云能独言？故于材料采择，仍以子云、道将二家书为基础，以诸儒典、史籍、子家为骨干，辅翼以诸方志、杂说，要皆以神话传说核之绳之。神话传说，事固绵邈，歧说纷出，难以一律，然凡立说，皆以典籍传说为证。偶呈臆说，亦实不得已，皆出以未定之词，以乞识者。由是所言，难免狂悖，岂敢自伐，无以名之，故以"试论"名云。

| 第一章 |

石神论

人类在其发展中曾走过了漫长的石器时代。根据已有的考古发现,中国在约一百七十万年前进入旧石器时代,约一万年前进入新石器时代,约四千年前方结束这一时代。在漫长的石器时代里,人类完成了与其他动物伙伴彻底告别、火的使用、发明语言、由采集野生植物到渔猎和农耕等一系列伟大的业绩,即进化过程。人类与石相伴如此之久,而且以"旧石器""新石器"来命名时代,若没有关于石的神话传说和对石特殊的思想情感,岂非咄咄怪事?

文化学的研究表明,全世界各地、各民族几乎都不同程度地存在着对石的崇拜。中国当然也不例外,古代蜀地更可谓尤为突出显著者。传说中古蜀有史第一任蜀王为蚕丛,晋常璩《华阳国志·蜀志》谓:

> 有蜀侯蚕丛,其目纵,始称王。死,作石棺、石椁。国人从之。[①]

[①] 任乃强:《华阳国志校补图注》,上海古籍出版社1987年版,第118页。引者按:以下凡引是书,皆出此本,仅具书名及页码。

说明古蜀人之最后归宿处所，当与石有密切关系。从本著后面的五丁神话传说中我们还可以看到，每一任蜀王去世，五丁神必立一巨石于其墓前以标志之，可见巨石的使用、崇拜在古蜀大地确实早已有之。《华阳国志·蜀志》记载五丁力士为蜀王立巨石作墓志时，谓"今石笋是也，号曰笋里"[1]。可见常璩的时代，这些被称为"石笋"的遗存还在。只是他不相信所谓石牛开通蜀道的神话，所以连类而及，摒弃了《蜀王本纪》中原来这一段记载中"号曰石牛"中的"石牛"二字，而改为"笋里"。这一改动可见常璩对神话的排斥，但也可能是当时的实际情况。旧传"笋里"在今青白江（今成都市属青白江区）弥牟镇，即俗传诸葛亮"八阵图"遗址所在地。然考《太平寰宇记》卷七十二引李膺《益州记》云：

上城西门中起六十四魁，八八为行。魁方一丈，高三尺也。[2]

"魁"与"堆"通，指小土堆，似与巨石相去太远。然杜甫《八阵图》诗清仇兆鳌注引：

永嘉薛氏云：武侯之图可见者三……在广都（此指今成都市属青白江区弥牟镇）[3]者，隆土为基，魁以江石。[4]

---

[1] 《华阳国志校补图注》，第122页。
[2] （宋）乐史：《太平寰宇记》，载影印文渊阁《四库全书》，上海古籍出版社1987年版，第469册，第597页。引者按：以下凡引是书，皆出此本，仅注明此书名、丛书名、丛书册数及页码。
[3] 本著正文、引文中括号内文字凡未专门说明者，皆为引者自己所加。以下不再一一说明。
[4] （清）仇兆鳌：《杜诗详注》，载影印文渊阁《四库全书》，上海古籍出版社1987年版，第1070册，第595页。引者按：以下凡引是书，皆出此本，仅注明此书名、丛书名、丛书册数及页码。

可见虽非巨石，然下为土堆，上立以石，或即当初蜀王之冢。《蜀王本纪》《华阳国志》所谓"长三丈，重千钧"或为神话传说之物。但"笋里"石笋丛立的景象却令人不能不想到这其实就是远古石崇拜的一种遗留。

《华阳国志·汉中志》于"梓潼县"下记云：

> 有善板祠，一曰恶子。民岁上雷杼十枚，岁尽不复见，云雷取去。①

此处的"杼"，本为一种纺织工具，即织布所用的梭子。宋沈括《梦溪笔谈》卷二十云：

> 世人有得雷斧、雷楔子者，云雷神所坠，多于雷震下得之。②

所谓雷斧、雷楔其实也就是"雷杼"一类的物品。《旧唐书·高宗纪》记崔佛献定国宝玉十三枚，其中第十二枚就是"雷公石斧"，其状则"长四寸，阔二寸，无孔，细致如青玉"。③可见其实就是一种细石器类的物件。善板祠所祭祀者，显然就是雷神。人们每年向他提供制造雷霆的工具，又时时将自己与人世的善恶通过这工具（板，记录之版）向他报告，让他了解人世善恶，然后他再把这记录着善恶的工具（雷杼）施向人世，恶者予以惩诫，善者普施甘霖，助其丰收。这种情形非独古蜀云然，据报告，"欧洲西部的农民相信地中掘出来的石斧是天上降下来的

---

① 《华阳国志校补图注》，第91页。
② （宋）沈括：《梦溪笔谈》，载影印文渊阁《四库全书》，上海古籍出版社1987年版，第862册，第814页。
③ （后晋）刘昫：《旧唐书》，中华书局1975年版，第263页。引者按：以下凡引是书，皆出此本，仅具此书名及页码。

神雷，这种神雷可以保护持有人永远平安"①。可谓无独有偶！相距万里，西欧、古蜀何其相似乃尔！原始人的劳动工具石斧将天上、人间联系在一起，寄托着人们对雷神施报善恶的期望，难道这石头还不具备神的资格，还不足以使人们产生对这石头的深深崇拜吗？

应该指出的是，善板祠后来演化为文昌帝君庙，祭祀晋人张亚子。被祭祀者初称梓潼神，元时因显应于科考，乃被尊帝而冠以文昌之号，加以道教推波助澜，祭祀乃遍天下。然而这些都发生于《华阳国志》所录之后了。因此我推测，善板祠通过"雷杼"对雷神的祭祀源起当十分古老。且汉族文化中，真正属于原始神话考察范围内的雷神恐只有楚辞《离骚》中丰隆、《招魂》和《山海经》中雷神以及此善板祠中"雷"，其余"雷公""电母"之属，虽不能完全说是后起，但多已带有浓厚的道、佛或民间俗说成分，当别做考察。《华阳国志·汉中志》这条寥寥数语的记载既已使人得窥原始石器是如何成为后来人们崇拜信仰的对象的，那么我们要继续考察——被崇拜的石神在古蜀大地到底有什么功能？它到底和哪些神话传说相联系？在古蜀神话传说中到底占有什么位置，具有什么意义？

第一节　石与生命之源

初步的考察使我们对上述第一个问题即石神崇拜的功能做出如下回答：石头就是生命之源。对石神的崇拜就是对生命本身的顶礼膜拜，是生命由生到死、由死到复活（永恒，而非轮回）的神话原型思维的展示。这种生命认识事实上反映了神话思维时代人们对日往昼来、四季交替直至永恒加以观察后而形成的基本的宇宙观。说起生命之源，或许有

---

① 王孝廉：《中国的神话世界》，作家出版社1991年版，第175页。引者按：以下凡引是书，皆出此本，仅具此书名及页码。

人立即会提出这样一个问题：有谁的生命是从石头中获得的吗？有！试看以下记载：

《史记·夏本纪》唐张守节《正义》：

> 《帝王纪》云：鲧妻修己见流星贯昴，梦接意感；又吞神珠薏苡，胸坼而生禹。①

"流星"即陨石。那么这是说禹的生命竟是来自陨石？又同书：

> 扬雄《蜀王本纪》云：禹本汶山郡广柔县人也。生于石纽。②

"广柔县"即今绵阳市北川县。何谓"石纽"？清道光修《龙安府志》（龙安，治所在今绵阳市属平武县）载：

> 石纽山在县南一里，有二石结纽。每冬月霜晨有白豪出射云霄。山麓有大禹庙。③

由是可知，禹的生命不仅来自陨石，其所生也在神奇的石纽山下。传说中这石纽有奇异的光芒，则禹之生，实托庇于此石纽。

又不单禹，禹的儿子也生于石。《楚辞·天问》：

---

① 《史记》，第49页。
② 《史记》，第49页。
③ 《龙安府志》，载《中国地方志集成·四川府县志辑》，巴蜀书社1992年版，第64页。引者按：以下凡引今四川、重庆区域府、县志者，皆出此丛书，仅具各府、县志名、卷数及卷中页码。又按：所引府、县志皆为明、清、民国三代所修，为避烦琐，仅在本著正文第一次出现时具明何时所修。括号中注明旧志所指为今地何处，此注在同一节中只出现一次；地名古今完全相同者，无论其所辖地域是否完全一致，概不加以说明；凡今四川省属之地皆不出省名。

> 焉得彼涂山女，而通之于台桑。①

这是说禹在治水过程中，与涂山女婚配的事。宋洪兴祖《楚辞补注》引《淮南子》云：

> 禹治洪水，通轘辕山，化为熊。谓涂山氏曰：欲饷。闻鼓声乃来。禹跳石，误中鼓。涂山氏往，见禹方作熊，惭而去，至嵩山下，化为石。方生启，禹曰：归我子。石破北方而启生。②

洪兴祖所引此段《淮南子》虽不见于今本，但是清马骕撰《绎史》卷十二所引《随巢子》亦有此说，可见并非洪兴祖所杜撰。《楚辞·天问》云：

> 启棘宾商，《九辩》《九歌》，何勤子屠母，而死分竟地。③

从来治《楚辞》者皆以为此即问"石破北方而启生"之事。则又可见此说当源于古老的传说。

或许是因为禹的生命来自石又生于石，且通过石（化为石的涂山女）而孕育了后代。所以禹所生的石头也具有神奇的生命之源的功能。清道光修《石泉县志》（石泉县，今绵阳市属北川羌族自治县）云：

---

① （东汉）王逸：《楚辞章句》，载影印文渊阁《四库全书》，上海古籍出版社1987年版，第1062册，第27页。引者按：以下凡引是书，皆出此丛书，仅注明书名、丛书名、丛书册数及页码。
② （宋）洪兴祖：《楚辞补注》，载影印文渊阁《四库全书》，上海古籍出版社1987年版，第1062册，第168页。引者按：以下凡引是书，皆出此丛书，仅注明书名、丛书名、丛书册数及页码。
③ 《楚辞章句》，载《四库全书》，第1062册，第27页。

血石。四川旧《通志》云在禹穴下，石皮如血染。以滚水沃之，气腥，能催生。①

就是说，把"血石"带回家，用热水泡，嗅其热气，即可催生，使新的生命降生。但这神奇的"血石"并非处处皆有。它是"神禹"降生时伴随而来的，因此才有了特殊的神力和生命之源的含义。所以上引《石泉县志》说：

按《三边总志》：溪石色绿；②《通志》：血石满溪。其实血石止禹穴一里许。春间人凿取之，明年复长如故。《志》称：孕妇握之利产。③

"血石"之有利于生产，正在于它自己本身亦能源源不断地生产。因此"血石"的神话恐有一部分正是来源于这石"春间人凿取之，明年复长如故"的特性。

但是也有难以考辨其来源的将石头作为生命之源崇拜的记载。成都市旧有海云寺。明曹学佺《蜀中广记》卷二云：

吴中复《游海云寺唱和诗》王霁《序》云：成都风俗，岁以三月二十一日游城东海云寺，摸石于池中，以为求子之祥。④

春天正是万物生长的季节。在这样一个万物萌生之际，受一种交感巫术

---

① 《石泉县志》卷二，第47页。
② "石"疑当作"水"，涉下文误。
③ 《石泉县志》卷二，第47页。
④ （明）曹学佺：《蜀中广记》，载影印文渊阁《四库全书》，上海古籍出版社1987年版，第591册，第27页。引者按：以下凡引是书，皆出此本，仅注明书名、丛书名、丛书册数及页码。

思维的影响，希望自己也能如万物般有所生育，这是相当自然的想法。但是为何要去摸池中的石子来实现这一愿望呢？其实类似情形非止一例。民国所修《邛崃县志》（邛崃县，今成都市属邛崃市）载一故事亦此类，今照录如下：

> 挟弹张仙楼在治北崇真观后……《明一统志》：昔有仙人张远霄者，常往来于此，人呼为张四郎。常挟弹视人家有灾者为击散之。此其故居也。旧《志》，张远霄者，眉山人，寓居邛之崇真观，常挟弹于观内向空打去。问之，曰打天上孤辰寡宿耳。人有求嗣者，佩其弹即应……至今城内锄犁掘土者常得弹子，上有红点，坚实异常，女人佩之宜男。①

> 唐时眉山张远霄遇老人以竹弓一、铁弹一质钱三百千，张无靳色。老人曰：吾弹能避疫，宜宝而用之。②

这个故事中"弹子"的功能自然正如"血石"、海云寺石子之类。所不同者，不过一是"吞服""握之"，一是"摸"，一是"佩之"而已。诚然，上文最后说的是"铁弹"而非"石弹"，但是，我们知道，弹弓的发明早已有之。《吴越春秋·勾践阴谋外传》中所载《弹歌》之"断竹、续竹、飞土、逐宍（肉）"，不就是说的竹弓、石弹吗？虽说无法佐证这首《弹歌》是黄帝时的歌谣，但它产生的时代很古老却是无可争辩的。既然这故事中铁弹也来源于石弹，且这个故事中并未特别强调其"铁"的作用，因此从我们讨论的角度来看，其性质当与前述"血石""石子"没有区别。而且应该注意到，这里的"弹子"本身也似乎

---

① 《邛崃县志》卷一，第21—22页。
② 《邛崃县志》卷一，第22页。

具备增殖的功能。因此老人换给张远霄的不过只是"弓一""弹一",而张远霄却"常"打不匮,而"锄犁掘土者常得"不绝。从神话思维角度考虑,当会注意到,这种"增殖的功能"实际上表达的是"石子""弹子"之类乃具有神奇生命。由此可知道,海云寺池中的石子之所以能够一摸就可"求子",恐其缘由,也在于池中石子非止于一,年年岁岁摸之不绝,给人一种颇具生命生殖机能的感觉吧!其实,这种被崇拜的石头多半都是富有生命力的,从下面的例子中,或皆能听到这生命的旋律不绝于耳。

还应该注意到,有时候,石头被作为生命之源加以崇拜的形式可以是多样的,并非一律以"宜男""宜嗣"的形式表现出来。清光绪修《秀山县志》(秀山县,今重庆市属黔江秀山土家族苗族自治县)云:

> 五马山,五峰连体,亏蔽曦日,山有媒崖,矗立如人,相传论昏祀之得谐。《路史》载女娲佐大昊祷于神,祈为女妇正姓祇,职昏因(《路史·禅通纪·太昊纪》作"正姓祇,通媒妁"),是曰神媒。则古者昏因,祷祈固有神尸其绘,虽乡氓流称不难附和雅证,但托灵山石为虚诞耳。或云崖下旧产石炭,土人呼石炭为煤,媒、煤同声。误字也。①

这段记载将古代"神媒"与"媒崖"联系而论无疑是一种卓识。可惜的是作者的推导却欠妥,以为"媒崖"之称来源于"石炭"的同声误读。其实作者所记载的一个细节已在无形中透露出这里被称为"媒崖"的原因,正是"矗立如人"这句话。我认为这里的"人"当从"人道"的角度理解,如《史记·樊郦滕灌列传》:

---

① 《秀山县志》卷二,第17页。

> 荒侯市人病，不能为人，令其夫人与其弟乱而生他广。

唐张守节《正义》：

> 言不能行人道。①

由此观之，言此"崖"，像人体，或可能指此"崖"像女阴，这才可能成为"媒崖"。这其实就是遍存于中国乃至世界的阴阳石崇拜。类似的情形可举一例以明之，民国所修《巴中县志》（巴中县，今巴中市）载：

> 县西金凤场丰乐山上有石，高二丈余，顶上自生石窝，时积水不涸。名曰凌云石。②

这又颇有些男根崇拜的含义。而正如这里表现的，无论男根崇拜还是女阴崇拜，往往附有象征生命之源的水，上文所录的《秀山县志》那段文字后面，紧跟有这一句话：

> 山下深沟，旧时开浚，以引流灌田，久为农利。③

由上述记载中可以看到，在"媒崖"之下，确有一股"久为农利"的"深沟"之水，当然，上述记录认为是"旧时开浚"，但却并未说明"旧时"是何时，按照这类地形的通例，这"深沟"或本即有之，所谓"开浚"，不过"引流溉田"罢了。从"久为农利"之语不难看出，这

---

① 《史记》，第2660页。
② 《巴中县志》第四编，第30页。
③ 《秀山县志》卷二，第17页。

股水流当不在小，倘本来无源，又何劳"开浚"呢？因此这里"媒崖"作为生命之源的石神崇拜的一种形式，不亦宜乎！

类似的情况还可以从南宋陆游《入蜀记》卷六中看到：

> 入瞿塘峡……过圣姥泉，盖石上一罅。人大呼于旁则泉出，屡呼则屡出，可怪也。①

何以此泉得称"圣姥"？那原因恐就正在于那"石上一罅"颇有让人产生某种联想的可能吧，因"一罅"有水出而以"圣姥"名之，这与"媒崖"之得名不是有异曲同工之妙吗？

从上已不难看出，作为生命之源，石头确实有其神秘的力量，因而人们千百年来将其作为神崇拜，且有了一些反映这种崇拜的传说和习俗。正如前述，从上面这些材料中，可以印证这一现象，那就是被崇拜的石头，特别是有相对固定的地理位置的石头，大多数确实都伴随着水。如果说这些被崇拜的石头本身是有生命的，那么这水是否也是与石相伴、生命须臾也不可离的因素呢？且让我们再来看一些象征着生命之源的石神崇拜的一些略有变异的情况吧。

清道光修《重庆府志》载：

> 双山，县（引者按：今重庆市铜梁县）西五十里。昔有渔人网得二石，其一飞去，只留其一。里人因山筑室祀之。遇旱，以水沃石，即雨。②

---

① （南宋）陆游：《入蜀记》，载影印文渊阁《四库全书》，上海古籍出版社1987年版，第460册，第921页。引者按：以下凡引是书，皆出此丛书，仅具此书名、丛书名、丛书册数及页码。
② 《重庆府志》卷一，第94页。

显然，这石乃是有灵性的，故能"其一飞去"，而另一块能显出神性，赐福于人，只需要用水来浇沃便能得雨润泽干旱之地，这充分表现出水与石之间的倚存关系。这也让人想起前引《龙安府志》中所谓"以滚石（水）沃之，气腥，能催生"云云，其道理当如出一辙。

前曾提及五丁力士为蜀王所立巨石墓志，被常璩称为"笋里"。青白江区弥牟镇被称为武侯八阵图的石林虽无愧"笋里"之称，但并非巨石。因此有人指出当时成都西门的两根巨石为五丁所立石笋。为此，引发了诗圣杜甫的一些感慨，恨不能"安得壮士掷天外，使人不疑见本根"。诗人之政治情绪姑勿论，这里先录其《石笋行》开头几句描绘性的句子：

> 君不见益州城西门，陌上石笋双高蹲。古来相传是海眼，苔藓蚀尽波涛痕。雨多往往得瑟瑟，此事恍惚难明论。

清仇兆鳌注云：

> 《成都记》：距石笋二三尺，每夏六月大雨，往往陷作土穴，泓水湛然。以竹测之，深不可及。以绳系石而投下，愈投而愈无穷。凡三五日，忽然不见。嘉祐（北宋仁宗年号，公元1056—1063年）春，牛车碾地，忽陷，亦测而不能达。父老甚异，故有海眼之说。又《风俗记》：蜀人曰：我州之西，有石笋焉。天地之堆，以镇海眼，动则洪涛大滥。[1]

原来石笋竟有这般灵通，它是与海相通的，因此水深时乃不好测，忽而又突然消失，真具备了大海不盈不竭的品性，因而虽地处局促，无非二

---

[1] 《杜诗详注》，载《四库全书》，第1070册，第419页。

根巨石，却涵纳了天地四时、消息生长的永恒于其中，这样的灵物，当然应该有表现出它生命力的征象才行。于是仇兆鳌又注说：

> 《博雅》：瑟瑟，碧珠也。《杜阳杂编》：有瑟瑟幕，其色轻明虚薄无与比。《成都记》：石笋之地，雨过必有小珠，或青黄如粟，亦有细孔，可以贯丝。①

无疑这小石珠即为石笋所生，表现出了石笋本身的生命力。类似的情形还有民国修《华阳县志》（华阳县，今成都市属成华、锦江、武侯、双流、龙泉驿、新都等区部分地域）所载"五块石"：

> 明王士性《入蜀记》云："五块石礧砢叠缀若累丸，然三面皆方，不测所自始。或云其下海眼也，昔人启之，风雨暴至。"②

今成都市内仍有"五块石"地名。又据民国所修《温江县志》（温江，今属成都市温江区）载：

> 今乌池西北有天牙石。其石不知入地几许。高六尺余，周围五尺余。若有掘之者，风雷骤作。明末兵燹后无存。③

"风雷骤作"正与前引成都石笋"以镇海眼，动则洪涛大滥"是一样的情形。又据《重庆府志》，永川县（今重庆市属永川区）有石笋山、同心山、二郎山三山。其记"同心山"曰："与石笋、二郎相连，故名。""二郎"即所传秦时治都江堰的蜀守李冰之子，几乎可以说是治水

---

① 《杜诗详注》，载《四库全书》，第1070册，第419页。
② 《华阳县志》卷二十七，第30页。
③ 《温江县志》卷十二，第4页。

的代名词。这里由"同心山"将"二郎"与"石笋"相连，不是已经可以让人感受到石笋所具备的生命之源的含义了吗？

以上所列举石与水通的情形不禁使人产生了更为广阔的联想，注意到由石头而延伸出的与水有关的井。众所周知，蜀地对井的使用极其普遍。在20世纪60年代中期以前，井尚遍及成都市区。成都市区乃有相当一部分居民在那时是依靠水井解决日常生活用水的。就其形制而言，成都市的水井掘成后，均用石块砌成井壁、井圈口甚至井栏（其他地方的井或亦如此，但未亲见，不敢妄言）。因此井与石之间，不言而喻是有着内在联系的（从下面的一些例子中，不难看到不少具有灵性的石本身几乎就有井的形制或功能）。我认为，关于井的种种神话传说其实也是石神崇拜的一种变异和延伸的形式。明天启修《成都府志》：

> 拳扠井，府治西北。相传五丁尝于此为角牴戏，渴甚，以拳击地，泉水涌出。今废。①

多么优美的神话！大力天神练习摔跤，渴了，就用拳头往地上一砸，于是一口井产生了。遗憾的是这个故事到这里就戛然而止，没有了下文，可以推想，这几位大力神喝了这井水，定然又是精神抖擞，力道倍增。那么从这井水来源于天神的拳击并能使天神解渴来看，它还不具备神力吗？清同治修《绵州志》（绵州，今绵阳市）载：

> 君平池在武郡山。相传君平拔宅上升，基陷成池。或云君平凿。明《总志》：成都府治西严真观内通仙井，相传与绵竹县（今德阳市绵竹县）君平宅、井相通。②

---

① 《成都府志》卷二，第12页。
② 《绵州志》卷十四，第32页。

又清道光修《保宁府志》（保宁，治所在今南充市属阆中市）载：

> 苍溪（今属广元市）有一井，深丈余。水自地中涌出，源源不绝。忽一日，江水骤发，冲堤漫城而入。居民恐甚。及至井，水势顿没，旋长旋消，如是者数次。须臾水平，西街民舍安堵如故，井之力也。①

可谓神奇无比。这与前述石笋、五块石的与海相通乃有异曲同工之妙。但是这些井能够像石头那样富有生命力，赐人以生命吗？答案是肯定的。清道光修《夔州府志》（夔州，治所在今重庆市奉节县）载有这样一个故事：

> 九龙井。汉扶嘉生一女，一日游于溪畔，恍惚有娠。年余，产一物，无手足眼目，嘉怒，劈为九段，投之溪中，须臾化为九龙。嘉异之，示云安（今万县市云阳县）人不得于溪中取鱼。嘉临终有记云：三牛对马岭，不出贵人出盐井。没后，其女示以井脉处，掘开，遂得盐井九。民共立嘉为井主，至今为云安井神，封为沼利广济王，又封九龙为龙王，今为九井之神。②

这个神话传说虽被落在汉廷尉扶嘉（参宋郑樵《通志·氏族》）身上，但从其复杂深刻的神话因素看，恐怕起源更早。从整个神话传说来看，这里的"九井"，当是凿于溪水畔的盐井，而扶嘉女既生九井神，并"示以井脉处"，则扶嘉女实际应是一位女性盐神。她赐予了九井生命，而这富有生命的九井又将人类生存须臾不可离的盐赐给了人类，人

---

① 《保宁府志》卷五十三，第37页。
② 《夔州府志》卷三十三，第14页。

第一章 石神论

们之所以流传着这样的神话，之所以把九井神化为九龙，也体现了人们对盐井这生命之源的顶礼膜拜之情。

这是盐井，而水井呢?《太平御览》卷八百八十八引《蜀王本纪》说：

> 有一男子名曰杜宇，从天坠，止朱提。有一女子名利，从江源地井中出，为杜宇妻。宇自立为蜀王，号曰望帝。①

正因为井有如此神奇的功能，井是生命之源，所以利从井中出而与杜宇结合，无异于使杜宇这从天而坠之人（或神）获得了新的生命，从而得以"自立为蜀王"。还不仅利，另一位蜀王鳖灵也有自井而出的传说，《禽经》引李膺《蜀志》即云：

> 望帝称王于蜀时，荆州有一人化从井出，名曰鳖灵。②

当然，关于鳖灵之由来，非仅止于此。最为众所周知的是他死于荆，但其尸竟西上至于岷山脚下苏醒过来，后来成为蜀王。试想如没有江水，他何以能至于岷山，何得以苏醒呢？由是我们知道，石头（井）不仅是生命之源，而且往往是民族、氏族生存和兴旺之源。

且再看巴族首领廪君是如何带领巴人开始自己的部落氏族生存奋斗的。《后汉书·南蛮西南夷列传》记录了这一神奇的故事，说是廪君成为巴人首领后，在行进的道路上受到盐水女神的阻挠。唐李贤注《后汉书·南蛮西南夷列传》记录了廪君与盐水女神的斗争：

> 《荆州图副》曰：夷陵县（今湖北省宜昌市）西有温泉。古老

---

① 《太平御览》，载《四库全书》，第901册，第19—20页。
② （周）师旷:《禽经》，载影印文渊阁《四库全书》，上海古籍出版社1987年版，第847册，第683页。

相传，此泉原出盐，于今水有盐气。县西一独山有石穴，有二大石并立穴中，相去可一丈，俗名为阴阳石。阴石常湿，阳石常燥。盛弘之《荆州记》曰：昔廪君浮夷水，射盐神于阳石之上。①

《代本》曰：廪君使人操青缕以遗盐神，曰：婴此即相宜，云与女俱生，弗宜将去。盐神受缕而婴之。廪君即立阳石上，应青缕而射之，中盐神，盐神死，天乃大开也。②

由上述记载可知，廪君之射杀盐水女神，是自己氏族克服阻挠、获得生存的必备条件。这个神话故事强调廪君射杀盐水女神是站在"阳石"上，正说明"阳石"在这个神话传说中的地位。无疑，它是保佑氏族的神石。因此，据《水经注》卷三十七记载，廪君射杀盐水女神后：

天乃开明。廪君乘土舟下及夷城。夷城石岸险曲，其水亦曲。廪君望之而叹，山崖为崩。廪君登之，上有平石，方二丈五尺。因立城其傍而居之。③

氏族的生存依赖"阳石"给予智慧力量；氏族的发展、生命的延续同样是"山崖"为之而"崩"，并显露出"平石"。廪君之族依靠着这崖崩而显露出的神圣"平石"建立起城邑并定居下来，不是非常自然与合适的吗？

---

① 范晔：《后汉书》，第2840页。
② 范晔：《后汉书》，第2841页。
③ （北魏）郦道元：《水经注》，载影印文渊阁《四库全书》，上海古籍出版社1987年版，第573册，第549页。引者按：以下凡引是书，皆出此本，仅注明书名、丛书名、丛书册数及页码。

第二节　石与生命流转

石头既然能给予人或氏族以生命，那么作为具有神秘的生命禀赋、体现着神的旨意的石头，当然也能在人们获得生命之后，在各个方面庇佑人类生命的延续，这就是我们所说的生命流转的含义。《巴中县志》记载了这样一件事：

> 雷破石在县西五里，《志稿》云：昔年数旱，有道人为祈雨者书字于掌，令归始放。其人未至城，行至石前，误启掌，乃一雷字。忽霹雳震空，石头为两段，大雨如注。岁则大稔。[①]

怎么就有这样的巧事！其人刚至石旁就"误启掌"了呢？到底是雷震破了石头，还是石破而天惊呢？其实读了前面那许多石、石与水关系的故事，对这个神话本来的面目还应该有怀疑吗？水，正是能否"岁则大稔"的关键。对于农业社会中的人类而言，这个问题特别敏感，因此多有祈雨于石者。

上述"雷破石"的故事并不是个例，兹再举几例以明之。《华阳国志·蜀志》载"有青石祠"[②]，《太平寰宇记》卷八十七亦云"青石山有祠甚严"[③]。祠之起，乃由于巴、蜀争界，天使青石裂缝以划巴、蜀界，"巴蜀之民惧天罚，乃息所争，因共立祠，民将采石，必先祈之"。但是《重庆府志》却云"青石神是也，水旱祈请颇灵验"。

《夔州府志》（夔州，治所在今重庆市奉节县）载开县（今重庆市属开州区）有"绣衣石仙女镜"：

---

① 《巴中县志》第四编，第30页。
② 《华阳国志校补图注》，第166页。
③ 《太平寰宇记》，载《四库全书》，第469册，第700页。

> （绣衣石）之南五里山之畔有石，方圆五丈许，光彩耀目。凡遇阴雨，其光远映。鉴照则丝发无隐，故名仙女镜。①

其他石多祷之即有雨，唯"仙女镜"在阴雨之时却能光芒远映，实际上是表明太阳对求雨的人们的温暖、关怀作用，是从另一个角度表现石头在人类生命存在、延续中的作用。

《成都府志》载：

> 石姥，仁寿县（今属乐山市）治西跨鳌山上，岁旱，人转徙之辄天雨。②

这里"石姥"实即女神，当然能庇佑于人。

有时候，人们对石头并不限于请求祈祷，而是强迫之。《水经注》卷三十七记载说：

> 得石穴，把火行百许步，得二大石磧，并立穴中，相去一丈，俗名阴阳石。阴石常湿气，阳石常燥。每水旱不调，居民作威仪服饰往入穴中。旱则鞭阴石，应时雨，多雨则鞭阳石，俄而天晴。相承所说，往往有效。但捉鞭者不寿，人颇恶之，故不为也。③

神与人之间似乎处在相辅相制的矛盾统一体中。神若不履行职责，人可督责之；神必须履行其职责，但却需要人付出一定的代价。石头之有神灵在这个故事中是毋庸置疑的。但这个故事的价值还不仅在此，而更在人需要付出代价这一点上。这个"捉鞭者"，其实需要"牺牲"自我。

---

① 《夔州府志》卷三十四，第24页。
② 《成都府志》卷三，第51页。
③ 《水经注》，载《四库全书》，第573册，第548页。

它反映了在远古时代，人们直接用活人作为"牺牲"向神进行祈祷的残酷事实。这与古籍中记载的曝晒女巫以求雨、商汤曝背祷雨等故事所表现出的是同一类事实。从这一事实来看，这个故事中祈祷阴石、阳石的活动实在起源很早很早了。

石头施阴晴、管旱涝的功能诚然是农耕社会中保证人类生命延续的最起码的能力。这似乎是以整个人类群体为对象的一种保护行为。有时候，我们还看见石头的神性无所不在，对它欲保护的群体从各个角度施以保护，保证人类这个群体生活、生命的各个方面、各个阶段得以顺利延续。清道光修《邻水县志》（邻水县，今广安市属邻水县）载有：

> 多来石，治南六十五里，高二丈余，重三层，下小中大，相传飞来之石，藏有金银，天顺（明英宗年号，公元1457年始）初年，有二僧建庙无赀，虔来拜礼。忽出一白蛇，挥剑两段，见白银。一取头修庙，曰独吼寺；一取身修庙，曰多来寺。今乡里婴儿有灾，拜之无恙。[1]

石神满足了人们的向善之心，且能庇佑幼小的生命顺利成长。当然，有时候也不仅仅是幼小的生命才受到庇护，石神的关怀是广泛的。《秀山县志》（秀山县，今重庆市属秀山土家族苗族自治县）载：

> 会仙洞，洞非嵌嵌，旧传神栖。有石，中凹若碗。每晨出米平碗如概，足一僧食。后僧凿石凹，乃无一粒。至今近地故老多能言之。[2]

---

[1] 《邻水县志》卷一，第34页。
[2] 《秀山县志》卷二，第41页。

与此情况相同但情节更婉曲的神话故事为《绵州县志》(绵州县,今绵阳市)所载:

> 滴米石。治北七十二里佛祖殿正殿后巨石方广如屋,上刻"米石"二大字。相传寺僧圆海拾一病鹤,饲养弥月,病良瘥,忽翱翔冲霄,瞥不可见。逾日,衔草一苗置僧前,长鸣却顾而去。僧意非奇花必灵药,植之院后石穴中,花谢苗萎,僧拔之,苗堕土出而米滴焉,只供一日食。僧出,其徒凿穴使大,米遂不滴。①

与此情况相同而内容略微不同的是民国修《巴县志》(巴县,今重庆市主城区)记载:

> 白庙子山……又北为石灯盏,有石肖其形。昔传石中有流膏掬给神供。僧恶其所容少,稍凿大之,由是遂绝。②

很明显,这三个神话传说都属于民间故事中常有的那种贪心不足、反受天谴的因果报应故事。但从正面看,撇开后人加上的这层道德训诫的意义不言,石头所富有的灵性和关心人类生命延续却是显而易见的。

有时候,石头庇佑的甚至是一方平安。如清光绪修《潼川府志》(潼川,治所在今绵阳市三台县)载:

> 石柱……在城内西北。高可五丈。相传为一方之镇,岁久敧斜。③

---

① 《绵州县志》卷十四,第18—19页。
② 《巴县志》卷一,第25页。
③ 《潼川府志》卷八,第24页。

其实这也就是中国民俗中普遍存在的所谓"石敢当"。因此民国修《荣县志》（荣县，今自贡市属荣县）的作者、四川近代著名学者赵熙先生在记录荣县"石敢当"的情形时说：

> 泰山石敢当，所以厌鬼也。愚俗畏鬼，凡意以为多鬼则命其地曰"歹"，立石为山魈形，号曰"吞口"，刻石敢当字。按《急就篇》：石敢当，人名。颜师古言所当无敌也。《淮南万毕术》：埋石四隅家无鬼。庾信《小园赋》：镇宅神以狸石。今冲道及阴僻地往往立石肖像，盖本《淮南》意。①

这段话确实是把崇拜石敢当的历史和古蜀对石敢当特别的称谓等都论及了。顺便应该指出的是，"吞口"一词，乡村僻地今尚用之。不过已与佛教中的菩萨和道教中的城隍、土地等常混淆一起，习称"吞口菩萨"。这一类的石神崇拜形式在蜀地亦不止一处，多有神话所传。

宋王象之《舆地碑记目》卷二云：

> 誓虎碑。在许雄山下，广汉县（今德阳市属广汉市）道。俗传为誓虎碑。碑仆，遂有虎进城；设祭立碑，虎害乃能止。②

但是也有与此相反的情况。清嘉庆修《邛州志》（邛州，今成都市属邛崃市）载：

> 石虎村。县西三十里。昔人用石凿虎以镇地方。后屡见其出没

---

① 《荣县志》社祀第十一，第38页。
② （宋）王象之：《舆地碑记目》，载影印文渊阁《四库全书》，上海古籍出版社1987年版，第682册，第573页。

隐现，咸震惊焉。遂毁之。①

本来用以镇压保护一方的石虎神，竟然真正复活，使人们感到惊恐，于是人们只能毁了这保护神。应该怎样来理解这种现象呢？我们还是先看看另外两段材料再说。清光绪修《巫山县志》（巫山县，今重庆市属巫山县）载：

牛角套石在青石大磨滩上。如牛形，不常出，必水退极乃见。见则年丰。咸丰（清文宗年号，公元1851年始）年间常见。②

而民国修《宣汉县志》（宣汉县，今达州市属宣汉县）却载：

石牛梁山在鲲池西岸，与龙巫山对峙。上有巨石，酷肖牛形。俗传牛每夜出，食人田禾。土人折其足始息。盖往昔神话也。③

同是牛、虎，但一能佑人丰年，保人平安；一却为害、惊恐一方。具有灵性的石头出现了正、反两面的现象。同一种形态但有善、恶两面之分的这种神话，来源于远古神话中两种截然相反的功能集于一身的神形象。在中国神话中，这样的神形象突出的例子有"少司命"。屈原《九歌·少司命》云：

竦长剑兮拥幼艾，荪独宜兮为民正。

王逸《章句》云：

---

① 《邛州志》卷三，第7页。
② 《巫山县志》卷六，第15页。
③ 《宣汉县志》卷一，第12页。

言司命执持长剑，以诛绝凶恶，拥护万民长少，使各得其命也。①

王逸之说，总体上讲没有错，只是他把"幼艾"分而析之，将"艾"说成"长"，却稍有偏离。其实参合前文"夫人自有兮美子，荪何以兮愁苦""满堂兮美人，忽独与余兮目成"等句子观之，"少司命"是一位既管生殖，同时又管司刑杀戮之神，所以其形象一手持长剑，一手拥抱美丽的少女（参洪兴祖《楚辞补注》所引各书②）。而这种在神话思维中集两面于一身的形象在文明社会的人看来是不可理解的，因此这种神到后来逐步发生分化，其所拥有的两种或三种职能被分属于同一形象的两三个神。于是有了牛与虎的为善、为恶。但不管怎样，其灵性和人类对其崇拜的情形却始终是存在的。如民国修《芦山县志》（芦山县，今雅安市属芦山县）载有"石蚕坝庙"的故事：

石蚕在治南五十里石蚕坝水中。土人相传，昔时有人夜见大蚕食害禾苗，历岁为患，时隐时现，且恒伤人畜。人皆惧之。时乡中有少年，夜伺田间，奋力斩之，其患乃绝。故今石蚕上犹存斩伤痕。乡人因祠祀焉。③

这里的蚕虽为害，且已被斩伤之，但是在人们心目中，它却始终是神，因而仍能享受祭祀。正是由于神圣的石头有着如许灵性，因此人们对石头有一种亲近之情，认为天上、人间的生活都是一样的，人间所发现的许多石制的生活器具皆天上神界所有。与这相关最有名的故事就是支机石的故事。《太平御览》卷八引晋张华《博物志》：

---

① 《楚辞章句》，载《四库全书》，第1062册，第21页。
② 《楚辞补注》，载《四库全书》，第1062册，第156页。
③ 《芦山县志》卷一，第37页。

旧说云天河与海通。近世有居海者，年年八月有浮槎去来不失期。人有多赍粮，乘槎而去。芒芒忽忽，不觉昼夜，奄至一处。有城郭、屋舍甚严。遥望多织妇，见一丈夫牵牛渚次饮之。牵牛人乃惊问曰："何由至此？"此人具道来意，即问为何处。答曰："君还，至蜀访严君平则知之。"乃与一石。而归后至蜀，问严君平。君平曰："此织女支机石也。某年月日有客星犯牵牛宿。"正此人到天河时也。①

严君平是西汉时蜀中带有传奇色彩的学者，也是通晓卜筮之术的智者，故得备天人之问。牛郎织女的故事在中国家喻户晓，中国人对牛郎织女从来都充满着同情。因此对他们使用的工具也充满亲切之感。"石"为神物后遂留在成都，直到今天，成都市人民公园内尚存传说中的支机石。

也正是因为人们对石头存在着这样一种敬畏、喜爱之情，所以"天生石笋笔立"的，称为"文笔石"②；双石对峙如牙者，被认为是"天牙石"③；"有石明莹"，即"相传神女捣衣于此，谓灵女捣衣碪"；"有石如虾蟆状踞芙蓉滩……相传城中自昔无蚊蠓，盖此石所致"，称"虾蟆石"；"芙蓉溪上游二石如鲸状，一雄一雌。中有一柱，能撼巨浪。人曳之欹，逢水涨狂澜，依然屹立中流，俗传活石柱云"，亦称"水禽石"④；有"巨石穿孔如权"则称"权石"；"绝顶雨石屹立，状如人形"则称"石人山"⑤。

石头是如此与人亲近，以至于民国修《重修什邡县志》（什邡县，今德阳市属什邡市）有这样的记载：

---

① 《太平御览》，载《四库全书》，第893册，第232页。
② 《龙安府志》卷二下，第85页。
③ 《成都府志》卷三，第51页。
④ 《锦州志》卷十四，第19页。
⑤ 《重庆府志》卷一，第103页。

> 大墓山，不知为古何代显宦之墓。民国十一年，墓顶崩溃，土人从裂缝窥视，见有石人、石牛、石马、石桌椅凳等。①

正是如此，人们对石神甚至产生了一种依赖、寄托的感情，上至贵胄的沉璧于河，下至民间海枯石烂之誓言，其实究其根源，无不来自对石神的崇拜。曾有学者坚信中国或许有立石为誓的事实，而遗憾未见直接的证明材料。②其实古蜀神话中不乏这方面的证明材料。前曾提及杜甫诗《石笋行》，《成都府志》载旧注曾引《图经》云：

> 乃前寺之遗址。诸葛亮掘之，方验有篆字曰：蚕丛氏启国誓蜀之碑。③

其誓言内容虽不可晓，但是以石为誓，这一点却是清楚的。而后《华阳国志·巴志》载秦昭王与巴夷之盟就更清楚了：

> 乃刻石为盟要：复夷人顷田不租，十妻不算。伤人者论，杀人者雇死倓钱。盟约：秦犯夷，输黄龙一双；夷犯秦，输清酒一钟。夷人安之。④

《成都府志》亦记载有：

> 秦太守李冰作五石犀以厌水怪。其后土人立庙祀冰，号石犀庙。⑤

---

① 《重修什邡县志》卷二，第6页。
② 《中国的神话世界》，第185页。
③ 《成都府志》卷三十四，第11页。
④ 《华阳国志校补图注》，第14页。
⑤ 《成都府志》卷三，第51页。

这"石犀"据《成都府志》载是"厌水怪",但恐还别有其意。据《华阳国志·蜀志》即载李冰:

> 于玉女房下白沙邮作三石人立水中,与江神要:水竭不至足,盛不没肩。①

这里不但明确以石为誓的事实,且誓约也历历在目,传之后世。

综上所述,石头或说石神在保佑人类生命延续等方面起着重要的作用。人也通过石头与神获得了沟通。因此,当人们走向自己的最后归宿之时,理所当然也要与石为伴。

第三节 石与生命归宿

仍从《华阳国志·蜀志》说起,如前已引:

> 有蜀侯蚕丛,其目纵,始称王。死,作石棺、石椁。国人从之。故俗以石棺椁为纵目人冢。②

何谓"纵目人"?史家为此争讼已久。但以目前所见文献,恐首先得解决何谓"纵目",其次才谈得上"纵目人"的族属由来,因此在书阙有间、出土文物难证时,不如将此问题束之高阁,以俟来日。③但是有一点却可以肯定,蜀人的祖先是以石棺、石椁为其最后归宿的。这种以石棺、石椁为最后归宿的情形一直延续到汉代,如明况周颐《蕙风簃随笔》载巴县(今重庆市主城区)磨崖山有"阳嘉四年(东汉顺帝年号,

---

① 《华阳国志校补图注》,第133页。
② 《华阳国志校补图注》,第118页。
③ 引者按:三星堆出土之双目突出面具是否即可称"纵目",仍待更多材料证明。

公元135年）三月造作延年石室"即一佳证。此类情况，蜀中各地所见甚多。这种葬以石棺、石椁的情况或许和蜀王死后墓前竖以石块、石柱以为标志的习俗也有着直接的关系。但是我们更注意到人死之后化为石头的神话传说。

前已举例指出，夏禹之妻、夏启之母就是变为石头之后方生启的。考虑到夏禹在古蜀神话传说中所占有的特殊的地位（详见第十一章），我颇怀疑，人化为石的故事原型恐即出于夏禹之妻涂山氏化石的故事。

《重庆府志》载有"鹧鸪石"，云：

> 鹧鸪石在朝天门外南岸大江边，涂后故迹也。原名遮夫堆，又名望夫石，音转为鹧鸪石。①

启母之化石到底何所在，历来聚讼纷纭，莫衷一是。但是在神话中，却有一历来传颂甚广之地即江州（今重庆市）。一说涂山氏为治水的禹送饭，见其正以熊形疏通河道，因而羞惭之下变为了石人；另一说则如上引所言，是因在长江和嘉陵江汇合之处江流曲折，山峦起伏而遮断了自己眺望丈夫的视线，因而化为了石头。与这个美丽幽怨的神话传说相配合的，还有重庆一系列的古迹，如涂洞、涂村等。诚如《巴县志》（巴县，今重庆市主城区）所载：

> 今朝天门外江中有石，俗呼曰夫归石，意谓涂后之望归也。故洞曰涂洞，村曰涂村，滩曰遮夫，石曰想夫，又石曰启母，皆为禹娶涂山之证。②

---

① 《重庆府志》卷一，第45页。
② 《巴县志》卷三，第23页。

当然。我们不必在此分辨涂山氏到底属何方人氏，而只是想指出，正由于有这个在江上企盼自己治水的丈夫归来的望夫石（遮夫堆）传说，所以沿江不少地方都留下了这类神话传说的衍生故事。这是否是由一般社会中的夫妻离别造成，而与神话无关呢？以我的考察，这类神话故事中的主角鲜有男性。但是在文学作品中，反映现实中思乡念家的却以男性居多，这使我们考虑到"望夫石"一类传说不能单以"思乡"这一角度来考虑，而是应该充分考虑到神话传说本身的播迁、变异、再生。此类传说多产生于江边，即其来源的一种潜在旁证。《山海经·中山经》云：

> 岷山之首，曰女几之山……洛水出焉，东注于江。[1]

"女几"，《隋书·地理志》又作"女伎"[2]，可知即为一妇女形象，以之名山，且正处于岷江之源。据《夔州府志》（夔州，治所在今重庆市奉节县）载：

> 女观山在县东北四里。山半有石如人形。相传昔有妇人，夫宦于蜀，登山望夫，因化为石。故名望夫石。[3]

这里的"县"即指今日巫山县，因此《巫山县志》（巫山县，今重庆市属巫山县）也记录了这一故事：

---

[1] 《山海经》，载上海古籍出版社缩印浙江书局汇刻本《二十二子》，上海古籍出版社1986年版，第1364页。引者按：以下凡引是书，皆出此本，仅注明书名、丛书名及页码。
[2] （唐）魏征、令狐德棻撰：《隋书》，中华书局1973年版，第826页。引者按：以下凡引是书，皆出此本，仅具此书名及页码。
[3] 《夔州府志》目录，第16页。

> 女观贞石,离城四里许女观山有石屹立,似望夫而化之状。虽雨淋日炙,万古不磨,懔然也。①

大约《巫山县志》的作者遥望此石心有所感,起肃然尊敬之心,因而写下了"虽雨淋日炙"以下几句。是的,确实是万古不磨。这也是生命存在的一种方式。生命的归宿从用石棺,竖石柱、石碑,到直接由肉体化为"万古不磨"的石体,都是用一种永恒的方式来证明和保证生命。有人说,望夫石之类是证明了爱情的永恒。但我却认为,所谓"女观贞石"之类,并不是她自己想要化成石头,以此来证明情感的坚贞和永恒,而是人们认为这石就是一个望夫的女子,她以这样的方式来延续和证明了生命的长存,以盼夫妻团聚之日。"万古不磨"并不只是一种一厢情愿的理想主义颂歌,而实在包含着每一位凡夫俗子强烈的功利主义于其中。由此,当我们步入位于成都市西面庄严、精巧的前蜀王建(公元903—918年在位)墓道中时,面对着那四周雕刻着精美乐伎的石椁和王建的石雕座像,将不会再感到奇怪,因为他的这种做法,其实就是远古时代石头崇拜的一种表现,是蚕丛王"作石棺、石椁"的效法,是开明王墓前竖以巨石的变形,也是前所举巴县磨崖山东汉"延年石室"主人那"延年"愿望的又一次再现而已。或许他对这一切并非自觉,但是至少可以肯定,他想用这种方法来获得生命的永恒。

小 结

回顾至此为止的讨论,可以发现,仅仅就古蜀神话传说而言,石神崇拜确实应该占据其中不可忽视的地位。可以毫不夸张地说,无论是在"开国何茫然"的古蜀时代还是在今天,无论是在经典之中还是在民

---

① 《巫山县志》目录,第2页。

间传说、风俗中，石头，在蜀人的生活中都占据着十分重要的地位，顶礼膜拜也罢，制而用之也罢，总而言之，石头与蜀人的生活密切相关。应该注意到，在对石神的崇拜中，正如我在前已指出的，在生命初始阶段，将石头视为生命之源；在生命延续流转的过程中，处处依赖仰仗石头，甚至以石头为起誓的凭证；在肉体生命走向终结之时，则以石头的形式、石头的处所作为肉体生命转化为永恒或永远托庇的处所。可见，古蜀神话中对石头的崇拜出现在生命的各个环节。当然，今天石神崇拜[①]已日渐褪去，只是在一些偏远地区还残留着个别对阴石、阳石崇拜的事迹，石神的崇拜似乎只是古人的事了。当然就古代蜀人而言，石头也并不是唯一的崇拜对象，且也不是见石必崇拜，但是当我们浏览古蜀史志，搜集民风民俗之说时，发现关于石头的记载、故事真是俯拾即是。问题不在于这些故事产生于什么时候，也不在于它们是荒谬还是合理，而在于必定在某个时候，流传过这样的故事，而这故事之产生，必有其内在的文化背景。因此我不惮词费，首先写下了这样一章。通过这些探讨，或可以深切感受到蜀人对生命的眷恋、追求生命的执着，也能感受到古蜀神话传说古老的文化背景。

[①] 引者按：今重庆市潼南县有大佛寺，寺中有"送子娘娘"，终日香火不绝，其座前有一斜石，相传妇女睡其上，即能得子，虽然其中已掺和了佛教故事，但包含着石神崇拜的因素却是不难看出的。

| 第二章 |

李冰论（上）

"石"是人类面对自然灾害与野兽赖以托身、庇护的可靠处所；又是人类捕猎和劳作的基础工具，古代对"石"的崇拜理所当然！但是，"水"对人类的重要或许更超越"石"。因此水和治水的神话传说几乎也是伴随着人类社会发展的。因此，在"石"之后，我不能不紧接着试论"水"。

李冰治水传说见诸史册，且在蜀地脍炙人口。其治水的主要业绩都江堰水利工程至今仍在发挥着巨大的作用。都江堰所在地旧称都安、汶山、灌县，今改称都江堰市，可见蜀人对李冰事业的尊崇和重视。《华阳国志·蜀志》所记李冰事迹最为集中，兹录如下，以为探讨李冰传说之本：

> 周灭后，秦孝文王以李冰为蜀守。冰能知天文、地理。谓汶山为天彭门，乃至湔氐县，见两山对如阙，因号天彭阙，仿佛若见神。遂从水上立祀三所，祭用三牲，珪璧沉濆。汉兴，数使使者祭之。冰乃壅江作堋，穿郫江、检江，别支流，双过郡下，以行舟船。岷山多梓、柏、大竹，颓随水流，坐致材木，功省用饶。又溉

灌三郡，开稻田。于是蜀沃野千里，号为陆海，旱则引水浸润，雨则杜塞水门。故《记》曰：水旱从人，不知饥馑。时无荒年，天下谓之天府也。外作石犀五头以厌水精，穿石犀渠于南江，命曰犀牛里。后转为耕牛二头，一在府市市桥门，今所谓石牛门是也；一在渊中。乃自湔堰上分穿羊、摩江灌江西。于玉女房下白沙、邮作三石人，立水中，与江神要：水竭不至足，盛不没肩。时青衣有沫水，出蒙山下，伏行地中，会江南安。触山胁溷崖，水脉漂疾，破害舟船，历代患之。冰发卒凿平溷崖，通正水道。或曰：冰凿崖时，水神怒，冰乃操刀入水中与神斗。迄今蒙福。僰道有故蜀王兵阑，亦有神，作大滩江中。其崖崭峻，不可凿，乃积薪烧之。故其处悬崖有赤白五色。冰又作笮通汶井江，径临邛，与蒙溪水、白木江会，至武阳天社山下合江。此其渠皆可行舟。又导洛通山洛水，出瀑口，经什邡、雒，别江会新都大渡。又有绵水，出紫岩山，经绵竹入洛，东流过资中，会江江阳。皆溉灌稻田，膏润稼穑。是以蜀人称郫、繁曰膏腴，绵、洛为浸沃也。又识齐水脉，穿广都盐井诸陂池。蜀于是盛有养生之饶焉。[①]

不难看出，上述材料虽来自史籍，但实已混杂不少神话传说。仅从材料而言，似乎可以判断：李冰史有其人，但却附集了不少传说甚至神话故事。理清这些材料和故事，前人曾做过一些工作，我则打算从神话传说论析这个角度，争取再向前跨进一步。

李冰到底何许人，他的主要事迹特别是关于治水的传说到底有哪些，对这些传说的分析于理解神话传说的变迁规律到底有何意义，等等。这些，即我关心的问题。

---

① 《华阳国志校补图注》，第132—134页。

第一节　官职封号之变

李冰其人，依诸书所言为"蜀守"。"蜀守"，即蜀郡守。《宋书·百官志》云：

> 郡守，秦官。秦灭诸侯，随以其地为郡。置守、丞、尉各一人。守治民，丞佐之。①

是《史记·河渠书》即云：

> 蜀守冰凿离碓，辟沫水之害，穿二江成都之中。②

但《史记·河渠书》却并未言"冰"姓。《汉书·沟洫志》采史迁文，始言"蜀守李冰"③。

不过《史》《汉》二书皆不言李冰何时为"蜀守"。《太平寰宇记》卷七十三引扬雄《蜀记》亦未言之。唯前所录《华阳国志》，乃言李冰任蜀守在"秦孝文王"时；而《北堂书钞》卷一百五十六引应劭《风俗通》云：

> 秦昭王使李冰为蜀守，开成都两江，溉田万顷，无复水旱之灾，岁常丰。④

---

① （梁）沈约：《宋书》，中华书局1974年版，第1257页。
② 《史记》，第1407页。
③ 《汉书》，第1677页。
④ （唐）虞世南：《北堂书钞》，载影印文渊阁《四库全书》，上海古籍出版社1987年版，第889册，第818页，引者按：以下凡引是书，皆出此丛书，仅具此书名、丛书名、丛书册数及页码。

两者所言，一在"秦昭王"，一在"秦孝文王"，显然大有不同。依《史记·秦本纪》所录与蜀有关之秦史，则有如下数端：

惠文君立。①

其时在公元前324年（周显王四十五年），有"蜀人来朝"。②惠文王后元九年，即公元前316年（周慎靓王五年）：

司马错伐蜀，灭之。③

惠文王后元十一年，即公元前314年（周赧王元年）：

公子通封于蜀。

"通"，《史记·六国年表》作"繇通"，《华阳国志·蜀志》作"通国"。惠文王后元十四，即公元前311年（周赧王四年）：

丹、犁臣蜀，蜀相壮杀蜀侯来降。④

又是年：

惠王卒，子武王立。⑤

---

① 《史记》，第205页。
② 《史记》，第205页。
③ 《史记》，第207页。
④ 《史记》，第207页。
⑤ 《史记》，第209页。

秦武王元年，即公元前310年（周赧王五年）：

诛蜀相壮。张仪、魏章皆东出之魏，伐义渠、丹、犁。①

秦武王二年，即公元前309年（周赧王六年）：

张仪死于魏。②

秦武王四年，即公元前307年（周赧王八年）：

武王死。③

翌年，秦昭襄王立。
秦昭襄王六年，即公元前301年（周赧王十四年）：

蜀侯辉反，司马错定蜀。④

"侯"，《史记·六国年表》作"守"。
秦昭襄王二十七年，即公元前280年，（周赧王三十五年）：

司马错发陇西，因蜀攻楚黔中，拔之。⑤

---

① 《史记》，第209页。
② 《史记》，第209页。
③ 《史记》，第209页。
④ 《史记》，第210页。
⑤ 《史记》，第213页。

秦昭襄王三十年，即公元前277年（周赧王三十八年）：

　　蜀守若伐楚，取巫郡及江南，为黔中郡。①

秦昭襄王五十六年，即公元前251年（周已亡）：

　　昭襄王卒。子孝文王立。②

孝文王元年，即公元前250年：

　　孝文王除丧，十月己亥即位，三日，辛丑卒。③

以上即蜀入于秦前后，见于《史记·秦本纪》与蜀有关的大事记。从这一历史过程看，孝文王即位三日即死，说李冰在其时为"蜀守"，于理似不合。而秦昭襄王统治长达五十六年，以《风俗通》所说，李冰为"蜀守"于此时，当是适合的。

但具体可能在这五十六年中的哪一段时间呢？上引《史记》谓"蜀守若伐楚"在昭襄王三十年，而《华阳国志·蜀志》言：

　　周赧王元年，秦惠王封子通国为蜀侯，以陈壮为相，置巴郡，以张若为蜀国守。④

详其文意，则司马错灭蜀后，秦或因特殊之地理、历史因素，未简单地

---

① 《史记》，第213页。
② 《史记》，第218页。
③ 《史记》，第219页。
④ 《华阳国志校补图注》，第128页。

将蜀作为一郡而仅置郡守,采取了郡、国相结合的治理形式,即以之分封于亲子,以免异姓割据;与此同时又依据县制而置守,既可实施行政管理,亦可牵制侯王不使坐大。因此自秦惠文王后元十一年(周赧王元年)至秦昭襄王三十年(周赧王三十八年),蜀守或即张若,而李冰为蜀守的时段可能在昭襄王三十一年至五十六年之间。

又《华阳国志·蜀志》言李冰任蜀守在"周灭后"。则周之灭,已在秦昭襄王五十一年(公元前256年),以此推测,李冰为蜀守当在公元前256至前251年之间。

又《华阳国志·蜀志》载,"周赧王十四年"(按此与前引《史记》文合)昭襄王赐继子通后为蜀侯的"公子恽"(《史记》作"辉")死;翌年封子绾为蜀侯,"周赧王三十年"又"复诛之",至是以后,"但置蜀守",因此后八年,张若方能大肆伐楚,取楚巫郡,又取其江南置"黔中郡",可见此时蜀守方完全不受制于人,而直属秦中央政府,故《史记·楚世家》得言"秦复拔我巫、黔中郡"。也因此可以想象,李冰嗣后为蜀守,所以能大兴水利,当亦与其职权相当而有关也。

那么当时的蜀郡所辖范围如何呢?《华阳国志·蜀志》说是"属县五",即郫、繁、江原、临邛、广都五县,再加郡治成都,共计六地。这个范围,大体上接近今成都市的所辖范围。

至于李冰其人,史无可考。自李冰为蜀守,至西汉文翁为太守,百余年间,亦不闻他守,盖不在全国政治、经济中心故也。

虽然如此,我却注意到历代对他的封号,从中或许可以略窥其影响,而且更为重要的是,能为我在后面对他治水事迹演化的讨论提供一些重要的背景材料。

李冰之受封,据清彭遵泗《蜀故》卷二十一,当在汉以前,云李冰在什邡(今德阳市属什邡市)升仙:

事闻当宁,敕封昭应公,汉时加封大安王,以其大安蜀民也。①

其如此说的根据，则是：

> 平武县（今绵阳市属平武县）玉虚观有宋御制封二郎神碑，今见存可考。②

"二郎"事容当后议。"昭应公"不见史载，"大安王"则已见宋人记载。《重修什邡县志》（什邡县，今德阳市属什邡市）载明万历八年（明神宗年号，公元1580年）马某撰《大安王庙记》引宋熙宁甲寅（公元1074年）春张某碑记云：

> 展拜大安王神于祠下。③

却未言"大安王"何时所封。

元马端临《文献通考·郊社考》始言：

> 广济王庙，秦蜀守李冰祠也。伪蜀封大安王，又封应圣灵感王。开宝五年（宋太祖年号，公元972年）诏修庙，七年，改号广济王，岁一祀。④

---

① 倪亮：《蜀故校注》，西南交通大学出版社2020年版，第297页。引者按：以下凡引是书，皆出此本，仅具此书名及页码。
② 《蜀故校注》，第297页。
③ 《重修什邡县志》卷八上，第3页。
④ （元）马端临：《文献通考·郊社考》，载影印文渊阁《四库全书》，上海古籍出版社1987年版，第612册，第192页。引者按：以下凡引是书，皆出此丛书，仅具此书名、丛书名、丛书册数及页码。

《宋会要·礼·祠庙类》云：

> 伪蜀封大安王，孟昶又号应圣灵感王。①

是知李冰之有封号见于典籍者始于前蜀王建之时。至于《文献通考》云"改号广济王"，则《宋会要》云：

> 宋太祖乾德三年（公元965年）平蜀，诏增饰导江县（今成都市属都江堰市）应圣灵感王李冰庙。开宝五年庙成，七年改号，岁一祀。庙旁有显灵王庙，盖丹曼山神，诏去其伪号。②

至宋真宗大中祥符三年（公元1010年），《宋会要》载：

> 诏本军判官专掌施物，庙宇隳坏，即予修饰。③

至宋仁宗嘉祐八年（公元1063年），《宋会要》载：

> 封灵应侯。④

至宋徽宗大观二年（公元1108年），《宋会要》载：

> 封灵应公。⑤

---

① 刘琳等校点：《宋会要辑稿》，上海古籍出版社2014年版，第1000页。引者按：以下凡引是书，皆出此本，仅具此书名及页码。
② 《宋会要辑稿》，第1000页。
③ 《宋会要辑稿》，第1000页。
④ 《宋会要辑稿》，第1000页。
⑤ 《宋会要辑稿》，第1000页。

但是此时却有了一个小插曲，据《宋史·礼志》载：

  秘书监何志同言，诸州祠庙多有封爵未正之处，如……永康军李冰庙已封广济王，近乃封灵应公，如此之类，皆未有祀典，致前后差误，宜加稽考，取一高爵为定。悉改正之。①

按这一后来被采纳了的提议，则此时李冰本当被去掉刚封的"灵应公"，但从后面的情形看，他或许是被去掉了"王"号。

至宋徽宗政和元年（公元1111年）十月，《宋会要》载：

  赐庙额崇德。②

宋徽宗政和三年（公元1113年）二月，《宋会要》载：

  封英惠王。③

至宋高宗绍兴二十七年（公元1157年），《宋会要》载：

  英惠王加封广佑英惠王。④

至宋孝宗乾道四年（公元1168年），《宋会要》载：

---

① （元）脱脱等：《宋史》，中华书局1977年版，第2561—2562页。引者按：以下凡引是书，皆出此本，仅具此书名及页码。
② 《宋会要辑稿》，第1000页。
③ 《宋会要辑稿》，第1000页。
④ 《宋会要辑稿》，第1000页。

加封昭应灵公。①

至元文宗天历三年（公元1330年），《元史·文宗本纪》载：

加封秦蜀郡太守李冰为圣德广裕英惠王。②

至清雍正五年（公元1727年），清同治增修《酉阳直隶州总志》（酉阳州，今重庆市属酉阳土家族苗族自治县）载：

钦定冰敷泽兴济通佑王。③

以上即历年来李冰受封的大致情形。这些封号大致不出保民安民、显灵显圣之意。同时也可见李冰其人、其名代代有传，从蜀守到封侯、封王的过程。值得注意的是，史无专传，但却又传说甚多，甚至一直受到官方认可和褒赏。

李冰任蜀守的时间到何时为止，已不可考。《道藏·洞天福地记》载其墓在"阳平化"。阳平化，据清光绪修《彭县志》（彭县，今成都市属彭州市），在彭州有"古蜀王祠"，即今所称"太平寺"，传说即蜀王鱼凫仙化之处。而相邻老君山即有李冰祠，但却未闻有《道藏》所说之墓。

又据明曹学佺《蜀中广记》卷九引《志》云，什邡县北六十里章洛山后崖：

---

① 《宋会要辑稿》，第1000页。
② （明）宋濂：《元史》，中华书局1976年版，第750页。引者按：以下凡引是书，皆出此本，仅具此书名及页码。
③ 《酉阳直隶州总志》卷九，第2页。

049

> 有大冢，碑云：秦李冰葬所。按《开山记》云：什邡公墓化上有升仙台，为李冰飞升之处。《古蜀记》谓李冰功配夏后，升仙在后城化，藏衣冠于章山冢中矣。①

虽然上述说法都只是传闻而已，但是值得注意的是，有学者指出，上述两处称有李冰墓葬之处都有"湔氐村"②地名。这立即使人想起《华阳国志》叙李冰治水事迹一开始就指出的李冰"乃至湔氐县"设神祠之事。何以这许多以"湔氐"命名的地方都与李冰有关系？

"湔氐县"当为"湔氐道"。"道"乃秦、汉时所设少数民族地区的行政机构与区划，与县略当，因此以"湔氐道"而命名。"湔氐道"其实就是指古代羌氐等少数民族居住之地。汉曾在今成都往西南一带设置过"青衣县"（在今雅安市所属地区），虽说"县"与"道"有所谓汉人、"徼外"之分，但这青衣县很可能就是以羌氐族人民为主，汉、羌氐杂居之地，甚或由少数民族头领为治。何以知之？《史记·魏豹彭越列传》在叙及彭越谋反事时云：

> 有司治反形已具，请论如法。上赦以为庶人，传处蜀青衣。

刘宋裴骃《集解》云：

> 文颖曰：青衣，县名。在蜀。瓒曰：今汉嘉是也。③

是青衣又名汉嘉。《水经注》卷三十六云：

---

① 《蜀中广记》，载《四库全书》，第591册，第125页。
② 《华阳国志校补图注》，第134页。引者按：此乃任乃强先生引王家佑先生说。
③ 《史记》，第2594页。

> 青衣王子心慕汉制，上求内附。顺帝阳嘉二年（东汉年号，公元133年），改曰汉嘉。①

汉青衣县是否即由此原因改名"汉嘉"是有不同说法的，不过从这个故事中可看出，"青衣王子"者，绝非汉人，为当地羌氏族人民领袖可知。据说乃因羌氏族人民习穿青衣，故江、县皆以此名。汉以后，"青衣"被视为卑贱者之服。但既然衣为青衣，江称青衣，县名青衣，则神亦可名青衣。故民国修《雅安县志》称雅安城中有"青神庙"多所，至修志时尚存一二。且云：

> 本县旧名青衣县，神为青衣神，即土地。后人不详所自，遂讹为五通青蛙之类。②

由此看来，青衣神实际上即保护一方的土地神。从普遍的规律来看，所谓土地神常来源于本民族的杰出人物，或虽外来却能保此一方平安者。此与后来成都市内与蚕神合而为一的"青神"亦似有内在的联系。而李冰恰似这样一位"土地"型的人物（或神）。民国修《名山县新志》（今雅安市属名山区）载：

> 秦孝文时，蜀郡太守李冰履青衣，疏沫水，凿平溷崖。③

虽然这类记载反映在文字上不大可能早于汉代，但是"履青衣"这样的形象却使人感到出自一种颇为久远的传说。如果将"履青衣""青神庙""湔氐道""湔氐村"等这样一些似乎各不相干的名词联系起来，再

---

① 《水经注》，载《四库全书》，第573册，第526页。
② 《雅安县志》卷二，第28页。
③ 《名山县新志》卷十六，第3页。

参以下面将要讨论到的有关"二郎"故事，相信读者将不免有这样的猜想：李冰或许来自羌氐、汉相交融的地区？此一揣测倒与其史无专传，而又声名显赫的情形颇为吻合。至少可以推论：李冰或即崛起于民族杂居的地方，长期往来汉、羌氐之间，而为羌氐人民所信赖的头领、地方官员，因其善治水和协调民族、官民关系而为秦廷所重用，因而从一般地方官而被拔擢至蜀守？因此他在羌氐族人民心目中竟不啻为神？亦因其有治水之功绩，故蜀地有关神话传说逐渐猬集其一身而被神化？

这一切猜想，都只好托付给历史的烟云流散飘荡了。但是以他的名义留下的一些有关的神话传说倒确实不应被遗忘，而值得人们去追索。

第二节 治水内容之变

李冰事迹最著者，为治水。秦、汉以后史传典籍鲜有不及于此者。兹先就史传、地理及方志书所言李冰治水范围略窥李冰治水传说的演变之端。

言李冰治水事以《史记·河渠书》为最早，其言云：

> 蜀守冰凿离碓（刘宋裴骃《集解》引晋灼曰：古"堆"字也），辟沫水之害。穿二江成都之中。此渠皆可行舟，有余则用溉浸，百姓飨其利。至于所过，往往引其水益用溉，田畴之渠以万亿计，然莫足数也。[①]

依《史记》此处所说，则李冰治水所及地方，可得而数者，乃"离堆""沫水""二江""成都"。

所谓"二江"，乃指李冰自都江堰宝瓶口以后分出的郫江的两条支

[①] 《史记》，第1407页。

流。"二江"皆自成都城西南双流而过，汇合于城东的"合江亭"。直至20世纪60年代以前，尚可行舟、夏泳等。后因陆路交通发展、水道淤塞、水质污染等原因，已颇难见舟船与弄潮者。

所谓"沫水"，依《水经注》，即古称灖水，隋唐以后所称大渡河者。其流在南安（今乐山市）先与西北流来之青衣江相汇，再与正北流来之岷江汇合为一，东南而直下僰道（今宜宾市）。《史记·河渠书》上文既言"凿离碓，辟（避）沫水之害"。则知此"离堆"亦当在沫水袭来之处。

以上为《史记·河渠书》所言李冰治水范围。而《史记·河渠书》唐张守节《正义》引《括地志》足之云：

《风俗通》云：秦昭王使李冰为蜀守，开成都市县两江，溉田万顷。①

其所说与《史记·河渠书》、班固《汉书·沟洫志》无异。《艺文类聚》卷九十五引扬雄《蜀王本纪》说得更具体：

江水为害，蜀守李冰作石犀五枚，二枚在府中，一枚在市桥下，二在水中以厌水精，因曰石犀里。②

扬雄《蜀王本纪》这里所记，主要涉及今成都市及其周围地区水利。所谓"府"，当即指郡守治所；"市桥"地在成都市内；"石犀里"，指今郫县（今成都市属郫都区）犀浦镇一带。是其所治已及蜀南之乐山与蜀西

---

① 《史记》，第1408页。
② （唐）欧阳询：《艺文类聚》，载影印文渊阁《四库全书》，上海古籍出版社1987年版，第888册，第897页，引者按：以下凡引是书，皆出此丛书，仅具此书名、丛书名、丛书册数及页码。

之成都。然传说中其所治，尚不止此。宋乐史《太平寰宇记》卷七十三"天彭山"条引扬雄《蜀纪》云：

> 李冰秦时为蜀守。谓汶山为天彭关，号曰天彭门。云亡者悉过其中，鬼神精灵数见。①

汶山、岷山古说为一。这里泛指成都平原西北部一带山脉。"天彭关"，当即在岷山中岷江的发源之地。北魏郦道元《水经注》卷三十三云：

> 秦昭王以李冰为蜀守。冰见氐道县有天彭山，两山相对，其形如阙，谓之天彭门，亦曰天彭阙。江水自此已上至微弱，所谓发源滥觞者也。②

是大约为东汉以前书所言李冰治水范围。以所及区域范围而言，约有今成都市、都江堰市、乐山市；以水系而言，则涉及今大渡河、青衣江、岷江、沱江（《华阳国志》所说"沫水"，详其文意，似指青衣江，与《水经注》所言不同，但与本章结论不相矛盾，故可存而不论）。

与之比较，我发现，据晋代常璩所记，李冰治水范围已扩大了许多。除东汉以前书已所言范围，《华阳国志》言及"僰道"，在今宜宾市，以水系言，则在金沙江与岷江交汇处；言及"汶井江"，在今成都市属崇州市，称西河，源于成都盆地西北之阿坝藏族羌族自治州境内；言及"临邛"，则在今成都市属邛崃市，"蒙溪""白木江"即发源于邛崃市西部布仆河的支流；言及"洛通山"，在今德阳市属什邡市，"洛水"，源出什邡市北的阿坝藏族羌族自治州境内茂县。

---

① 《太平寰宇记》，载《四库全书》，第469册，第605页。
② 《水经注》，载《四库全书》，第573册，第495页。

从上述地域来看，除沿岷江所下至乐山市、宜宾市，北上至什邡县以外，其余基本处于成都平原或说今天大成都范围内。从水系来看，虽说上述江流基本都发源于成都盆地西、北面的岷山山系中，但其所治，除上列例外，却均在成都平原的核心之上。这些水流，加上密如蛛网的沟渠，造就了被称为"膏腴""浸沃"的"天府之国"。

上述地域、水系方面的内容留下了一些疑问，启发研究者进一步思考：以上所言李冰治水，是否一致？其意义何在？这恐怕要从蜀守的职责说起。

《华阳国志·巴志》载秦灭巴、蜀之后：

置巴、蜀、汉中三郡，分其地为四十一县。①

但是巴、蜀、汉中三郡到底是各有其守，还是统一由秦公子掌管？抑或名义上由秦公子掌管巴、蜀、汉中三郡而各郡有守？由于书阙有间，暂无法确认，只是从《华阳国志》中的记载来看，巴、蜀、汉中三郡，秦时郡守之名得存者，仅张若、李冰二人。因此他们所管理的范围只能由推测得出。这恐怕要从秦、楚之间的斗争态势说起，姑且从第一任蜀守张若开始。

张若于周赧王元年（公元前314年）被任命为"蜀国守"。五年（公元前310年），与张仪"城成都""郫城""临邛城"皆"置观楼、射阑"。又"成都县本治赤里街，若徙治置少城"。三十八年（公元前277年），秦去蜀侯，只置蜀守，"张若因取笮（《史记作巫》）及楚江南地焉"②。

张若守蜀三十年，从寥寥的记载中可以看出，他修置了成都诸城，很重视城防军事方面的建设，"观楼""射阑"皆为此而设。这种情况并

---

① 《华阳国志校补图注》，第12页。引者按："四十"依任乃强先生补。
② 《华阳国志校补图注》，第129页。

非一般认为为防止内乱，而是为巩固蜀地后防，以随时准备与秦本土形成军事上对楚的夹击之势。关于这一点，在秦国内部早有讨论，可以说，取蜀也是出于此种目的。《华阳国志·蜀志》载：

> 蜀王怒，伐苴。苴侯奔巴，求救于秦。秦惠王方欲谋楚，群臣议曰："夫蜀，西僻之国，戎狄为邻，不如伐楚。"司马错、中尉田真黄曰："蜀有桀、纣之乱。其国富饶，得其布帛金银，足给军用。水通于楚，有巴之劲卒，浮大舶船以东向楚，楚地可得。得蜀则得楚，楚亡则天下并矣。"惠王曰："善。"

正是基于这样的战略思想，因此周赧王五年（公元前310年）张若、张仪"城成都"等城以后，秦就于周赧王七年（公元前308年）开始执行这一战略思想。史载：

> 司马错率巴、蜀众十万，大舶船万艘，米六百万斛，浮江伐楚，取商於之地，为黔中郡。①

此记载不见于《史记》，其实对于楚、秦而言，乃是一件大事，盖从此之后，楚即陷入陆路需对秦，水路需对巴、蜀的两线作战态势。

实际上就在此前一年，即楚怀王二十年（周赧王六年，公元前309年），齐湣王在给楚怀王的信中就说：

> 王取武关、蜀、汉之地，私吴、越之富而擅江海之利……则楚之强百万也。②

---

① 《华阳国志校补图注》，第128页。
② 《史记·楚世家》，第1725页。

第二章　李冰论（上）

这是从楚国的角度言及蜀对楚的战略重要性。

或许司马错此战终于激起了楚国对此的重视，故重新夺回了黔中郡地。此事虽不见史载，但是《史记·楚世家》等记楚怀王三十年（周赧王十六年，公元前299年）秦骗楚怀王会武关，结果是：

> 因留楚王要，以割巫、黔中之郡。楚王欲盟，秦欲先得地。楚王怒曰："秦诈我而又强要我以地。"不复许秦。秦因留之。①

从这些记载来看，秦、楚会武关时，巫、黔中等郡已又在楚手中。

正是基于上述这些背景和原因，因此又有了张若经营蜀三十余年后的周赧王三十五年（公元前280年）"司马错发陇西，因蜀攻楚黔中，拔之"②之役，以及周赧王三十八年（公元前277年）"蜀守若伐楚，取巫郡及江南，为黔中郡"③之役。

虽然《史记·楚世家》记楚顷襄王二十二年（周赧王三十八年，公元前277年），"秦复拔我巫、黔中郡"④；楚顷襄王二十三年（周赧王三十九年，公元前276年），"襄王乃收东地兵，得十余万，复西取秦所拔我江旁十五邑以为郡，距秦"⑤，这样一些记载与上述《华阳国志》所载略有差别，且具体纪年尚需深入研究，但是这些记载已经明白无误地告诉我们，当初司马错和中尉田真黄给秦惠王提出的伐蜀的战略建议确实是富有远见的，且正在得到逐步落实。秦、楚双方围绕着巫、黔中郡残酷、反复的争夺也充分说明了一个对于本章所研讨的问题更为要紧的事实和背景，那就是，几乎终秦之世，尤其是在秦昭襄王执政的半个

---

① 《史记》，第1728页。
② 《史记》，第213页。
③ 《史记》，第213页。
④ 《史记》，第1735页。
⑤ 《史记》，第1735页。

世纪中，蜀与巴事实上始终是秦的一个巨大的军事战略出发地的角色。鉴于春秋以后，巴的势力逐渐走向颓势，形成若干分散的区落而缺乏像蜀那样归属于统一完整的王朝，所以名义上从地域而言，虽须巴、蜀分而称之，但从文献中的不少记载来看，言"蜀"往往兼"巴"，而蜀守之责，抑或兼巴而有之。回头再看司马错、中尉田真黄对秦惠王的建议，亦正有我上述看法的意味。因此，现在回到张若上来说，张若既然能在秦昭襄王三十年时大肆伐楚，作为蜀守，自然当汇聚蜀巨大的人力、物力；则所取道，当亦顺岷江至僰道（今宜宾）入长江，再下浮至巴地，集合巴地的人力、物力而侵袭楚巫、黔中等地。这样来看，继张若而后的李冰，其管辖范围能及于前述什邡、南安（乐山）、僰道（宜宾）等地，当然也没有什么问题。且由于顺岷江而下直至江州（重庆）的这一条水道，乃当时秦对楚斗争所需巴、蜀人力、物力运输最重要的一条通路，因此对这一条水道上危险地带的改造、疏浚如乐山的凿离堆等，当为其时更胜于农业水利的事。无论当其事者是否是传说中的李冰，此皆当时治水之要务，亦合乎秦自商君变法以后立耕励战的一贯政策。

对于传说中秦时李冰治水所涉范围、水道、性质，恐当作如是观。

出于当时军事战略的需要，秦应当对从成都平原至南安、僰道的岷江，从僰道至江阳、江州的长江给予特别重视。尤其是江阳以上直至僰道，向来被视为长江上游地，其航道恐尤需治理。但是需注意到的是，那是在公元前，航道治理的难度恐远超开辟水渠，谈何容易！《史记》以来载李冰治水，不但及其农田灌溉，亦涉及其航道治理。可以说既反映一种实录精神，也保留了治水原本的真实战略意图。而《华阳国志》以后已多不注意于此，而偏重治水的农事功利，李冰治水传说之演变即此始，这是在讨论李冰治水其事时首先需注意的一点。

需要注意的另一点则是，正是由于公元前二百多年治水的技术手段；正是由于其时巴、蜀的许多地方尚待开发，尚处于经济落后的状态；正是由于李冰之任蜀守时间毕竟有限（至少三四十岁后方得任此职）。所有这些因素汇聚起来，则李冰之治水或不可能涉及过多的地方，与鳖灵治水相较即可了然，这恐怕是在研讨李冰治水传说时当注意的又一点。

当然，以上都是一种历史的讨论。虽然尚未及乎神话传说中的治水，但细心者当可注意，地域的变换正是涉及任何神话传说迁移的关键之点。李冰治水传说亦莫能外。

第三节　治水地域之变

既已从载籍中明白以上两点，则可以进一步注意传说中李冰治水的范围。这一点虽然上引不少材料已经涉及，但是从传说而非历史的角度看，我仍想对其分地域再做梳理。

以《华阳国志》《水经注》观之，以成都为中心，北至于什邡（今德阳市属什邡市）；西至于都安（今成都市属都江堰市）、天彭（今成都市属彭州市）；南至于南安（今乐山市）、僰道（今宜宾市）；东至于江州（今重庆市）及其属地。

姑依上述方位，将传说中李冰治水范围列举如次。

中心：

成都虽非李冰治水之地，但却是李冰为农利而治水获利的首要之地。至今市内所传有关李冰治水的古迹不少。如《华阳国志·蜀志》云：

> 州治大城，郡治少城。西南两江有七桥：直西门郫江上曰冲里桥；西南石牛门曰市桥，其下石犀所潜渊也；大城南门曰江桥；南渡流江曰万里桥；西上曰夷里桥，上曰笮桥；又从冲里桥西北折曰长升桥；郫江上西有永平桥。长老传言：李冰造七桥，上应

七星。①

这里所说"大城""少（小）城"都是就当时张若、张仪所筑成都城而言。所言李冰造七桥因其分布的地理位置恰如北斗七星之状，因而称"上应七星"。其实李冰"穿二江成都之中，此渠皆可行舟"，所修桥当不止上述七座，而其中赫赫有名者如"万里桥"等，至今仍可指其所在。至于唐代以还，城区扩大，"二江"逐渐进入市区中，李冰治水古迹所在亦众说纷纭、莫究其详了。②

北部：

"洛通山"是《华阳国志》中曾提及的李冰治水的地方。明曹学佺《蜀中广记》卷九引《志》谓此在什邡县（今德阳市属什邡市）县治北六十里高境关外，又名章洛山、章山、杨村山等。古碑云有"大郎庙"，此"大郎"，即指李冰。《重修什邡县志》（什邡县，今德阳市属什邡市）引明万历八年（明神宗年号，公元1580年）马某《大安王庙记》云：

什邡治北五十里曰章山……山之右隅神祠在焉。什邑民人凡水旱灾祥，有祈有报，香火至今不绝，俗人咸称为大郎庙……于草莽中得宋熙宁（北宋神宗年号，公元1068年—1077年）间一碑，方知为大安王神也……按《熙宁碑》："予以太常少卿出知成都转运使。钦奉朝旨，分按保甲，道由洛通，过绵邑，因得展拜大安王神于祠下。谒余，憩少顷，下至洛县旧址。北望洛之水，来自断山横冈间，势必浚之而乃南。今观裂石载涂，狰狞可怖，湍涛惊翻，哮吼诸谷，其疏导之迹历历可见。噫！□匪神，民其鱼乎……"由是观

---

① 《华阳国志校补图注》，第152页。
② 引者按：成都筑城甚早而为天府之治，历代兴废，城坊亦颇有变迁。其详可参王文才：《成都城坊考》，巴蜀书社1986年版。

之，神为大安王无疑……今冰有功于国……乌可以不记。①

从这通《庙记》和其中所引北宋熙宁碑文的情形不难看出，此处"大安王庙"绝非一般泛泛设于各地的"川主庙"之类可比。而是有迹、有记可寻，且始于相当早的时期。值得注意的是上引《庙记》还转引了《蜀民宦志》所记载的一个故事：

> 冰一日循视水道至广汉（今德阳市属有广汉市即沿此名），溯江干而上，因有马沿河之名。至后城山遇羽衣人谓冰曰："公之德入于民深，名注天府久矣。上帝有诏，命予来迎。"遂挟之飞升而去。今祠岭之西即后城治，上有礼斗升仙台，或亦其事与。②

明曹学佺《蜀中广记》卷九所记似亦与这一故事有关：

> 《志》云章山后崖有大冢，碑云：秦李冰葬所。按《开山记》云：什邡公墓化上有升仙台，为李冰飞升之处。《古蜀记》谓李冰功配夏后，升仙在后城化，藏衣冠于章山冢中矣。③

此庙现在俗称"李冰庙""大王庙"，在什邡市永兴乡境内。④

西部：

成都以西，是李冰治水传说最多的地方。首先《华阳国志》所说"天彭门"，历来就有争执，莫详所指。

《彭县志》（彭县，今成都市属彭州市）曰：

---

① 《重修什邡县志》卷八上，第2—3页。
② 《重修什邡县志》卷八上，第2页。
③ 《蜀中广记》，载《四库全书》，第591册，第125页。
④ 胡昭曦：《四川古史考察札记》，重庆出版社1986年版，第57页。

> 彭阙山（旧讹为定峰山，俗呼老君山）①亦曰彭门，距县五十里三分。西岩至东岩长一里二分，北对天彭山，方正平列，状类今之石坊，故谓之阙，若嵩山神阙，王稚子阙是也。旧《志》谓堋口为彭门，《元和志》谓灌口山西岭为彭门，《水经注》误以氐道为湔氐道，云大江径天彭阙下，皆非其地。《华阳国志》谓李冰至湔氐县，见两山对如阙，刘昭《郡国志注》谓两石对如阙，《蜀都赋》言出彭门之阙，亦非其实。②

《彭县志》且指出所谓"彭阙山""俗呼老君山"。既有如此振振之词，因此又记云：

> 天彭阙神祠，在老君山北。③

其实《太平寰宇记》卷七十三记九陇县（今成都市属彭州市九陇镇）时即已指出了此祠：

> 灌口镇。镇城西有玉女神祠，祠之西有蜀守李冰祠。存。④

《彭县志》特别指出，这里的"灌"当作"堋"字，此乃"后人所改。灌口镇属导江，不隶九陇"。"导江"为唐时所置县名。"灌口镇"则正今天都江堰市所在地。所以《彭县志》为此一字而十分不满。但《太平寰宇记》这一字无论是原文如此还是后人所改，总之都反映出了一个事实，那就是相邻的两个县彭县与灌县在为"天彭"究竟何在而争论，且

---

① 引者按：括弧中语为原注。
② 《彭县志》卷一，第23—24页。
③ 《彭县志》卷二，第23页。
④ 《太平寰宇记》，载《四库全书》，第469册，第600页。

这争论至少发生在宋朝之前。

但是从《华阳国志》原文看,说是李冰乃"至湔氐县,见两山对如阙",因号"天彭阙"。这里"湔氐县"本当作"湔氐道",乃汉所设地名,略在今阿坝藏族羌族自治州松潘县西北。从水系上看,正为岷江的发源地。岷江自此而下,直抵今都江堰市。因此参合这些情况看,《华阳国志》从"天彭门"的命名到在"水上立祀三所"到"壅江作堋",乃一气而下,是《华阳国志》乃认为天彭关就在今都江堰市以北的岷江源头一带。诸古地理书多持此说,亦自有其理。

当然,我并无意在此就"天彭关"的具体所在做专门考证。但是通过上面的材料已不难看出,李冰之治水在成都西部边沿影响确实重大。因此西部各市县几乎县县皆有李冰治水的记载,其中有些颇不乏神话传说色彩。如民国修《郫县志》(郫县,今成都市属郫都区)载:

> 石鼓二,在县北半里沱江西岸。石牛三,在石鼓旁。秦时李冰所塑以镇水怪。今犹错峙江岸,皆断缺不全。惟中有一牛,其头由颈部被坠落,有凿痕。土人相传道光为雷所劈。旁有碑曰:"先汉古迹"……按碑上"汉"字宜作"秦"字。①

当然,问题倒不在于这些石牛到底是否是"先汉古迹"或"先秦古迹",而在于曾经有过这样的传说。

又如清光绪修《蒲江县志》(蒲江县,今成都市属蒲江县)记载:

> 汗龙洞,县南二十二里,在二王庙侧。旧传与水龙洞相通,深邃无底,人不敢入。②

---

① 《郫县志》卷六,第11页。
② 《蒲江县志》卷一,第16页。

水龙洞，县南二十二里，在二王庙前，相传与柘林川相通，渊深莫测，真龙窟也。①

衬腰崖，县南二十七里，一名插剑崖。旧传李二郎追孽龙至此。②

所谓"二王"即李冰与传说中其子"二郎"，既为治水圣手，宜乎其庙侧、庙前俱有龙洞。

又如《雅安县志》记雅安（今雅安市）有"离堆"，言为李冰所凿。又有"龙揭盖"，相传是当年李二郎追孽龙至此，龙钻入石中，二郎揭石逐龙，至今龙坑、马蹄痕宛在。③

又如《芦山县志》（芦山县，今雅安市属芦山县）亦记芦山有"二郎庙"、有"离堆"，言二郎尝"疏凿离堆，避沫水之患，并扫除孽物。其功不下于禹，故庙祀之"。④

南部：

《成都府志》，仁寿（今眉山市属仁寿县）亦有"二郎庙"且"有二：一在仁寿治东，一在左护卫东，俱祀李冰之子"。⑤

东部：

东部虽为长江流经之地，但长江至此已蔚为大观，自古舟航畅通，似为李冰治水所不及，但是仍有李冰治水的传说。

据《巴县志》（巴县，今重庆市主城区）载，其地有"歌乐山"，其得名之由，乃：

---

① 《蒲江县志》卷一，第16页。
② 《蒲江县志》卷一，第6页。
③ 《雅安县志》卷二，第21页。
④ 《芦山县志》卷二，第14页。
⑤ 《成都府志》卷三，第30页。

> 旧传李冰次子二郎佐父导水，驻节山上。异乐忽作，如闻钧天之音，故名"歌乐"。①

因此，巴县建有二郎庙。以重庆为中心，由此而辐射，四处皆有李冰治水传说。如《重庆府志》载：

> 祈雨山，县（今重庆市属璧山区）北四十五里。绝顶有川王庙，旱年祷雨辄应。②

又上引《重庆府志》载：綦江县（今重庆市属綦江区）有明神宗万历时建"二郎桥"。③

又上引《重庆府志》载：永川县（今重庆市属永川区）有"石笋山"，"孤峰如笋，上有石泉"。又有"二郎山"，"孤峰耸秀"④。但这"二郎"是否就能肯定是传说中李冰之子"李二郎"呢？恰巧上引《重庆府志》紧接着又载有"同心山"，说是"同心山""与石笋、二郎相连，故名"。⑤所谓"上有石泉"的石笋我在第一章第一节分析中已经说过，是一种暗示着生命源泉的石头，且已举出不少石头与水、与农业的关系，那么这里由"同心山"将其与"二郎山"联系，这"二郎"应该是治水的"李二郎"了。

上引诸例，如若说重庆、綦江尚与江水有关，则璧山、永川不在江干，可见李冰治水传说的播迁之迹。且不仅如此，如东部之渠县、大竹、邻水，东南部之黔江，甚至再往东边之大宁（今重庆市属巫溪县大

---

① 《巴县志》卷一，第27页。
② 《重庆府志》卷一，第57页。
③ 《重庆府志》卷一，第42页。
④ 《重庆府志》卷一，第36页。
⑤ 《重庆府志》卷一，第36页。

宁镇）均有"川主宫""川主庙"之类，而且都言明祭祀李冰。就连地处东北部的南部，也有"离堆山"，且颇负盛名。《保宁府志》（保宁，治所在今南充市属阆中市）亦记"二郎庙在县东北"[①]，且宋张唐英《蜀梼杌》卷下亦记云：

  阆州大雨雹如鸡子。鸟雀皆死，暴风飘船上民屋。女巫云：灌口神与阆州神交战之所至。[②]

"灌口"即今都江堰市，正是李冰治水之地，所谓"灌口神"当即指传说中李冰子"二郎"，故其与敌交战伴随暴风与雹不亦宜乎？

小　结

  回顾本章，我主要从李冰传说的时间和空间范围对李冰传说做了一些探讨。
  我认为，从时间角度，亦即从李冰的职守、封号等变迁过程看，最为突出的特点就是史无专传，但却又传说甚多，且不断滋生蔓延。因此从本质上而言，史上是否确有其人并不是这一课题研究中最重要的，而最关键的是李冰的职守、封号等变迁过程与其传说之间的关系，它反映出人类普遍的生活需求对神话传说在其流播过程中所起到的培植作用。换句话说，人类的心理需求正是神话传说流播走向的动机和驱动力。关于这一点，我将在下一章进一步讨论。
  至于从空间的角度，也就是从李冰治水传说的空间范围来看，则似

[①] 《保宁府志》卷十二，第3页。
[②] （宋）张唐英:《蜀梼杌》，载影印文渊阁《四库全书》，上海古籍出版社1987年版，第464册，第238页，引者按：以下凡引是书，皆出此丛书，仅具此书名、丛书名、丛书册数及页码。

乎有如下特点和意义。

首先，自宋、元以后，对李冰的祭祀被朝廷正式批准，且随着李二郎、赵昱等被纳入这一传说系统之中起到的一种推波助澜的作用（详下第五章），对李冰的祭祀已遍及巴、蜀各地。根据我目前的考察，似乎巴、蜀之域县一级行政区划中几乎到处都有"川主庙"或"川主宫"，而这"庙""宫"中所祀，几乎无一例外，均为李冰或其子二郎，且各县往往非止一祠，至于设于乡间场镇者，更难以缕述了。"川主庙"有独祀李冰者，有李冰父子合祀者，更有不少独祀二郎者，所谓"二郎庙"即是。这种传说广为分布的意义在于，它为李冰治水传说的流播变迁、歧说纷出提供了基本的前提条件。

其次，从传说的内容看，中、北、西诸部传说往往能具体指明李冰治水的具体所在（尽管其中多有附会之嫌）。而南部、东部的传说有时虽也言之凿凿（如"歌乐山"之得名），但是总的看来，始终不能指实李冰治水的具体所在与遗迹（哪怕附会之说）。这使我不能不得出结论，李冰治水之事很可能除南安（今乐山市）以外，主在还应在西部、北部。

再其次，以《史记·河渠书》《蜀王本纪》《风俗通》《华阳国志》《水经注》等书为参考蓝本，以地方传说与之对照，则可发现依上述五书，李冰治水之事，一在疏浚航道，其事皆在南部；一在农利灌溉，其事多在西部、北部。而今西部、北部所传尤多有所谓"古迹"可证，则李冰治水之传说实在已稍与上述五书尤其是前三书略不同，而重在强调沟渠灌溉。此乃蜀地人民以农业为其根本，重农、重水、务实的地区民情所决定。同时，也可见民间传说大大加强了《华阳国志》等书已显示出的李冰治水由航道疏浚向农利灌溉重心的转移。而这一点，也可以从前述李冰传说的历史角度得到印证。

明乎此，则可进而讨论李冰治水传说故事具体情节方面的演变，而这些演变与本章李冰治水传说故事从历史和空间的观察所得到的结论也应是相吻合的。

| 第三章 |

李冰论（中）

上一章我主要从历史与空间的角度罗列讨论了李冰治水传说的大体情形。讨论之末，我提出了人类的生活与心理需求正是神话传说流播走向的动机和驱动力的看法。本章中，我想提出李冰治水传说中显著的几个与地域相关的情节予以讨论。从这些讨论中，或许可以进一步了解神话传说流播中的一些规律。

第一节　神的要约

如前所言，李冰治水若数其荦荦大者，乃有修都江堰，穿二江成都之中，积薪烧蜀王兵阑，辟沫水之害几者。其中，穿二江成都之中功巨大，然而事至琐屑，所留古迹虽多但往往难以指实，且神话传说无多，暂勿论。先就修都江堰中与神话传说有关者言之。

《华阳国志》在述及李冰治水时所涉及修都江堰事，有"天彭门""水上立祠""与江神要"等情节与神话传说颇有关，当略加论析。

"天彭门"之"彭"，按《易·大有》云：

第三章 李冰论(中)

九四,匪其彭,无咎。

孔颖达《疏》云:

彭,旁也。①

又《墨子·备穴》云:

若彭有水浊非常者,此穴土也。②

王念孙《读书杂志》、孙诒让《墨子间诂》皆以为此"彭"与"旁"通。那么"天彭门"其实即天侧门之意。正由于是天之侧门,因而如《太平寰宇记》卷七十三引扬雄《蜀纪》所说:

李冰秦时为蜀守,谓汶山为天彭关,号曰天彭门。云亡者悉过其中,鬼神精灵数见。③

从语意上看,《蜀王本纪》《华阳国志》都以李冰为"谓"一词主语,其意以为关于天彭门之种种说法皆李冰所言。而详揣文意,李冰说出这些话时当极为认真,因此治水之先,他坚持先要去岷江源头"在水上立祀三所"④。三祀虽不可考,其祀对象亦无从得知,但可以肯定在江源,所祀当不出天、出入天侧门之诸神、江神等。我们当然不可以认

---

① 《周易正义》,收录于清阮元校刻《十三经注疏》,中华书局1980年版,第30页。
② 《墨子》,载上海古籍出版社缩印浙江书局汇刻本《二十二子》,上海古籍出版社1986年版,第273页。引者按:以下凡引是书,皆出此丛书,仅具此书名、丛书名、丛书册数及页码。
③ 《太平寰宇记》,载《四库全书》,第469册,第605页。
④ 《华阳国志校补图注》,第133页。

为只要是在"水上立祀"就一定只是祀江神。因为古代立祀,多有在水旁者,如周代所谓"明堂"乃在水旁即为明证。应当指出的是,李冰的这些话应非他杜撰,当有一定神话传说为其依据。盖古有天门之说,且这个说法多出自西部,出自与蜀有关的民族文化传统之中。

据《国语·楚语》载:

> 昭王问于观射父曰:"《周书》所谓'重、黎实使天地不通'者,何也?若无然,民将能登天乎?"对曰:"非此之谓也。古者民、神不杂。民之精爽不携贰者,而又能齐肃衷正,其知能上下比义;其圣能光远宣朗;其明能光照之;其聪能听彻之,如是则明神降之,在男曰觋,在女曰巫。是使制神之处位次主,而为之牲器时服,而后使先圣之后之有光烈,而能知山川之号、高祖之主、宗庙之事、昭穆之世、齐敬之勤、礼节之宜、威仪之则、容貌之崇、忠信之质、禋洁之服,而敬恭明神者,以为之祝。使名姓之后,能知四时之生、牺牲之物、玉帛之类、采服之仪、彝器之量、次主之度、屏摄之位、坛场之所、上下之神、氏姓之所出,而心率旧典者为之宗。于是乎有天地神民类物之官,是谓五官。各司其序,不相乱也。民是以能有忠信,神是以能有明德。民神异业,敬而不渎。故神降之嘉生,民以物享,祸灾不至,求用不匮。及少皞之衰也,九黎乱德,民神杂糅,不可方物。夫人作享,家为巫史,无有要质。民匮于祀,而不知其福。烝享无度,民神同位,民渎齐盟,无有严威。神狎民则,不蠲其为。嘉生不降,无物以享,祸灾荐臻,莫尽其气。颛顼受之,乃命南正重司天以属神,命火正黎司地以属民,使复旧常,无相侵渎,是谓绝地天通。"①

---

① 《国语》,载影印文渊阁《四库全书》,上海古籍出版社1987年版,第406册,第158—159页。引者按:以下凡引是书,皆出此丛书,仅具此书、丛书名、丛书册数及页码。

本来昭王之问，已道出原先神话传说中的一个大秘密，即有那么一个时代，天神人鬼之间，竟是可以相互往来、没有界限的。但是观射父在回答他时，却用了一番文明社会的常理去反驳他，说是古时天地人神是分开的，人神之间是通过巫、觋各自履行自己的义务职责来达成默契，这就叫作天地通了。后来人们不敬神，不履约，人人都在祭祀，家家都在各搞一套，似乎民神混为一气。这种情况显然导致了天上人间秩序的破坏，神、人皆不知安分守己，相互亵渎，于是颛顼方使重与黎两位天神分别掌管天、地，从而使天上、人间秩序重又得到恢复，判然得以划分。这才有了重、黎的各司其事，不过是"使复旧常"罢了。由此看来，观射父是完全否定昭王所说的古代曾有过"民能登天"的时代的。但是韦昭却注云：

> 《周书》，周穆王之相甫侯所作《吕刑》也。重、黎，颛顼掌天地之臣。《吕刑》曰：乃命重、黎绝天地通。谓少昊之末，民神杂糅，不可方物。颛顼受之，乃命南正重司天以属神，火正黎司地以属民，是谓绝地与天相通之道也。[①]

上引韦昭的话颇有些含糊其辞，所谓"是谓绝地与天相通之道"既照顾到了观射父用文明社会常理对神话的解释，无意中又透露出了他承认昭王之问，乃有"地与天相通之道"。

那么到底是否有可供"民能登天"的"地与天相通之道"呢？其实从《山海经·大荒西经》中尚能看出仿佛：

> 大荒之中，有山名曰月山，天枢也。吴姬天门[②]。日月所入。

---

① 《国语》，载《四库全书》，第406册，第158页。
② 引者按："姬"本作"姖"，依郝懿行校改。

> 有神，人面无臂，两足反属于头上①，名曰嘘。颛顼生老童，老童生重及黎，帝令重献上天，令黎邛下地。②

这里的"献""邛"二字，郭璞以为"义未详也"。但是在《国语·楚语》"重实上天，黎实下地"后，韦昭注云：

> 言重能举上天，黎能抑下地，令相远，故不复通也。③

因此"献""邛"二字虽可存而待考，但是韦昭注却帮助人们认识到神话传说中确实存在着天人之间相通的"天门""天道"，而后来作为上帝对人的一种惩罚，始将天、地分开了。那么在天地相通、民神杂糅与"绝天地通"这两种情况中间，似乎尚存着一种过渡阶段。这就是《山海经·大荒西经》中所说的：

> 有灵山，巫咸、巫即、巫盼、巫彭、巫姑、巫真、巫礼、巫抵、巫谢、巫罗十巫从此升降。④

这固然是神话中描绘的情景，所描写的"灵山"一般大众不可以经此随意上下，而是"巫"从此上下的通道。这种情况，若以《国语·楚语》中的记载而比拟之，不就是观射父所说的"明神降之，在男曰觋，在女曰巫"吗？

那么既然李冰称"天彭门"，则天之门当不止一二。仅以《山海

---

① 引者按："上"有本作"山"，误。
② 《山海经》，载《二十二子》，第1383页。
③ 《国语》，载《四库全书》，第406册，第159页。
④ 《山海经》，载《二十二子》，第1382—1383页。

经·大荒西经》所载，即有"方山"，"日月所入也"[①]；"丰沮玉门，日月所入"[②]，"灵山，十巫从此升降"；"龙山，日月所入"[③]；"吴姬天门，日月所入"[④]；"有山名曰鏖鏊钜，日月所入者"[⑤]；"有山名曰常阳之山，日月所入"[⑥]；"有山名曰大荒之山，日月所入"[⑦]。不能认为，既是日月出入之山或门，那就非人所能出入。在神话思维时代，日、月与人、神之间原本并无分别，不过都是大自然中的一员。这种情形在《山海经》中已不鲜见。顺便指出，上述诸门中，"丰沮玉门"中的"丰"，其发音即应与"彭"相同，因此倘将"天彭门"置诸上述诸门中当亦不至有什么突兀吧。

另外还应指出的是，《山海经·大荒西经》对于古蜀神话传说的研讨有着特别的意义，其中所载上述与天相通的诸门、诸山似乎就在成都西北部的岷山山系。因此李冰治水要先到"天彭阙"，并说这是天之侧门，有鬼神精灵从此出入。这并不是他的异想天开。他或许只是在讲述他所知道的一些神话传说，以说明他所作所为其来有自，岂可等闲观之，又岂可率尔为之！而他所讲述的神话传说、《山海经·大荒西经》中所讲述的那些神话传说和前面数章中所讨论到的神话传说，原本都是属于辉煌的古蜀神话传说体系的，遗憾的是，高度成熟、务实的古蜀农业社会发展得太快、太早，而至今尚值得研究的导致民族覆亡的无法窥知的原因使得这个体系湮没、流失，只剩下一片断垣残瓦了。或许李冰时也所传不多了？或许是李冰本振振有词，所言尚不止此，而常璩欲辟怪妄仅止于录此？总之只剩下这寥寥数语了。不过这寥寥数语更弥足珍

[①] 《山海经》，载《二十二子》，第1382页。
[②] 《山海经》，载《二十二子》，第1382页。
[③] 《山海经》，载《二十二子》，第1383页。
[④] 《山海经》，载《二十二子》，第1383页。
[⑤] 《山海经》，载《二十二子》，第1383页。
[⑥] 《山海经》，载《二十二子》，第1383页。
[⑦] 《山海经》，载《二十二子》，第1384页。

贵，它使后来者对李冰的治水业绩，除了产生自然科技工作者的赞叹，产生历史学者的感慨，还可以产生神话学者无穷的遐想……

对李冰的治水业绩当如是观，对"天彭门"云云当如是观，对其治水中所涉及的其他细节也可作如是观。

李冰在都江堰治水时又一个引人注意的细节是：

> 于玉女房下白沙邮作三石人立水中，与江神要：水竭不至足，盛不没肩。①

从自然科学角度看，这三个石人就是古代称为"水则"，而今通称的水位标记。《成都府志》记载：

> 又灌县斗鸡台下錾凿石崖，尺为之画，凡一十有一，谓之水则。水有其九，则民喜，尽没其画，则民困。②

连同前面已提到的"三石人"，《成都府志》的作者最后感慨说：

> 皆秦蜀守李冰所为。神智苦心，后莫敢违，违之辄病。③

因此"三石人"与斗鸡台的"水则"大约是李冰分置都江堰两处而起同一作用的治水之物。

据任乃强先生报告载：

> 三石人，今已发现其二，倒卧在金刚堤下河床沙土中。最大者

---

① 《华阳国志校补图注》，第133页。
② 《成都府志》卷六，第2页。
③ 《成都府志》卷六，第2页。

为李冰像，铭刻清楚。乃公元168年（后汉灵帝初）所造。其小者持锸，无铭刻，应是象征从冰治水者。原为左右各一具，今仅得其一耳。世或拟为即是冰子二郎，必不然。汉魏世无冰子二郎之说。其像亦与传说之二郎神不类。其刻字云："建宁元年，闰月戊申朔二五日，都水椽尹龙、长陈壹造三神石人，珍水万世焉。"凡三十字，各方四公分，隶书，镌于李冰立像带下。（珍当读如镇，厌水之义。）建宁，灵帝之初元也。①

三石人虽然为东汉末年所刻，但是它们的发现却为《华阳国志》所录李冰曾造"三石人"与神要盟的传说提供了实物证据，说明常璩所录乃是有所依据的。

但是如果要指此东汉石人为李冰时所刻石人的仿制，则又恐未必然。刻石要盟，乃来源于古代石头崇拜的原始宗教习俗。这一点，已在前面第一章进行了论述。只要把李冰刻在石上的盟语："水竭不至足，盛不没肩"与前第一章第二节引秦昭王与巴夷的盟语："秦犯夷，输黄龙一双；夷犯秦，输清酒一钟"以对比，就不难看出二者间有极大的相似。盖既是盟约，即不能词费，以便诵记；且既是以石为盟，远古缺乏条件自不必说，进入青铜时代之后，人类既已具备刻石的条件，故将盟语刻之于石，乃是必然之事。而东汉造"三石人"既无要盟语，岂能指为李冰所造石人的仿造？大约都水椽尹龙等已知李冰立三石人水中之传说是古代以石为誓，但刻石要盟之风已替，且文明时代与神相盟之事亦颇怪诞，故以投石为厌胜之举。因此，所刻石人乃有"持锸"治水之形象。

但是东汉造石人上所镌刻的字亦颇足珍视。"三石人"告诉人们，在东汉末年，传说中的李冰已带上了神话色彩。从时间上来考察，它上继扬雄，正与应劭（《风俗通》的作者）同时，估计正是李冰治水功绩被

---

① 《华阳国志校补图注》，第137页。引者按：文中括弧为原文所有。

神话的高潮时期。因此将他和他所带领的治水人的形象刻成石人而投之于水以镇压想象中的水怪，确实是既合时又合适的事。

第二节　神的襄助

再来讨论一下与都江堰有关，但却并不限于都江堰的"玉女房"。正由于它不限于都江堰，故本著不能不专列一节以详述之。据《太平寰宇记》卷七十三载：

　　都安堰，一名湔堰。李冰拥江作堋。蜀人谓堰为堋。

　　玉女房，李膺《记》云：其房凿山为穴，深数十丈。中有廊庑堂室，屈曲似若神功，非人力矣。①

从上述两条记载不难看出，"玉女房"就是都江堰水利建筑枢纽区域中的一个地方。《太平寰宇记》卷七十四云：

　　青衣神，《益州记》云神号雷楗庙。班固以为离堆下有石室名玉女房，盖此神也。②

"班固"云云不知何据。但将"青衣神祠"与"玉女房"指为一处，却颇令人深思。前述第二章第一节在讨论李冰其人时，已提到过在羌氏族人居住的地方，亦曾建有"青神庙"，且亦有李冰"履青衣疏沫水"的传说。那么在都江堰的"玉女房"出现了青衣神祠，不正是对前述第二

---

① 《太平寰宇记》，载《四库全书》，第469册，第605页。
② 《太平寰宇记》，载《四库全书》，第469册，第612页。

章第一节所论的一例佳证；而前述第二章第一节中的"青神庙"等不也正是对此处青衣神祠所祀之神乃李冰的一个明证吗？

但是我还想问，"玉女房"与李冰到底有何关系呢？在后面第八章和第十章中我会专门论述到鳖灵与禹在其治水过程中都曾获得过女神的帮助，而此章论述李冰时也出现了女神的影子，难道只是偶然的巧合吗？还有一些材料也同样暗示着治水者李冰与女神或明或暗的联系。《山海经·海内经》说：

> 西南黑水之间，有都广（一本作"广都"）之野，后稷葬焉。

在其下，郭璞注云：

> 其城方三百里，盖天下之中，素女所出也。①

杨慎《山海经补注》更云：

> 此璞以异闻增入也。黑水广都，今之成都。素女在青城天谷，今名玉女洞。②

按青城山即在都江堰侧，只不知此"玉女洞"与彼"玉女房"有什么关系。《太平寰宇记》卷七十三云：

> 灌口镇镇城西有玉女神祠，祠之西有蜀守李冰祠。存。③

---

① 《山海经》，载《二十二子》，第1386页。引者按：此注实《山海经》原文，此不具，详本著第359页。
② 袁珂：《山海经校注》，上海古籍出版社1980年版，第446页。引者按：以下凡引是书，皆出此本，仅具其书名及页码。
③ 《太平寰宇记》，载《四库全书》，第469册，第600页。

《彭县志》（彭县，今成都市属彭州市）谓"灌"当作"堋"。直至今天，李冰曾到过的"天彭门"到底在旧灌县还是彭县也还存在着争议。但是应该注意到的是，都江堰有"玉女房""玉女洞"，而此处李冰祠亦有"玉女神祠"。

且不只是治水，《华阳国志》说李冰"又识奇水脉，穿广都盐井"，今成都市温江区正在昔日广都所辖范围内。而据《成都府志》载：

> 丽甘山，治（指今成都市温江区治，东向图上距离昔日广都中心今成都市双流区约15公里）东二十里。昔有十二玉女于此服咸泉。玉女美丽，盐亦甘好，因名。金井灶犹存。①

按"十二玉女"当给过李冰"穿广都盐井"不少帮助！《太平寰宇记》卷八十五"陵井监"（在今眉山市仁寿县、乐山市井研县内）条云：

> 按《图经》：汉时有山神，号十二玉女，为道人张道陵指陵上开盐井。因此陵上有井名陵州。今州上有玉女庙，甚灵……或云井泉傍通江海，微有败舡木浮出。其井煎水为盐，历代因之。②

广都丽甘山"十二玉女"或即陵井监的"十二玉女"，她们既然可以指示张道陵开盐井，缘何不能指示李冰穿盐井呢？

这里，或不能不回顾我在第一章第一节中曾提到过的那个"九龙井"的神话传说，在那个神话传说中，也出现过一位男性、一位女神，即汉扶嘉父女。从那个故事中可以看到，正是扶嘉之女指示了盐水水脉之所在，也正是她怀孕所生九龙成为后来九口盐井的主宰，但是整个功

---

① 《成都府志》卷二，第2页。
② 《太平寰宇记》，载《四库全书》，第469册，第688页。

劳却被归到了扶嘉头上。我曾指出,那个神话传说有"复杂深刻的神话因素",有"相当早的来源";后来在第四章第三节鳖灵与禹治水的神话比较中,我们会再度看到女神对鳖灵、禹治水的帮助,同时也会看到这类神话传说中"复杂深刻的神话因素"和"相当早的来源";现在在李冰治水和穿盐井中我们亦看到了神秘的女神的出现。虽然现在并没有材料具体说明李冰在治水中曾得到过女神的何种帮助,但是当一一省览这些材料后,或可大胆推测得出这一结论。

前曾提到过这其中有"复杂深刻的神话因素"和"相当早的来源",到底是指什么呢?归纳而言,就是指这些神话故事反映了人类相当早期的一种社会形态,即母权制的社会形态。不少学者曾经对华夏诸族是否真正出现过这种社会形态感到怀疑。但是从古史和传说中大量的圣人知有母而不知有父的情况来看,我认为,华夏诸族确实出现过这种社会形态应该是没有什么疑问的。而关于女神的种种传说也从另一个角度对这一点给予了证明。我也曾经在《楚辞文心管窥——龙凤文化研究之一》一书的第二十六、二十七两章中专门讨论过妇女在古代宗教祭祀中的作用,[①]指出古代妇女曾在宗教祭祀中占据过相当重要的地位。那根本的原因就在于,在早期人类的意识中,妇女是生产者,而且既是人类的生产者,按照模拟巫术的原则,当然也就应该是万物的生产者。因此从早期的君临一切的女神,随着文明的发展,萎缩成为在宗教祭祀中占据主要地位的女巫,再到成为祭祀中的配角,如果参合《诗》、《春秋》、三《礼》等经典,当不难发现宗教祭祀中妇女地位逐渐降低这样一个过程。

了解了这些,我们也就不会奇怪,为什么在禹、鳖灵、李冰等人的治水神话传说中,总是会出现女神。其实原因就在于,在相当早期的神话传说中,连江神、河神也是女性的。

---

① 李诚:《楚辞文心管窥——龙凤文化研究之一》,台湾文津出版有限公司1992年版。引者按:以下凡引是书,皆出此本,仅具此书名及章次。

如河伯，乃黄河之神。既称"伯"，在今人来看，似乎给人以男性的印象。其实这里"伯"不能作为性别判断的标志。那么从实际的记载中来看，河伯的性别到底如何呢？河伯之名多见于《淮南子》，然不言其性别，《山海经》《穆天子传》亦不见其性别。《史记·封禅书》唐张守节《正文》引《龙鱼河图》云：

> 河伯姓吕，名公子，夫人姓冯名夷。河伯，字也。华阴潼乡堤首人，水死，化为河伯。又引应劭云：夷，冯夷。乃水仙也。①

其余诸书多言"冯夷"为河伯姓名，则《龙鱼河图》之说，似透露出河神原本为女性，如应劭说"水仙"后演化为男性，然尚未能以"冯夷"名，故设"夫人""水仙"之称，后河伯袭用"冯夷"名，二者始合而为一，只有河伯冯夷（冰夷），而没有了"夫人""水仙"之说。

又如洛水神。《水经注》卷十五云：

> 《竹书纪年》曰：洛伯用、河伯冯夷斗，盖洛水神也。②

然未言其性别。屈原《离骚》云：

> 吾令丰隆乘云兮，求宓妃之所在。

王逸《章句》云：

> 宓妃，神女。③

---

① 《史记》，第1373页。
② 《水经注》，载《四库全书》，第573册，第249页。
③ 《楚辞章句》，载《四库全书》，第1062册，第10页。

《文选》卷十九曹植《洛神赋》李善注云：

> 《汉书音义》如淳曰：宓妃，宓羲氏之女。溺死洛水，为神。①

故王逸注屈原《天问》云：

> 羿有梦与洛水神宓妃交接也。②

又如汉水神。《史记·封禅书》唐司马贞《索隐》引：

> 乐产云：汉女，汉神也。③

《文选》卷十八嵇康《琴赋》：

> 游女飘焉而来萃。

李善注云：

> 《韩诗》曰：汉有游女，不可求思。薛君曰：游女，汉神也。言汉神时见，不可求而得之。《列女传》曰：游女，汉水神。郑大夫交甫于汉皋见之，聘之橘柚。④

---

① （梁）萧统：《文选》，载影印文渊阁《四库全书》，上海古籍出版社1987年版，第1329册，第331页。引者按：以下凡引是书，皆出此丛书，仅具此书名、丛书名、丛书册数及页码。
② 《楚辞章句》，载《四库全书》，第1062册，第28页。
③ 《史记》，第1373页。
④ 《文选》，载《四库全书》，第1329册，第318页。

由上不难看出，江、河诸神，恒多女性。这个问题，拟在本著第十章有一专门探讨。姑且沿着上述思路，先来看看江神。

《史记·封禅书》云：

> 及秦并天下，令祠所常奉天地名山大川鬼神可得而序也。于是……自华以西，名山七，名川四……渎山。渎山，蜀之汶山……江水祠蜀。

关于这一段文字，唐司马贞《索隐》云：

> 案《风俗通》云："江出岷山，岷山庙在江都。"《地理志》："江都有江水祠。"盖汉初祠之于源，后祠之于委也。又《广雅》云："江神谓之奇相。"《江记》云："帝女也，卒为江神。"《华阳国志》云："蜀守李冰于彭门阙立江神祠三所。"①

从司马贞的这一连串引文中，已经不难得出如下结论：李冰当初在岷江之源所立祠就有江神之祠；江神既然为"帝女"，固然为女性。当然，这江神祠后来大约移至成都市了，如唐张守节《正义》引：

> 《括地志》云：江渎祠在益州成都县南八里。秦并天下，江水祠蜀。②

后来宋张唐英《蜀梼杌》卷上云：

---

① 《史记》，第1373页。
② 《史记》，第1373—1374页。

> 时大霖雨，祷于奇相之祠。唐英按：《古史》：震蒙氏之女，窃黄帝玄珠，沉江而死，化为此神，即今江渎庙是也。[①]

这一说法虽遭到《华阳县志》（华阳县，今成都市属成华、锦江、武侯、双流、龙泉驿、新都等区部分地域）的讥讽，但我却认为《蜀梼杌》所引《古史》云云尚自有其价值，它保留了神话传说中的一些较为初始的因素，如江渎神的性别、玄珠等。不过这些都只能存而待论了。

现在已经可以知道，在传说中，女神从一开始就眷顾着李冰，而这大约也是李冰一开始就去江源，在水边建立三座祠庙的原因，也是他的祠庙最后竟然与玉女房（实际上可能就是江神庙之一）合而为一或相邻的原因吧。将治水者与治水者所崇拜的水神合祠祭祀这种现象的出现，大约也是神话传说在流播过程中所产生的一种规律，这种现象，是以治水者本身被升格为神后形成的。如神话传说中，鳖灵曾在温江（今成都市属温江区）留下过活动遗迹（详本著第七章第一节），有"炳灵太子读书处"。《温江县志》云：

> 故老相传，谓炳灵为江渎神。[②]

鳖灵为神话传说中治水有功者，结果在传说中竟被认为是江渎神。这种情况，与李冰的祠庙与女神的祠庙置于一处，甚或合二为一，不出二致。由是，可以得出结论，前面已列出的李冰出现的地方总伴随着女神，该不会是种偶然了。

---

① 《蜀梼杌》，载《四库全书》，第464册，第227页。
② 《温江县志》卷二，第28页。

第三节　神的附身

《华阳国志》记李冰治水之一大事乃烧蜀王兵阑。其言云：

> 僰道有故蜀王兵阑。有神，作大滩江中。其崖崭峻，不可凿，乃积薪烧之，故其处悬崖有赤白五色。①

《水经注》卷三十三亦记此事，兹录如下：

> 县（今宜宾市）有蜀王兵阑。其神作大难江中，崖峻岨险，不可穿凿。李冰乃积薪烧之。故其处悬崖犹有赤白玄黄五色焉。赤白照水玄黄，鱼从楚来，至此而止，言畏崖屿，不更上也②。

参合两书观之，大意是说江中本有一大滩，名"蜀王兵阑"。因妨碍航行，故用火烧的办法除去之。"兵阑"即"兵栏"，指军队营地周围设置的障碍物。长江中上游河道中或主航道边，恒有自然形成的石滩，往往怪石重叠，妨碍航行。显然，这里"蜀王兵阑"实即妨碍航行的险滩。但这险滩可能靠近崖壁，因此说是"积薪烧之"以后"悬崖犹有赤白玄黄五色"。很显然，这里面包含着关于"神作大滩""李冰乃积薪烧之"和"鱼从楚来"三个神话传说故事的细节，但是文献不可征，莫得其详了。但是这个故事演化到李冰这儿，大约因为李冰以治水而出名，因此说他"积薪"烧滩。乃又是以自然科学技术来解释神话了。那么古代是

---

① 《华阳国志校补图注》，第133页。
② 《水经注》，载《四库全书》，第573册，第500—501页。引者按："神作大难"，"难"或应作"滩"。"鱼从楚来"，本作"从焚来"，无义。此据《后汉书·郡国志》注引《华阳国志》改。"言畏崖屿，不更上也"一句在《后汉书·郡国志》注引《华阳国志》作"畏崖映其水故也"，于义似长。

否存在着这里所说的破除石滩的办法呢？或有之。

《后汉书·虞傅盖臧列传》云：

> 诩乃自将吏士，案行川谷，自沮至下辨数十里中，皆烧石翦木，开漕船道，以人僦直雇佣者，于是水运通利，岁省四千余万。

关于"烧石翦木"云云，李贤注引《续汉书》曰：

> 下辨东三十余里有峡，中当泉水，生大石，障塞水流。每至春夏，则溢没秋稼，败坏营郭。诩乃使人烧石，以水灌之。石皆坼裂，因镌去石，遂无氾溺之患。①

虽然《后汉书》与《续汉书》所言乃颇不一致，不过都使用了"烧石"之法，这却是一致的。但是从这里的记载来看，以此法除去河道中个别独立且不是很大的石头尚可，若欲除去整个石滩恐不能，欲除去藏于激流中之险滩，则更是想象之词。

李冰治水或用过此法，但此处恐本有远远早于李冰的某位"蜀王"的神话传说被附会于李冰身上了。据实地考察的学者称：

> 宜宾的赤岩山峭壁因色彩绚丽若锦霞，被附会上了李冰烧岩的传说。实际上那是天然的赤岩，并非因火烧变红。②

其说当是。

不过值得注意的是，既然此处有"故蜀王"的神话传说，我颇怀

---

① 《后汉书》，第1869—1870页。
② 邓延良：《西南丝绸之路考察札记》，成都出版社1990年版，第160页。

疑，李冰在此烧石的传说，是否与一种古老的祭祀有关。《水经注》卷三十三云：

> 北岸山上有神渊，渊北有白盐崖，高可千余丈，俯临神渊。土人见其高白，故因名之。天旱，燃木岸上，推其灰烬下秽渊中，寻则降雨。

显而易见，这是一种通过在崖边烧起大火以祈求神祇降福的方法。所谓以灰烬推至渊中，乃是因为渊中之水与天上之雨乃具同一性质，因而于此水边岸畔烧火求之。此白盐崖乃在鱼复县（今重庆市属奉节县），故《华阳国志·巴志》亦记云：

> 又有泽水神，天旱，鸣鼓于旁则雨。①

可见，《水经注》"土人"云云乃据实地耳闻言之，反映了一种较早的原始简单的祈求方式。而《华阳国志》所言"鸣鼓"则已进化得多了，已看不见烧火这样一种祈祷方式。《太平寰宇记》两者皆闻，故兼而取之，其卷一百四十八云：

> 白盐山在州城涧东，山半有龙池。天旱，烧石投池，鸣鼓其上即雨。②

相互之间的承接演变之迹是很清楚的。但应该指出的是，恐怕早前并没有什么"烧石"，而是烧起大火以通神。唐段成式《酉阳杂俎》即

---

① 《华阳国志校补图注》，第36页。
② 《太平寰宇记》，载《四库全书》，第470册，第402页。

记载过一个相同的事例：

> 太原郡东有崖山。天旱，土人常烧此山以求雨。俗传崖山神娶河伯女，故河伯见火，必降雨救之。今山上多生水草。①

段成式所录，把我前面所提及的烧火通神的心理活动也通过"俗传"云云表达得清清楚楚了。前曾说过，这种祈祷方式附会乃与一种古老的祭祀有关系，这种古老的祭祀就是"燎"。古代"燎"的祭祀或起源于原始人民夜晚以火驱逐野兽；或起源于一种燃起大火以象征太阳不死、白天永存的原始宗教仪式。进入文明社会以后，在宫廷中，它发展成为祭天的宗教仪式，即堆起柴火，将牲口和璧玉置于其上，燃烧起来以祭天。此即东汉班固《白虎通义·封禅》所说：

> 燎，祭天。报之义也。②

具体的做法详见《春秋公羊传》僖公元年、《吕氏春秋·孟冬纪》等。这种原始宗教仪式在民间则向祈雨等方面发展，在水边燃起大火以通神。

　　了解到上述这些情况，我们可以回头注意到，或许正是此地有"蜀王兵阑"的传说，加之鳖灵本以治水而著称，因而被作为了祈雨的对象，常有人烧柴祭祀祈祷于此，于是又与李冰治水的传说发生了黏合，被后人从治水的角度记录、解释之，其所由来，更湮没不闻了。

---

① （唐）段成式：《酉阳杂俎》，载影印文渊阁《四库全书》，上海古籍出版社1987年版，第1047册，第723页。
② 班固：《白虎通义》，载影印文渊阁《四库全书》，上海古籍出版社1987年版，第850册，第37页。

小　结

　　回顾本章的讨论，我认为，无论是修都江堰时所涉及的"天彭门""玉女房"，还是在僰道的"蜀王兵阑"，无论是文字的记录还是口头的传承，人们都是用神话来解释李冰和他的治水传说。究竟是历史中真实存在李冰其人，他为了治水的顺利，力图使自己的治水蒙上一层神秘色彩，装扮出受神遣使，借用了本来流传在民间的神话传说，传播"天彭门""玉女房"的故事，并虔诚地在岷江源头建立（或重修）祭祀江神、百神的祠庙，巧妙地利用"燎"的祭祀传统等；抑或是本无其人其事，传说中与"水""治水"相关的种种故事被逐渐附会、集中到历史中一位名不见经传的郡守的身上？似乎已经无法确证了。当然，无论是李冰自己所为，抑或其他人的附会，神话传说在其播迁中，是服从于一定的目的性的。如在李冰治水故事中，这些神话就是与李冰治水故事的集合，或为其张目，或从其获得合理的解释。神话传说播迁的这一规律（或说特点），可能来源于古代"国之大事，唯祀与戎"[①]的现实，更可能来自解决西门豹所感叹的"民可以乐成，不可以虑始""父老子弟""患苦我"[②]这样一些问题的实际需要（详下章）。不过无论如何，无论是谁，其治水的业绩与既往的神话传说会发生很多黏附，使其得到神话传说中神的肯定；或者逆向思考，也就是过去的许多与"水"和"治水"相关的神话传说需要在其播迁中得到人们的认同，也就是将其现实化、历史化、合理化，从而完成其集合。这样两种正、反方向的神话传说的生成和播迁线路，既是李冰治水传说所呈现的基本特点，恐也是所有神话传说播迁的基本特点吧。

------

① 《春秋左传正义》，载《十三经注疏》，第1911页。
② 《史记·滑稽列传》，第3213页。

| 第四章 |

李冰论（下）

上述第三章我提出了李冰治水传说中显著的几个与地域相关的特点，并予以讨论。在这些讨论之末，提出了神话传说的生成和播迁线路中相反的两种情况，简言之，就是历史依附于神话传说从而获得其合理与崇高；或神话传说借助历史而获得其合理性从而集合并得到延展。当然，这里的讨论仅仅只是神话传说生成播迁中很小的局部。就李冰治水传说而论，还有另一个基本特点，那就是在其治水获得成功、其业绩被四方传播的时候，传说本身也发生了很多演变。我拟专辟一章来探讨这种演变，并借以观察神话传说在其生成播迁中的另外一些值得注意的规律。

第一节　故事的演变

记李冰治水事以《史记·河渠书》为最早，然而史公书至简，寥寥数语，以至后世生出无数争议。史公书云：

蜀守冰凿离碓，辟沫水之害；穿二江成都之中，此渠皆可行舟。①

古书不作句读，没有今之标点，倘此段不作如上标点，而是依语气从"沫水"至"二江"、至"此渠"，一逗而下，似可视为连续发生的一事，进而颇容易误会此连续发生的一事发生于一时一地。其实此处所言，当为二事，所谓"凿离碓，辟沫水"为一事，"穿二江"云云又为一事。后一事，当与都江堰有关，上已就其中与神话传说有关者略言之。现在仅讨论前一事。

"沫水"，即今大渡河，至南安（今乐山市）之前与青衣江汇合一气，然后再汇入岷江（常璩言沫水，实指青衣江）。②在著名的乐山大佛崖下，岷江由北向南冲流而下；大渡河在汇聚了青衣江水后，由西向东，在乐山大佛崖下汇入岷江。这个交汇处，实际上形成了一个"⊣"形，可以想象，当大渡河正对大佛崖冲击之时，大佛崖脚下的两水交汇处将是何等激荡！这时，若将正当冲击而来的大渡河的大佛崖适当之处凿一通道，使万马奔腾之水得以从此稍有分流，当可大大减缓水流交汇处江水的激旋回荡！而使航道通畅。前述第二章第二节已言，自岷江至长江航道的通畅，对秦国具有极其重要的战略意义，作为战略通道，足以运送大批军队和战略物资；其实对于历史上不知从何而起，赖此搬迁转徙的各部族，又何尝不是如此？于是传说中，由李冰开凿了这一通道。这一通道隔断了今乐山市乌尤寺与大佛崖的联系，故称"离堆"。现在这一峡口因岷江水位降低已干涸不通水，后人又在稍下的位置依法凿出新的渠道，并沿用至今。史公书所谓"凿离碓，辟沫水"当即指此了。《华阳国志》中于此说得十分清楚：

---

① 《史记》，第1407页。
② 引者按：此处大渡河、青衣江等河水流向因古今地理变迁与地理书记载差误，分歧很大，许多"离堆"的产生也与此有关。任乃强先生有辨甚明，参其《华阳国志校补图注》第137页、138页。

（沫水）会江（指岷江）南安（今乐山市），触山胁溷崖（当即大佛崖），水脉漂疾，破害舟船，历代患之。冰发卒凿平溷崖，通正水道。①

明了李冰在南安治水的情形后，则可来看看李冰在此治水的具体传说了。《华阳国志》记载说：

或曰：冰凿崖时，水神怒。冰乃操刀入水中，与神斗，迄今蒙福。②

常璩对此事的记载虽简略至极，但这个记载却有重大的意义，因为正是这个记载，把李冰操刀入水斗水神的地点定在了南安。但因其简略，使我们不能不借助其他记载来看这个神话传说的全貌。

《水经注》卷三十三引《风俗通》云：

秦昭王使李冰为蜀守，开成都两江，溉田万顷。神岁取童女二人为妇，冰以其女与神为婚，径至神祠，劝神酒，酒杯恒澹澹。冰厉声以责之，因忽不见。良久，有两牛斗于江岸傍。有间冰还，流汗谓官属曰：吾斗疲极，当相助也。南向腰中正白者，我绶也。主簿刺杀北面者，江神遂死。蜀人慕其气决，凡壮健者，因名冰儿也。③

"两牛"，《史记·河渠书》唐张守节《正义》引《风俗通》作"两苍牛"。唐、宋类书所引亦作"两苍牛"。"酒杯恒澹澹"，《艺文类聚》卷九十四引《风俗通》作"杯但淡水"。"凡壮健者，因名冰儿"，《太平御

---

① 《华阳国志校补图注》，第133页。
② 《华阳国志校补图注》，第133页。
③ 《水经注》，载《四库全书》，第573册，第497页。

览》卷二百六十二引《风俗通》作"抗壮健者，因名子曰冰儿"。

又《太平御览》卷八百八十二所引《风俗通》与上《水经注》引似有较多不同，亦引录如次：

> 秦昭王伐蜀，令李冰为守。江水有神，岁取童女二人为妇。主者自出钱百万以行聘。冰曰："不须！吾自有女。"到时装饰其女，当以沉江。冰径上坐，先举酒酹曰："今得傅九族，江君大神，当见尊颜，相为敬酒。"冰先投杯，但澹淡不耗。厉声曰："江君相轻，当相伐耳。"拔剑忽然不见。良久，有苍牛斗于岸。有顷，冰还谓官属令相助，曰："南向要中正白是我绶也。"还复斗。主簿刺杀其北面者。江神死，后无复患。①

以上就是汉末应劭《风俗通》所记载的李冰斗苍牛的故事。没想到《华阳国志》寥寥数字的"冰乃操刀入水中与神斗"的背后，竟是如此壮烈的一篇故事。无怪乎古蜀人民尊崇李冰，至今香火愈盛。

但是，从神话传说研讨的角度，我却不能不首先指出《华阳国志》与《水经注》卷三十三、《太平御览》卷八百八十二引《风俗通》有一极大之不同。那就是《华阳国志》所载的这个故事发生在南安，而从《水经注》引《风俗通》中，我们却可以看到事件的发生乃与"开成都两江，灌田万顷"联系在一起。也就是说，《风俗通》与《华阳国志》的根本不同是，事件发生的地点已由南安转移到了成都。这个地点的转移乃是李冰治水传说播迁中故事细节流变重要的一环。但是这个传说从其历史文化背景来看，只能发生在水酿成灾害和可能酿成灾害之地，而两相比较，"成都两江"不过人工所"穿"，其成已在人类降服水害之后；而南安两江交汇乃天意所然，正是对人类征服自然的挑战，二者绝不可

---

① 《太平御览》，载《四库全书》，第3918页。

同日而语。这个传说的发生，只能是在南安。

其次应该指出，正是因为在南安发生了这个故事，所以有了相应的地名。昔日所谓李冰所凿离堆正是今日乐山市的著名旅游地——乌尤寺。乌尤寺所在地，依我们已在前面接触过多次的地名命名原理看，无疑当名"乌牛山"，后来因"牛""尤"音近而转为"乌尤"，乌尤寺之得名或即由此。《成都府志》记载有"尤溪"，谓：

> 尤溪，灌县（今成都市属都江堰市）西三十里。古名牛溪……世传禹导江，牛出此溪化龙，故云。①

蜀中方言对青、黑二色至今仍称"乌"，如皮下淤血出现的青、黑色，蜀中今亦习称"乌"。所谓"乌牛"，当即来源于李冰所斗之"苍牛"。特别值得注意的是，《成都府志》所载的这个故事通过"尤—牛—龙"的演化，其实已经显示出李冰治水由南安而转移至灌县的基本要素。

由此可见，《华阳国志》关于李冰治水"凿离堆，辟沫水之害"的记载与《风俗通》的记载显然是不同的，固不仅是繁简而已。这些故事在其发展过程中，是受到人类开始因迁徙转移对自然交通产生辟害的要求，逐渐发展到后来因安居一地对水利旱涝有所需求或恐惧这一心理变化机制影响甚至制约。当然，言及此，应注意神话传说产生的先后和发展，不能单凭其记载典籍产生的时间作为唯一的根据。众所周知，常璩撰《华阳国志》，多依前人之书，以常氏《序志》所言，则司马相如、严君平、扬雄、阳城子玄等撰《蜀本纪》，皆在应劭之前，其书为常氏所采，载在典册。因此绝不可本末倒置，反认为常书载李冰斗水神事只是应书的简略。或许可以这样来表达我的结论：常书载李冰斗水神事取自秦汉以来传说；应书所载亦来自同样的传说，但或其记载时这些传说

---

① 《成都府志》卷二，第12页。

已经发生了某种变化，或其记载时做了某种加工。因为以传说发生的逻辑而论，常书所载当在前，而应书所载当在后。除了前面已经屡言的常书所载反映了人类肇自远古的交通需要，而应书所载乃凸显人类进入文明的农耕需求，这两者昭示着相差悬远的年代以外，还有传说中的一些细节也颇可以说明问题。那么应书所记到底较原来发生了哪些变化呢？这就要从一些细节说起了。

我认为首先应该注意到的细节就是李冰与之斗的这位神的身份。《华阳国志》中并未说明神的身份，仅指出是"水神"。而《风俗通》则说是"江水有神"，且这"江神"是牛形。但是正如我在第三章中指出的，"江神"乃是李冰所崇祀的主要对象。在治都江堰之始，他就首先去岷江江源祭祀了包括江神在内的诸神，后来又在玉女房立三石人与江神要约，希望江水"竭不至足，盛不没肩"。[①]从时间上判断，这乃是在都江堰治水工程完成后。因此就成都地区的治水而言，无论在其前还是在其后，李冰都与这位江神保持着和谐的关系。如果将其与江神斗且杀死江神这一情节置于上述背景中，显然是极为扞格不合的。《华阳国志》对此处理是很审慎的，于李冰都江堰治水，则云"江神"，于南安凿崖，则曰"水神"，其间虽仅一字之差，却可见出史家的谨严，也可见出这一故事断不能发生于成都。

值得注意的是郦道元在《水经注》卷三十三将《风俗通》所讲述的这个故事引述在"江水又东经成都县"之后，说明他意识到《风俗通》这个故事的背景乃是发生在成都的。而当他在《水经注》卷三十六里为沫水"东入于江"一句作注时，却又写道：

> 昔沫水自蒙山至南安西溷崖，水脉漂疾，破害舟船，历代为患。蜀郡太守李冰，发卒凿平溷崖。河神蕴怒，冰乃操刀入水，与

[①] 《华阳国志校补图注》，第133页。

神斗，遂平溷崖，通正水路，开处即冰所穿也。①

知道了前面所说的那些背景后，再来看郦道元这里所录一段，就可以看出他的谨慎了。这一段话明显出自《华阳国志》，郦道元引此，说明他认为《华阳国志》所记正指南安；他录《华阳国志》，虽改"水神"为"河神"，但却绝不说"江神"。因此，郦道元显然是把《风俗通》和《华阳国志》所载看成是两回事的。这当然只是一种误会。事实上《风俗通》所载正与《华阳国志》所载为一回事，无非做了许多修改而已。我在后面将试图指出《风俗通》所载修改时取材的来源。这里暂时再来看看有关"江神"的另一个细节。

我认为应该注意到的第二个细节，就是《水经注》卷三十三所引《风俗通》那段文字中不但提及"江神"，且亦提到"神祠"。第三章第二节曾引《史记·封禅书》唐司马贞《索隐》所云：江神祠"盖汉初祠之于源"。既然"汉初"尚"祠之于源"，则秦时成都何来"江神"之"神祠"呢？亦正如前同一章节曾引宋张唐英《蜀梼杌》所记蜀王建"改元通正"（公元916年）时，王建"祷于奇相之祠"即江渎庙，那么江神祠之从岷山江源而移至成都，当在西汉以还至前蜀王建以前。

因此《风俗通》所述李冰斗江神的传说从南安被搬至成都当即在这一时间，而"水神""河神"之蜕变为"江神"亦当在这一时间中。至于如前所述，江神本为女性，而在《风俗通》中成为"岁取童女二人为妇"的男身，不用说也当是秦汉以还的事了，岂能加诸李冰之时？

我既已证明了李冰斗水神的故事乃发生了由"水神"而"江神"、由南安而成都的变化，那么下一步我拟具体分析说明这个故事变化的取材到底来自何处。

---

① 《水经注》，载《四库全书》，第573册，第531页。

第二节　故事的来源

上一节，我曾说在后面将试图指出上引《风俗通》李冰斗江神传说在修改原传说时取材的来源。因此现在我想指出，其实《风俗通》李冰斗江神传说修改取材的来源就是《史记·滑稽列传》中的西门豹故事。

先从《风俗通》所谓"江水有神，岁取童女二人为妇"这一细节说起。

从目前文献考察的结果看，水神娶妇传说的产生，当不会早过春秋。据文献所载，较早恋爱娶亲，或为婚娶不成郁郁而死的水中之神多为女性神（详下第十章）。后来或随着男权占统治地位，男性神祇在神话传说中也逐渐占据主体地位，于是出现了男性水神娶亲的故事。

《史记·滑稽列传》褚先生即补记了与西门豹有关的这一事。为后文分析方便，兹全录于次：

魏文侯时（公元前446—前397年），西门豹为邺令。豹往到邺，会长老，问之民所疾苦。长老曰："苦为河伯娶妇，以故贫。"豹问其故。对曰："邺三老、廷掾常岁赋敛百姓，收取其钱，得数百万，用其二三十万为河伯娶妇，与祝巫共分其余钱持归。当其时，巫行视小家女好者，云是当为河伯妇，即聘取。洗沐之，为治新缯绮縠衣，闲居斋戒。为治斋宫河上，张缇绛帷，女居其中，为具牛酒饭食。十余日，共粉饰之，如嫁女床席，令女居其上，浮之河中。始浮，行数十里乃没。其人家有好女者，恐大巫祝为河伯取之，以故多持女远逃亡。以故城中益空无人，又困贫，所从来久远矣。民人俗语曰：'即不为河伯娶妇，水来漂没，溺其人民'云。"西门豹曰："至为河伯娶妇时，愿三老、巫祝、父老送女河上，幸来告语之，吾亦往送女。"皆曰："诺。"至其时，西门豹往会之河上。三老、官属、豪长者、里父老皆会以人民，往观之者，三、二千人。其巫,老女子也,已年七十。从弟子女十人所,皆衣缯单衣,立大巫后。西门豹曰:"呼河伯妇来,视其好丑。"即将女出帷中,来至前。豹视之,顾谓三老,巫祝、父老曰:"是女子不好,烦大巫妪为入报河伯,得更求好女,后日送之。"即使吏卒共抱大巫妪投之河中。有顷,曰:"巫妪何久也?弟子趣之?"复以弟子一人投河中。有顷,曰:"弟子何久也?复使一人趣之!"复投一弟子河中。凡投三弟子。西门豹曰:"巫妪弟子是女子也,不能白事。烦三老为入白之。"复投三老河中。西门豹簪笔磬折,向河立待良久。长老、吏傍观者皆惊恐。西门豹曰:"巫妪、三老不来还,奈之何?"欲复使廷掾与豪长者一人入趣之。皆叩头,叩头且破额,血流地,色如死灰。西门豹曰:"诺。且留待之须臾。"须臾,豹曰:"廷掾起矣。状河伯留客之久,若皆罢去归矣。"邺吏民大惊恐。从是以后,不敢复言为河伯娶妇。西门豹即发民凿十二渠,引河水灌民田,田皆溉。当其时,民治渠少烦苦,不欲也。豹曰:"民可以乐成,不可与虑始。今父老子弟虽患苦我,然百岁后,期令父老子孙思我言。"至今皆得水利,民人以给足富。[①]

这是一段虽长,但却真实、绝妙的民俗风情故事。这个故事与李冰斗水神的神话传说一北一南,恰好形成鲜明对照。不过应该注意到的是李冰的时代,距离西门豹已经晚了两百年左右。那么,僻在西蜀,蜀地是否有为江神娶妇的传说呢?至现在为止,除上节所引《太平御览》卷八百八十二所载《风俗通》所言李冰传说以外,尚无其他佐证,因此我怀疑,上引《风俗通》所载李冰传说中地方为水神娶妇的故事因素很可能就来自北方,首先当然是来自蜀郡所属的秦国本身。

《史记·六国年表》载:

[①] 《史记》,第3211—3213页。

> 秦灵公八年（公元前417年），城堑河濒，初以君主妻河。

唐司马贞《索隐》解释说：

> 谓初以此年取他女为君主，君主犹公主也。妻河，谓嫁之河伯。故魏俗犹为河伯取妇，盖其遗风。殊异其事，故云"初"。①

明董说《七国考》云：

> 魏俗亦为河伯娶妇，然民女耳。秦乃以君主，甚矣！魏自西门豹为邺令，此俗遂绝。秦则灵公以下，世世守为常法。《史》曰"初"者，明后世不改也。②

董氏极尖锐，抓住"初"一词，提出"后世不改"的判断，确有见地，可见其俗代代相传。虽然迄今为止文献中并没有更多的实例，但是却不能不想到，如果秦果真将水神娶妇"世世守为常法"的话，可能会对这里所探讨的李冰治水传说的形成、变迁产生影响。

我认为，具体而言，《风俗通》所载李冰斗江神的传说在主题上保留了《华阳国志》李冰斗水神传说的精髓；而在传说的外壳、人物、情节上既与《史记·滑稽列传》中所记西门豹罢河伯娶妇的故事有基本的"同"，又有若干重要的"异"。其"同"，可以说明《风俗通》所记载的李冰斗河神的传说在外壳、人物、情节上乃取自西门豹罢河伯娶妇的故事；其"异"，则说明了《风俗通》所载对《华阳国志》李冰斗水神

---

① 《史记》，第705页。
② （明）董说：《七国考》，载影印文渊阁《四库全书》，上海古籍出版社1987年版，第618册，第814页。引者按：以下凡引是书，皆出此丛书，仅具此书名、丛书名、丛书册数及页码。

传说主题上的保留（也就是这一传说可能的原貌）。但无论是这"同"还是"异"，都可以说明《风俗通》所载李冰传说是受到《史记·滑稽列传》中所记载的西门豹故事的影响，兹申述如下。

所谓"外壳"，只是一种形象的说法，主要指故事的大轮廓，尤其是故事的首尾。而就这个"外壳"而言，《风俗通》李冰传说与《史记·滑稽列传》西门豹故事是颇为一致的，试比较如下：

甲、西门豹为邺令；李冰为蜀守。

乙、西门豹在故事中为正面形象，故事的主导；李冰亦同。

丙、西门豹反对嫁民女于河伯；李冰反对聘民女，而准备以己女嫁江神。

丁、西门豹投主张嫁女与河伯者于河为使者，而伪装礼貌，弓腰侍立河岸；李冰亦伪装礼貌，投杯于江敬江神，恭侍于神祠中。

戊、两故事有相同的过程（详下）。

己、两故事有相同的人物或说角色。西门豹故事中是西门豹、三老和廷掾及巫祝、观者三二千人、被嫁女、河伯；李冰故事中则是李冰、主者或主簿及官署、被嫁女、江神。

庚、两故事有相同的结尾：西门豹达到了目的，废除了河伯娶妇的陋习；李冰达到了目的，刺杀了江神，免除了江患。

所谓"人物"（或称"角色"）的设置，是传说故事中极其重要的一环。两个故事所设置的人物基本对等，从上述"己"条已可见，兹不赘。

所谓"情节"，我所指，并非严格的小说情节的概念，这里只是借用来说明某些环节、因素。我认为，正是在这个方面，《风俗通》中李冰传说的撰造、改编基本上借用了《史记·滑稽列传》西门豹故事的情节，李冰故事的进展完全遵循了西门豹故事相同的发展轨迹。试申述如下：

甲、故事一开头，西门豹与李冰都作为地方官到任。

乙、《史记·滑稽列传》西门豹故事中西门豹访问长老，了解到河伯娶妇的恶习。《风俗通》李冰传说中没有访问这个情节（这一点相当重要，我下面将有专门说明），但却通过传说撰造者全知全能的叙述直接介绍有江神娶妇惯例。

丙、《史记·滑稽列传》中西门豹故事通过长老介绍三老、廷掾、巫祝等勾结串通一气，借河伯娶妇聚敛私财达数百万。《风俗通》中李冰的传说直接介绍李冰治下的"主者"愿意自出钱百万行聘。

丁、《史记·滑稽列传》中西门豹故事通过长老介绍巫到民间挑选河伯妇。《风俗通》中李冰传说直接介绍李冰愿以己女嫁江神，反对聘民女。

戊、《史记·滑稽列传》中西门豹故事叙述了为河伯娶妇过程。《风俗通》中李冰传说叙述了斗江神过程。

己、《史记·滑稽列传》中西门豹故事接近尾声，廷掾、豪长等叩头求饶。《风俗通》中李冰传说接近尾声，主簿帮助李冰刺杀江神。

庚、《史记·滑稽列传》中西门豹故事结束，为河伯娶妇陋习被废除。《风俗通》中李冰传说结束，江神死，不复为患。

上述故事情节的比较，可以用下图来表述。用"→←"符号者，说明二者之间结局或人物的道德伦理属性（即善恶）略同；用"⟷"符号者则说明二者之间结局或人物的道德伦理属性（即善恶）有差异甚至相反；虚线"----"则表示情节发展的逻辑联系。

从这个对比图中不难看出，《风俗通》中李冰传说的撰造、改编是通过将《史记·滑稽列传》西门豹故事套用到李冰身上，从而改编出了一个李冰斗杀江神的故事。当然，本来还有一些相同的细节，如李冰的"到时装饰其女"与邺巫装饰河伯妇等都可以容纳到这个表中，但是为了简洁，我暂时将之剔除在外。从这个图中，不难一目了然地看到《风俗通》中李冰传说与《史记·滑稽列传》中西门豹故事在外壳、人物和情节上确有"同工"之妙。

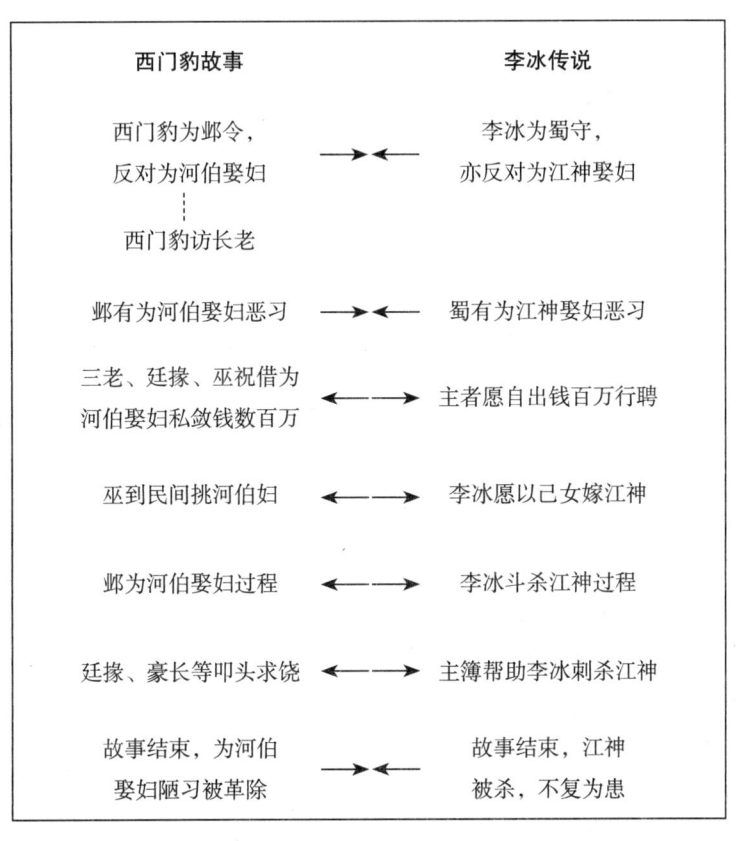

西门豹故事	李冰传说
西门豹为邺令，反对为河伯娶妇 ⟶⟵	李冰为蜀守，亦反对为江神娶妇
西门豹访长老	
邺有为河伯娶妇恶习 ⟶⟵	蜀有为江神娶妇恶习
三老、廷掾、巫祝借为河伯娶妇私敛钱数百万 ⟵⟶	主者愿自出钱百万行聘
巫到民间挑河伯妇 ⟵⟶	李冰愿以己女嫁江神
邺为河伯娶妇过程 ⟵⟶	李冰斗杀江神过程
廷掾、豪长等叩头求饶 ⟵⟶	主簿帮助李冰刺杀江神
故事结束，为河伯娶妇陋习被革除 ⟶⟵	故事结束，江神被杀，不复为患

西门豹故事、李冰传说比较图

但它们却是"异曲"，乃有极大的不同。我认为，分析李冰传说、西门豹故事的相同之点是必要的，否则何以看出二者的承袭之迹？但是指出和分析二者的歧异之点也是必要的，甚至是更为重要的。对歧异之点的分析将有助于进一步说明两者之间的承袭之迹。

正如前面已指出的"《风俗通》中所载李冰斗江神的传说在主题上保留了《华阳国志》李冰斗水神传说的精髓"。何以这样说呢？从上述分析中已经不难看出，尽管《风俗通》中李冰斗江神的传说在外壳、人物和情节方面承袭了《史记·滑稽列传》中西门豹故事，但是在主题上，它却保留了《华阳国志》原传说"斗神"的精髓，而与西门豹故事有根本的不同。盖《史记·滑稽列传》所载西门豹故事的主题乃在"斗人"而并不在"斗神"。

正是有了这一根本的不同，所以才出现了上图中所看到的若干不同。

首先，两个传说、故事中的基本内容，即西门豹故事中河伯娶妇的过程与李冰传说中斗杀江神的过程，作为整个传说、故事，抽象为"外壳"这个词时，它们是相同的；但是具体深入到各自过程的细节中去看时，它们又是相对不同的。尽管《风俗通》李冰传说承袭了《史记·滑稽列传》西门豹故事的种种，但是在这个"外壳"内的若干具体细节上，它确实是不能承袭的。原因就在于《风俗通》中所记载的乃是李冰南安斗水神这个传说的演变，倘在这个"外壳"内的具体细节上也承袭了《史记·滑稽列传》所载西门豹故事，那就完全是另一回事，就与李冰治水传说这一大系统没有关系了。

其次，在上图中，我们还可以看到《风俗通》所载李冰传说中有一个缺环，那就是缺少《史记·滑稽列传》西门豹故事中"西门豹访长老"这一环节。这一环节的缺乏正好反映出细节为主题服务的规律。从《史记·滑稽列传》西门豹故事中可以看到，"访长老"这一环节正是下文为河伯娶妇过程预先做的铺垫。可以理解成为河伯娶妇这一过程的一个有机组成部分，乃是为《史记·滑稽列传》中西门豹故事"斗人"这一主题所服务的。而李冰传说原本的主题乃在于"斗神"，"斗神"主题相对单纯，"斗神"过程也简单，使得李冰传说的撰造、改编者没能利用"西门豹访长老"这一细节，而只是将包孕在这一细节中的另外两个因素用叙述人语言直接做了交代（参前述）。

再其次，我们要注意到上图中，除了一头一尾的细节使用了"→←"符号，使两个传说、故事比较系统地形成封闭，中间几乎所有细节都使用了"⟷"符号，主要表现为伦理道德上善、恶的迥然不同的对立形象。何以会如此呢？从李冰传说撰造和改编的角度来讲，这种迥然不同的对立恰巧足以促使我们意识到《风俗通》中李冰传说对《史记·滑稽列传》中西门豹故事的承袭之迹。正是因为它们的对立太巧了，所以也就显出了据以改编的痕迹。而从主题上来看，既然《史记·滑稽列传》中西门豹故事的主题是"斗人"，因此作为正面形象的西门豹对立面的邪恶之辈当然是人；而《风俗通》中李冰传说的主题是"斗神"，则其对立面自然是"神"。其实这一点，即人与神、人与自然之间的关系，正好是李冰传说的真谛。它正好说明了《风俗通》中的李冰传说虽承袭了西门豹故事的许多东西，就像借来衣服给自己穿戴了个整齐，但倘剥去了这些华冠贵服，说不定，那仅剩的传说主题所产生的年代，还更应早于西门豹故事呢！

当然，我在前面口口声声说撰造、改编，就好像真的有那么一位撰造、改编者似的，好像处处都在不点名地埋怨应劭先生制造假古董。其实不是这样的。神话传说在其流传过程中，著作权乃是大众的。不过"大众的"也并不排斥个别特别有创造力的"作家"，虽然这位"作家"并不见得就是应劭先生。

于是有时候我们就会看到这样的"作家"在撰造、改编，或者记录故事时的犹豫和迟疑。如果把前面本章第一节引述《风俗通》中关于李冰斗江神的两段传说的文字略加对照，就可以看到一头一尾都存在着的差异。

《水经注》所引《风俗通》一开始就说："开成都两江，溉田万顷。"这两句话本取自《史记·河渠书》，是能够代表李冰治水业绩的两句话。但是这两句话在这里竟是显得如此怪诞和不协调。《华阳国志》记此事的背景是因为水神不满于李冰凿崖，故李冰不得不与之斗。斗是为了治水。而《水经注》所引《风俗通》既已将李冰与江神斗的理由改为了江神要娶童女，那与江神斗不就与治水毫无关系了吗？"开成都两江"云云在此不是多余的吗？因此在《太平御览》所引《风俗通》一段中就干脆去掉了这两句，结果全文显得更加协调，当然也就更加靠拢西门豹故事的外壳了。

　　同样的情况，在结尾处也可以看到。《水经注》所引《风俗通》的结尾是"江神死"，整个故事的过程在此戛然而止。而《太平御览》所引《风俗通》却是"江神死，后无复患"，此处"患"，当然是指江神娶妇之患。《水经注》其所以将所引《风俗通》此段置入"成都县"下，乃因为此段文字与李冰"开成都两江"有关，而并非江神要娶妇，自然与开头相应，不能不抛弃"无复为（江神娶妇之）患"一句。而《太平御览》所引也正因为从一开始就意识到这段文字与治水并没有什么关系，所以与开始抛弃"开成都两江，溉田万顷"相应，保留了"无复为患"一句。这样，《水经注》与《太平御览》都引了同一段《风俗通》文字，也都为适应各自的撰写需要抛弃了一句。试想，如果这两句都不被抛弃而同处于一段中，一上来就说李冰"开成都两江，溉田万顷"，所引结尾却是"江神死，无复为患"，这前后岂不显得更加貌合神离吗？因此《太平御览》所引《风俗通》结尾处多了"无复为患"好，较之《水经注》所引《风俗通》倒更像一个故事完整的结尾，只是这样一来，也就愈发暴露出《水经注》引的那段《风俗通》的文字是在改造李冰治水传说时留下的痕迹了。

　　但是《风俗通》中李冰传说向《史记·滑稽列传》中西门豹故事靠拢的终归是外壳，骨子里却并没有，也不可能将西门豹故事"斗人"的主题和内容承袭过来。因为从根本上来说，《水经注》和《太平御览》所引《风俗通》所载李冰故事乃是《华阳国志》所载李冰斗水神传说的演变，而非西门豹故事的演变。我们还可以由此得到的一个启示是：郦道元所以既引《华阳国志》又引《风俗通》，并将其视为两个故事，体现出他的谨慎；同样引《风俗通》，却较之《太平御览》的引者，显得前后文字有些矛盾、脱节，那是因为他在注《水经》时，落脚点在"水""治水"；与之不同，《太平御览》的引者却是在为帝王"御览"的《神鬼部》做"搜神记"，落脚点在"神"。各自需求不同，当然也在对引文的处理上表现出不同的态度。这种引者的不同态度和动机其实往往也就是神话传说发生演变的一个极其重要的原因。因此比较《水经注》和《太平御览》这两段引文，会感到《太平御览》所引，就故事本身而言，较之《水经注》所注，更为成熟、丰满，变异更多。而这，就更是神话传说如何逐步演化变迁的一个极好的例证啊！

第三节　水怪的变幻

尽管李冰斗水神的故事已由南安搬到了成都，由斗水神演变为斗江神，但是斗者为李冰，所斗之神幻形为牛这两点却保留了下来。以下，我们将看到这个故事中的又一演变，即斗牛变成了斗龙。

李冰斗水神故事中神之形幻化为牛，虽《华阳国志》未明言，但却有着明显是受此传说影响的相关记载：

> 作石犀五头以厌水精，穿石犀渠于南江，命曰犀牛里，后转为耕牛二头，一在府市市桥内，今所谓石牛也，一在渊中。[1]

所谓"犀牛"，其实就是川中普遍存在的水牛，亦即耕牛。为什么要用牛的形象来镇压水精呢？恐怕那原因就在于李冰斗水神时曾幻化为牛形罢。《华阳国志》中提及的"石犀"，据《成都府志》记载：

> 石犀，府城南三十五里。秦太守李冰作五石犀沉江以压水怪。其后土人立庙祀冰，号石犀庙。[2]

---

[1]《华阳国志校补图注》，第135页。
[2]《成都府志》卷三，第51页。

祭祀李冰的庙居然可以叫作"石犀庙",这不明明白白说石牛其实就是李冰的化身吗?因而看来以牛形镇压水精、水怪乃是神话中原型模式的不断重复和再现。这或许从理论上可以说明当初传说中李冰斗水神确实是化为牛形的,而且这变形的传说又四处都在传播。如《郫县志》(郫县,今成都市属郫都区)云:

> 石牛三……秦时李冰所塑以镇水怪,今犹错峙江岸。①

又如《重修什邡县志》(什邡县,今德阳市属什邡市)载纪大奎《显英宫创建大殿乐楼碑记》云:

> 王号"大安",李姓冰名。秦孝王时为蜀守。凿离堆,铸铁牛,破浪除妖,随显屠龙之手。②

有时候,由此而引发了笔墨官司。如清同治修《续汉州志》(汉州,今德阳市属广汉市)载郝乡《沉犀桥请水论》云:

> 州(今德阳市属广汉市)北里许有沉犀江。秦李冰凿离埠后,尝于各郡江中立石犀镇水怪,因以名桥。故华阳(此指今成都市)亦有沉犀桥。俗传三五夜,犀出玩月,其灵无对。③

如此说,则蜀地逢水处皆有石犀了,但却有人不以为然,因此《续汉州志》又载张怀泗《沉犀桥辨》一篇云:

---

① 《郫县志》卷六,第12页。
② 《重修什邡县志》卷八上,第54页。
③ 《续汉州志》卷二十一,第30页。

洛水入汉州三支。其迤南一支与雁水合,将合之上流有石桥,旧名平桥,以上有严君平卜卦台故也。乾隆二十二年(公元1757年)州牧督绅耆修之,更名沉犀。并榜于桥坊曰"秦太守李冰沉石犀以镇水患"。其实非也。按沉犀有五:一在灌县之玉女房,一在郫县之犀浦,一在成都之市桥,一在华阳之太慈寺,皆李冰沉石犀镇水患处。又犍为郡分置沉犀郡,旧传以石犀沉水得名,均与洛无涉。此桥以附会改名,后人并误以洛水为沉犀水,甚无谓也。今绅耆尚称之曰平桥,亦可见人心之不泯矣。①

这一篇小小的驳论是否驳倒了"此桥以附会改名"姑勿论,但由此可以看出,真实也好,附会也罢,要而言之,确实到处都流传过李冰化为牛形的故事。

正如前面我已指出的,从理论上来说,李冰化为牛形镇压水精、水怪乃是神话中原型模式的不断重复和再现。因此李冰斗水神幻为牛形传说的出现,也应该是前代神话传说某些因素的演化。

《成都府志》的一条记载引起了我的注意:

尤溪,灌县西三十里。古名牛溪……世传禹导江,牛出此溪化龙,故云。②

难道传说中帮助禹治水导江的竟是牛?这使我不由得要注意到长江三峡附近那个著名的"朝发黄牛,暮宿黄牛"的黄牛滩。在《水经注》经文"江水又东径黄牛山"之下,郦道元注云:

---

① 《续汉州志》卷二十一,第1页。
② 《成都府志》卷二,第12页。

> 下有滩名黄牛滩。南岸重岭叠起，最高崖间，有色如人负刀牵牛，人黑牛黄，成就分明。既人迹所绝，莫得究焉。①

"人迹所绝，莫得究焉"一句把一切神话传说的可能都扫荡尽净了，但是我们却可以看见托名诸葛亮的《黄陵庙记》中这样写道：

> 趋蜀道，履黄牛，因睹江山之胜。乱石排空，惊涛拍岸，敛巨石于江中，崔嵬巑岏，列作三峰。平治涤水，顺之其道，非神扶助于禹，人力奚能致此耶？仆纵步环览，乃见江左大山，壁立林麓，峰峦如画。熟视于大江重复石壁间，有神像影视焉，鬐发须眉，冠裳宛然如采画者。前立一旌旗右驻一黄犊，犹有董工开导之势。古传所载黄龙助禹开江治水，九载而功成，信不诬也。惜乎庙貌废去。使人太息。神有功，助禹开江，不事凿斧，顺济舟航，当庙食兹土。仆复而兴之，再建其庙貌，目之曰黄牛庙，以显神功。②

此文出明董斯张《广博物志》卷十四。揆文气，颇不类诸葛亮他文。且郦道元其时已谓"人迹所绝，莫得究焉"，难道连一座黄牛庙也没有看见？但此文若为伪托，其中故事的流传亦当在北宋前，因为至少在南宋人处，已能找到此庙确实存在的证据。南宋范成大《吴船录》卷下云：

> 至黄牛峡，上有洛川庙，黄牛之神也，亦云助禹疏川者。庙在大峰峻壁之上，有迹如牛，一黑迹如人牵之，云此其神也。③

---

① 《水经注》，载《四库全书》，第573册，第512页。
② （明）董斯张：《广博物志》，载影印文渊阁《四库全书》，上海古籍出版社1987年版，第980册，第295页。引者按：以下凡引是书，皆出此丛书，仅具此书名、丛书名、丛书册数及页码。
③ （宋）范成大：《吴船录》，载影印文渊阁《四库全书》，上海古籍出版社，第460册，第867页。

范成大或许是顺流而下的缘故，未能细细踏勘，故言之不详。而与他同时代的陆游因溯江而上，走走停停，遂能实地观察，得其究竟。其《入蜀记》卷六记云：

> 晚次黄牛庙，山复高峻……庙灵感，神封嘉应保安侯，皆绍兴（南宋高宗年号，公元1131年—1162年）以来制书也。其下即无义滩，乱石塞中流，望之可畏。然舟过乃不甚觉，盖操舟之妙也。传云：神佐夏禹治水有功，故食于此。门左右各一石马，颇卑小，以小屋覆之。其右马无左耳，盖欧阳公所见也。庙后丛木，似冬青而非，莫能名者。落叶有黑文，类符篆，叶叶不同，儿辈亦求得数叶。欧诗刻石庙中。又有张文忠一《赞》，其词曰："壮哉黄牛，有大神力。辇聚巨石，百千万亿。剑戟齿牙，磈砢江侧。壅激波涛，险不可测。威胁舟人，骇怖失色。刲羊酾酒，千载庙食。"张公之意，似谓神聚石壅流以胁人，求祭飨。使神之用心果如此，岂能巍然庙食千载乎？盖过论也。①

陆游此文中"欧公"者，欧阳修也。由此可见，至少北宋初，黄牛庙即已存在了。当然有关黄牛助禹导江的故事应在有庙之前。至于陆游这里提到的"张文忠"者，即蜀人张商英，北宋英宗治平进士，历任神宗、哲宗两朝。陆游在这里录载的他的这首《赞》其实是一条很值得注意的神话传说材料。它说明不但曾经存在过黄牛助禹疏通河道的传说，还存在过黄牛在江中为怪，危害过往舟船旅人的传说。如果参合两者观之，则李冰在南安与水神相斗时，想来水神正是苍牛面目，而李冰方以苍牛面目出现。由是，李冰与水神相斗时二者所幻化的外形在三峡附近夏禹治水的传说中找到了各自的源头。当然这"源头"并不意味着李冰斗水

---

① 《入蜀记》，载《四库全书》，第460册，第917页。

神的故事一定是依据黄牛滩、黄牛庙、禹和黄牛之间的故事发展出来的。因为目前我并不了解神话传说中的黄牛滩上禹和黄牛之间到底发生了什么。但是上述这个关于黄牛滩的一些神话传说因素却更启迪我认识到，发生在南安的李冰化苍牛和苍牛斗于水中的神话传说绝不是一种无源之水、无本之木。神话传说有时就像源泉无穷的地下水流，它们潜行地下，顽强地渗透、求索，一旦冲破障碍则或淙淙流淌，或哗哗畅泻，滋润着大地，恩泽着万物。神话传说悄悄地浸润着我们的精神和观念形态，表现在文学作品里、口头传说中……因此对于神话传说中的同型相构，我们固然可以对其加以对比，考察其异同或指出其精神上的呼应，但却不一定能检索出二者之间的联系。对一切神话传说的探讨当作如是观，对治水者夏禹、黄牛、黄牛滩与治水者李冰、水神、苍牛之间的关系亦当作如是观。

既然已经知道李冰与水神幻化为苍牛相斗的传说乃置身于治水神话中悠久深厚的神话背景，而绝非某个个体想入非非的向壁虚构，那就应该知道流传于蜀中各地的石牛、铁牛、犀牛与治水有关的种种传说也是有着深厚的神话传说背景的了。如前面所引，将"平桥"改为"沉犀桥"乃发生于清乾隆二十二年，从历史学的角度观之，此举诚属"附会"，且"甚无谓也"。但是从神话学的角度看，这种"附会"不也是沉潜在其文化结构深层中的一种神话传说因素无意识的反映吗？因此，我们也就很自然地知道，当李冰斗水神的故事从南安搬到成都后，其幻形由牛变龙，也是按照神话传说不断演变，在其本来面目和框架中不断加入新内容这一规律进行的。下面我就来具体探索一下这个故事中由牛变龙的踪迹。

我们可以看到的这种变化最初似发生在唐代。《太平广记》卷二百九十一引唐人《成都记》云：

李冰为蜀郡守，有蛟岁暴，漂垫相望。冰乃入水戮蛟，己为牛形,江神龙跃,冰不胜。及出,选卒之勇者数百,持强弓大箭。约曰:"吾前者为牛,今江神必亦为牛矣。我以太白练自束以辨,汝当杀其无记者。"遂吼呼而入。须臾雷风大起,天地一色。稍定,有二牛斗于上,公练甚长白。武士乃齐射其神,遂毙。从此,蜀人不复为水所病。至今大浪冲涛,欲及公之祠,皆弥弥而去。故春冬设有斗牛之戏,未必不为此也。祠南数千家,边江低坻,虽甚秋潦,亦不移适,有石牛在庙庭下。唐大和五年(唐文宗年号,公元831年),洪水惊溃,冰神为龙,复与龙斗于灌口(今成都市属都江堰市),犹以白练为志。水遂漂下,左绵梓潼,皆浮川溢峡,伤数十郡。唯西蜀无害。[①]

如若把此故事与上第一节《风俗通》《华阳国志》所载内容相对照分析,不难看出,这个故事基本上承袭了《风俗通》的故事。重大的改变是去掉了《风俗通》中李冰传说从《史记·滑稽列传》中西门豹故事那里借来的为江神娶妇的情节,仍然将治水作为李冰与江神相斗的理由。就这一点而言,乃是对《华阳国志》所载李冰斗水神故事的一种回归,也更加证明了《风俗通》所载的李冰斗江神传说虽受《史记·滑稽列传》西门豹故事影响甚大,但其根本却是来自《华阳国志》所载李冰斗水神传说。

但是更为重大的变化则是江神与李冰相斗时作为龙的形象出现了。

前面说过,这些变化乃有其深刻的神话背景。这个深刻的神话背景就在于"龙"这一带有神话色彩、图腾含义的形象,在华夏先秦的几乎所有典籍中,都是一种狰狞凶恶的动物,或者是可以醢食的生物,也是一种个人和民族的不祥之兆。只是到了战国后期,在典籍中才很偶然地

[①] 《太平广记》,载《四库全书》,第1045册,第175页。引者按:以下凡引是书,皆出此丛书,仅具此书名、丛书名、丛书册数及页码。

将龙与蛇、蟥并列,进而与天上星宿的形象相联系,认为它颇有些像君子,得意时大行,可上腾于云霄,失意时则蜷曲于泥土中,潜藏以待时机,在这种情况下,龙才似乎有些高贵的意味,才可以和凤凰相提并论。但是很显然,龙的地位的这种提高,乃是一种理性逻辑思维诉诸于感性形象的结果,而并非图腾、神话的含义。至于汉代,刘邦杜撰出自己是龙的后代,自兹始,龙方成为帝王、高贵的象征,那就更是一种从政治学角度的判断和选择了。[①]从这样一种背景出发,不难发现,尽管汉代以后,龙成为帝王的象征,但是在民俗中,所谓孽龙、恶龙等形象却也并不鲜见。于是一方面是植根于深刻的神话背景中的意识所塑造出来的恶龙、孽龙形象;另一方面又是已成为帝王象征的派生出来表示正义、刚猛等含义的威龙、猛龙形象。汉代以还,在典籍、石刻、上流社会中是蛇躯人首的伏羲、女娲故事的泛滥,在民俗口头传承中则是善龙与恶龙搏斗故事或人与恶龙搏斗故事的传播。《成都记》所载的故事就是这样的一个例证!

不过,尽管如此,还是可以看出来,《成都记》所记录的故事似乎还不愿意完全抛弃原故事中苍牛相斗的情节,因此表现在传说中的竟然是斗牛与斗龙的并行不悖。这固然使故事情节更加丰富多彩,但也反映了《成都记》的编者模棱两可、二者皆想得兼的心理状态。

而稍后,在卢求于唐宣宗大中九年(公元855年)为《成都记》所写的《序》中,我们又可以看到一些变化:

(李冰)作石犀五以压毒蛟,命曰犀牛,后更为耕牛二。又作三石人立水中。冰非常人也,与江神约曰:水竭不至足,盛不没肩。大凿崖,崖通沫水道。江之龙大怒。冰乃持刀入水与龙斗。龙

[①] 《楚辞文心管窥——龙凤文化研究之一》,第46章。

112

死，遂无水害。迄今蒙利。①

现在可以看到了，"石犀五"已经是没有办法改变了，但是江神却彻底被龙所代替了。自兹以还，李冰也好，二郎也罢，凡入水斗杀或追杀者，都是龙。于是龙遂取代牛而成为李冰治水故事中的一个重要角色。

除此之外，或许还有一个细节也不应忽视。正如《风俗通》所载传说将李冰斗水神的场所从南安搬到成都，上揭《成都记》所述故事又开始将事件的发生地点从成都向灌口（今成都市属都江堰市）移动，而卢求《序》所谓"与江神约"云云，也是很明显地把灌口的事与这个故事结合起来的一种表现。最终，此事完全移到了灌口。兹以宋黄休复《茅亭客话》卷一所载为例：

开宝五年（北宋太祖年号，公元972年）壬申岁秋八月初，成都大雨，岷江暴涨，永康军（治所在灌口即今都江堰市）大堰将坏，水入府江。知军薛舍人文宝与百姓忧惶，但见惊波怒涛，声如雷吼，高十丈已来。中流有一巨材随骇浪而下。近而观之，乃一大蛇耳。举头横身，截于堰上。至其夜，闻堰上呼噪之声，列炬纵横。虽大风暴雨火影不灭。平旦，广济王李公祠内，旗帜皆濡湿。堰上唯见一面沙堤，堰水入新津（今成都市属新津区）江口。时嘉（今乐山市）、眉州（今眉山市）漂溺至甚，而府江不溢。初李冰自秦时代张若为蜀守，实有道之士也，蜀困水难，至于白灶生蛙，生䉈垫溺且久矣。公以道法役使鬼神擒捕水怪。因是壅止泛浪，凿山离堆辟沫水于南北为二江，灌溉彭、汉、蜀之三郡。沃田亿万顷。仍作三石人以誓江水曰：俾后万祀，水之盈缩，竭不至足，盛不没肩。又作石犀五，所以厌水物。于是蜀为陆海，无水潦

---

① 《成都府志》卷三十七，第7页。

之虞。①

这一段话几乎把李冰在各地治水的业绩和传说都聚集在一起，全转移至灌口了。都江堰其所以后来闻名天下，成为李冰治水的标志，或者干脆作为李冰治水唯一的业绩，不能说与这样的传说没有关系。其实这种倾向在前蜀时即已出现了。前蜀杜光庭《录异记》卷四记载了与《茅亭客话》大旨略同的一段故事：

> 蜀朝庚午（前蜀王建武成三年，公元910年）夏，大雨，岷江泛涨，将坏京江。灌口堰上夜闻呼噪之声若千百人。列炬无数，大风暴雨，如火影不别。及明，大堰移数百丈，堰水入新津江。李冰祠中，所立旗帜皆湿。导江（今成都市属都江堰市属地）令黄璟及镇军将军同奏其事。是时新津（今成都市属新津区）、嘉、眉水害尤多，而京江不加溢焉。②

可以看到，这里所写的事全发生在都江堰，是说由于李冰神在夜晚出动，消弭了一场灾难，但其中内容却完全与龙无关。而前述《茅亭客话》中所讲述却又加进了龙，且把凿离堆、辟沫水之害等发生在南安的情节一股脑儿搬到了都江堰，于是都江堰越发成为李冰事迹集大成的地方。南宋范成大《离堆诗序》说：

> 沿江两崖中断，相传李冰凿此以分江水。上有伏龙观，是冰锁孽龙处。蜀汉水涸，则遣官致祭，雍都江水以自足，谓之摄水。民

---

① （宋）黄休复：《茅亭客话》，载影印文渊阁《四库全书》，上海古籍出版社1987年版，第1042册，第918页。
② （前蜀）杜光庭：《录异记》，载文物出版社、上海书店、天津古籍书店《道藏》，第10册，第867页。

祭赛者，率以羊，岁杀羊四、五万计。①

这里完全集中叙述都江堰事，且龙似乎并未被杀死，而是被锁起来，镇压在伏龙观下了。伏龙观地名至今犹存，且为都江堰一观赏之地。

有趣的是，这条被锁于伏龙观下的孽龙似乎因为后来人们意识中与帝王沾亲带故，不但不能像原来故事中那样操刀入水杀之而只能加以禁闭，而且若有冒犯，还时时作怪。从北宋张唐英《蜀梼杌》所录一则故事即可看出此点，后蜀广政十五年（孟昶年号，公元952年）：

> 六月朔，宴教坊俳优，作灌口神队二龙战斗之象。须臾天地昏暗，大雨雹。明日，灌口奏岷江大涨，锁塞龙处铁柱频撼，其夕大水漂城，坏延秋门，深丈余，溺数千家，摧司天监及太庙。令宰相范仁恕祷青羊观。又遣使往灌州下诏罪己。

龙之威力乃能如此，尽管昔日为李冰斗杀，或锁于伏龙观下，但只要它认为人们对它稍有不敬，哪怕只要撼动锁住它的铁柱，即可使几十公里外的成都感受到它的威力，甚至使皇帝（孟昶）也得一方面乞灵于青羊观（今成都市内青羊宫）的道法帮助镇压，另一方面检讨不已。龙算是一个奇怪的结合体，对李冰这天神的代表来说，龙是犯有过失的斗败者，甚而被拘禁于此；而对当时的人们来说，它却又是某种神秘自然力量的象征，甚至能替天行道，惩罚那些荒淫过度的君主。从李冰治水故事中关于龙的形象的演化过程中可以看到这样的发展链条：牛怪被杀死——龙怪被杀死——龙未死被禁闭——被禁闭的龙作怪。这似乎是一个循环，好像这个水中之怪又恢复了它当年兴风作浪的秉性。但是请注

---

① （宋）范成大：《石湖诗集》，载影印文渊阁《四库全书》，上海古籍出版社1987年版，第1159册，第728页。

意，这却并不是一个平面上的循环，当它重新获得兴风作浪的秉性和能力时，已不再是单纯地为民之害，而是在替天行道了。当然，由于前面已经对龙的意识在华夏文化中的演化做了一个虽然挂一漏万，却聊胜于无的概述，所以上述循环将不会再让人感到丝毫奇怪。同时我们也不会为愈到后来愈光怪陆离的李冰治水的种种传说而迷惑了。

斗牛变斗龙，李冰治水事逐渐向都江堰集中，这些就是李冰治水传说发展的第二阶段的基本特点。斗龙这一情节在后来虽有各种形式的变异或被安排到其他人头上，但这一事实本身没有大的发展。而李冰事迹被集中于灌县这一点，却为传说后来的发展提供了一些契机。

小　结

本章我提出了李冰治水传说播迁的几个重要之点予以讨论。李冰治水传说从南安转移至成都，从斗牛怪到斗江神，从斗牛到斗龙，这几点变化是各自独立的，但又是相互连接的，且形成一个体系。我将这个体系称为"李冰治水传说体系"。我认为，这个体系可以视为神话传说播迁一些普遍规律的典型表现。而构成这个体系，或者说促使这个体系形成的动机就是农耕经济的逐步形成。不难看出，治水从南安转移至成都，乃水力交通向农耕水利灌溉的转移；从斗牛到斗龙最后与龙达成某种程度、某种形式的妥协平衡，正农耕社会对牛与龙作用认识的定型。同时，这个体系逐步形成的过程，也是人类文明逐渐进步的过程。

| 第五章 |

二郎论

二郎与李冰在传说中是父子。因此在李冰治水传说研究中，二郎是绕不开的话题。但是，由于这个角色一开始是独立存在的，他与李冰的父子关系也是传说播迁中的附会，因此对他的研究既离不开李冰，同时也应相对独立地进行，所以为他专辟一章。从某种意义上而言，本章可视为前三章的续篇。

第一节 二郎与李冰

二郎的名声在蜀中，可谓家喻户晓。但是他的出名，乃是从灌口开始的。加之小说《西游记》二郎神在擒获孙悟空中也立了功，所以更是声名显赫。但要厘清他的来历和他在李冰治水故事中的地位，恐先得从他历代所享受的官方祭祀开始。

二郎受官方封号，据我所知，始于北宋。据《宋会要辑稿》礼二十祠庙类略云：

郎君神祠，永康崇德庙广佑英惠王次子。仁宗嘉祐八年（公元

1063年）八月诏永康军广济王庙郎君神特封灵慧侯，差官祭告。神即李冰二子，川人号护国灵应王。开宝七年（宋太祖年号，公元974年）命去王号，至是军民上言云云。哲宗元祐二年（公元1087年）七月封应感王。徽宗崇宁二年（公元1103年）加封昭惠灵显王。政和八年（公元1118年）八月改封昭惠灵显真人。高宗绍兴元年（公元1131年）十二月依旧封昭惠灵显王。六年（公元1136年）加"威济"二字。二十七年（公元1157年）九月加封英烈昭惠灵显威济王。王子十五郎、十八郎绍兴七年（公元1137年）闰十月并封侯。①

以上即有宋一代二郎受封的情况。

至元文宗至顺元年（公元1330年），《元史·文宗纪》载：

　　加封秦蜀郡太守李冰为圣德广裕英惠王，其子二郎神为英烈昭惠灵显仁佑王。②

至清雍正五年（公元1727年），《酉阳直隶州总志》（酉阳，今重庆市属酉阳土家族苗族自治县）载：

　　钦定……二郎承绩广惠显英王。③

以上便是清代前期以前朝廷正式赐予二郎封号加以祭祀的情况。

现在既已将二郎所受封祀的情况大致梳理，则可回顾一下第二章第一节中关于李冰的封号情况，或许可将两人受封的情况加以比较，列表如下。

---

① 《宋会要辑稿》，第1062页。
② 《元史》，第750页。
③ 《酉阳直隶州总志》卷九，第2页。

李冰、二郎受封比较表

年代	人名	
	李冰	二郎
	封号	
汉前	昭应公？	
汉	大安王？	
前蜀	大安王	
后蜀	应圣灵感王	护国灵应王
宋太祖乾德三年（公元965年）	诏修庙	
宋太祖开宝七年（公元974年）	广济王	去护国灵应王伪号
宋真宗大中祥符三年（公元1010年）	诏本军判官管理	
宋仁宗嘉祐八年（公元1063年）	灵应侯	灵慧侯
宋哲宗元祐二年（公元1087年）		应感王
宋徽宗崇宁二年（公元1103年）		昭惠灵显王
宋徽宗大观二年（公元1108年）	灵应公　去广济王号	
宋徽宗政和元年（公元1111年）	赐庙额崇德	
宋徽宗政和三年（公元1113年）	英惠王	
宋徽宗政和七年（公元1117年）		诏修神保观
宋徽宗政和八年（公元1118年）		昭惠灵显真人
宋高宗绍兴元年（公元1131年）		昭惠灵显王
宋高宗绍兴六年（公元1136年）		昭惠灵显威济王
宋高宗绍兴七年（公元1137年）		王子十五郎、十八郎并封侯
宋高宗绍兴二十七年（公元1157年）	广佑英惠王	英烈昭惠灵显威济王
宋孝宗乾道四年（公元1168年）	昭应灵公	
元文宗至顺元年（公元1330年）	圣德广裕英惠王	英烈昭惠灵显仁佑王
清圣祖康熙六十年（公元1721年）	敷泽兴济通佑王	承绩广惠显英王
清世宗雍正五年（公元1727年）	敷泽兴济通佑王	承绩广惠显英王

从这个简单，或且不完全的比较表中可以看出，宋以前，李冰是非常受重视的，在宋太祖赵匡胤平定蜀地后更是如此。但宋太祖或许并不知道，二郎此时在民间已受到相当程度的尊崇，这种尊崇在民间或已超过对李冰的尊崇（详下）。因此对于二郎，太祖竟明诏"去其伪号"。这个"伪号"，《宋会要》或曰"灵显王"，或曰"护国灵应王"，盖庙号与川人俗号之别，要皆不出显灵、显应之类。估计二郎之与李冰合祀一庙，即当在其伪号被去之后。然而蜀人汹汹，"军民上言"，对于二郎仅被封"灵慧侯"亦十分不满，因此北宋哲宗方封其为"应感王"。从此以后，一发而不可收拾，其所受封号的频繁和级别之高都超过了李冰，如一度被封为"真人"，封王封号字亦较李冰为多等。直至清代雍正间，官方才注意对这一现象加以纠正，使二人在封号方面重新处于对等地位。清《皇朝文献通考》云：

> 通佑王、显英王之神：时以四川巡抚宪德《疏》言：都江堰口庙祀，李二郎有功，蜀地请加封号。下礼部议，言：按《史记》《汉书》专载蜀守李冰凿离堆，穿三江，功绩历历可考。惟《灌县志》书内有使其子二郎凿山穿江之语，是二郎虽能成父之绩，李冰实主治水之功。又考王圻《续文献通考》载元至顺元年（元文宗年号，公元1330年）曾并加封号。今既言有功于蜀，屡彰显应，理宜并崇祀典。该抚只请封其子而不及李冰，似未妥协。诏令：并给封号。乃封李冰为敷泽兴济通佑王，李二郎为承绩广惠显英王。令地方官春秋致祭。①

何以知道封"真人"号与封王多字就表现出地位之不同呢？《宋史·礼志》于此有很清楚的说明：

---

① （清）弘历：《皇朝文献通考》，载影印文渊阁《四库全书》，上海古籍出版社1987年版，第634册，第361页。

诸祠庙自开宝、皇祐（北宋太祖、仁宗年号）以来，凡天下名在地《志》，功及生民，宫观陵庙，名山大川能兴云雨者，并加崇饰，增入祀典。熙宁（北宋神宗年号，公元1068—公元1077年）复诏应祠庙祈祷灵验而未有爵号，并以名闻。于是太常博士王古请自今诸神祠无爵号者赐庙额；已赐额者加封爵。初封侯，再封公，次封王。生有爵位者，从其本封。妇人之神封夫人，再封妃。其封号者，初二字，再加四字。如此则锡命驭神，恩礼有序。欲更增神仙封号，初真人，次真君。大观（北宋徽宗年号）中，尚书省言神祠加封爵等未有定制，乃并给告赐额降敕。已而诏开封府毁神祠一千三十八区，迁其像入寺观及本庙。乃禁军民擅立大小祠。[1]

这些就是宋初以还宋代朝廷对各地所祀神祠的基本政策和加封号的具体方法，也是我所拟上表内容的文化历史背景。了解这个背景，对于人们对二郎的情况做出判断是极其重要的。我之所以提出唐、宋以来，对李冰的祭祀和崇拜达到了相当的高度；而宋哲宗以后，朝廷对李冰的尊重与地方军民对二郎的热爱已形成微妙的差异，而后朝廷迁就尊重了民间的结论，也就是基于上述这个历史文化背景提出的。而我所作出的二郎或入祀于李冰的崇德庙就是在此时的结论，也是根据上述这一历史文化背景做出的判断。

其实李冰和二郎之间存在着这种微妙关系，前人早就注意到这点了。清嘉庆修《金堂县志》（金堂县，今成都市属金堂县）曾有这样的记载：

川主庙在治（今成都市属金堂县）西，乾隆中创建，俗名普惠宫，谓并祀药王、土主也。川主，即史称秦守李冰。今所祀，皆

---

[1] 《宋史》，第2561页。

> 指为冰子二郎……盖治水之绩，冰主其议而二郎成其功业。历代相传，必有其实，允宜崇祀。①

原来祭祀的是李冰，而现在却指为二郎，这不就是李冰被人遗忘，或二者合二为一了吗？

上引《志》所载《重修普惠宫记》云：

> 然则川主者，李公也。又查《灌县志》内有使其子凿山穿江，作石犀、石人与江神约之语。是则李公虽主治水之功，其子二郎实能成父之绩。②

这段说明实在有趣，不由得让人想起《国语·鲁语》中展禽所说的一段关于建立祀典须慎重的话：

> 夫祀，国之大节也；而节，政之所成也。故慎制祀以为国典。今无故而加典，非政之宜也。夫圣王之制祀也，法施于民则祀之；以劳定国则祀之；以死勤事则祀之；能御大灾则祀之；能捍大患则祀之；非是族也不在祀典……舜勤民事而野死，鲧鄣洪水而殛死，禹能以德修鲧之功……（故）夏后氏禘黄帝而祖颛顼，郊鲧而宗禹。③

鲧在春秋之时已被列为"四凶"，但他却又在夏、商、周三代皆享受着最高的祭祀。展禽在提到这一点时看到了"四凶"与享祀二者之间存在着明显的矛盾，因此他以"禹能以德修鲧之功"曲为之说。但这样一来，反而促使人们注意到了鲧、禹之间的关系及其遭遇的矛盾之处。"李

---

① 《金堂县志》卷一，第33页。
② 《金堂县志》卷一，第35页。
③ 《国语》，载《四库全书》，第406册，第48—49页。

公虽主治水之功，其子二郎实能成父之绩"与"鲧鄣洪水而殛死，禹能以德修鲧之功"不正是如出一辙吗？

现在李冰的所作所为全都归给二郎了，他岂不是成了虚有其表的偶像吗？放在庙里还有没有必要呢？民国修《阆中县志》（阆中县，今南充市属阆中市）记载了这样一事：

> 二郎庙在蟠龙山右。旧祀川主于此，今改祀草宜寺。[①]

此所谓"川主"，当即谓李冰，说已见前第二章。但愿川中各地出现的二郎庙不都是这样将其父赶出庙门的结果吧。有时候，神话传说的流播真是件神秘而不可思议的事，它竟然能直接影响到民风、民俗，甚至人们的生活。二郎庙雨后春笋般地在各地建立起来了。

有时候，人们也会为李冰抱不平，于是引起了一些争议。《酉阳直隶州总志》就记载了这样一件事：

> 我朝雍正五年（清世宗年号，公元1727年）川抚宪德疏请加李二郎封爵。部议：查司马迁《史记》、班固《汉书》，专载蜀守李冰凿离堆，穿二江，功绩历历可考。惟《灌县志》书内有使其子二郎凿山穿江之语。是二郎虽能承父之绩，李冰实主治水之功。又查王圻《续文献通考》，元至顺元年（元文宗年号，公元1330年）封秦蜀郡太守李冰为圣德英惠王，二郎神为英烈昭惠灵显仁佑王。兹该抚请封李二郎而不及李冰，似未妥协云云。奉旨李冰、李二郎俱着给与封号。余依议。钦此！随由内阁撰拟封号，钦定冰敷泽兴济通佑王，二郎承绩广惠显英王。[②]

---

① 《阆中县志》卷八，第19页。
② 《酉阳直隶州总志》卷九，第2页。

显而易见，这段话几乎是从前引清乾隆时所编《皇朝文献通考》中照抄而来，也就是从此开始，才由清政府强令将二人地位拉回平等，封号字数亦相等。以后所谓二王庙之类称谓，大约就是由此而来吧！

以上我从二郎的封号入手，通过二郎与李冰封号的比较，又延伸到民间崇祀的程度等，分析了李冰与二郎此消彼长，也涉及李冰治水故事中增加的一个崭新角色，即二郎父亲的情况。

那么随之而来一定会提出这样的问题：二郎的出现到底在何时？二郎到底是否是李冰的儿子？如果不是，那么他又是怎样，何时变成李冰儿子的？对这些问题，也许我的回答远不能令人满意，但能在这些问题的探索中前进一小步，那么对李冰治水传说的研究也就更进一步了。

第二节　山神与二郎

或许读者还记得，我曾在上一节提及，当宋太祖取消了二郎"灵显王"的所谓"伪号"（"灵显王"，按前所引《宋会要》文为"川人号护国灵应王"，显然是未经朝廷批准的擅名，故称"伪"）以后，"军民上言"的情况。从这里，可以得到两个结论：一、二郎早已有封号；二、二郎甚至在其获得封号之前，就已在民间享有隆祀，且高至"王"位。那说明他在民间颇有"灵显"之应。下面我拟将二者结合起来加以讨论。

我认为，所谓"护国灵应王"这样的封号，虽是"伪号"，但亦不像是民间所加。如果将其与李冰在后蜀时期的封号"应圣灵感王"作一比较，则二者正有高度的一致：一则曰"应圣"，一则曰"护国"；一则曰"灵感"，一则曰"灵应"，如出一辙。更何况《宋会要》说二郎之号云"川人号"，又说是"伪号"，则此为当时独立一隅而被宋人目为"伪蜀"之后蜀所封，不已是昭然若揭了吗？因此我怀疑，二郎之受封为"护国灵应王"，当就在后蜀之时。

第五章 二郎论

但是，封号只是对既存享有隆祀事实的一种承认和"钦定"，那么二郎之享有盛名，尚当在此前。宋张唐英《蜀梼杌》卷上则从侧面记载了这种情形：

> （乾德）二年（前蜀王衍年号，公元920年）八月，衍北巡，以宰相王锴判六军诸卫事。旌旗戈甲，百里不绝。衍戎装披金甲，珠帽锦袖，执弓挟矢。百姓望之，谓如灌口神。①

这"灌口神"，当即二郎神也。是可见百姓心目中与传说中的二郎神形象，从前蜀王衍身上可得略窥了。其实岂止前蜀王衍时，早在唐玄宗时，崔令钦在其《教坊记》中就记载开元（唐玄宗年号，公元713—741年）时教坊有《二郎神》大曲。由此可见，"二郎神"之名，至少唐玄宗时已由蜀地传播至长安，其影响不可谓不大也。

那么二郎到底是否李冰之子呢？就目前的材料来看，恐难以对此作出肯定的答复。李冰、二郎关系较早的记载似见于宋王象之《舆地纪胜》卷一百五十一载云：

> 伏龙观，在离堆上。按李注《治水记》载：蜀守父子擒健□囚于离堆之趾，谓之伏龙潭。后立观于其上。②

然而不知"李"为何人。清端方有《壬寅销夏录》稿云：

> 伏龙观，李膺《治水记》：蜀守父子擒健鼋囚于离堆之趾，谓

---

① 《蜀梼杌》，载《四库全书》，第464册，第229页。
② （南宋）王象之编，（清）岑建功辑：《舆地纪胜》，清道光二十九年惧盈斋刻本，第一百五十一卷，第9页。引者按：限于阅读条件，此条出自北京爱如生数字化技术研究中心所发行的《爱如生数字再造文本》。

之伏龙观。①

李膺乃汉末名士，然而不闻其有蜀中履历，亦不闻其著有《治水记》，因而此说似可存疑。但王象之所引既言"蜀守父子"，则李冰有子助其治水之说当产生于宋前却无可怀疑了。

那么这个儿子是否就是二郎呢？到底从何而来呢？又是怎样成为李冰之子的呢？

其实这个问题在《宋会要》中已经有了答案：

> 宋太祖乾德三年（公元965年）平蜀，诏增饰导江县（今成都市属都江堰市）应圣灵感王李冰庙。开宝五年庙成，七年改号，岁一祀。庙旁有显灵王庙，盖丹曼山神，诏去其伪号。②

又云：

> 命去王号，至是军民上言云云。③

这些记载虽然并未明说李冰、二郎之间的关系，但是显然李冰庙旁的所谓"显灵王庙"祭祀的不过是一位"山神"，其庙名也不过是地方模仿李冰庙名的结果，原本与李冰无涉。由是观之，二郎神原即所谓"丹曼山神"。丹曼山何在，今不可考，但是学者经实地考察，谓：

> 二王庙中所祀的李冰之子二郎，原来是"纵目"的氐人宗神，

---

① （清）端方：《壬寅销夏录》，第323页。引者按：限于阅读条件，此条出自北京爱如生数字化技术研究中心所发行的《爱如生数字再造文本》。
② 《宋会要辑稿》，第1000页。
③ 《宋会要辑稿》，第1062页。

所以整个岷山地区的氐羌之民都崇奉这位三只眼睛带猎犬的大猎神。据李思纯在《江村杂记》及《汶川图经》中所记载，直至民国初年，岷山中的氐羌每年为祭灌口二郎，杀羊多至四五万头。二郎原姓杨（羊），正是以羊为总图腾的氐羌家徽。大约后来因李冰功盖蜀土，蜀人将其与二郎同祀，方逐渐讹为父子了。①

邓廷良先生之意，或表述为"蜀人将二郎与其同祀，方逐渐讹为父子了"，则更为准确。想来这"丹曼山"当就在岷山山系之中吧，或许是氐羌人民称呼其山的方音。其实这里所说氐羌人民祭祀二郎杀羊至四五万头或非虚言。宋洪迈《夷坚志》记录过一个颇为神奇的故事：

> 永康军（宋所设行政机构，即今成都市属都江堰市）崇德庙乃灌口神祠。爵封至八字王，置监庙官，视五岳。蜀人事之甚谨，每时节献享及因事有祈者，无论贫、富，必宰羊。一岁至烹四万口。一羊过城，则纳税钱五百，率岁纳可得四十万缗，为公家无穷利。当神之生日，郡人酿迎尽敬，官僚有位，下逮吏民，无不瞻谒。庆元元年，汉嘉杨光为军守，独不肯出。其人素刚介，不信异端。幕府劝其一行，拒不听，而置酒宴客。是夜火作于堂，延烧不可救，军治为之一空。数日后，其家遣仆来言，所居亦有焚如之厄，正与同时。杨始悔惧，知为祠神怒谴。然无及矣。②

"丹曼山神"，不！"灌口神"，不！"二郎神"之威风以至于此！综合以上材料可知，自盛唐前后，即盛传着二郎的故事，而在晚唐以后，这故事的重要内容即二郎擒孽龙；二郎神的形象则是威武英俊，"身披金

---

① 邓廷良：《西南丝绸之路考察札记》，成都出版社1990年版，第21页。
② （宋）洪迈：《夷坚志》，载影印文渊阁《四库全书》，上海古籍出版社1987年版，第1047册，第485页。

甲""执弓挟矢";且这个二郎早已是都江堰西北岷山山系中岷江源头所自出的氐羌人民尊崇的"丹曼山神"。在唐代,由于"丹曼山神"受到的尊崇与李冰所受尊崇相等,二人遂"结成"父子关系。诚如朱熹在《朱子语类》中所说:

> 蜀中灌口二郎庙,当初是李冰,因开离堆有功立庙。今来现许多灵怪,乃是他弟二子出来。初闻封为王,后来徽宗好道,谓他是什么真君,遂改封为真君。[①]

但是二人之能结为父子,当有一定的契机和结合点。神话传说在其流播过程中,常常会流失一些自己故事中原有的因素,或改变、增加一些因素。从理论上而言,这些"流失""改变""增加"都应该有其理由和契机,不过因为各种原因,已经难以得其究竟,而只能艰苦谨慎地加以探索。

我认为,二郎之与李冰发生契合有四个因素:一、李冰与二郎在蜀中并享崇祀,不过李冰在官方,二郎在民间;二、李冰与二郎故事流传的区域、享受祭祀的祠庙有叠合或部分叠合,造成二人官方、民间祭祀的交叉;三、官方从对二郎的祭祀中获得了"公家无穷利",而民间有乐于攀附李冰这样享受官方祭祀的神的心理;四、语言上的契合。

前三个因素,可从上述的论析过程和材料中所显示出来的朝廷与地方之间、官与民之间的一些微妙的争执中,从地方一再要求而朝廷不断让步使二郎的地位封号得以提高并超过李冰等事实中。现在来说说最后一个因素。

在前第四章第一节中,我所引述的《水经注》卷三十三中所引《风

[①] (宋)黎靖德:《朱子语类》,载影印文渊阁《四库全书》,上海古籍出版社1987年版,第700册,第60页。

俗通》记载的李冰故事的结尾：在李冰斗杀江神后，"蜀人慕其气决，凡壮健者，因名冰儿也"（《太平御览》卷二百六十二引《风俗通》作"抗壮健者，因名子曰冰儿"）。"儿"与"二"音同，故"冰儿"亦可念成或听成、写成"冰二"。既有"冰二"，自然有"冰大"。蜀人称"大""二"乃兄弟称谓。二郎既为老二，则李冰自不妨先做一回老大，既做老大，自然当依二郎称谓，被称为"大郎"。

明曹学佺《蜀中广记》卷九云：

> 古碑云：江水出高境关大郎庙前始大放，分流十支，又云：自章山内，合五溪而总名洛江；出章山，分洛江为十，河县之名，即从起也。《华阳国志》：李冰导水于洛通山。《志》云：章山后崖有大冢，碑云：秦李冰葬所。①

这"大郎庙"就在传说李冰"导洛通山洛水或出瀑口"②的地方。《重修什邡县志》（什邡县，今德阳市属什邡市）引明万历八年（明神宗年号，公元1580年）庠生马上修《大安王庙记》碑云：

> 山之右隅神祠在焉。什邑民人凡水旱灾祥，有祈有报，香火至今不绝，俗人咸称为大郎庙。嘉靖壬辰（明世宗嘉靖十一年，公元1532年），县令张公命先考万访所属古迹，于草莽中得宋熙宁（北宋神宗年号，公元1068年—公元1077年）间一碑，方知为大安王神也。③

十分清楚，这位"大郎"就是李冰。那么再来回顾一下前已论述的李冰治水传说的时间进程，李冰斗水神故事从南安被搬至成都约在汉末；传

---

① 《蜀中广记》，载《四库全书》，第591册，第125页。
② 《华阳国志校补图注》，第133页。引者按：又见《重修什邡县志》卷二，第17页。
③ 《重修什邡县志》卷八上，第2页。

说被封"大安王"在汉时；史有明文记载的李冰被封为"大安王"者为前蜀时，那么二郎之揳入李冰治水故事，或当在盛唐之后乎？我们还该记得，《太平御览》卷二百六十二引《风俗通》末尾为"抗壮健者，因名子曰冰儿"，明言"冰儿（二）"为"子"。或即因受这些语言因素的暗示和影响，其揳入过程从语言的角度来说，则似乎经历了"冰儿→冰二→子冰二→李冰次子二郎"这样一个过程。

据清彭遵泗《蜀故》卷二十一载：

> 二郎神，李冰之子也，蜀中祀之，谓之川主。按《名宦志》，上古禹治洪水，西南经界未尽。迨秦昭王时，蜀刺史李冰行至湔山，见水为民患，乃作三石人以镇江水，五石牛以压海眼，十石犀以压海怪。遣子二郎董治其事，因地势而利导之，先凿离堆山以避沫水之害，三十六江以次而沛其流。由是西南数十州县，高者可种，低者可耕，沃野千里，号为陆海。①

须注意此段记载中所谓"刺史"。"刺史"一职虽秦汉时即有，但并非一郡之守，只是指有权对郡国巡查、监督。至汉末灵帝时，方掌一州军政大权，魏晋相仍，隋唐基本固定为一州长官，宋以后为虚衔。此言李冰为"蜀刺史"，见出讲述此故事者当在隋唐后。而这一情况正与前述二郎之揳入李冰故事约当盛唐之后的判断不谋而相合矣。

因此我们乃知道，二郎原实为氐羌人民所居区域中之山神、猎神，后来才逐步加入李冰治水传说的播迁而成为李冰儿子的。

---

① 《蜀故校注》，第297页。

第三节　李冰、二郎与赵昱

从上面的探讨可以看出，李冰其名、其事乃出《史记》《汉书》《风俗通》《华阳国志》诸书；二郎其名、其事则出唐开元以来蜀之民间传说，且素以山神而享民隆祀。二者后因机缘巧合而在传说中结为父子关系。后人多称李冰为川主，后随着二郎地位日益提高，亦有称二郎为川主者，但又有称赵昱为川主者。于是究竟"川主"为谁？赵昱是否就是二郎？这样一些问题长期以来一直成为二郎研究中的疑点。

考赵昱于史无传，唯唐柳宗元《龙城录》卷下有"赵昱斩蛟"一条所记为早，兹照录如下：

  赵昱，字仲明。与兄冕俱隐青城山。后事道士李珏。隋末，炀帝知其贤，征召不起。督让益州太守臧剩，强起昱至京师。炀帝縻以上爵，不就，独乞为蜀太守。帝从之，拜嘉州（今乐山市）太守。时犍为（今乐山市属犍为县）潭中有老蛟，为害日久，截没舟船，蜀江人患之。昱莅政五月，有小吏告昱。会使人往青城山置药，渡江，溺使者，没舟航七百艘。昱大怒，率甲士千人及州属男子万人，夹江岸鼓噪，声振天地。昱乃持刀没水，顷江水尽赤，石崖半崩，吼声如雷。昱左手执蛟首，右手持刀，奋波而出。州人顶戴，事为神明。隋末大乱，潜亦隐去，不知所终。时嘉陵涨溢，水势汹然，蜀人思昱。顷之，见昱青雾中骑白马，从数猎者见于波面，扬鞭而过。州人争呼之，遂吞怒。眉山太守荐章太宗文皇帝，赐封神勇大将军，庙食灌江口。岁时民疾病，祷之无不应。上皇幸蜀，加封赤城王，又封显应侯。昱斩蛟时年二十六。珏传仙去亦封佑应保慈先生。[①]

[①]（唐）柳宗元：《五百家注柳先生集》，载影印文渊阁《四库全书》，上海古籍出版社1987年版，第1077册，第289—290页。

柳宗元此处所录，盖亦民间传说。但是这个传说显然与《风俗通》中所载李冰故事有着明显的关系：李冰为蜀守，赵昱亦乞为蜀太守；李冰时江中有水神为害，赵昱时江中亦有蛟怪为害；李冰操刀斗杀水神，赵昱亦操刀斗杀蛟怪；李冰斗水神发生在南安（今乐山市），赵昱斗蛟怪亦发生在嘉州（今乐山市）。不同的只是这个传说没有像《风俗通》中所载故事那样，将故事发生的地点搬到成都，言"嘉州"，言"犍为"，言"截没舟船"，都是强调此事与今乐山市（即古称南安）的关系，因而也就点明了这一故事乃《华阳国志》《风俗通》中所载李冰故事的翻版。

不过，这一故事与唐《成都记》与其《序》一样，都将"斗牛"改为了"斗龙"（按蛟亦龙属），且加进了"青城山""赤城"（青城山之别名），甚而至于"庙食灌江口"。

由上不难看出，从《华阳国志》所记载的李冰斗水神故事发展到《风俗通》所载李冰斗江神故事，再发展到《成都记》及其《序》以及《龙城录》所载赵昱故事，李冰斗水神的故事在盛唐之后开始出现了两种"版本"，一则仍以李冰为事主而发展其情节；一则乃变李冰为赵昱作为事主而发展其情节。这给人一种印象，仿佛有谁要和李冰甚至当时已在传说中的二郎争夺"斗龙"治水的主权。如若考虑到李冰故事在《风俗通》的时代就已经被搬到了成都，李冰、二郎均在灌口享受祭祀，则《龙城录》自然会让人感到似乎有一种攀比的情绪：你有李冰、二郎，我自有赵昱；你有李冰能斗龙，我亦有赵昱能屠蛟；你能享祀灌县，我亦能"庙食"灌口。那么撰造这故事的人为何方人氏，还用再问吗？

民国修《灌县志》（灌县，今成都市属都江堰市）载：

> 大面山，一曰赵公山，以赵昱得名。《嘉定名宦志》云：赵昱，青城山人，与道士李珏游，累辞荐辟征。炀帝征为嘉州太守。时州有蛟为（害），昱令民募船数百艘，率千余人临江鼓噪，自被发仗剑入水，有七人随之。天地晦冥，少顷云雾敛收，七人不复出，惟昱持剑提蛟首，

奋波而出，水尽赤，蛟害遂除。已而挈家入山，踪迹不复见。唐太宗封为神勇大将军，庙祀灌口。明皇幸蜀，进封赤城王。宋张咏治蜀乱，祷祀得神助。事闻，封川主、清源妙道真君。今所祀川主者，赵昱也。①

"嘉定"即今乐山市，宋宁宗庆元二年（公元1196年）升嘉州为嘉定府。既如此，则可知《嘉定名宦志》一书为南宋后期以还嘉定府人所为也。作为乡邦文献，难免争强好胜之心，前第二章第三节述彭、灌二县"天彭关"之争即一例，这里又是一例。当然，赵昱故事的始作俑者并非《嘉定名宦志》，但从上述种种迹象来判断，这故事当亦属争强好胜者所为。不过，让人感兴趣的还是故事本身如何发展。

《嘉定名宦志》在全盘接过《龙城录》故事的同时，也颇做了一些润色加工，如：

"七人随之。"此说当来自苗族古老的神话传说。苗民进山打猎，须先祈祷梅山七猎圣，以求获得丰盛食物。这一说法当亦受二郎神话传说中二郎本为羌氏人民猎神所影响。

"张咏治蜀乱，祷祀得神助。"考《宋史·张咏传》，咏自号乖崖，太平兴国（北宋太宗年号，公元976—984年）进士。尝两度出知益州，有政声，宋真宗誉曰："得卿在蜀，朕无西顾之忧矣。"《嘉定名宦志》所谓"蜀乱"，当指宋太宗时李顺起义事。但以张咏本传观之，则张咏不似向神祈祷以助平乱之人。就在李顺起义期间，据《宋史·张咏传》：

> 时民间讹言有白头翁，午后食人儿女。一郡嚣然，至暮，路无行人。既得造讹者戮之，民遂帖息。咏曰：妖讹之兴，沴气乘之。妖则有形，讹则有声。止讹之术，在乎识断，不在乎厌胜也。②

---

① 《灌县志》卷十八，第21页。
② 《宋史》，第9801页。

由是可见,"祷祀得神助"之说恐为浅人所附会。

"封川主。""川主"之说,起于后蜀孟知祥,如"土主"之类,乃民间尊称。《酉阳直隶州总志》(酉阳,今重庆市属酉阳土家族苗族自治县)在议论到李冰、二郎所受封号时说得好:

> 然封号已极崇隆而奉祠者第曰"川主",盖"川主"者,蜀人土语之尊称。孟知祥为两川节度使,人皆称之曰"川主"即其证。

故赵昱封"川主"之说,实未闻典,亦因人皆称李冰或二郎为川主,而附会之也。

"清源妙道真君。"李顺之破,在宋太宗之时。太宗朝虽亦偶与华山道人有往还,但实未闻以道号封赵昱。宋徽宗好道,乃封二郎"昭惠灵显真人"。以宋制而言,如本章第一节所引,"欲更增神仙封号,初真人,次真君",赵昱既未经封"真人",何致遽封"真君"?显而易见,乃《嘉定名宦志》作者欲以"真君"压倒"真人"也。

以上诸事既已辨明,则不难看出,赵昱故事从《龙城录》至《嘉定名宦志》,亦发生了一系列的变化。如果说,《龙城录》故事的撰造者尚只是以赵昱填李冰被搬至成都后留下的文化空白,那么《嘉定名宦志》故事的撰造者则是在极有意识地试图以赵昱压倒李冰、二郎了。

此说蔓延,通人亦不免受其蔽而莫察真伪,《嘉定名宦志》之说甚至为清李调元《蜀雅》而袭。

如前所说,《嘉定名宦志》的目的本来只在压倒李冰、二郎,但此说既滋蔓,李冰、二郎与赵昱遂不辨,而蒙受冤屈以二郎尤多。

《重修什邡县志》(什邡县,今德阳市属什邡市)载纪某《显英宫创建大殿乐楼碑记》云:

> 天下之神有可考而知者,有不可考而定者。如我川主显英王之

事迹则可考而知之，姓名则不可靠而定者也。何言之？王号大安，李姓冰名。秦孝王时为蜀守。凿离堆，铸铁牛，破浪除妖，随显屠龙之手；含沙射影，特彰斗牛之秀。储仙洞，咸全川。其子二郎灵迹数现，厥功亦伟。宋徽宗封为清源妙道真君，父子崇祀灌口，此一说也。隋青城人赵昱于道士李珏游，累征不起。后炀帝辟为嘉州守，时有蛟患。神披发仗剑，入水斩蛟。奋波而出，江水为赤。开皇（隋炀帝年号，公元581—600年）间入山，踪迹不复见。后运饷者见神乘白马，引黑犬，偕一童，腰弓挟弹以游，俨若生平焉。唐太宗封为神勇将军。张咏平蜀，屡得神助。事闻，封为川主、清源妙道真君，亦祀灌口。此一说也。或曰是商末杨戬也，因有八九元功。或李或赵，随时托化，以昭灵异，以福民生。故在蜀则为川主，在黔则为高岩。事迹若彼，姓名若此，又何待考而始定哉！①

这一段文字充分反映了这个带有神话色彩的传说给人们的迷惑。文中一开始所说"显英王"即指二郎，但飘忽间，又说到了李冰头上，而对二郎最后只笼统地说是"灵迹数现，厥功亦伟"，到底如何则语焉不详。提到其封号"清源妙道真君"，也完全是张冠李戴。最后说至赵昱，则浓墨重彩，着实渲染了一番。其实知道了前面那些材料，了解了李冰、二郎故事的来龙去脉，已经可以很容易地指出，赵昱入水斗蛟一节的传说即来自李冰；至于所谓"运饷者"所见，则正是我在本章第二节引《蜀梼杌》所描写的王衍形象，而人们都说那就是"灌口神"，则事实上纪某在此对赵昱的描绘，似又在《龙城录》"青雾中骑白马，从数猎者，见于波面，扬鞭而过"的基础上做了加工，而加工的基础大约就是民间传说的"灌口神"形象——一个猎人的形象。因此在这里，纪某完全是将赵昱作为二郎神加以描绘的，已经把李冰、二郎、赵昱三者混为

---

① 《重修什邡县志》卷八上，第54页。

一谈了。

但是这还没有完，还有更多的人想用自己的乡贤来充当二郎。如《邻水县志》中（邻水，今广安市属邻水县）中就有一个这样的例子。它在引据了《嘉定名宦志》那一大段赵昱斩蛟的事以后，接着说：

> 今所祀川主者，赵昱也。咸谓川主祀秦蜀守李冰，而李冰实无川主事焉。又宋知和州（今安徽省马鞍山市属和县）周虎作《神佑王碑庙记》云：开禧二年（南宋宁宗年号，公元1206年）寇势孔炽，和州几陷。虎梦见一人冠三山冠，衣白袍，谓虎曰：吾隋人赵昱，知子忠义，故至此助子。明日，寇合战鼓噪，城风雾四塞，咫尺弗克辨。未几，像有光烛寨前，奄见一人跃马持杖，一如所梦，凡三十三战，敌气阻折，大创而去。上闻，封为圣烈昭惠灵显神佑王。又云：王始从李钰隐青城山，自负奇节。隋炀帝起为嘉州牧。州有犍龙为害，王出奇策除之。隋乱，王隐去不知所终。后江山泛滥，蜀人见王于青雾中乘白马超波而过，水患遂平。为建庙灌口。唐太宗不豫，祷于王，疾旋瘳，诏封神勇大将军。明皇入蜀，护跸有灵，加封赤城王，青城一名赤城。真宗时命张乖崖平蜀，赖神相告戒。言于朝，改封清源妙道真君。又皇甫汸《长洲志》云：神灌州人，六月二十四日为神生辰。倾城男女奔赴以祈灵贶。而《杭州志》则云：姓邓名遐字应远，陈州人。为桓温参军，历冠军将军、数郡太守。襄阳城北水中有蛟为害，神入水斩之。乡人德之，为立庙，以尝为中郎将，故尊为二郎神。以上数条所言不同，然而李二郎则尤确凿有据。其凿离堆，穿内外二江功德尤大也。[①]

真是一篇好文字！末了终于得出"李二郎则尤确凿有据"的结论，

[①] 《邻水县志》卷三，第76—77页。

但是"确凿"的"证据"却是其父,或大家硬帮他找的父亲的功绩。可谓让人啼笑皆非。又"中郎将"的"中"为什么可以直接换算成"二"呢?如果那位邓遐家中兄弟姊妹共有五位,难道"中郎"还可以称为"二郎"而不当称为"三郎"?表面看来,似乎是《杭州志》没有预先打好伏笔,事实上,却恐怕是硬要把这位邓遐说成"二郎神"而强行将"中""二"相嫁接的结果罢了。又或云"中"可通"仲",是则"乡人德之",竟将"中郎将"读为"仲郎将",此亦厚诬"乡人"矣!

不过从上述一系列探讨过程中,已经可以明显地看到,在官方的祭礼和官家封号中,李冰治水故事的中心角色已逐渐由李冰转移至二郎身上;二郎的故事其后来特别盛传于民间,二郎的庙祠也多单独建于各地,也表明了这一倾向。赵昱的故事最早出自中唐,兼采李冰、二郎的事迹与形象,一方面证明了我在前面所推断的二郎搜入李冰故事的大致时间;另一方面也对提高二郎的地位,起了推波助澜的作用。我在前面第二章第三节中引《雅安县志》中"龙揭盖"的故事,《重庆府志》中"歌乐山"得名的故事,《蒲江县志》中"揭剑崖"的故事等,虽然略显简略,但也从民间传说的角度透露出二郎逐渐在李冰治水传说中独占鳌头的地位。下面,我们可以从流传于蜀地的民间传说中领略李冰治水斗牛(龙)故事最后的发展和二郎在故事中的地位。

若干年前,秦国灭了蜀国,秦王听说四川地方连年闹水灾,便派李冰到四川治水,他的儿子二郎也和他一道前去。二郎长得又高又大,老虎见了也害怕,却很有心计。父子俩到了成都,二郎想知道水灾是怎样闹起来的,便征得父亲的同意,背上简单的行李,带了防身弓箭,出门寻找洪水的根源。

那时洪水刚退,遍地泥泞,道路阻塞,人烟稀少。二郎从秋到冬,从冬到春,走了一村又一村,过了一河又一河,竟没寻出个结果。

一天,二郎在山林迷了路,正想找人问路。忽然看见一只斑斓大老虎从林里奔出，二郎拈弓搭箭，射死老虎。又见七个猎人，随后赶到，问："老虎哪里去了？"二郎猛地双手举起死虎，说："看，它在这里撒赖呢！"七个人见了，都大吃一惊，忙问二郎的来历。二郎说出情由，七个人都愿伴随二郎同去寻找洪水的根源。

他们一同来到灌县城附近一条小河边，听见河边茅屋里有哭泣的声音。进去一问，原来是一对年老夫妇在悲泣他们的幼孙，因为不久就要送他去祭祀江神。

这江神，原来是一条孽龙，住在灌县城西凤栖窝的深潭里，每年都要发下洪水来危害人民。人民惧怕它的威势，便在江岸替他修了一座江神庙，年年要拿童男童女祭祀它，稍不遂意，仍要遭灾。——这就是洪水的根源：要彻底平治洪水，就得先除孽龙。

了解到这种情况，二郎马上和他的朋友们回到成都，把事情原委告诉父亲李冰。李冰当即和二郎等人定下计策，大家一齐赶到灌县去。

到了祭江神的那天，江神庙里灯火辉煌，神座前早已准备好了童男童女，迎接江神。二郎手拿三尖两刃刀，躲在神座背后，七个朋友也都各执兵器，埋伏在神殿两旁。

随着一阵风雨，孽龙进了庙堂，张牙舞爪，直朝骇得发抖的童男童女扑去。二郎和七个朋友齐从躲藏的地方跳出，并力杀向孽龙，孽龙抵御不住，逃奔出庙。四山锣鼓喧天，人们喊声如潮。孽龙惊惶，跳进江中，二郎和七个朋友也都纷纷跳了下去。孽龙敌斗不过，又跑上岸，二郎和朋友们也都上岸。孽龙且战且逃，逃了几十里，最后力竭不支，终于被二郎擒获。

久战之后，二郎和七个朋友也都感到疲累了，便在王婆崖下暂时休息，把受伤的孽龙权放在崖下河里。河里有个龙洞，直通崇庆州（今成都市属崇州市）河，孽龙趁二郎不备，悄悄钻进龙洞逃跑了。二郎见河里久无动静，起了疑心。忙将三尖两刃刀搭在河上，耳朵挨近刀柄一听，惊叫道："不好了！孽龙逃跑了！"顿时又和朋友们动身前去寻找孽龙。找来找去，最后才在新津县（今成都市属新津区）童子堰将孽龙找到擒回。走到孽龙逃跑的王婆崖，恰遇前回到茅屋里悲泣幼孙的老妇，正拿一条铁链迎面走来，她因听说二郎擒获了孽龙，特拿此链来谢赠二郎。二郎一见大喜，马上用铁链来锁住孽龙，将它拴在伏龙观石柱下的深潭中。从此四川就再也不遭洪水的灾害了。

讲故事的人说，那老妇原来是观音菩萨变化的，自称王婆。那座山崖本来没有名字，因为二郎在这里遇见观音菩萨变化的王婆，后人便叫它做王婆崖了。①

尽管这个故事向上把故事的背景和洪水时代挂了起来，向下则把佛教中的观音菩萨包容了进来，但仍然可以看到的是，从时间上来看，被限定在了"秦"的历史框架中；从内容上来看，则包含了李冰斗水神的各个要素（各种似乎矛盾的因素不合逻辑地集合在一起，这也是神话传说中常见的现象）。但有如下变化：李冰在治水中的主角地位几乎已经完全被二郎取代，李冰的属下如主簿等被观音菩萨和七位朋友替代，李冰准备嫁江神的二女被童男童女替换，牛（或龙）被杀死变成被擒获锁在深渊。而李冰则升格为一可有可无的指挥、策划者，从故事因素上讲，事实上是被排除在整个故事格局之外了。当然，除此之外，龙的结局也使人关心，为什么不可以杀死孽龙，而只是将其锁于深渊？前已略言之，这涉及华夏民族对龙的认识以及这种认识变迁的观念，自然非三言两语可以说明。只是这样一些观念和潜意识的形成绝非一日，它们是在李冰治水传说中逐步渗透进这个故事的，一如二郎与李冰的父子关系，二郎在这个传说中逐渐成为主角。而关于赵昱的种种形象和传说的描写，无疑已经成为促使二郎升格为治水主角的有力的催化剂。

---

① 袁珂：《中国神话传说》，中国民间文艺出版社1984年版，第396页。

小　结

　　或许这是一个长长的"小结"，讨论至此，李冰、二郎以及赵昱的种种传说故事已经汇聚一气，故不得不尔。因此这个"小结"已经不仅是本章的小结，更可视为第二至五章的一个"余论"。

　　还是把关于二郎故事的另一篇材料也列在这里，以观察参与故事播迁者的心理，并作为李冰治水传说讨论的结束。

　　《说文月刊》三卷九期载《四川治水者与水神》云：

> 灌县昔有一孝子，家贫，刈草以奉其母，天悯其孝，赐以茂草一丛，日刈复生。异之，掘其地，得大珠一，藏米椟中。翌日启视，米已盈椟。置诸钱柜，钱亦满箱。家因以富。邻里异之，探得其故，求观此珠，而群起夺之。其人大窘，乃纳诸口中。珠滚入腹，渴极求饮，尽其缸水，犹有未足，遂就饮于江。母追之，见已化为龙，仅一足犹未变化。母就执之，恸且恨曰："汝孽龙也！"于是兴波作浪，随江而去。然犹频频回首视母，回首处辄成大滩，故有二十四望娘滩之名也。龙因痛恶乡人相逼也，乃兴水患以为报复。其后李冰降伏此龙，遂与龙斗；其子二郎佐之。龙不胜，化为人形遁去。有王婆者，观音菩萨之幻形也，助冰擒此孽龙，设面肆于路旁。龙饥往食，面化为铁锁，乃将龙锁系于深潭铁桩之上，故今庙曰伏龙观也。[①]

　　这无疑是一个带有悲剧色彩的故事，可以视为人们从对龙敬畏的心理出发，对龙不能刺杀而只能将其囚禁的解释。值得注意的是，这个故事甚至在20世纪50年代仍广泛流行于川中各处，有多种大同小异的传本。如明《补续全蜀艺文志》卷五十二所录：

---

① 林名均：《四川治水者与水神》，《说文月刊》1943年第3卷第9期。

大足（今重庆市属大足区）化龙桥，相传溪中有珠浮水上。邑人聂姓，得而吞之，遂化龙去，因以为名。①

此或上述《说文月刊》所载故事的又一传本。"聂姓"而"化龙"，不就是聂龙吗？而"聂龙"不就是"孽龙"吗？以我亲耳所闻，"聂龙"的故事（或多称"二十四个望娘滩"）至"乃兴水患以为报复"即止，且所报复者，亦非滥及无辜而仅止施害于己者，并无其后"李冰"云云。最后的结局，则是报仇之后，接走了母亲。余长辈述及孽龙吞珠后，心如火燎，大叫"妈，我口渴啊"的悲怆之声，至今犹在耳畔。大约在蜀西（当然也包含今都江堰地区），因流传有李冰及其子二郎斗龙的传说，故"聂龙"的故事竟攀附其上，与之合流，成为其中一个组成部分了。

如若将上引这两篇现代尚流传在蜀中的民间传说加以比较，那么我想指出，"聂龙"一篇因由其他地区所传而攀附，尚未能来得及以二郎作为故事中的主角；而前一篇则由赵昱这样的故事作为一种添加剂、催化剂，终于把二郎在李冰治水故事中本已大大提高的地位巩固了下来。因此从这个角度说，任何神话传说故事在其播迁过程中所产生的必不可少的攀附应在神话学者关心研讨的范围。因为神话传说的播迁或即如此，各种原因都会造成故事中的一个个回旋、曲折、叠加、反复、歧异。有时候，它又像一棵树，随着年代的迁延，发出许多枝枝丫丫，人们从其颠末到枝干，再往下延伸，最后总能寻找到它的本根；但有时候，它却又像蜀地盛产的竹子，年复一年，冬去春来，万万千千的竹笋破土而出，倘不完全掘开土地表层，又焉能清楚哪一棵竹笋源自哪一棵成竹呢？

事实上，对李冰治水斗水神传说的攀附早就有了。《水经注》卷三十三云：

---

① （明）杜应芳、胡承诏：《补续全蜀艺文志》卷五十二，第42页。

蜀有回腹水，江神尝溺杀人。文翁为守祠之，劝酒不尽，拔剑击之，遂不为害。①

这个故事简略、明了，直接指明了其来源。所谓"回腹水"，是在江流过程中，从其中流分离出一支，脱离中流后循江岸回流，再汇入中流的一种水。"回腹水"是由于江流在其中流附近遭遇到石滩群的阻拦，造成回流而形成的。正是由于如此，"回腹水"往往水势复杂，充满漩涡和上下对流的暗流，尤其是在循江岸回流后重新汇入主流之际更是如此。这种"回腹水"只能产生于大江大河或水面虽然不宽、但流速极快的江边。生活在江边的人对"回腹水"往往谈虎色变，航行中既要利用它，但又畏惧它。这里的"回腹水"在何处，并未明言，但可以断言，在李冰所穿二江这种人工开凿的流水中，是不可能有此大规模的"回腹水"的，因为人工开凿的沟渠不具备产生"回腹水"的条件。但是，在李冰斗水神的南安，大渡河水汇入岷江之际，拦腰而入江水，直冲对面大佛崖，是绝对会形成"回腹水"的，甚至会引起惊涛骇浪。因此，虽然文翁这个故事并未明言"回腹水"之所在，但根据这个含糊其辞的"回腹水"以及其中的情节，可以断言，它应该来源于《水经注》卷三十三所引《风俗通》中所记载的李冰斗水神的故事。我在前面讨论李冰治水传说从南安搬到成都时之所以未将这个有关文翁的故事纳入李冰治水传说的系统，是因为此处言明"文翁"，且后来没有发展，不像赵昱故事那样出现与李冰、二郎故事合流的倾向。但是尽管如此，将它作为李冰治水故事播迁的一个背景例证，还是有其意义的。

《酉阳直隶州总志》（酉阳，今重庆市属酉阳土家族苗族自治县）载酉阳有许真君庙。许真君，名许逊，晋汝南（今河南省汝南县）人，传说曾官旌阳（今德阳市，一说在湖北枝江）令，颇有善政。后遨游至

---

① 《水经注》，载《四库全书》，第573册，第498页。

江西，遇一少年，仪容修整，自称慎郎君。与谈，知其为蛟蜃精，将欲除之。少年觉，化为黄牛。许逊化为黑牛，与角于龙沙洲（今江西省吉安市永丰县所属地区）北。而阴戒弟子施姓，斗方酣，施挥剑中黄牛股。黄牛因投城西北，遁归潭州（以今湖南长沙为中心的行政区域，隋、唐时所辖地略不同）。许逊所化牛亦从之入井……

这个故事的背景虽然在江西与湖南，但是许逊做过旌阳令，正在蜀中，那么撰造这故事的人当亦知道李冰斗牛杀水神的故事，这么说来，这位据说也是受封于宋徽宗的"许真君"的故事会不会是李冰治水故事"这棵树上"发出的又一枝干呢？而且十分凑巧的是，《风俗通》的编纂者应劭也是汝南人，和这位"许真君"竟是同乡。那么，"许真君"故事的撰造者当很可能读过《风俗通》，若如此，那他的撰造很可能受了《风俗通》所载李冰斗牛故事的影响。

综上所述，可以视为李冰治水传说的一些变例。虽然它们都没有与李冰治水斗牛相争胜或合流的意图，但却可以明显地看出它们的来源，而依靠这些故事中所包含的情节，将有助于我们在讨论李冰治水斗牛传说的流变时分明和认清各种因素加入的时间、契机，以更好地把握李冰治水传说的源流。

回顾以上的讨论，我想将李冰斗水神这个故事的流变用下表略加归纳。

李冰斗水神故事演化表

流传时代	典籍依据	主角	关键情节	发生地点
汉前	《华阳国志》	李冰	凿离堆，杀水神以通水。	南安
汉末前	《风俗通》	李冰	为江神娶妇，化牛杀牛（江神）。冰腰系白带。	成都
北魏以前	《水经注》	文翁	入江刺蛟。	

续表 1

流传时代	典籍依据	主角	关键情节	发生地点
晋	《太平广记》《青琐高议》	许逊	追杀蛟蜃精,精化牛,逊亦化为牛。	湖南潭州（今长沙）、江西吉安
盛唐以前	《教坊记》	二郎	《二郎神》大曲。	长安（今西安）
中唐以前	《龙城录》	赵昱	持刀刺蛟,庙食灌江口。明皇（唐玄宗）封赤城（青城）王。	嘉州（原南安,今乐山）
晚唐以前	《成都记》及其《序》	李冰	化牛杀龙,化龙斗龙,以除水害。凿崖,通水道。	成都灌县（今都江堰）
前蜀	《宋会要》《蜀梼杌》《舆地纪胜》引《治水纪》	李冰二郎	封大安王。王衍似灌口神。父子擒健龙囚于离堆,谓伏龙潭。	灌县（今都江堰）
后蜀	《宋会要》	李冰二郎	封应圣灵感王。封护国灵应王,为丹曼山神。	灌县（今都江堰）
北宋太祖	《茅亭客话》《宋会要》	李冰二郎	壅江,凿离堆,穿二江擒水怪。诏修庙,封广济王。诏去伪王号。	灌县（今都江堰）
北宋仁宗	《宋会要》	李冰二郎	封灵应侯。封灵慧侯。	灌县（今都江堰）
北宋哲宗	《宋会要》	二郎	封应感王。	灌县（今都江堰）
北宋徽宗	《宋会要》	二郎李冰	封昭惠灵显王、昭惠灵显真人。封灵应公,去广济王号,封英惠王。	灌县（今都江堰）
南宋高宗	《宋会要》	二郎李冰	封昭惠灵显王,昭惠灵显威济王,英烈昭惠灵显威济王。封广佑英惠王。	灌县（今都江堰）
南宋孝宗	《宋会要》	李冰	封昭应灵公。	灌县（今都江堰）
明	《嘉定名宦志》	赵昱	入水斩蛟,唐太宗封神勇大将军,明皇封赤城王,宋太宗封川主、清源妙道真君。	嘉定（以今乐山为中心的行政区域,宋、元、明所辖地略不同）灌县（今都江堰）

续表 2

流传时代	典籍依据	主角	关键情节	发生地点
元文宗	《元史·文宗记》	李冰 二郎	封圣德广裕英惠王。封英烈昭惠灵显仁佑王。	
清雍正帝以后	《酉阳州志》各地方志	李冰 二郎 赵昱	封敷泽兴济通佑王。封承绩广惠显英王。事迹仍以凿离堆，穿二江，治水等为主，斩蛟杀龙固定为囚禁龙，李冰为谋划，二郎为主要立功者。赵昱欲取代李冰、二郎未获最后成功。	灌县（今都江堰）

通过这个表，回顾第二至五章以来的讨论，李冰治水传说以及二郎的探讨已走过了漫长的路途，应该有一个总结了。蜀地广泛流传着各种治水神话：李冰治水传说是其中较著者；"二十四望娘滩"之类故事亦我儿时耳熟能详之；至于夏禹与鳖灵治水的神话，在我看来，更像是一面哈哈镜内外的镜像与投影者（这或许是一种不恰当的比喻，只是意在说明二者的神秘牵连）。我认为，夏禹的"岷山导江，东别为沱"[①]也好，李冰的南安斗水神也罢，都不应该从某时某刻某地域遭受的局部水害的角度加以认识。从神话研究的范围来说，它应该被置于人类洪水神话传说的范畴予以研究。因此，广泛流传于蜀中的此类神话就应该从华夏文化来源与构成的角度予以研究。如果从这样的角度来加以研究，则夏禹、李冰的丰功伟绩都是历史对神话的攀附，简言之，即神话的历史化。

进而言之，如果说在李冰治水传说之初，李冰的所作所为是对神话的一种黏附，或说将人类的洪水神话历史化，从而为自己服务的话，那么李冰治水传说在其发展过程中，无论李冰是否真有其人，都是一种历史（即人类水利治理业绩）的神话化了。上述李冰斗水神故事演化

---

① 《尚书正义》，载《十三经注疏》，第152页。

利用了李冰治水故事中的一个小小的情节——斗水神——作为契机，探讨了李冰神话传说播迁发展的历程。当然，这些探讨还是粗疏和挂一漏万的，但是从中已不难看出，历史神话化所遵循的规律是颇为耐人寻味的。

首先我注意到的是历史神话化所遵循的一个重要规律，这个规律我姑且将其命名为"器官替换律"。所谓"器官"是指早期流传的一些神话传说中的某些构件、因素、情节等。历史与传说的播迁者在将历史加以乔装打扮或演述传说的过程中，常常自觉或不自觉地从前代神话传说的机体上"拆卸"下某些"器官"，安装在新的神话传说或历史事件机体上，从而使我们看到了历史的神话化。

在分析李冰治水斗水神传说的过程中，我们可以看到，李冰治水传说之外的时代，发生于春秋时的一些历史传说如西门豹故事也被拆下躯壳安装在李冰治水斗水神的传说上；我们还可以看到，甚至故事中的"牛"都可能来自夏禹治水中关于"牛"的神话传说（详第四章第三节）；至于"牛"又摇身一变而为"龙"、为"蛟"，且先被杀死，后被幽囚，则更是来自华夏文化那些古老深远的关于龙的神话传说。还要在此补充指出的是，在第八章第四节论及夏禹和鳖灵时，我将指出他们的一个共同点是在治水中都曾幻化为龟鳖类，那么李冰也以治水闻名，他是否也与龟鳖类动物有关呢？是的，正是在这一点上，我们也看见了"器官替换律"所起的作用。众所周知，张仪与张若取蜀后，曾筑成都城。从历史上考察，成都城在秦时，有大城少（小）城之分。大城即为张仪所筑，又称龟城。《太平寰宇记》卷七十二云：

> 成都城，《周地图经》云：初，张仪筑城，城屡坏不能立。忽有大龟周行旋走。巫言依龟行处筑之，城乃得立。①

---

① 《太平寰宇记》，载《四库全书》，第469册，第595页。

可见成都之城成亦实赖于龟。龟既与蜀有不解之缘，则李冰守蜀多年，又以治水名，岂能与龟无关？普通民众及旅游者皆知都江堰之御水一法，乃以树木绑缚成三脚架立水中，架上挂竹笼以盛鹅卵石，以其重量固定三脚架，使其保持稳定，必要时，即以若干三脚架排列为主干，辅以竹席来阻水，形成一种简易的水堤，此种三脚架即称马槎，亦称浮槎。然《续汉州志》（汉州，今德阳市属广汉市）云：

> 都江堰又居大江中流，故以铁万六千斤铸大龟，贯以铁柱而镇其源以捍其浮槎。①

为何所铸偏以龟形？这不是反映了一种悠久的传统和潜藏的神话意识吗？又据民国修《雅安志》（今雅安市）云：

> 龟都府，祀李冰。在县东二区，踞离堆上。②

其实"府"或当作"庙"，疑二字繁体形近致误。"龟都府"，《芦山县志》（芦山县，今雅安市属芦山县）正作"龟都寺"。此说实可视为一件不可轻易放过的大秘密！何以龟都庙（寺）中享受祭祀的主人竟是李冰？李冰竟然要在龟都庙（寺）中享受祭祀？这岂不是说李冰也与龟鳖之类有关吗？

行文至此，我已经丝毫不会对此感到奇怪，鲧、禹、鳖灵都曾以治水而闻名，他们都是龟鳖或以龟鳖形象从事过治水工作（详下第八章第四节），那么作为一个成功的治水者，李冰传说在播迁中，播迁者自觉或不自觉地借来这个"器官"安置在传说身上，不是很相宜吗？倒毋宁说，这龟鳖正是治水者的一种标志呢。若没有它，我反倒会怀疑李冰是

---

① 《续汉州志》卷二，第10页。
② 《雅安志》卷二，第24页。

位伪治水者了。

当然，有时候，有些材料恐怕还需要新的证明和持久耐心的研究而不能一言以蔽之地用"器官替换律"来加以解释。如文献颇言之，禹出生于羌氏族区域（详下第十一章第二节），而根据前述第二章与第五章的考察，李冰和二郎似乎都和羌氏族有着某种神秘的关系。对此，究竟又应该作何解释呢？这其中是否包含着什么现在未知的远古遗留下来的某种神话因素？是否是羌氏族人民潜意识中的历史积淀的一种无意识流露呢？羌族人民聚居的雅安地区关于禹、李冰、二郎等的神话传说，甚至出现将夏禹和二郎合庙同祀的现象。如《芦山县志》云：

> 漏阁，在县东南三十五里飞仙关即古关地。山如螺，漏阁峙立。其上建二郎庙，天旱祷雨□应。下有井通多功河。世传大禹治水遗迹，为神禹漏阁云。①

何以将二郎庙建于神禹漏阁之上呢？不仅如此，据上引《芦山县志》载：

> 有二郎庙，祀禹及李冰子二郎。②

可见是将夏禹与二郎同庙共祀了。且又引清光绪十五年（公元1889年）尹某碑文云：

> 唐宋以来有阁祀夏帝禹……明初又建庙祀二郎显英王，秦将李冰子也，生禹千百年后而与禹并祀者，亦以疏凿离堆，扫除孽物，其功不下于禹也。③

---

① 《芦山县志》卷一，第29页。
② 《芦山县志》卷一，第29页。
③ 《芦山县志》卷一，第29页。

当然，就神话传说而言，勿论"明初"，即使"唐宋"也算不得古代。但是庙、阁之类并不是神话传说本身，而是长期流传的神话传说的一种物化的反映。如果孤立地看《芦山县志》所载的上述情况，或可认为这只是一种无规律可言的偶然。但是如果将其置于前面已经论述过的整个夏禹、李冰等治水的情况以及神话传说"器官替换律"来看，《芦山县志》所载却并非偶然，它不但启迪我们去深思上古西部地区，特别是羌氐族人民聚居地区的文化、神话遗存及与华夏民族之间的深层次关系，而且告诉我们，前述所谓"器官替换律"起作用，乃是建立在一种同类型故事、同文化区域、同民族文化的背景之上的。

历史神话化的再一条规律是地方争胜造成的以新替旧。这种以新替旧反映到故事情节上，就是不断加进新的情节、新的因素；或将事件发生的地点不断向新的地点搬迁。如前所述，彭县和灌县关于"天彭门"的争执，灌县、成都、乐山关于李冰凿离堆斗水神发生地点的争执，什邡和彭县关于李冰墓葬的分歧，灌县、乐山、雅安、南部、苍溪、阆中等地关于离堆所在地的争执……都是明显的例子。而由这些地方争胜也造成了不断以新替旧的情节，李冰治水斗水神故事由斗水神到斗江神，斗牛到斗龙，乃至于赵昱出而欲取李冰、二郎而代之，都无不有力说明了此点。以新替旧还不仅表现在新的人物角色参与到故事中来，而且参与进来的角色甚至在年龄上也体现出"新"的特点，即年轻化。二郎较李冰自然是年轻，而赵昱在《龙城录》亦载云，"昱斩蛟时，年二十六"，仿佛反映了潜藏在民族心理深处渴望生生不已的愿望。对于神话传说中原有的老的角色，则以新替旧，并未采取简单的废弃的办法，而是采取将其事迹抽象化、虚化，将其置于神坛高位的办法，使其成为一尊偶像，从而失去新鲜的活力。目前在各地可见的李冰、二郎合庙共祀和二郎庙独祀等情况就说明了这一点。而前已引据过的《阆中县志》所载"二郎庙在蟠龙山石，旧祀川主于此，今改祀草宜寺"，[①]说明民间所祀似乎有着李冰独祀→李冰、二郎合祀→二郎独祀的过程，惜乎资料匮乏，这一结论能否成立，当有待更进一步的研究。总之，以新替旧使得神话传说歧异纷出，难以究诘，但同时也增加了神话传说的魅力。

历史被神话化的又一条规律是人民性的体现。所谓"人民性"，这里指人民的、大众的普遍心理和愿望。神话传说自然是要以各种形式、面目载之竹帛，形诸文字的。但这种载之竹帛、形诸文字，却是在人民群众中长期流传的结果。神话传说在人民群众中流传，而人民群众又按照自己的理解、喜好和本地区、本民族的历史、文化来加工、丰富神话传说。因而神话传说必然带有人民性。作为猎神的丹曼山神二郎逐渐在李冰治水故事中占据主要地位，这绝不是一种偶然。前引《蜀梼杌》中，当王衍"戎装披金甲，珠帽锦袖，执弓挟矢"而出巡时，"百姓望之，谓如灌口神"[②]的记载；前引《宋要会》中，当二郎神被初平蜀而不谙蜀地民情的宋太祖"诏去伪王号"后，"军民上言"的记载；前引《宋会要》中，宋哲宗之后，特别是南宋以还，二郎被一封再封的情形；前引宋代人和当代人祭祀二郎时的隆重场面，"岁杀羊至四、五万头"的记载……所有这些都昭示了二郎神在蜀地人民中的威望。蜀地人民热爱这位猎神，甚至把他逐渐与官方隆重祭祀的李冰相结合，让他以李冰儿子的身份"篡夺"了李冰的所有功业。

与之相反的是文翁、赵昱等，虽然也有人试图把他们纳入李冰治水的神话传说系统，但是他们终究缺乏像二郎那样的产生于民族、人民之中的深长根柢，因此文翁击杀江神的故事仿佛是古蜀神话系统这方竹海中偶尔生发于嶙峋乱石间的孤笋，尚未发育，即已枯萎，只能成了李冰

---

① 《阆中县志》卷八，第19页。
② 《蜀梼杌》，载《四库全书》，第464册，第229页。

治水神话传说的参照物。至于赵昱，其故事的撰造者尽管将李冰斗水神的故事戴在了他头上，又让他"乘白马""引黑犬""腰弓挟弹"以模仿二郎神像，但是他除了"斩蛟"之功，要么是帮助唐太宗祛病，封"神勇大将军"，要么是"明皇入蜀，护跸有灵"而得封"赤城王"，要么是帮助平蜀乱而被封"清源妙道真君"[①]，所有这些，乃与人民群众的生活相去何远？与人民群众心目中的二郎神相距何远？因此尽管在地方志记载中常有将他与李冰、二郎纠缠不清的讨论，但是民间祭祀中，川主庙所祭祀的仍然是李冰或者二郎，二郎庙所祀当然更不会是赵昱了。

综上所述，我在厘清李冰治水传说这个论题上，不仅讨论了这个神话传说产生之时，神话历史化的情形，更着重讨论了这个传说在其播迁发展过程中历史被神话化的一些表现和规律。

当然，我所分析的仅仅是李冰治水传说的个案，上述这些情况、规律是否能普遍地呈现于一般的神话传说中，当有待学界不断地再探索、再证明。

但是还有一个重要性并不亚于神话传说播迁规律的问题：任何神话传说归根结蒂都是历史。李冰神话传说仿佛置身于古蜀地域中，却又好像游离于正史外（尽管李冰被冠以了"秦守"的官衔）。这样一种现象不能不引人深思。我认为，其实"治水"这一主题本身，不仅是世界神话传说与历史研究必须关注的重要课题，也不仅是华夏神话传说与历史研究必须关注的重要课题，而更应该是古蜀神话传说与历史研究必须关注的重要课题！这一课题的研究，在一定程度上说明了李冰治水神话传说置于古蜀地域的必然性，从而在一定程度上成为古蜀神话传说、古蜀文化（也就是历史）乃华夏文化建构重要部分的见证。接下来的几章，即可以视为对这个"小结"中最后这几句语焉不详的结论伸展开来的讨论。

---

① 《灌县志》卷十八，第21页。

| 第六章 |

杜宇论

《山海经·海内经》尝记载了一个神秘的国度：

> 西南黑水之间，有都广之野，后稷葬焉。其城方三百里，盖天下之中，素女所出也。①爰有膏菽、膏稻、膏黍、膏稷。百谷自生，冬夏播琴。鸾鸟自歌，凤鸟自舞，灵寿实华，草木所聚，爰有百兽，相群爰处。此草也，冬夏不死。②

"都广"何在？《山海经·海内西经》又有"后稷之葬，山水环之，在氐国西"的记载。郭璞注此云："在广都之野。"郭璞之后，《后汉书》李贤注、《太平御览》诸书引上述《海内经》"都广"亦有作"广都"者。考"广都"一词，首见于扬雄《蜀王本纪》，云"蜀王据有巴蜀

---

① 引者按："其城"及以下凡十六字今本《山海经》皆以为郭璞注语。唯王逸《楚辞章句·九叹》注云"都广，野名也。《山海经》曰：都广在西南，其城方二百里，盖天地之中"，可以据补。
② 《山海经·海内经》，载《二十二子》，第1386页。

之地，本治广都樊乡，徙居成都"①。是知"广都"即在蜀地。故《华阳国志·蜀志》云"蜀以成都、广都、新都为三都，号名城"，②可知广都乃蜀之重镇。《华阳国志·蜀志》又记秦时蜀守李冰曾"穿广都盐井"，③因此可知广都的富庶。虽然《华阳国志》称"广都县，郡西三十里。元朔二年（汉武帝年号，公元前127年）置"，④其时已远在《山海经》之后，然而正如《隋书·地理志》所说：

> 双流，旧曰广都……仁寿元年（隋文帝年号，公元610年）改县曰双流，有女伎山。⑤

因此明杨慎《山海经补注》、曹学佺《蜀中广记》直指上引《海内经》"都广之野"即成都或成都附近双流（今成都市双流区）。可以确信，这样一个冬夏皆可播种，草木四季常青，万物欣欣向荣的国度并非单纯的神话虚构，它就在以成都为中心的成都平原上。神话式的描绘表现出成都平原早在远古时代就已经迈进了农业经济的时代。而带来这一切的，千百年来流传的古蜀神话传说告诉我们，是望帝杜宇。

第一节 杜宇时代

杜宇的故事，较为完整系统的记载，最早当属《华阳国志·蜀志》所载。兹照录如下：

---

① 《太平御览》，载《四库全书》，第901册，第19—20页。
② 《华阳国志校补图注》，第166页。
③ 《华阳国志校补图注》，第134页。
④ 《华阳国志校补图注》，第157页。
⑤ 《隋书》，第826页。

> 周失纪纲，蜀先称王。有蜀侯蚕丛，其目纵，始称王。死，作石棺、石椁。国人从之。故俗以石棺椁为纵目人冢也。次王曰柏灌。次王曰鱼凫。鱼凫王田于湔山，忽得仙道。蜀人思之，为立祠于湔。后有王曰杜宇，教民务农。一号杜主。时朱提有梁氏女利，游江源。宇悦之，纳以为妃。移治郫邑。或治瞿上。巴国称王，杜宇称帝。号曰望帝，更名蒲卑。自以功德高诸王。乃以褒斜为前门，熊耳、灵关为后户，玉垒、峨眉为城郭，江、潜、绵、洛为池泽；以汶山为畜牧，南中为园苑。会有水灾，其相开明，决玉垒山以除水害。帝遂委以政事，法尧舜禅授之义，禅位于开明。帝升西山隐焉。时适二月，子鹃鸟鸣。故蜀人悲子鹃鸟鸣也。巴亦化其教而力农务。迄今巴蜀民农时先祀杜主君。①

这是一段关于杜宇的历史记载，但由于它是悠久的神话传说，所以注定是一段许多地方经不起推敲的历史记载。常璩撰写《华阳国志》约在东晋成帝咸和六年（公元231年）至东晋穆帝永和四年（公元348年）之间②，其时已是以《史记》《汉书》作为历史典籍写作榜样的时代，因而常璩之书虽"乃考诸旧《纪》、先宿所传，并《南裔志》，验以《汉书》，取其近是，及自所闻，以著斯篇"③，但却不能不严格遵照修史之法，将一切他所知道的内容压缩到有限的历史框架中。于是超时空的神话传说不能不与历史的时空框架发生剧烈的冲突。常璩在《华阳国志·序志》中提到司马相如、严君平、扬雄等人皆曾著有蜀史，司马、君平之著今不得见，扬雄《蜀王本纪》却因后人多加摘引而略存仿佛。粗加比勘，不难看出常璩书多有出子云书处，不过颇加删削、修改、雅化而已。以扬雄《蜀王本纪》与他书及传说比照常璩《华阳国志》所

---

① 《华阳国志校补图注》，第118页。
② 《华阳国志校补图注》，第2—3页。
③ 《华阳国志校补图注》，第723页。引者按：此《华阳国志·序志》语。

载，神话传说中的杜宇与历史上的杜宇之不同乃有若干重大差异，尤其是杜宇的时代不能不一一分辨如次。

依常书所说，"周失纲纪"后方有蚕丛、柏灌、鱼凫、杜宇等蜀王。以常情度之，"周失纪纲"最早也只能推至公元前771年，即西周末年周幽王失国之时，而常书云秦之灭蜀乃在"周慎王五年"（公元前316年），两相抵折，自蚕丛至开明十二世，才四百五十余年，考《文选·蜀都赋》刘渊林注引扬雄《蜀王本纪》：

> 蜀王之先名蚕丛、柏濩、鱼凫、蒲泽、开明。是时人萌，椎髻左言，不晓文字，未有礼乐。从开明上到蚕丛，积三万四千岁。①

正因为有此传说，故李白《蜀道难》"蚕丛及鱼凫，开国何茫然，尔来四万八千岁，不与秦塞通人烟"②云云，并非全是诗人想象之词，乃有其文献依据。即如后来宋人修《太平御览》所引《蜀王本纪》亦云：

> 从开明已上至蚕丛，凡四千岁。③

上引皆《蜀王本纪》，同样是"从开明上到蚕丛"，但一则说"积三万四千岁"，一则说"凡四千岁"，其间恰巧有三万之差，显然不是文献脱失，就是后人抄改。虽已不能得其究竟，但若说蚕丛时代，人民尚"椎髻左言，不晓文字，未有礼乐"，则杜宇时，方始学习农耕，显然是更为合理之说。

据《华阳国志·蜀志》所载，开明九世，"始立宗庙，以酒曰醴，乐

---

① 《文选》，载《四库全书》，第1329册，第73页。
② （清）王琦：《李太白集注》，载影印文渊阁《四库全书》，上海古籍出版社1987年版，第1067册，第65页。
③ 《太平御览》，载《四库全书》，第894册，第612页。

曰荆，人尚赤"。"荆"与"赤"庸当后论，至于宗庙的设立与用酒作为祭祀，都绝不是也不可能是战国时代才会发生的事。来自史学界的研究报告说明，成都市羊子山土台即专门的宗教祭祀坛场，其建筑时间"可能是商代始建，至少要在殷末周初"[①]，而作为一座方形的三级土台，其底边103.7米×4，第三层为31.6米×4，高出地面十米以上，[②]规模超过了现已发掘出的偃师二里头遗址的夯土台基、郑州二里岗商代前期夯土台基以及小屯殷墟（传说中殷纣王筑鹿台之地）的夯土台基规模。而1968年成都附近广汉三星堆古蜀文化遗址的考古发掘更证明，至少在殷商时代，蜀地即已存在着仪式繁复、器具精美、规模宏大的宗教仪式。诚如《国语·鲁语》中展禽所说："凡禘、郊、祖、宗、报，此五者，国之祀典也。"[③]蜀地作为"国之祀典也"的宗庙祭祀至少在殷代已粗具规模了。[④]至于古今中外祭祀中必不可少的酒，当然也是在蜀地的"国之祀典"中就被大量使用的，广汉三星堆祭祀坑中出土的大量种类繁多、样式各异的酒具就是明证。

因此不难得出结论：杜宇的时代，或者说得更准确一些，从神话传说的角度而言，产生杜宇传说的时代，应当早在广汉三星堆遗址所昭示的夏、商及其以前的时代。

根据考古学界从1980—1986年对广汉三星堆遗址大规模发掘的报告和一些研究来看，其实早在西周以前，这里就已存在着一支独立的、高度发展的文化集群。就其文明程度而言，即使对比中原文化亦未遑多让：

  三星堆出土的石器的加工以磨制为主，比旧石器时代的打制石

[①] 林向：《巴蜀文化新论》，成都出版社1995年版，第135页。引者按：以下凡引是书，皆出此本，仅具此书名及页码。
[②] 《巴蜀文化新论》，第139页。
[③] 《国语·鲁语》，载《四库全书》，第406册，第49页。
[④] 《巴蜀文化新论》，第144页。

器有了进步；使用陶器，说明人们已从事农业；猪骨和鹿骨的出现，说明人们饲养牲畜兼从事狩猎；使用纺轮，说明人们已经知道养蚕并从事纺织；网坠的发现，说明打鱼是一项生产内容；房屋遗址证明人们已不再穴居野处。①

经测定，这些出土器物的年代距今约4500—3600年，大约是新石器时代晚期至殷商时代。这就是产生杜宇神话传说的时代。也只有在这样的时代，才会产生像杜宇这样的神话传说。如果承认了杜宇的主要功绩确如常璩所说，是"教民务农"，当然也就只能将杜宇的时代安排在出现农业经济的时代或更久远的时代来加以认识和考察。

当然，这些都是历史。但是如果从神话传说的角度来看，应该更加重视的，却是神话传说所透露出来的意识。这意识应该具有人类童年时期意识的特点且富有超时空的特点。在这样的基础上，我们才能进一步讨论杜宇的神话色彩。

第二节 杜宇神格

杜宇神格，要从杜宇来历说起。前引《华阳国志·蜀志》并未涉及这点，而扬雄《蜀王本纪》却颇有说法：

> 蜀王之先名蚕丛，后代名曰柏濩，后者名鱼凫。此三代各数百岁，皆神化不死，其民亦颇随王化去。王猎至湔山便仙去，今庙祀之于湔。时蜀民稀少。后有一男子名曰杜宇，从天堕，止朱提。有一女子名利，从江源井中出，为杜宇妻。宇自立为蜀王，号曰望

---

① 敖天照、刘雨涛：《广汉三星堆考古记略》，载李绍明、林向、徐南洲主编《巴蜀历史·民族·考古·文化》论文集，巴蜀书社1991年版，第334页。引者按：以下凡引是书，皆出此本，仅具其书名及页码。

帝，治汶山下邑郫。化民往往复出。望帝积百余岁，荆有一人名鳖灵。其尸亡去，荆人求之不得。鳖灵尸至蜀国复生，蜀国以为相。时玉山出水，若尧之洪水，望帝不能治水，使鳖灵决玉山，民得陆处。鳖灵治水去后，望帝与其妻通，帝自以薄德，不如鳖灵，委国授鳖灵而去，如尧之禅舜。鳖灵即位号曰开明。①

望帝去时子规鸣，故蜀人悲子规鸣而思望帝。望帝，杜宇也。从天堕。②

扬雄本蜀人，其所记，一定多采自其时典籍与故老传闻。从他撰写《方言》的情况和《方言》在今天的价值看，其采访与写作都严肃、可靠，故其所保留之古蜀神话传说材料，实弥足珍贵。但遗憾的是，扬雄的《蜀王本纪》在宋代以后即未见，今天所能依靠的只能是他书引用的片言只语，其间遗漏定然不少。不过一些距离扬雄较近的典籍或取自《蜀王本纪》，或来自其他渠道，仍然可以相互参照而略得仿佛。如关于杜鹃与望帝之间的关系，东汉许慎《说文解字·隹部》即云：

蜀王望帝淫其相妻，惭亡去，为子巂鸟。故蜀人闻子巂鸣，皆起曰：是望帝也。③

《太平御览》卷一百六十六引后魏阚骃《十三州志》亦云：

---

① 《太平御览》，载《四库全书》，第901册，第19—20页。
② 《太平御览》，载《四库全书》，第901册，第260页。
③ （汉）许慎：《说文解字》，载影印文渊阁《四库全书》，上海古籍出版社1987年版，第223册，第139页。引者按：以下凡引是书，皆出此本，仅注明书名、丛书名、丛书册数及页码。

第六章 杜宇论

> 望帝使鳖灵治水而淫其妻。灵还,帝惭,遂化为子规。杜宇死时适二月,而子规鸣,故蜀人闻之皆曰:我望帝也![1]

明曹学佺《蜀中广记》卷五十九则引"扬雄《蜀记》曰":

> 望帝修道,处西山而隐,化为杜鹃鸟,或云化为杜宇鸟,亦曰子规鸟。至春则啼,闻者凄恻焉。[2]

又如杜宇的来历,《水经注》卷三十三引"来敏《本蜀论》曰":

> 望帝者,杜宇也。从天下。女子朱利,自江源出,为宇妻。[3]

综合上述这些说法,不难看出,常璩书材料尽管袭自扬雄,但却与扬雄的说法有相当的差距,概而言之,约有五点:

一、扬书记杜宇自天降;常书回避此点。

二、扬书记杜宇以前诸王,为杜宇神话传说勾勒了一个神话背景;常书则仅以鱼凫"得仙道"而搪塞之。

三、扬书记杜宇初在朱提;常书改杜妻来自朱提。

四、扬书记杜宇之去位,原因在于与鳖灵妻私通;常书回避此点,只认为鳖灵继位,乃其治水功高。

五、扬书记杜鹃乃杜宇所化;常书不及此点。

上述五点差异除第四点外,我拟对其余几点一一加以讨论并指出其意义。

杜宇从天而降,是直接违背正统的史学观和儒家正统观念的。尽管

---

[1] 《太平御览》,载《四库全书》,第894册,第613页。
[2] 《蜀中广记》,载《四库全书》,第592册,第3页。
[3] 《水经注》,载《四库全书》,第573册,第500页。

在儒家，尤其是汉儒董仲舒、刘向与在后世极受尊重的史学家班固来看，天人之间始终存在着一种深刻的默契和必然的应和，但是却没有任何一位受到儒家理论熏陶的正统史学家会直截了当地说某一位帝王是从天而降的。他们能够达到最大限度和通常的做法，只是指出某位帝王诞生与自然界的某些现象存着一些联系，从而暗示这位帝王出身的不同凡响，如《史记》《汉书》对汉高祖刘邦的出身就是走到极端的一种写法。① 而唐司马贞引扬雄《蜀王本纪》却毫无任何掩饰地说杜宇是"从天而堕""从天而下"②，充分肯定了杜宇的神性。尚不止此！《蜀王本纪》仿佛是为了说明杜宇的"从天而下"并非偶然，还记录了蚕丛、柏濩、鱼凫等几位蜀王的"各数百岁""皆神化不死"，甚至其民亦"颇随王化去"。这里很值得玩味的是扬雄记蚕丛、柏濩、鱼凫三代蜀王时说他们"各数百岁"，而记杜宇则说其"积百余岁"；记蚕丛等三代之民是"民亦颇随王化去"，而记杜宇则说"化民往往复出"。从"颇"和"往往"，以及"数百岁"和"百余岁"这些细微之处，既可以看出扬雄著作的谨慎，同时也可以看出，随着时代的接近，被记录的时代和活跃在这个时代中的人和事开始逐渐减少神性，显得更加清晰可辨。

应当指出的是，这并非儒家学者扬雄主观的杜撰。正如他所记录的《方言》，经千百年来的研究被证实确实反映了那个时代各地的语言实况，他的《蜀王本纪》以历史学家的眼光看或许荒诞不经，但却实在反映了当时蜀地人民口头传承中的神话传说故事和上层知识分子的史实记载。更为难能可贵的是，以扬雄的深刻睿智和学识渊博，对于杜宇及古蜀诸王的这种神话色彩不可能看不到，但他却依然带着尊重的态度慎重地记录下了它们。这或许既是《蜀王本纪》作为单书不能流传的原因，当然也是今天关心古蜀文化者的幸运了。

---

① 引者按：可参《史记·高祖本纪》和《汉书·高帝纪》。
② 《史记·三代世表》，第507页。

杜宇与古代蜀王的这种神性，其实并不奇怪，它反映了神话诞生时代人们对生命的意识和对时间的看法。在那时的人们来看，一切都应该是有生命的，生命应该是永恒的，换言之，即超时空的。而超时空，正是神话最基本的要素。这或许就是常璩回避杜宇自天而降这一细节的原因吧。

"朱提"，在今云南昭通一带。汉武时设县，东汉时曾划归犍为（治所在今云南昭通）。杜宇来自朱提的民族学意义，尚待进一步研究。但是有一点可以肯定，《蜀王本纪》所记是确凿的，因为宋以前诸书所引皆无异词。此外值得注意的是，至今在今云南昭通尚流传着"很多关于杜宇的民间传说"，[①]足证杜宇从天降至朱提的说法乃有久远的渊源。"江源"，或即江源镇，在今成都所属崇州市。显而易见，这里已是古蜀当时的文化、经济中心，杜宇的妻子利就来自这里。何以出自井中？前第一章第一节中已有详尽分析，这里只应再指出的一点是，从井中出正对应杜宇的从天而下，都表示着一种超时空的神性。

倘若承认了《蜀王本纪》所记的真实性（即确实反映、保留了当时的传说），那么就不能不承认，杜宇是被招赘上门的女婿。"招赘上门"这个说法当然是由今天的社会形态所产生的词汇。但是从文化人类学的角度看，它正好反映了人类相当早期的一种婚姻制度——从妻居。这种婚姻制度正是母权制社会的标志之一。文化人类学的研究表明，当母系氏族制（即母权制）发展到一定时期时，乃由族外群婚制过渡到对偶婚制，其特点是妇女经营原始农业，管理氏族事务和经济生活，丈夫则随妻居，世系与财产的继承仍然按母系计。这种制度至今仍留存在处于川滇交界的泸沽湖畔的纳西族中。当然书阙有间，已无法对江源利的家族或氏族生活进行考察。但是我们知道，母系氏族制约终于新石器时代，其时也正是人类迈入农业经济时代。既已知杜宇是古蜀人农业的开辟者，那么此时传说中他从利的氏族而居，不是非常自然的吗？这种

[①] 邓廷良：《西南丝绸之路考察札记》，成都出版社1990年版，第212页。

婚姻状况当然不可能发生在所谓"七国称王，杜宇称帝"①的时代。而且常璩当然也不可能理解从妻居这样一种婚姻制度，他把《蜀王本纪》的"杜宇从天堕，止朱提"改成"朱提有梁氏女利游江源"恐怕正是出于他既要将杜宇塞入战国时代的历史框架中，却又不知道从妻居婚制这种情况。当然，学术界也有将杜宇与利的结合看成是两个古代氏族的交融。不过这已经是从另一个角度的观察了，自可与我们的讨论并行不悖。此不赘。

最后我想指出杜宇化鸟的意义。在前引所有材料中，分别提到了"杜鹃""子鹃""子䳏""子巂""子规"等鸟名，其实都是指的布谷鸟。这种鸟每当春季即鸣叫山野间，其声类"布谷"，因此被认为是催耕之鸟。又因其声音颇凄厉，因而被认为是杜宇魂魄所化。关于杜宇化杜鹃这个细节，前引《太平御览》第八百八十八卷只是说望帝去位之时正逢杜鹃鸣叫，因而似乎是凄惨的叫声使蜀人产生了某种联想。虽然明曹学佺时代较晚，且他所引据《蜀记》是否等同《蜀王本纪》亦可讨论，但是东汉许慎与扬雄年代衔接（扬：公元前58—公元18；许：约公元58—公元147），且同为语言学大家，许氏说杜宇"为子巂鸟"言之凿凿，或即来自扬雄《蜀王本纪》。又西晋左思年代在常璩之前约五十年，其所作《蜀都赋》云："鸟声杜宇之魄。"考左思未尝至蜀，其所说，当来自一定的文化载体。因此应该认为扬雄是记有杜宇化为杜鹃的。这一看法也是后人较为一致的看法。《太平寰宇记》第七十二卷即曾以总结性的口气说：

按《世本》《山海经》、扬雄《蜀王本纪》、来敏《本蜀论》《华阳国志》《十二州志》（引者按：原文如此，似当作十三州志）诸言蜀事虽不悉同，参伍其说，皆言……望帝自以为德不相同，禅

---

① 《华阳国志校补图注》，第118页。

位于鳖冷，号开明。遂自亡去，化子鹃鸟。①

由此唐人亦多遵其说，多咏其事。杜甫《杜鹃》"杜鹃暮春至，哀哀叫其间。我见常再拜，重是古帝魂"②，胡曾《成都》"杜宇曾为蜀帝王，化禽飞去旧城荒"③云云，就是其中明显的两例。

　　杜宇化为杜鹃，至少有三重意义：首先，从蜀人闻其哀鸣皆心有所感，表明了这个神话中所蕴含有强烈的情感色彩。这种情感色彩或为杜宇神话传说时代所遗留。其产生的原因则来自两个方面，一是氏族的图腾因素（容后论）；二是社会的功利因素，即杜宇为有功于人民或氏族的农神。其次，杜宇化杜鹃事实上表明了杜宇在巴蜀神话传说中的农业神的神格。他以人的形象出现，是"教民务农"的帝王，以鸟的外形出现则是催人加紧春耕春播的布谷鸟。总之无论什么形象，他总是关心着人们的农作。因为千百年来，蜀地人民在一年之春开始农忙时，总要"先祀杜主君"，从而以祭祀的方式凸显了杜宇农神的神格。再次，杜宇化杜鹃又一次顽强地表明了神话传说产生时代人们的生命观念和生命意识。人们不能理解为什么自然界中有的生物会"永存"（如树、龟等长寿的动植物），而有的却会"死亡"。后来，人们意识到了生命的存在，但却不愿意承认生命的时限，只愿讨论生命存在的形式，这种状况直到今天还仍然保留在许多人的认识中。杜宇变为杜鹃在神话传说产生时代的人们来看，不过只是杜宇这位农神生命的另一种表现形式而已。毋宁说，这种生命形式超越时空而变异，正表现了杜宇的神性。

　　以上通过常璩《华阳国志》与《蜀王本纪》记录杜宇故事的几点不同讨论了杜宇所富有的神话传说色彩。从上述讨论过程中，可以清楚地

---

① 《太平寰宇记》，载《四库全书》，第469册，第588—589页。
② 《杜诗详注》，载《四库全书》，第1070册，第583页。
③ （唐）胡曾：《咏史诗》，载影印文渊阁《四库全书》，上海古籍出版社1987年版，第1083册，第429页。

看到，扬雄、许慎、左思等人都在常璩之前，显然是不可能依据常璩的历史记载来敷衍出一篇神话传说的。恰恰相反，正是常璩参照了在他之前的各种典籍，特别是扬雄的《蜀王本纪》，然后加以自己历史学家的思考，删改了他认为与历史和常理不相调和的细节，从而撰著了《华阳国志·蜀志》。其实不独《蜀志》，《华阳国志》的其他篇章如《巴志》等也是本着这种精神撰著的。常璩曾在《华阳国志·序志》中说：

> 世俗间横有为蜀传者，言蜀王蚕丛之间周迴三千岁。又云荆人鳖灵死，尸化西上，后为蜀帝；周苌弘之血，变成碧珠；杜宇之魄，化为子鹃……蚕丛自王，杜宇自帝，皆周之叔世，安得三千岁？且太素资始，有生必死。死，终物也。自古以来，未闻死者能更生。当世或遇有之，则为怪异。子所不言，况能为帝王乎？碧珠出不一处，地之相距数千里，一人之血岂能致此？子鹃鸟，今云是巂，或曰巂周，四海有之，何必在蜀？[①]

是皆驳得可谓痛快淋漓。不过这是从历史学家和"子所不言"的角度看问题。若从神话传说的角度看，则又并不如此了。不言而喻，我们无意比较在记录杜宇和古蜀故事上扬、常二书的优劣。《华阳国志》作为方志之祖，其价值和分量自不容讨论。事实上。就杜宇故事而言，即使是从神话传说的角度看，《华阳国志》也有其无可比拟的价值，正是它充分证明了扬雄所记载的，在蜀地的新石器时代晚期至殷商末期确曾产生过杜宇的故事。另一点当然也不言而喻，尽管指出杜宇的神性，但却并不等于杜宇在历史上完全是子虚乌有的，是古人凭空虚拟出来的神。不过无论是神话的被历史化，还是历史被神化，都不应该排斥对这些故事从神话传说的角度加以探讨吧。

---

① 《华阳国志校补图注》，第727页。

第三节　杜宇与后稷

从前面所探讨的来看，杜宇当为古蜀地区传说中的农神，下面将沿此进一步加以探讨。

首先应注意杜宇的名字。

"杜"字，《说文解字·木部》认为是一种植物甘棠之名。从字形分析，则认为是"从木，土声"①。考甲文，则字形作"ΩK"，徐中舒先生是"从土从木"②。从会意字的角度看，说此字从土从木，似乎更能说明杜宇开创农业的情形。又"宇"字，《说文解字·宀部》说是"屋边也"，分析字形则说是"从宀，于声"③。此字一看便可知，其实就是房屋外形的形象。至于其中的所谓"于声"，或有差，李孝定《甲骨文字集释》从胡小石先生说当可取："卜辞用'于'与经传'于'字同义，皆以示所在。"④人类社会在其发展中，先后经历了渔猎、畜牧、农业等阶段，只有进入了以农业为其主体经济的社会形态以后，方得以定居下来，即有相对固定的生产领域和固定的居所，城市也随之逐步产生。前引《华阳国志》中说杜宇"治郫县""治瞿上""以褒斜为前门"云云，正是勾勒出了杜宇率众迈入农业经济社会以后那样一个有固定的生产领域和固定的房屋居舍的情景。因此综上所述，杜宇的名字已经十分清楚地表明他作为古蜀农神的身份。

讨论至此，或应注意到本章开篇即引用的《山海经·海内经》中所提到的后稷了。在历代经典史籍中，后稷都被认为是发明了农业的人。《诗·大雅·生民》乃对于他的业绩和神性都作了最好的说明。但是考

---

① 《说文解字》，载《四库全书》，第223册，第180页。
② 徐中舒：《甲骨文字典》，四川辞书出版社2014年版，第640页。引者按：以下凡引是书，皆出此本，仅具书名及页码。
③ 《说文解字》，载《四库全书》，第223册，第214页。
④ 李孝定：《甲骨文字集释》，载《（台北）"中央研究院"历史语言研究所专刊之五十》，第1638页。

察后稷的许多情形，不由得要把他与杜宇相联系，他们有太多的一致之处，兹具列如次：

一、他们都处于同一活动区域

前已指出，"都广之野"即成都平原。《山海经·海内经》记后稷葬此，并强调其所葬之地的农业经济色彩。《华阳国志·蜀志》记杜宇亦建国于此，"郫""瞿上"（详后）等皆为成都平原中心农业发达地带。又稷死"黑水之山"、杜宇"升西山隐焉"，皆指岷山之地。

二、他们的出生都很神奇

后稷母乃履巨人迹而生后稷。《诗·大雅·生民》"履帝武敏歆，攸介攸止"。郑玄笺云：

> 帝，上帝也。敏，拇也。介，左右也……祀郊禖之时，时则有大神之迹。姜嫄履之，足不能满履其拇指之处，心体歆歆然其左右所止住，如有人道感已者也。于是遂有身而肃戒不复御，后则生子。①

可见后稷实天神之子。杜宇则如前述"从天堕""从天下"，当然无疑为天神之子。

三、它们的业绩相同

《孟子·滕文公上》说：

> 后稷教民稼穑。②

且"勤百谷而山死"。韦昭注：

---

① 《毛诗正义》，（清）阮元校刻《十三经注疏》，中华书局1980年版，第183页。引者按：以下凡引是书，皆出此丛书，仅具此书名、丛书名及页码。
② 《孟子正义》，（清）阮元校刻《十三经注疏》，中华书局1980年版，第2705页。

稷，周弃也。勤播百谷，死于黑水之山。①

杜宇则"教民务农"，"升西山隐焉"。"西山"正同"黑水之山"，皆指岷山。

四、他们都有一位善于治水的同事

后稷与伯夷、禹等人在历史典籍中皆为同事，因而《尚书·吕刑》有载：

> 乃命三后，恤功于民：伯夷降典，折民惟刑；禹平水土，主民山川；稷降播种，农殖嘉谷。②

当然，这里"伯夷"并非周初时伯夷，而是传说中曾辅佐尧的司法大臣。"三后"，说甚多，不烦一一列举。所谓"后"，即古代典籍中所称帝王。以史家的眼光观察之，或这里伯夷、禹、稷皆当时各据一方，各司一事于中央王朝的氏族、部落首领，古人所称诸侯。由此看，善于治水的禹乃后稷的同事，后来因其治水有功而受舜禅，方高踞于其他诸"后"之上。按《蜀王本纪》《华阳国志》等记载，杜宇与鳖灵乃君臣关系而非同事关系。但是从史家的眼光观察之，或杜宇、鳖灵当时都是活跃在"都广之野"上的氏族、部落首领（当然有先来后到之分），而后来鳖灵亦因治水有功而居于统治地位。

五、他们都与一位游于江（姜）原的女性有关

后稷母名姜嫄。史籍皆称其为"有邰氏女"③。《说文解字·邑

---

① 《国语·鲁语》，载《四库全书》，第406册，第49页。
② 《尚书正义》，载《十三经注疏》，第248页。
③ （汉）戴德撰、（北周）卢辩注：《大戴礼记》，载影印文渊阁《四库全书》，上海古籍出版社1987年版，第128册，第474页。引者按：以下凡引是书，皆出此丛书，仅具此书名、丛书名、丛书册数及页码。

部》云：

> 邰，炎帝之后，姜姓，所封周弃外家国。①

而是处正有姜水。"嫄"即"原"，当指姜水之原。《大戴礼记·帝系》与《史记·周本纪》俱作"原"。《史记》刘宋裴骃《集解》云："《韩诗章句》曰：'姜，姓。原，字'或曰：姜原，谥号也。"其实这里"或曰"与《韩诗章句》之说从姓名（或谥号）的来源看，并没有矛盾，都来自地名，不过"或曰"之说更为明显一些罢了。

杜宇妻名利。《华阳国志·蜀志》说她乃"游江源"，颇容易令人误会她是游于江水之源。但《蜀王本纪》说得十分明确，她乃"从江源地井中出"。这一被常璩删去的细节告诉我们，"江源地"显而易见指"都广之野"中的某地，这就是汉时所设古江源县，今崇州市江源镇。当然，"江原"之所以得名，也与其地正处于岷江江水之域有关。

因此，后稷之母出姜原，而杜宇之妻出江原，虽一为母，一为妻，但确实也颇不乏雷同之处。

六、他们族属同出一源

后稷母族为姜姓，出我国西北地区。一般认为，乃古代羌族。《后汉书·西羌传》即说：

> 西羌之本，出自三苗，姜姓之别也。②

之所以要强调"之别"，大约是因为在范晔的时代，羌族始终处于流落边地"所居无常，依随水草"③的生活状况吧。但以其字形与读音，姜

---

① 《说文解字》，载《四库全书》，第223册，第195页。
② 《后汉书》，第2869页。
③ 《后汉书》，第2869页。

姓本出羌却毋庸讳言。后稷之生，有其母而未有其父，或据《诗经·大雅·生民》其父乃为天神，后稷当自幼随母居。因而以遗存典籍的情况看，说后稷族属为羌，当是确实的。

至于杜宇族属，亦当从蜀女利而考察。蜀女利本无考，但其所自，乃蚕丛一氏。旧传蚕丛氏所出地区，至今仍是羌氐族所居。历史学者分析古蜀人来源，要皆不出羌、氐二族。其实羌、氐原本亦属一源，古籍中恒多连称之，如《诗·商颂·殷武》"自彼氐羌，莫敢不来享，莫敢不来王"①，《逸周书·王会》"氐羌以鸾鸟"②，《山海经·海内经》"先龙是始生氐羌"③等，莫非其证。当然，他们是否真正出于共同的氏族，那是历史学家和民族学家要解决的问题，而他们因此可能有共同的神话传说因素才是本著更关心的。

七、他们与同一图腾有关系

图腾，是神话学十分关心的问题。因为围绕着图腾的，绝不是枯燥的概念，而是神话传说时代人们所传诵着的一整套故事和礼仪，这些故事和礼仪以我们今天的概念衡之，即神话。后稷和杜宇都与鸟图腾有关。

后稷与鸟图腾有关，可以由其先人、出生经历、得名、葬地等加以认识。后稷父亲似乎为天神，这一点，在前面已经提到了。但是这位天神，在古代典籍中又被人格化为人间帝王——帝喾高辛。

后稷这位父亲所娶并非一妻，姜原为元配，次妃即简狄，为殷人祖先。《史记·殷本纪》说：

> 殷契，母曰简狄，有娀氏之女，为帝喾次妃。三人行浴，见玄

---

① 《毛诗正义》，载《十三经注疏》，第627页。
② （晋）孔晁：《逸周书》，载影印文渊阁《四库全书》，上海古籍出版社1987年版，第370册，第49页。
③ 《山海经》，载《二十二子》，第1386页。

> 鸟堕其卵，简狄取吞之，乃孕生契。①

秦汉之际，这一传说见诸典籍甚多，但绝非空穴来风，皆直接来自殷商人自己的故事和传说。《诗经·商颂》中有《玄鸟》一篇，起首就说：

> 天命玄鸟，降而生商，宅殷土茫茫。②

殷人那种禀天命而生，主宰宇宙沉浮的得意按捺不住，溢于言表。又有《长发》一篇，则说：

> 有娀方将，帝立子生商。③

《玄鸟》中的"天"在这里成了"帝"。郑玄笺说这"帝"是"黑帝"，即指帝喾，那么所谓"天""帝"，不过是一而二，二而一的。从神话传说的角度观察，那只神秘的"玄鸟"，其实不过就是"天""帝"的化身而已。江原是踩到了他的脚印怀了孕，简狄则是吞食了他的卵怀了孕，这不也是一而二，二而一的事吗？

或许我们会遗憾后稷的母亲姜原未能像简狄一样吞食鸟卵，从而缺少了后稷与鸟图腾的直接联系。且不说我们有此遗憾，也许连姜原当初也为此而感到遗憾。据《诗经·大雅·生民》所说，后稷出生后，遭到了被抛弃的命运，因而后稷名弃。关于他被抛弃之事，《诗经》的毛传、郑笺及其他古人均有一些解释，但归纳而言之，都认为姜原之所以要抛弃后稷，乃因为后稷无父而生。这种解释看似合理，但不过是执文明社会的标准来衡量上古社会。其实在母系氏族社会，知母不知父乃十

---

① 《史记》，第91页。
② 《毛诗正义》，载《十三经注疏》，第622页。
③ 《毛诗正义》，载《十三经注疏》，第626页。

分正常的现象。显然姜原是不会因为这个原因而抛弃后稷的。我认为，姜原之所以抛弃后稷，根本的原因在于后稷出生之前，未能像殷商契那样显示出他与鸟之间的神秘关系。换句话说，她未能及时看到鸟图腾神对后稷的肯定。请看《诗经·大雅·生民》这一段：

> 诞置之隘巷，牛羊腓字之；诞置之平林，会伐平林；诞置之寒冰，鸟覆翼之。鸟乃去矣，后稷呱矣。

关于这一段，毛传和孔颖达疏的意见完全相同，姑录孔疏以明之：

> 弃此后稷，置之于狭隘巷中，牛羊共怜而爱之，故可美大矣。以牛羊避人，理之常也……又弃此后稷，置之平地林木之中。会值有人往伐平林，伐木之人见而收取之。婴儿之在林野，当为鸟兽所害，乃值人收取，是可美大矣。又以人取人，乃是常理……复弃后稷朝旦于寒冰之上。有鸟以翼覆之，以翼籍之。鸟非人类而覆籍人，是可美大矣。既知有神，人往收取，鸟乃飞去矣，后稷遂呱呱然而泣矣。此其有神灵之验也。[①]

显而易见，所谓"既知有神""神灵之验"都是与前面的"理之常也""常理"相对而言的。正是因为有大鸟神异的庇护，使姜原看到了后稷与鸟图腾之间的必然联系，因而令"人往收取"，后稷遂得以成长。

关于后稷与鸟图腾神之间的这种关系，毛传、孔疏之前就有人已经注意到了。屈原在《天问》中曾问道：

---

① 《毛诗正义》，载《十三经注疏》，第530页。

> 稷维元子，帝何竺之？投之于冰上，鸟何燠之？①

屈原自然是十分熟悉《诗经》的②，在上述《生民》所列后稷因被弃而遭遇的三个细节中，他恰恰只选择了"鸟覆翼之"这个细节发问，这有两种可能：要么他特别关注这一细节的神奇性；要么在他所处的时代，他所掌握的知识系统中，这一细节有特殊的意义。但不管是哪一种可能，都足以表现出前人对这一细节的重视。因此王逸依据《尔雅》，训屈原所问两句中的"竺"为"厚"，说"天帝独以厚之乎"。虽然今人对王逸的《楚辞章句》颇有不同的意见，但就此处而言，正是前述屈骚、毛传、王逸注、孔疏正确地揭示出了天帝、鸟、后稷之间的神秘关系。

问题还不仅止此！后稷名弃，可见后稷并非其名字，而是其官号，稷正表明其农神的身份，这种命名情形略同"杜宇"。但是除了"弃"，他还有其他的名。《左传》文公十八年云：

> 高辛氏有才子八人：伯奋、仲堪、叔献、季仲、伯虎、仲熊、叔豹、季狸。③

杜预解释说："此即稷、契、朱、虎、熊、罴之伦。"这一说法甚确。稷正是帝喾高辛的"元子"，也即"伯奋"。"伯"自然指出其为"元子"这一事实，而"奋"则见于《说文解字》，其《佳部》云："奮，翚也。从奞在田上"④；又《羽部》云："翚，大飞也"⑤；又《佳部》云："奞，鸟张毛羽自奮奞也"⑥。毋庸再辩，后稷正是以鸟之行为命名者。

---

① 《楚辞章句》，载《四库全书》，第1062册，第31页。
② 《楚辞文心管窥——龙凤文化研究之一》，第24、25两章。
③ 《春秋左传正义》，载《十三经注疏》，第1862页。
④ 《说文解字》，载《四库全书》，第223册，第140页。
⑤ 《说文解字》，载《四库全书》，第223册，第138页。
⑥ 《说文解字》，载《四库全书》，第223册，第140页。

因此毫不奇怪，后稷的葬地亦与鸟有关。前引《山海经·海内经》已云后稷所葬之"都广之野"有"鸾鸟自歌，凤鸟自舞"。兹再引两条：

> 槐江之山……实惟帝之平圃……西望大泽，后稷所潜也。①

郭璞注云：

> 后稷生而灵知，及其终，化形遁此泽而为之神，亦犹傅说骑箕尾也。②

那么这"大泽"到底是什么地方呢？

> 大泽方百里，群鸟所生及所解。③

"解"，即死去。屈原《天问》"羿焉彃日，乌焉解羽"意即与此相同。

后稷所葬、所潜之地竟是一个群"鸟"修生养息、安居乐业、代代相传的地方。回顾从后稷的先人、后稷出生经历一直到此为止的讨论，不难得出结论：后稷在神话传说中确实与鸟有非常密切而神秘的关系。如果由此而断定，后稷是上古社会中崇拜鸟图腾的氏族所崇拜的农神，恐怕不是一种勉强的结论吧。

我们再来看看杜宇。

杜宇乃"从天堕"，因此关于他的世系，先人等并没有被载诸史册。但是应该注意到，《蜀王本纪》《华阳国志》都指出，杜宇之前，乃是鱼凫王统治。而鱼凫即一种鸟，以之作为王称，这王与鸟之间的关系

---

① 《山海经·西山经》，载《二十二子》，第1345页。
② 《山海经·西山经》，载《二十二子》，第1345页。
③ 《山海经·海内西经》，载《二十二子》，第1374页。

自不待言。值得注意的是，广汉三星堆遗址的发掘为此提供了实证。因此有研究者指出：

> 三星堆遗址所出土的陶器中有一种"鸟首形器柄"颇引人注意。都是在第二期以后的文化层中发现的，没有完整器形，只存棒形器柄，柄端形如鸟头，喙长而带钩。其形象与古蜀铜兵器（戈、矛、剑）上的鸟首图案颇为相似。这种鸟首图案就是被艺术化了的鸬鹚，鸬鹚俗称鱼老鸦，也就是鱼凫，它可能是一种图腾象征。①

关于杜宇与鱼凫之间的关系，还拟在下章有专门讨论，不过从上述可以看出，杜宇至少应当与这种鸟图腾的遗存密切相关。

《华阳国志》在谈到杜宇的活动时，留下了一句弥足珍贵的话，提到杜宇治理其国的治地时，郫县之外，"或治瞿上"。我认为，"上"当为一方位词。这个词在后来的四川方言中逐步演化为一个后缀词，已没有什么实际意义，大约相当于普通话的"里"，如"队里""市里""省里"之类，今成都方言均习惯说"队上""市上""省上"等。因此关键还在这个"瞿"字。"瞿"作为杜宇陪都到底缘何得名？学术界对此有相当激烈的争论，自宋罗苹以后至近代，史家多将"瞿上"定在今成都市双流区。明曹学佺《蜀中广记》卷五云双流：

> 有商瞿里。本志云，治东十里瞿上乡，有孔子弟子商瞿上墓。时有锦鸡白鹇见焉。文明之德未艾也。②

这很容易让人得出常璩所言"或治瞿上"，乃《春秋》以还所传的结

---

① 蒙默等：《四川古代史稿》，四川人民出版社1988年版，第17页。引者按：以下凡引是书，皆出此本，仅具此书名及页码。
② 《蜀中广记》，载《四库全书》，第591册，第59页。

论。但将"瞿上"与孔子弟子商瞿相联系,恐怕只是一种附会。考《史记·仲尼弟子列传》明言:

> 商瞿,鲁人,字子木。①

又云:

> 商瞿年长无子,其母为取室。孔子使之齐,瞿母请之。②

可见商瞿乃齐鲁之人,与蜀并无关系。《史记·仲尼弟子列传》唐张守节《正义》:

> 《中备》云:鲁人商瞿使向齐国,瞿年四十,今后使行远路,畏虑,恐惧无子。夫子正月与瞿母筮,告曰:"后有五丈夫子。"③

这说明,至少在唐以前,尚没有人把商瞿与蜀相联系。清梁玉绳《人表考》云:

> 案杨慎《丹铅录》云:《世本石室图》作商瞿上,宋景文《成都先贤赞》以为蜀人。④

是商瞿与蜀相联系大约即在宋、明后。以上考察可以导致一个结

---

① 《史记》,第2211页。
② 《史记》,第2216页。
③ 《史记》,第2217页。
④ (清)梁玉绳:《人表考》,载《史记汉书诸表订补十种》,中华书局1982年版,第608页。

论，或"瞿上"这一地名古已有之，好事者将孔子弟子商瞿与之附会，因而商瞿亦由"鲁人"而变为"蜀人"，有了这样的文化背景，"商瞿上墓"之类的"古迹"就很容易产生出来了。

既然"瞿"之所由来与商瞿无关，那么就不能不从杜宇本身考虑这一问题了。现当代史家关于"瞿上"所在的争论尚未得出结论，但无论指为成都平原边沿的彭县海窝子，还是彭县濛阳镇、竹瓦乡一带（均在今成都市属彭州市），抑或在双流区牧马山，皆在传说中杜宇的古蜀国疆域内，因此"瞿"的得名应该与统治它的人（或神，或氏族）有关。

考《说文解字·瞿部》：

瞿，鹰隼之视也。从隹从䀠。䀠亦声。①

小篆"瞿"正作"瞿"②，确实就是一只鹰隼的形象。又考《说文解字·䀠部》："䀠，左右视也。从二目。"③此字金文作"䀠"④，则更为形象。再观"瞿"字的小篆体，可以看出，正是强调了鹰隼之类那锐利、威严的双目。至于宋陆佃《埤雅·释鸟》说"今雀俯而啄，仰而四顾，所谓瞿也"⑤，则活画出了鹰隼一族生活适意、傲视物类的神气。因此，"瞿上"之得名，当取自其字本义，因为世代居住在这里的，如三星堆考古所揭示，其实就是一个崇拜鸟图腾的氏族啊！

既然如此，就可以理解杜宇为什么要为自己取号"望帝"了。"望"字甲文作"望"，徐中舒先生说是"像人立土上远望"⑥。"立土上"正

---

① 《说文解字》，载《四库全书》，第223册，第141页。
② 《说文解字》，载《四库全书》，第223册，第141页。
③ 《说文解字》，载《四库全书》，第223册，第131页。
④ 容庚：《金文编》卷四，载《国家图书馆藏金文资料汇编》，国家图书馆出版社2004年版。
⑤ （宋）陆佃：《埤雅》，载影印文渊阁《四库全书》，上海古籍出版社1987年版，第222册，第136页。
⑥ 《甲骨文字典》，第928页。

强调其农神本色,"远望"则强调了那只巨大的眼睛,类之于鸟,颇有上引陆佃所说"仰而四顾"的样子。原来"望帝"之号,竟也来自对鸟雀动作的模仿。这种模仿奇怪吗?在今人看来或许是奇怪的,不合逻辑的,"望"为什么不是模仿其他动物的动作而偏偏就是模仿鸟雀的动作呢?但是在神话传说产生时代的思维来看,这一切都丝毫不奇怪。图腾神既是本氏族的保护神,又是神秘的祖先,甚至上帝,除了他,还有什么能作为首选的仰慕、模仿对象呢?

其实,可能还并不仅仅是模仿,因为杜宇本身就是一只杜鹃鸟啊!现在可以知道杜宇为什么不变化成其他的形象,如牛这一类也代表农神职能、身份的动物,而一定要变为鸟。事实上它并没有"变"鸟,因为对于崇拜鸟图腾的氏族的人民而言,他与鸟就是一而二,二而一的。因此不难理解,为何春天来临,杜鹃凄恻的鸣叫声回荡山谷田野之际,蜀地人民就会起而四顾、满怀情感地说:"这是我们的望帝啊!"

以上我通过七个方面比较了杜宇与后稷的异同。当然,我并不能肯定古蜀神话传说中的杜宇就是先秦典籍中所记载的那位后稷。要得出这样的结论,仅仅依靠文献典籍与口头传承材料的一般类比分析是不行的,还必须要依靠文物的证实,依靠民族学和体质人类学关于民族迁徙令人信服的可靠证明,依靠上述四个方面的综合研究方能成功。但是从文献典籍所记录的神话传说来看,上述七点相同绝不仅仅是两者都与鸟有关而已,而是两者本身就存在着不少交集点。研究者不能对这些持视而不见的态度,至少也应该有勉为其难的探索阐释(我将在后文勉为之)。现在,暂且可以指出:作为农业神,杜宇应毫不羞愧地在中国神话传说体系中占据不亚于后稷的地位。其影响之所以不及后稷,最直接、简单的解释就是他无缘进入儒家经典系统。而从更深远的角度去探究,那就需要探究后来华夏文化为何构成(至少从现存文献的层面观察)于以黄河流域为主的区域,尽管这一区域的文化构成更早亦来自各地域。

第四节　杜宇与鱼凫

上一节，我已将杜宇与后稷各自氏族所崇拜的图腾做了一个也许有趣的比较。但其间有一小小遗憾，后稷名叫"伯奋"，杜宇却没有这样一个鸟属关系的美名。不过可以庆幸的是他的陪都"瞿"是以鸟属而命名的。"瞿"是"鹰隼之视"，这首先就让人想到鱼凫，鱼凫的另一个众所周知的名字就是鱼鹰。作为一种肉食的鸟，鱼凫被列为"鹰隼"之类，确实当之无愧！那么，"瞿上"若作为鱼凫王的首都，岂不更加惬当？

可惜的是《华阳国志》关于鱼凫王的描述，只留下了寥寥数语：

鱼凫王田于湔山，忽得仙道。蜀人思之，为立祠。①

所谓"田"，指打猎。"湔"，当指湔水。班固《汉书·地理志》谓：

绵虒，玉垒山，湔水所出，东南至江阳入江。②

所谓"湔水"，即今沱江的源头之一。所谓"湔山"，当指彭县（今成都市属彭州市）海窝子湔水流经的地带。《彭县志》云：

《唐书·地理志》：九陇县（今彭州市九陇镇）有阳平山……湔山即阳平山。③

又：

---

① 《华阳国志校补图注》，第118页。
② 《汉书》，第1598页。
③ 《彭县志》卷一，第24页。

> 古蜀王祠，盖即阳平化，祀蜀王鱼凫也。①

其地正处于成都平原边沿地带，至玉垒山（今称九顶山）下，多丘陵河谷地，鱼凫王之"田"，当即在这一带。但既称"田于湔山"，非定居于此则可想见。以常理度之，其定居之地当即在成都平原之内。因此无怪乎成都平原之内，颇留有鱼凫王遗址。《温江县志》（温江，今成都市属温江区）云：

> 鱼凫王墓在治西北三十三里吴家场南二里，俗呼大墓山。清邑人李芳林诗："闻说鱼凫王，乘虎升仙去。"②

又云：

> 鱼凫城在治北十二里，相传为鱼凫王都。其遗址犹在，乡人呼古城埂。③

言之凿凿，似不容置疑。其实早在《成都府志》中即已说：

> 大墓山，温江治西二十五里。土人云是鱼凫王墓。④

可见传说有自，墓虽未必肯定是鱼凫王所葬，但鱼凫王的故事曾流传其间，却无可怀疑了。可惜年代久远，已湮没转移而不闻了。

口头传承的故事固然可以湮没、讹变，但是出土的文物却不会改

---

① 《彭县志》卷二，第23页。
② 《温江县志》卷二，第43页。
③ 《温江县志》卷二，第25页。
④ 《成都府志》卷二，第3页。

变。1986年3月至5月四川广汉三星堆考古有了重大发现：

  揭露出夏商周时期早蜀文化的房基40余座，陶窑1座，灰坑100多个，小型墓葬4座。经地面勘察与重点发掘可以认定有基宽40余米的东、西、南三面古城墙（北面为鸭子河道）构成的南北超过1500米、东西约2000余米的古城，墙外有堑壕围绕；城内外遗址群已出土数万件青铜、玉石、象牙、陶器、漆器等珍贵文物标本。说明这里的确是一座早蜀时期的中心都邑。①

1986年七八月三星堆考古再次有了惊人的发现，在上述已提到的南墙处：

  南墙外50余米处清理了两个祭祀坑，出土早蜀时期的神人铜立像、面像、头像；神树、龙、蛇、鸟兽；金罩、金杖；铜玉礼器璋、瑗、圭、璧、戈、矛、凿；象牙等稀世珍宝上千件。②

  事情并未到此为止！1996年下半年考古者在宝墩龙马古城、都江堰芒城、郫县古城、温江鱼凫城以及2001年成都市金沙遗址等有了新的发掘，逐步显示出古蜀神话传说赖以产生的物质基础和背景。③
  当然，这其中，我仍然对三星堆遗址中出土的鸟头把勺、鸟头陶器

---

① 林向：《近五十年来巴蜀文化与历史的发现与研究》，第3—22页。《广汉三星堆遗址》，《考古学报》1987年2期。《广汉三星堆遗址一号祭祀坑发掘简报》，《文物》1987年10期。《广汉三星堆遗址二号祭祀坑发掘简报》，《文物》1989年5期。
② 林向：《近五十年来巴蜀文化与历史的发现与研究》，第3—22页。《广汉三星堆遗址》，《考古学报》1987年2期。《广汉三星堆遗址一号祭祀坑发掘简报》，《文物》1987年10期。《广汉三星堆遗址二号祭祀坑发掘简报》，《文物》1989年5期。
③ 《中日联合对成都平原进行考古研究》，《成都晚报》1996年10月15日。《都江堰史前城址调查获重大收获》，《成都晚报》1996年10月20日。金沙遗址的发现，2001年中央电视台、上海与成都各媒体进行了多次报道。

等有特别的兴趣。这种鸟头把勺、鸟头陶器都出土于三星堆遗址的第二、三期,大约相当于夏代至商代中期。那么这里理应是崇拜鸟图腾的氏族曾经居住过的城邑了。或许,它就是鱼凫王的城邑。

从前引三星堆遗址出土文物的情况看,鱼凫的古蜀国已是农业经济相当发达的国度。尽管《蜀王本纪》和《华阳国志》对鱼凫王的记载都惜墨如金,语焉不详,但是标志着鱼凫活动的地名却几乎遍及巴蜀甚至远达鄂、湘。成都平原附近的鱼凫城、鱼凫墓等前已提及。自成都沿岷江水系南下经彭山,古有鱼涪津。《后汉书·吴盖陈臧列传》"战于鱼涪津"。唐李贤注引云:

《续汉书》曰:犍为郡南安县(今乐山市)有鱼涪津。在县北;临大江。[1]

岷江至古僰道(今宜宾市)与金沙江相汇,为长江(即上引所谓"大江")。长江以南,至今还保留了不少关于鱼凫的传说。屏山县的土司部,其家谱竟以鱼凫为其先人[2];南溪县(今属宜宾市)今尚有鱼符津;叙永县(今属泸州市)有鱼凫乡,传说是鱼凫逗留过的地方;合江县(今属泸州市)古有巴苻关。《汉书·西南夷两粤朝鲜传》有:

乃拜蒙以郎中将,将千人,食重万余人,以巴苻关入,遂见夜郎侯多同。[3]

"关"或即在赤水河入长江处。再顺江而下,据《汉书·地理志》:

---

[1] 《后汉书》,第681页。
[2] 邓廷良:《西南丝绸之路考察札记》,成都出版社1990年版,第162页。
[3] 《汉书》,第3839页。

巴郡（有）鱼复、充国、涪陵。①

"鱼复"，又称"鱼腹"，即今奉节县。又顺江下，据《太平寰宇记》卷一百四十四云：

鱼复故城在（沔阳）县东十五里。②

最后，在今湖北红花套遗址发现了三星堆遗址中出土的鸟头把勺以及其他一些足以说明两上古地文化高度一致的文物，以至于有研究者指出：

宜昌地区长江干流沿岸此文化类型的一、二期属于成都平原的考古学文化范畴，出土器物有酷似者……其中鸟嘴状把勺这种特殊形制的器物，竟然在相隔数千里之远的两地都有遗存，绝非偶然，二者之间应当有一定的渊源关系。③

是的！肯定是有渊源关系的。如若将我前面所列举的以"鱼凫"二音命名的地方连接起来，不难发现，这样一条线其实就是从成都平原出发，沿着岷江至长江一直到鄂、湘（之所以提及湘，是因为《逸周书·王会解》中有长沙西有鱼复的记载）的水道以及长江的某些支流。不少专家已经指出，这条路线就是当年氏族迁徙的路线。不过迄今为止，学者们一般认为，这一线路的始终两端即江汉平原与成都平原，两端之间乃当年古巴人溯江而上的路线。这样一种看法或许有一定的考古学发现支撑。从目前公布的考古学有关数据来看，三星堆文化遗存可以

---

① 《汉书》，第1603页。
② 《太平寰宇记》，载《四库全书》，第470册，第374页。
③ 《四川古代史稿》，第17页。

和长江中游的大溪文化、屈家岭文化遥相比拟，但却晚一些，因而三星堆文化是否是大溪文化、屈家岭文化由东向西发展的结果？从文献记载的角度看，古巴人首领廪君以及巴族活动的记载不绝如缕，《蜀王本纪》对楚人鳖灵溯江而上帮助蜀人治水最后成为蜀王的故事更有明确记载。这些似乎都助成了古蜀文化的东来说。

但是这种说法乃大有值得推敲处。

首先，近年来的考古实绩已经证明，从岷江上游四川省阿坝州茂县所发现的距今5500—5000年的营盘山遗址（2000年发现）与距今4500年的沙乌都遗址（2002年发现），到成都平原距今4500—3800年以史前古城群遗址为代表的宝墩文化（1996年发现），到距今3500—3200年以三星堆和金沙遗址（1929年至今发现）为代表的高度发达的青铜器与玉，璀璨的古蜀文化有着数千年连续不断的独立的历史渊源和体系。

其次，尽管有专家已经提出新石器时代的大溪文化、屈家岭文化与上述古蜀文化有相似之处，但是作为比较文化研究中必不可少的二者的连缀却尚待进一步的证据和研究。

再次，就典籍的记载来看，鳖灵的入蜀相当晚，被定位于战国时代。现当代学者多已不赞同这一主张，而主张鳖灵入蜀约在春秋初年。其实依据鳖灵所承继的杜宇作为农神的传说，或许这一年代还应提前——被古蜀人民尊崇为农神的杜宇的时代距今至少也在四千年前，三星堆遗址一号、二号祭祀坑的考察已极有力地说明了这一点[①]——至少当推至商末周初（即使如此，我对此也持保留态度，说详本著《结语》）。因此，显而易见，考古学上大溪文化、屈家岭文化并不能作为文献上所记载的鳖灵西上故事的历史背景，从而得出大溪文化、屈家岭文化可能对三星堆文化有影响的结论。

---

① 《广汉三星堆考古记略》，第331—338页。

最后，也是最为重要的，无论是在考古学上还是在典籍记载中，都没有一支以鸟类为图腾的氏族，或说没有鱼凫王本身从东向西迁徙的材料。因此，我有这样一种推测，鱼凫王的族人曾在夏、商之际或更早由西向东顺着岷江、长江迁徙。这种迁徙乃是当时以农业经济为基础的、辉煌的蜀文化向外发生影响的体现。正是在这种迁徙中形成了崇拜鸟图腾的，以成都平原为中心的古蜀文化在巴蜀各地甚至巴蜀以外地区的造成影响。

以上花了许多笔墨来讨论鱼凫王，其实根本目的仍然还是杜宇。因此我们还得回到杜宇。杜宇也是崇拜鸟图腾的氏族首领（或神），但是查考杜宇在历史上留下的遗迹，却发现成都平原之外，鲜有其迹。

既然史志中不存在杜宇、杜鹃、望帝或类似的地名，那就只好到民间祭祀中去寻找其迹。因为祭祀是保留古代文化（当然也包括神话传说）遗痕的顽强堡垒，尽管有时这种"遗痕"已经变形而常常让人难以辨析。

提起祭祀，人们或许立即会想起遍及川中各地的"土主庙"（也称"土主祠"）。顾名思义，土主祠或土主庙，即应能保护一方、庇祐一乡的土神享祀之所在。但是关于这一点，历来却有不同说法，《彭县志》的议论或可为一种主导的说法：

> 土主庙在濛阳场西街。蜀中多此祠，莫知所始，或以为土神。旧志以为祀韦南康，非也。"土""杜"古字通，《华阳国志》：杜宇教民务农。一号杜主……巴亦化其教而力农务。迄今巴蜀民农时先祀杜主君。是土主，其由来远矣。今郫县望、丛两祠已列祀典，而彭为杜主旧都，崇报阙如。倘可援川主之列，岁春三月令民报祭，官涖其事，亦于礼为不悖乎！①

---

① 《彭县志》补遗，第1页。

"韦南康"当指韦皋，唐德宗贞元初为剑南西川节度使，治蜀二十余年，有政声，尝封南康郡王。从这些情况看，"旧志"认为彭县土主庙所祀为韦皋，恐怕并不是"非也"，而是相当有可能的。据北宋张俞的《蜀望丛帝新庙碑记》，郫县望丛祠始建于北宋仁宗康定二年（公元1041年）春。而此前虽相传在郫县南一里处有望帝杜宇墓，与丛帝开明墓相对峙，但其坟陵屡遭险恶，几夷为田亩。可见北宋之前，所谓"杜主君"之祀在其都邑郫县（今成都市属郫都区）是否尚存已成疑问，更遑论其他。因此彭县将韦皋作为土主祭祀实在是很自然的事。不能因为"土""杜"之间的音同，遂将"土主"之祀一律视为"杜主"之祀。我粗略调查了巴蜀各地的"土主"之祀，完全证实了上述看法，以下仅略举几例。

郫县虽相传有望、丛二帝之祠，但却仍设有土主祠，那这土主祠当然不可能再祀所谓"杜主"。据载：

> 县西三十五里许有淮南王土主祠。[①]

此土主祠所祀为淮南王刘长。刘长以骄横凌上而被"处蜀严道邛邮"，但其实并未至蜀，仅至于雍（今陕西扶风）。

> 淮南王谓侍者曰：谁谓乃公勇者？吾以骄不闻过，故至此。乃不食而死。[②]

何以居然在郫县竟为其立祠，确实令人费解。《郫县志》说是因刘长临死而"悔其昔日之不善，而于孝与忠与弟则福之，而祸其不然者"，实

[①] 《郫县志》卷五，第23页。
[②] 《汉书·淮南衡山济北王传》，第2143页。

在显得勉强。但是我们却不能不尊重《郫县志》指出的事实，淮南王土主祠"庙始于大历三年（唐代宗年号，公元768年）丙午"，后毁于兵，明洪武三年（明太祖年号，公元1370年）又重开祭祀[1]。这一事实说明，即便在被称为杜宇都城的郫县，"土主"也并不一定就是"杜主"。

川南，据《荣县志》（荣县，今自贡市属荣县），荣县有：

> 灵枣崖。下有庙祀汉靖侯庞统，俗曰土主湾。[2]

湾以祭祀而名，"土主"当指庞统。

又川东南向，据《重庆府志》，荣昌区有：

> 土主庙，在铜鼓山。祀宋将杨明。[3]

此外，屏山县（今属宜宾市）、纳溪县（今属泸州市）均有一种民间祭祀节日，称"祀杨四将军"，不知是否即此人，待考。

又川南，青神县（今属眉山市）有一种民间祭祀节日，称"白马土主神寿诞"。这里的"土主神"显然不是"杜主"。另外还有一种称"青衣土主会"[4]。按青衣神旧或指蚕丛王，或指李冰，未闻指杜宇。

又川西南，据《雅安县志》，雅安有青神庙：

> 本县旧名青衣县，神为青衣神，即土地。后人不详所自，遂讹为五通青蛙之类。[5]

---

[1] 《郫县志》卷五，第23页。
[2] 《荣县志》山脉第四，第12页。
[3] 《重庆府志》卷二，第13页。
[4] 引者按：以上祭祀杨四将军至此材料，请参考黄尚军《四川方言与民俗》第二版，四川人民出版社2002年版，第412页。
[5] 《雅安县志》卷二，第28页。

此与青神县民间所祀或即一事。

又川东，据民国修《渠县志》（渠县，今达州市属渠县）：

> 县城北济远庙神，邑人称为"土主本神"，极灵，御贼尤显。父老相传："贼不怕渠县人，只怕渠县神"……考阅朱子《通鉴纲目》并史臣范蔚宗所撰神之本传及历代碑文，神姓冯名绲。①

与之相邻大竹县（大竹县，今达川市属大竹县）有三圣宫。据民国修《大竹县志》：

> 三圣祀川主李冰、土主冯绲、药王孙思邈。②

冯绲事具《后汉书》卷三十八本传及各类碑传，此不赘。

又川东南向，据《秀山县志》（秀山，今重庆市属秀山土家族苗族自治县）：

> 市中有土主庙。元世土官所建立。杨氏祭约云：土主庙祀湖耳青草公。湖耳，今黎平属地也（今贵州省属黔东南苗族侗族自治州）。传云唐诚州刺史杨再思第二子正韬字怀玉，尝为湖耳等处防御使。其后邑梅诸洞土官皆其苗裔，故祠祀之。据杨再思庙碑云：蜀、黔、楚、粤，所在尸祝，祠宇巍崇，称曰"广惠王庙"。而夷、獠祀之则曰"青草大王""湖耳大王"，以湖耳、青草皆王驻节之地也。③

---

① 《渠县志》卷十二，第48—49页。
② 《大竹县志》卷三，第14页。
③ 《秀山县志》卷二，第5页。

应该再次强调指出：受各地人口迁徙不定影响，上引数例"土主"之祀的建立或早或晚。且祭祀之事，年代久远，人世沧桑，李代桃僵之事，亦容或有之。但是祭祀，亦正如所有的民俗，乃是文化的活化石。它虽然是流动的、变迁的，但其所由来，亦应有蛛丝马迹可寻。通过上述探讨，恐不难得出结论，并非所有祀土主者即祀杜主君。

杜宇在成都平原之外所产生的影响甚微，这种情况确实令人感到吃惊。《水经注》卷三十四云：

> 江水又东径巫峡。杜宇所凿以通江水也。①

初看令人惊喜，思之则又惘然。原来这不过是古籍记载中的一种通常做法。如《山海经·海内经》记天帝派祝融杀鲧，而《国语》《墨子》《天问》等皆记为"帝"杀鲧。此处亦复如此，神话传说中巫峡本为杜宇之相鳖灵所凿，但按惯例记在杜宇名下，并非杜宇确有遗迹存留于巫峡。

吃惊之余，不禁令人思考这样一个问题：为什么史籍记载中居功至伟的杜宇竟会在真正受其惠的古蜀人民的口头传承和民俗文化中显得如此苍白，而在史籍记载中语焉不详的鱼凫王却反而在民间留下如许遗迹？这种情况从神话传说的角度看，究竟该如何解释？

也许我们能从广汉三星堆遗址中找到某些答案。有的研究者认为，1986年3至5月广泛发掘的三星堆遗址证明，这里曾是一个重要的古蜀国都邑而被突然放弃。但鸟头陶器的发现，证明三星堆至月亮湾一带却很可能是蜀王杜宇氏的"瞿上"都城。至于1986年七八月在同一地点所发掘的两座祭祀坑则说明：

> 在三千年以前，能用大象、"金杖"、大批铜人头和高质玉制礼

---

① 《水经注》，载《四库全书》，第573册，第509页。

器进行祭祀的，必定是当时的蜀王。所以，祭礼坑所在的三星堆肯定是鱼凫氏的故都无疑了。[①]

考古学界与历史学界一般认为三星堆遗址文化共分为四期，三星堆祭祀坑属于较晚的第三、四期。如果像上面所引述的那样，将三星堆祭祀坑认为是鱼凫王的遗迹，而将其他较早的遗存认为是杜宇的故都，那岂不是应该将历史典籍中鱼凫和杜宇的接续秩序颠倒过来？这种论述虽然是少数意见，但却说明了一个问题：人们可以试探着去讨论三星堆文化的族属即它的主人到底是濮人、巴人，还是氐人、羌人，也可以探讨这个文化遗址的主人崇拜何种图腾，但是若要指明它到底是鱼凫王的都城，还是杜宇的都城，这就需要更多的旁证了。

如果可以确信这是古蜀国的都邑；如果可以确信在这个文化遗址中当年的主人信奉、崇拜着鸟图腾；如果已经知道活动在这一区域中的两位古蜀王都被认为是鸟图腾氏族的神；如果已经知道这个崇拜鸟图腾的氏族在其神庇佑、带领下已经开辟出了灿烂的农业文明，并将这文明传播向了整个巴蜀大地，我们还要苦苦将鱼凫王和杜宇分而论之，是必要的吗？或许他们本来就是一个王（或一个神）的分化？

在古史传说中，这种情况是广泛存在的，在神话传说中，这就差不多是一条规律了。只要注意到这样一个事实就够了，从中国现存的典籍观察，在最可靠、最古老的典籍中，明君、圣王是不多的。历经春秋、战国、秦汉，越到后来的典籍，却反而记录了更多的、更为古老的帝王，仿佛随着时间的推移，古老的帝王们慢慢儿从地下生长了出来。到汉代，终于形成了一个层次分明的三皇五帝世系和围绕着这个世系形成的一个庞大的文化体系。

[①] 敖天照、刘雨涛：《广汉市三星堆考古记略》，载李绍明、林向、徐南洲主编《巴蜀历史·民族·考古·文化》，巴蜀书社1991年版，第335—337页。

当然，我们不能完全抱一种虚无主义的态度来否定这些，但是可以确信，其中确实存在着不少分合之迹。神话传说往往如此，一个神或人的事迹在流传的过程中会因为种种原因和契机，逐渐分化为数个神或人的事迹；当然也有相反的情形，数个神或人的事迹在流播的过程中因为种种原因和契机，逐步归于一个神或人。这两种情形的前一种过去学术界已议论甚多，我在后文还将不断提到，兹不赘。后一种情形则仅举民国修《双流县志》所载《蚕丛王祝文》以明之：

  维王蜀山肇绩，瞿上设都。原陌桑柔，井络起丝衣之颂；川厓黍茂，华阳开粒食之风。农桑始盛于边陲，贡赋遂通于上国。际隆圣代，春祈分茧之辰；庙缮故都，岁祀采繁之月。职叨守土，报肃明禋。神德邃延，俎豆尊于祀典；邦人寿谷，拜舞合乎欢心。尚飨！①

十分清楚，这通祝文已将历史记载中从蚕丛至杜宇的所有劳作和功绩都统统归到了蚕丛王名下。当然，问题并不仅仅在于这通祝文是否可以与口头传承或文字记录的神话传说一样具有同等的文献价值，而是在于它说明了一种现象：类似这通祝文的文献记载是如何将其影响施加于神话传说的。

那么鱼凫和杜宇之间到底是什么关系呢？我认为，很可能鱼凫与杜宇就是同一个神或人，在后来的神话传说中发生了分化，成为世代相传的两个神或人。

他们都活动于同一个区域。今温江与郫县两城直线距离不过十五公里，传说中两人的城邑、陵墓均在此。今都江堰市（旧称灌县，北宋前杜宇祠庙在此）与彭州市九陇镇（旧九陇县，鱼凫祠庙旧在此）之间直线距离不过二十五公里。如若将彭州市九陇、郫县、广汉三星堆三点

---

① 《双流县志》卷二，第42页。

连接起来，正好是一个三角形，这个三角形从九陇至郫县的直线距离是三十公里，郫县至三星堆的直线距离是三十五公里，三星堆至九陇的直线距离是三十公里。如果扩大一些，将都江堰与温江也包括进来，则都江堰距三星堆的直线距离是五十三公里，而温江距三星堆是四十六公里。而就在广汉三星堆，出土了可以被认为是鱼凫、杜宇中任何一位的文化遗存。有时候，他们的事迹竟混淆一起，《温江县志》记有：

炳灵太子读书处，在治东斐竹亭。

又记有：

野狐池，在治东斐竹亭后，广约半亩。"野狐"地名之故未详。或曰本作"野兔"。土人呼为洗墨池，谓炳灵太子洗墨处。

县志修纂者说：

炳灵即鳖灵。炳，鳖之转音。鳖灵治水有功，杜宇以位禅之。故老相传，谓炳灵为江渎神。以此，"炳灵太子"即鳖灵世子也。[①]

其说或是，但却避而未言"野狐池"之名缘何而来。诚如《温江县志》引"或曰"，"野狐"乃"野兔"之讹，而"野兔"亦未其本。考"野"字，《说文解字·里部》云："从里，予声。""野""鱼"的古音皆在鱼部。以今音衡之，则蜀人今亦有读"鱼"为"野"音者。"野兔"实即"鱼凫"之讹音。倘若鱼凫非杜宇，又焉得与鳖灵之迹同处呢？

他们都以鸟作为自己的崇拜图腾，甚至以鸟命名自己或自己的首

---

① 《温江县志》卷二，第28—30页。

都。鱼凫为鹰自不待言，即使杜宇似亦鸟名。诚如明曹学佺《蜀中广记》卷五十九引扬雄《蜀王本纪》：

> 望帝修道，处西山而隐，化为杜鹃鸟。或云杜宇鸟，亦曰子规鸟。①

他们作为肉体凡胎最后消失的地点亦颇一致。鱼凫是"猎至湔山便仙去"，杜宇则"处西山而隐"。以地望衡之，成都平原及四周并无专以"西山"称者，"西山"当为西面之山。若此"西山"乃对郫县而言，则鱼凫仙去之九陇镇乃处郫县之西北面，似亦可称西山；若对被认为是"瞿上"的三星堆而言，则九陇镇正在三星堆之西。因此二人一"仙"一"隐"，似皆在一起。

既有如此多的共同之处，则很有理由怀疑鱼凫、杜宇实即一王了。回顾前述讨论，若将历史典籍与民俗、民间传说参合而观之，则似可这样来看，其实鱼凫、杜宇的材料都并无空白，因为鱼凫有功于农业的情形，已经用杜宇的名字载在史册了；而杜宇之被巴蜀人民纪念、农业文化之四播，也已通过鱼凫的名字存留在地志、民俗之中了。

最后我想从神话思维的角度来谈谈鱼凫和杜宇的关系。

在神话思维时代的人们看来，生命是永恒的，躯壳是可以蜕变的，而灵魂则应该是永存的。即如鱼凫，虽然他的肉身泯灭了，但在部族人的心目中，他却并未死亡，无非是"神化"而去。所谓"仙去"，这个词汇当然是相当晚才产生的。但是这个词汇的使用，却无意之中潜藏了一个信息，即鱼凫变鸟而去的传说。后世的人们把羽化成仙这一类概念与之相连，如后蜀李昊所说：

---

① 《蜀中广记》，载《四库全书》，第592册，第3页。

第六章　杜宇论

蚕丛启国，鱼凫羽化于湔山。①

于是才产生了"仙去"这样的说法。但是他的"忽得仙道"转换而来的却是杜宇的"从天堕"。还有比这更符合神话时代人们思维的吗？羽化归天是鸟，从天而降则是人，人神之间就是通过这种微妙的躯壳转换而获得永恒。而其神性亦正通过这样的方式得到了充分的证明。由此看来，杜宇后来化为杜鹃，在神话时代的人们看来，是丝毫也不奇怪的了。但听杜鹃啼叫，蜀人都会起而彷徨说"是我望帝也"②。杜宇不过是用这种方式，再次重演了传说中鱼凫当年的"忽得仙道"③而已。

不过这一次，却再也没有一个他的什么变形从天而降了，三星堆的祭祀坑被匆匆堆满宫中的珍宝和日用品甚至包金的权杖，坑中被点起了熊熊大火，火尚未尽，人们即赶快运来泥土掩埋了祭祀坑，而且将它们夯实、抹平④。杜宇，或者鱼凫深情地凝眸回顾自己的家园，然后带着族人向西面的山岭转移而去……杜鹃啼叫了，它的叫声是如此凄恻，令人不忍卒闻。它一直啼叫得口中滴出血来，洒落山间，浇出了一丛丛鲜红的杜鹃花……⑤

因为异族篡权了。

民间留下了这样的传说：鱼凫是乘着虎升天而去的。这个传说不禁令我们留下了深深的思考，虎是古代巴人崇拜的图腾，鳖灵溯江而上，挟着巴文化而来。鸟踏在虎背之上，不正是鱼鹰踩在开明兽（见《山海经》，详下）身上吗？这不正是杜宇（或者鱼凫）与开明（鳖灵）之间更替转换之际场景的真实写照吗？为此，鱼凫和杜宇还应该分而论之吗？

---

① 引者按：后蜀李昊《创筑羊马城记》，载《成都府志》卷三十八，第543页。
② 《太平寰宇记》，载《四库全书》，第469册，第589页。
③ 《华阳国志校补图注》，第118页。
④ 《巴蜀文化新论》，第46—48页。
⑤ 袁珂：《中国神话传说》，中国民间文艺出版社1984年版，第394页。

小　结

本章结束之际，我想从本章反复探讨的几个共同点说起。

首先是鱼凫、杜宇神话传说产生的时代。考古的结果告诉我们，新津（今成都市属新津区）宝墩古城、温江鱼凫古城的兴建乃在距今四千多至五千年前，而文明进化史的一般规律告诉我们，农业的发明和农业文明的形成更当在城市的出现之前，且其本身即是一个漫长的历史过程。因此，古蜀文明中发明了农业，被古蜀人民尊崇为农神的杜宇（鱼凫）产生的时代距今至少也在四千年前，三星堆遗址一号、二号祭祀坑的考察已极有力地说明了这一点。[①]

其次是鱼凫、杜宇神话传说可能发生的地域，乃在以成都平原为中心区域的古蜀地以及部分巴地，且沿岷江、长江流域播迁。如果结合两千年以来岷江上游地区陆续发现的距今五千多年的营盘山文化和距今四千多年以史前古城遗址群为代表的宝墩文化，加上以三星堆遗址和金沙遗址为代表的高度发达的青铜器文化，那么可以说，一个比较完整的文化体系曾在广袤的古蜀地连续不断地演绎着。

我们所讨论的鱼凫、杜宇神话就产生、流播在上述的时间与空间中。

最后应该注意到的是以发明农业为核心内容，以崇拜鸟图腾为族群背景，鱼凫、杜宇、后稷三者被奇特地粘连在了一起，从而为古蜀文化神秘来源和内涵留下了无穷的疑案。

对这些疑案或许我们一时难以寻觅答案，因此暂时让我们告别鱼凫、杜宇、后稷，去寻找鳖灵与导致开明王朝覆灭的五丁。

---

① 《广汉三星堆考古记略》，第331—338页。

| 第七章 |

鳖灵论（上）

文献中，"鳖灵"一词有"鳖令""鼈令"的不同写法。鳖灵之人主"都广之野"，传说中似异族篡权，史家于此已无任何异议。古人传说中，颇可窥出其中消息。《水经注》卷三十三引据其来历似最早，不应忽略：

> 来敏《本蜀论》曰：荆人鳖令死，其尸随水上，荆人求之不得。令至汶山下复生，起见望帝。望帝者，杜宇也，从天下。女子朱利，自江源出为宇妻，遂王于蜀。号曰望帝。望帝立以为相。时巫山峡而蜀水不流，帝使令凿巫峡通水，蜀得陆处。望帝自以德不若，遂以国禅，号曰开明。①

《说郛》卷六十所收《寰宇记》亦有大致相似记载而细节不同：

> 蜀之后主名杜宇，号望帝。有荆人鳖灵死，其尸浮水上至汶山下又复生。望帝见之，用为相。以己之德不如鳖灵，让位鳖灵，立号

---

① 《水经注》，载《四库全书》，第573册，第500页。

开明。望帝自逃走之后，欲复位不得，死化为鹃。每春月间，昼夜悲鸣。蜀人闻之曰："我帝魂也。"名杜鹃，又名杜宇，又号子规。①

我曾在上一章第二节中指出："蜀人闻其哀鸣皆心有所感，表明了这个神话中所蕴含有强烈的情感色彩。这种情感色彩或为杜宇神话传说时代所遗留。其产生的原因则来自……氏族的图腾因素。"以上述与上一章所引材料作比较，不难看出，杜宇与开明之间的转换乃有三个方面的原因，或是三种说法：一云杜宇之去位乃因鳖灵功高德重（见《华阳国志》《本蜀论》）；一云杜宇之去位乃因与鳖灵之妻私通（见《蜀王本纪》《说文解字》）；一云杜宇之去位乃因鳖灵所迫而逃去（见《寰宇记》）。显而易见，第一说根基于儒家禅授之说，似为后人揣度。且行文之间亦不无矛盾，既属自己禅让，又何必悲鸣。第二说或不无道理，但既然自己羞惭，则又何必悲啼呢？似仍有矛盾。第三说最合实情，且与《蜀王本纪》所载言辞之间最少矛盾，从来于此甚有传说。唐白居易《琵琶行》：

其间旦暮闻何物？杜鹃啼血猿哀鸣。②

又胡曾《成都》：

杜宇曾为蜀帝王，化禽飞去旧城荒。年年来叫桃花月，似向春风诉国亡。③

---

① （元）陶宗仪：《说郛》，载影印文渊阁《四库全书》，上海古籍出版社1987年版，第879册，第263页。引者按：以下凡引是书，皆出此本，仅具书名、丛书名、从书册数及页码。
② （唐）白居易：《白氏长庆集》，载影印文渊阁《四库全书》，上海古籍出版社1987年版，第1080册，第132页。
③ （唐）胡曾：《咏史诗》，载影印文渊阁《四库全书》，上海古籍出版社1987年版，第1083册，第429页。

从这些诗中皆可见传说的影子。

从历史学的角度观察，不少考古学者和历史学者都认为，广汉三星堆遗址许多方面的证据都说明这座代表古蜀文明的城邑是突然被放弃的。特别是一号和二号祭祀坑更是将各种高级礼器甚至包金权杖等毁坏、焚烧后埋入坑内并填土夯实的。尽管学术界对于到底是谁实施的这种破坏性行为尚有争论，但都倾向于认为这是突发变故所造成的。也有学者提出，这一突发变故即鳖灵对杜宇取而代之，是使之逃入"西山"的历史物证。考察《蜀王本纪》和《华阳国志》等典籍，在没有新的材料出土以前，这一结论或许相对而言略占上风。那么，鳖灵取代杜宇，学界一般认为当约在三星堆遗址的第四期即商末周初。但是这一结论与神话传说中流露出来的信息却实在多有不同。关于这种不同，我想还是在讨论鳖灵神话传说的基础上再予以说明方妥。

虽是异族入主，但是从现存文献考察，蜀地人民却在悲思杜宇（鱼凫）之际，逐步接受了鳖灵这个帝号开明的君主。据《华阳国志·蜀志》：

> 周慎王五年秋，秦大夫张仪、司马错、都尉墨等从石牛道伐蜀……开明氏遂亡，凡王蜀十二世。①

周慎王五年为公元前316年，上推至殷末，开明氏统治约八百年。不少学者习惯以"三十年为一世"的说法来推算开明氏治蜀的时间，认为开明氏治蜀十二世，约三百六十年。但是这有两个问题：首先，开明氏治蜀十二世，不可能世世皆三十年，因此据此推出三百六十年，肯定存在着误差。其次，三星堆遗址第四期的下限仅止于商末周初，如果开明治蜀仅三百六十年，那么从公元前316年上推三百六十年，乃处于春秋中

---

① 《华阳国志校补图注》，第126页。

叶，而周初三星堆发生的那一幕政权更迭的主角又应该是谁呢？现在已经知道其中一方为崇拜鸟图腾的氏族，那么另外一方又是谁呢？其实只要不拘泥于三十年为一世之说，这个矛盾并不难解决。父子相继亦可称"世"，则十二世乃指十二代。故"十二世"之说在具体世系名姓并不清楚的情况下，是断不可拘泥的。

或问：从神话传说的角度观之，是否有必要一定要如史学那样将绝对年代搞准确呢？应该这样说，神话传说的基本特点乃是超时空的，而史学的最基本特点恐首先在于精确地把握具体的时空。二者乃大相悖谬，但在一定前提下又是紧密相连的，因为任何神话传说都是广义的历史中的一环；且任何神话传说也都有广义的历史的影子。注意到神话传说与历史的关系，尤其是二者的不同，将有利于从神话传说的角度展开讨论。

那么从神话传说的角度看，开明氏王朝到底能带给我们些什么呢？它的开朝君主鳖灵又到底留给蜀文化什么呢？

第一节　鳖灵业绩

《华阳国志·蜀志》：

> 开明位号丛帝。丛帝生卢帝。卢帝攻秦至雍。生保子帝。保子帝攻青衣，雄张獠、僰。[①]

这一段或当时历史的记叙，说明鳖灵取代杜宇时并未发生大规模的战争，因而国力乃有持续增长，从开明氏第二代君主开始，即对外攻掠，扩张土地。卢、保二帝，开明氏疆界即已北达陕、甘（雍），西至今雅

---

① 《华阳国志校补图注》，第122页。

安地区一带（青衣），南至今宜宾地区及川滇接壤一带（僰），东至今涪陵、黔江等地区及贵州接壤处（獠）。证之以传说，则《华阳国志》上述所说当不诬。如若我们以今成都为中心，则开明氏事迹在东、西、南、北、中皆有。兹略举数例如下：

中部

《太平御览》卷八百八十八引《蜀王本纪》云：

> 蜀王据有巴蜀之地，本治广都，后徙治成都。[1]

《华阳国志》则更道出了开明徙治成都的秘密：

> 开明王自梦廓移，乃徙治成都。[2]

率族迁徙，没有重大的理由是不行的。周人当年由豳迁歧下，就颇遭族人非议，古公亶父再三说明，仍不能得到大家拥护，遂只好与亲信独自迁徙，后来豳人才"举国扶老携弱，尽复归古公于岐下"[3]就是很好的例子。但凡这种时候，古之君王每每借口梦象以行非常之事。从神话思维来看，梦乃人们日常生活的一部分，梦中所显现之事，即便未发生于目前，也必发生于将来，未显于此地，亦必实现于彼地。因此，殷高宗武丁梦得傅说，周文王梦得姜太公皆此类。开明王梦城郭房舍移动，故徙治成都亦其例。

传说在成都：

> 开明氏造七宝楼，以珍珠为离帘。其后蜀郡火，民家数千与七

---

[1] 《太平御览》，载《四库全书》，第901册，第20页。
[2] 《华阳国志校补图注》，第123页。
[3] 《史记·周本纪》，第114页。

宝楼俱毁①。

王又曾修有：

> 望妃楼，在子成西北隅，亦名西楼。开明妃之墓在武担山，为此楼以望之。②

关于开明妃、武担山等传说在成都颇多，容后叙。

成都周围，开明氏所留传说更多。

郫县南，北宋仁宗康定二年即建有"蜀丛帝新庙"，据北宋张俞《郫县蜀丛帝新庙碑记》载，庙乃修建于古鳖灵坟地域内，可见对鳖灵的纪念古已有之。

金堂县有金堂峡，据《金堂县志》（金堂县，今成都市属金堂县）：

> 金堂峡在金堂山南。相传望帝相鳖灵所凿。③

又有"三皇庙"，所祀"盖蜀相鳖令"。④

温江有洗墨池，又称"炳灵太子读书处"。据《温江县志》：

> 野狐池，在治东斐竹亭后，广约半亩。野狐得名之故未详。或曰本作"野兔"，土人呼为"洗墨池"，谓炳灵太子洗墨处。附会不足信。⑤

---

① 《蜀中广记》，载《四库全书》，第591册，第15页。
② 《说郛》，载《四库全书》，第879册，第381页。
③ 《金堂县志》卷三，第23页。
④ 《金堂县志》卷一，第37页。
⑤ 《温江县志》卷二，第30页。

虽最后论以"附会不足信",但所谓"土人呼为"云云却十分重要。因为神话传说中,"土人"相传者,虽往往不雅驯,不合理,但却更有悠久、古老的来源。因此修纂者又说:

> 炳灵即鳖灵。炳,鳖之转音。鳖灵治水有功,杜宇以位禅之。故老相传,谓炳灵为江渎神。以此,炳灵太子即鳖灵世子也。旧《志》谓东岳三子炳灵王读书处,荒诞不足信,今正。①

所说当是。所谓"东岳三子炳灵王"乃道教中火神,火神与"江渎神"相去何止道里计。

但所说仍有未细考处。《温江县志》所谓"野狐得名之故未详",其实上一章已说过"野狐"就是"鱼凫",亦即杜宇。诚如《郫县志》载北宋陈皋所撰《杜宇鳖灵二坟记》所言:

> 杜宇君于蜀,不能治,举荆人鳖灵治之。水既平。乃禅以位。死皆葬于郫。今郫南一里,二冢对峙若邱山。②

可见二者遗迹,传说恒有置于一处者。此处"炳灵太子"为"鳖灵世子"可无疑义。

西部

据《芦山县志》(芦山县,今雅安市属芦山县),芦山县有开明城:

> 在县西七里。相传蜀王开明所筑,故名……然无遗迹可考。③

---

① 《温江县志》卷二,第28页。
② 《郫县志》卷五,第20页。
③ 《芦山县志》卷一,第31页。

南部

据《水经注》卷三十三：

> 江水又东南径南安县西……县治青衣江会，衿带二水矣。即蜀王开明故治也。①

南安乃今乐山市，是则开明氏曾以川南乐山为故都也。

东部

相传巫峡为鳖灵所凿，故多有传说。据《水经注》卷三十三：

> 时巫山峡而蜀水不流，帝使鳖令凿巫峡通水，蜀得陆处。②

北部

据《保宁府志》（保宁，治所在今南充市属阆中市）载，今阆中市灵山上有"鳖灵祠"③。而灵山之名亦有来源，据《太平寰宇记》卷八十六引《周地图记》：

> 灵山峰多杂树。昔蜀王鳖灵帝登此，因名灵山。④

由上不难看出，方志、传说竟大体能与《华阳国志》所说相契合，可见开明氏在称帝前及称帝后的活动早已遍及古蜀地，且为这一文化区域中公认之领袖。开明氏的活动对于古蜀文明的持续发展和辉煌确实起了重大作用。

---

① 《水经注》，载《四库全书》，第573册，第500页。
② 《水经注》，载《四库全书》，第573册，第500页。
③ 《保宁府志》卷十二，第2页。
④ 《太平寰宇记》，载《四库全书》，第469册，第696页。

除了可以想见的广都、新都之外，传说伴随着疆域扩展而进行的经济建设活动，开明氏在广都、新都之外，又辟建了成都作为首都。在这一过程中，开明氏的国家制度也无意中展现出来了些许内容。而正是从这些内容中，我似乎感受到，开明氏已经为我们悄悄撩开了遮盖古蜀文明与长江中游文明乃至中原文明关系轻纱的一角。《华阳国志·蜀志》记云：

> 九世有开明帝[①]始立宗庙，以酒曰醴，乐曰荆，人尚赤……未有谥列，但以五色为主，故其庙称青、赤、黑、白、黄帝也。[②]

这些制度固然有其重要的意义和内涵，但更令人吃惊的是，一直被认为相对封闭、局促一隅的古蜀却在文化上与域外息息相通。

宗庙，是古代天子、诸侯祭祀祖先的处所。前第六章第一节已指出，"至少在殷商时代，蜀地即已存在着仪式繁富、器具精美、规模宏大的宗教仪式"。但是从三星堆出土的各种祭祀器物，包括一些用途一时还难以断定的面具等来看，殷商到周初时代的蜀人祭祀还混合着神鬼之祷，那面具很可能就是驱鬼仪式中的傩面。但这只是事情的一面，而另一面却是开明氏九世的"始立宗庙"。依《国语·鲁语》的说法就是：

> 夫宗庙之有昭、穆也，以次世之长幼而等胄之亲疏也。[③]

宗庙之制的规范化就是为了适应国家封建机制、等级制度的健全。传说中的开明九世如此，则此时开明朝或已由神话传说时代进入人治时

[①] 引者按：《后汉书·张衡传》李贤注引《蜀王本纪》，"九世"作"五世"，"帝"作"尚"。《后汉书·张衡传》，第1925页。
[②] 《华阳国志校补图注》，第122—123页。
[③] 《国语》，载《四库全书》，第406册，第50页。

代。而这，或许也是与当时蜀国的发展规模相适应的。

醴，是宗庙祭祀中必不可少的一种甜酒。前已说过，三星堆祭祀坑中发现了大量的酒具，说明蜀人已将酒用于祭祀。但是蜀人称呼酒为何名，却不得而知。考《诗经·周颂·丰年》：

> 丰年多黍多稌，亦有高廪，万亿及秭，为酒为醴，烝畀祖妣，以洽百礼，降福孔皆。①

正是说在丰收之际，用酒用醴祭祀于宗庙之中，同时祈望祖先能多多赐福。看来在周人宗庙祭祀中，"醴"乃其中祭祀之礼所专用。九世开明氏称酒为"醴"，亦与周人所称与用途趋于一致，颇引人深思。

荆，是宗庙祭祀中的乐曲名称。这一乐曲的名称很容易让人想到开明氏祖先鳖灵之所自来。鳖灵来自楚，楚初起于荆山，因而古时习称楚为荆，古籍中多见之。"乐曰荆"或即使用楚乐。那么具体而言，楚乐的内容到底如何呢？其来源又如何呢？《山海经·大荒西经》云：

> 西南海之外，赤水之南，流沙之西，有人珥两青蛇，乘两龙，名曰夏后开。开上三嫔于天，得《九辩》与《九歌》以下，此天穆之野，高二千仞，开焉得始歌《九招》。②

《九招》又名《九韶》，或认为是舜乐，其实如同《九歌》《九辩》，皆为相传中夏禹所创制的音乐。《史记·五帝本纪》说：

> 四海之内，咸德帝舜之功，于是禹乃兴《九招》之乐。

---

① 《毛诗正义》，载《十三经注疏》，第594页。
② 《山海经》，载《二十二子》，第1384页。

司马贞《索隐》云：

"招"音"韶"，即舜乐"箫韶九成"，故曰《九招》。①

这一说法即可证上述乐曲乃创制自夏人祖先。鳖灵所自来的楚本来就与夏有着密切的关系②，因此楚人对夏乐情有独钟，屈原专门写作过模仿古乐的《九歌》，其《离骚》云：

奏《九歌》而舞《韶》兮，聊假日以媮乐。③

又说：

启《九辩》与《九歌》兮，夏康娱以自纵。④

可见在战国时楚文化中来自夏的因素还存在着强大影响。《九歌》是夏乐，同时也是楚乐的代表之一，楚国直至战国时尚以《九歌》作为祭祀乐歌。然则如上引《山海经》，夏乐之来正在蜀地，开明氏以夏乐为其祭祀之乐，不亦宜乎？或正数典而不忘祖也，并不一定非来自楚。

"尚赤"，亦楚人习尚。《墨子·公孟》中墨子历举数君之服云：

昔者齐桓公高冠博带，金剑木盾以治其国，其国治；昔者晋文公大布之衣，牂羊之裘，韦以带剑以治其国，其国治；昔者楚庄王鲜冠组缨，绛衣博袍以治其国，其国治；昔者越王勾践剪发文身以

---

① 《史记》，第44页。
② 《楚辞文心管窥——龙凤文化研究之一》，第44—51章。
③ 《楚辞章句》，载《四库全书》，第1062册，第14页。
④ 《楚辞章句》，载《四库全书》，第1062册，第8页。

治其国，其国治。此四君者，其服不同，其行犹一也。①

其中楚庄王所衣值得注意，"绛"即红色，是楚君所著，乃大红袍服。考近年楚墓出土墓葬，纺织品、漆器、车服等多以红色为基调，可见楚确实"尚赤"，而与楚有密切关系的开明氏"尚赤"亦情理中事。

"未有谥列，但以五色为主"，此亦与夏礼相同。上古本有号无谥，从文献上看，周人方制谥号。楚却在相当长一段时间亦仍其旧而未兴谥制。明董说《七国考》云：

> 楚自熊绎始封，至十七世武王而有谥。戎翟之俗，积久乃变也。②

董说此言虽对楚人颇不礼貌，但却指出了楚初无谥的情形。事实上，据《史记·楚世家》，楚武王三十五年（公元前706年）：

> 楚伐随。随曰："我无罪。"楚曰："我蛮夷也。今诸侯皆为叛，相侵或相杀。我有敝甲，欲以观中国之政。请王室尊吾号。"随人为之周，请尊楚。王室不听。还报。三十七年，楚熊通怒曰："吾先鬻熊，文王之师也。早终。成王举我先公，乃以子男田令居楚，蛮夷皆率服。而王不加位，我自尊耳。"乃自立为武王，与随人盟而去。③

但"武"仍其号而非谥。其后楚文王仍复如此，是有号无谥也。直至《左传》文公元年：

---

① 《墨子》，载《二十二子》，第266页。
② （明）董说：《七国考》，载《四库全书》，第618册，第884页。
③ 《史记》，第1695页。

以宫甲围成王，王请食熊蹯而死。弗听。丁未，王缢。谥之曰"灵"，不瞑。曰"成"，乃瞑。①

是首见楚有谥号，其时约在周襄王二十六年（公元前626年）。传说中鳖灵之入蜀，早在此前，当不知楚后亦遵周制而兴谥号。不过，即使知之，亦当仍持其本也，乃以五色称帝。何谓其"本"？以五色称帝初似见《春秋文耀钩》，即所谓：

五方帝名灵威仰、赤熛怒、含枢纽、白招拒、叶光纪。②

又：

《河图》曰：东方苍帝，神名灵威仰，精为青龙；南方赤帝，神名赤熛怒，精为朱鸟；中央黄帝，神名含枢纽，精为麒麟；西方白帝，神名白招矩，精为白虎；北方黑帝，神名叶光纪，精为玄武。③

但是纬书后起，无参证，似不足以为凭。以五色分称先帝，又可于楚人中寻得蛛丝马迹，屈原《九章·惜诵》"五帝以折中"④之"五帝"即是。关于"五帝"，依张守节《史记正义》所云：

按太史公依《世本》《大戴礼》，以黄帝、颛顼、帝喾、唐尧、虞舜为五帝。⑤

---

① 《春秋左传正义》，载《十三经注疏》，第1837页。
② 《文献通考》，载《四库全书》，第611册，第798页。
③ 《太平御览》，载《四库全书》，第900册，第728页。
④ 《楚辞章句》，载《四库全书》，第1062册，第34页。
⑤ 《史记》，第1页。

但太史公之说并未能一统天下，向来说者纷纭，莫衷一是。但我以为这种异见分歧的情况并非毫不值得理会。这其中或许正包含着上古华夏文化交流融合的信息。只是自春秋战国以还，各学各派自作主张，加之后来汉人谶纬再淆乱其间，需要假以时日，参以新的发现，耐心梳理罢了。如这里《华阳国志》说古蜀"未有谥列，但以五色为主"应即探讨这一问题的重要线索。

至此为止，虽然我并未解决以五色称帝之制的来源及含义，"五色"是否就仅指五位君主，如若指五位君主，则这"五位"是固定的，还是可以不断承袭的，且我亦并未发现古蜀君王以"五色"称的记载……但是我却注意到，在宗庙中以"五帝"作为祭祀格局，确有相当古老的渊源。《史记·五帝本纪》唐司马贞《索隐》引《尚书帝命验》云：

> 五府，五帝之庙。苍曰灵府，赤曰文祖，黄曰神斗，白曰显纪，黑曰玄矩。唐、虞谓之五府，夏谓世室，殷谓重屋，周谓明堂。皆祠五帝之所也。①

这里"苍""赤""黄""白""黑"不就是"五色"吗？且值得注意的是唐、虞方强调其"五"。因此后来元马端临《文献通考·宗庙考》曾加以重申说：

> 唐、虞立五庙。夏氏因之。

又说：

> 殷制，《商书》云：七世之庙可以观德。

---

① 《史记》，第23页。

又说：

> 周制，……天子七庙：三昭、三穆与太祖之庙而七。①

由上可以看出，传说中虞、夏宗庙中所祀本为五色帝"五府"，后人将"五色帝"称为"五帝""五庙"，而殷人称为"七世之庙"，周人宗庙所祀则增至七位君主，嗣后历代相因，"天子七庙"遂成定制。但这其中，"五""七"之间，其称谓、含义皆发生了变化，而重要的"五色"反而为人所忽略。九世开明氏所建宗庙，"但以五色为主"，则更加证实了我在前面所讨论的，乃是遵循一种古制，具体而言之，文献所载虞夏之制就是明证。

总而言之，不难看出，九世开明氏所进行的国家制度建设有其鲜明的特色。其主要特点乃可以与文献记载中的夏、楚相参照。这一点，前人或未及之，故特揭出以就正高明。又或谓，此乃历史，论神话传说岂可长篇大论于此？其实，历史与神话传说交融一体，又岂能截然分离！神话传说中，鳖灵为"荆人"，其所秉持，以楚为归宿固不难理解，何以竟处处可窥典籍中所传夏制的特点呢？如若从较浅的层面上去解释，自然可以怀疑此乃楚人制度中原先早已存在的夏文化因素，同时也说明了鳖灵离开楚土逆江而上，当肯定在春秋之前，故其所秉持之礼制，尚未受到周人所行的严重影响；但是如果吾人向更深层次思考，则不能不指出，当鳖灵携带着存留于楚族中的夏文化因素来到蜀地时，之所以能在岷江中复活，之所以能为相，之所以能取代杜宇（鱼凫）而为帝又为蜀地人民所拥戴，那是因为夏文化本身就包含着极其浓厚的古蜀文化因素啊！

于是鳖灵的复活有了全新的意义，从神话思维的角度看，他的复活不过就是杜宇（鱼凫）的延伸，他的复活就是古蜀文明的又一次甦醒……

---

① 《文献通考》，载《四库全书》，第612册，第195、198页。

不过这一切，我都准备留待后面的章节去仔细追寻、探讨。此时，我们应该对开明王朝遗留在蜀地的五丁故事做一番考察了。

第二节　五丁与五女

强大、富庶的开明王朝虽然一方面积极进行着疆域扩张、国家制度建设，但另一方面却又沾沾自喜于自己的强大。他们或许不知道，就在自己的北方，一个广袤、强大、先进、历史文化内涵丰厚的帝国也正在迅速成长中。四川盆地富足、得天独厚的自然地理条件，与盆地边沿峻峭的山岭一道，反而形成了自我封闭、夜郎自大的意识。巴人的勇悍与誓不低头与蜀人的精敏相结合，倘能浩浩荡荡穿越巫峡，飞度太白鸟道，则前途无量，乃成大器；倘闭关自守、故步自封，则堕入谲诈小器。故自古至今，贤达能出盆地者往往为人伦之翘楚，局促属地者，即能小成其器，亦终是小家碧玉，难登大雅之堂。而改变这样一种历史文化定势的努力似乎从开明氏王朝时就有了，那么我们就来看看这个王朝留下的传说。

五丁的故事在蜀地可谓家喻户晓，人人皆知五丁开山的故事，却不知五丁来源。五丁事记载早见于《艺文类聚》卷七引《蜀王本纪》：

天为蜀王生五丁力士，能献山。①（"献"，《太平御览》卷八百八十八作"徙"）

是五丁本为五位大力士，说"天生""能徙山"，皆言其神奇壮伟。实乃各族神话多有的巨人、力士之类，寄托了先民希望能移山填海的故事。因此，开通蜀地与秦地的交通，即传说中这五位大神的伟业之一。

---

① 《艺文类聚》，载《四库全书》，第887册，第255页。

第七章　鳖灵论（上）

"蜀道难"，一直是从古至今文人墨客吟咏的话题。即使今天成都的交通状况已远胜许多同级别的大城市，但提起四川，一些人通常的感觉仍然是闭塞。这其中固有蜀人的"盆地意识"作祟，但千百年来积淀下来的"蜀道难"意识难以完全从人脑海中抹去，恐也是相当重要的原因。

其实蜀地自古以来就渴望与外界交通。其水路自岷江水系而下至宜宾，再入江顺流东下，是古蜀地向外连通的主要道路；陆路则自成都出发，经邛崃、荥经、汉源、冕宁、西昌、会理进云南省至大理、保山、腾冲、瑞丽等地入缅甸、印度等国。后水路与陆路结合，自成都出发，顺岷江水系至宜宾，再一直南下经高县、入云南至昭通、曲靖再向西折至昆明、大理，最后汇入上一条陆路。这两条始分而后合的路就是古代著名的南丝绸之路。

再有一条陆路乃从成都出发经绵阳、梓潼、剑阁、广元，然后一是通过石牛道抵达陕西勉县、汉中，再出褒谷至宝鸡等地，二是逆嘉陵江至嘉陵江上游的陕甘勉县交界之处。这条路，就是传说中由五丁所开通的。

前面两条路开通于何时虽无明文记载，但水路的开通无疑要早得多。我们只要展开地图，就会注意到，以奉节、大溪、巫山为中心的大溪文化向下游连接着湖北的钟祥、京山、屈家岭等地的屈家岭文化；又溯汉水而上连接着襄樊、均县、郧县等地，向江水上游，则连接着散布在成都平原上星罗棋布的三星堆古蜀文化。虽然大溪文化、屈家岭文化、三星堆文化之间并不能直接画等号，但它们所具有的某些重要而又相同的文化内涵，却像一盏盏航标灯，标识出了这条远古的交通要道。这些我在上述第二章已有所论及，兹不赘。但再次强调这条水路对于古蜀文明讨论的至关重要。

南丝绸之路究竟开通于何时，史无明文。但是三星堆祭祀坑中出土了大量齿贝，据说这类齿贝只能出现在印、缅温暖的海域中，因此这条南丝绸之路很可能早在西周初年以前即已存在。甚至在此前，这条路所经过的区域中就活动着氐羌各族部，正是他们的来回迁徙活动形成了史学家和人类学家所称的"横断山民族走廊""氐羌系走廊"，而南丝绸之路就是建立在这条"走廊"基础上的①。《史记·西南夷列传》说：

> 秦时常頞略通五尺道，诸此国颇置吏焉。十余岁，秦灭。及汉兴，皆弃此国而开蜀故徼。巴蜀民或窃出商贾，取其筰马、僰僮、髦牛，以此巴蜀殷富。②

又《汉书·张骞李广利传》说：

> 骞曰："臣在大夏时，见邛杖、蜀布。问安得此，大夏国人曰：吾贾人往市之身毒国。身毒国在大夏东南可数千里……以骞度之，大夏去汉万二千里，居西南。今身毒又居大夏东南数千里，有蜀物，此其去蜀不远矣。今使大夏，从羌中，险，羌人恶之；少北，则为匈奴所得。从蜀，宜径，又无寇。"……初，汉欲通西南夷，费多，罢之。及骞言可以通大夏，乃复事西南夷。③

《史》《汉》二书所说其实就是这条南丝绸之路的情况。"大夏"约在今阿富汗北部，"身毒"即今印度。考虑到任何一条历史古道的开拓、形成、使用都应该是一个自然的、曲折的、漫长的历史过程，因此文字上的记录较诸考古和民俗调查得出的结论和事实，一定是较晚的。

向北的石牛道究竟开拓于何时？本来所能依赖的材料怕是只有《蜀王本纪》与《华阳国志》二书，但是最近四十年的考古成果显示，仅依

---

① 邓廷良：《西南丝绸之路考察札记》，成都出版社1990年版，第3、4页。
② 《史记》，第2993页。
③ 《汉书》，第2689—2690页。

据出土的青铜器即可划出一个文化区。这个青铜器文化区从时间上讲，"相当于中原的二里头文化时期至西汉初期"；从地域上讲，则"以四川境内成都平原为中心，有时还包括川东、鄂西、湘西、陕南，鼎盛时甚至到甘南和宝鸡地区之内"①。以所谓"鼎盛""繁荣"时期的情况考察，则陕西城固出土的青铜器群迥异于商、周文化而属于巴蜀文化范围。②而陕西宝鸡地区的纸坊头𢀖伯墓与茹家庄𢀖伯墓出土的青铜器也显示出它们属于巴蜀文化之列。③总的结论是"巴蜀青铜器主要是陕西各族，特别是周族的相互交流中形成的"④。经过分期鉴定，上述城固青铜器群的时间应在商代后期，而宝鸡地区的𢀖伯墓青铜器的时间则应在商末至西周中期。

这些材料使我们想起了五丁的故事正是产生于这一历史时期，且以这一地域的交通为背景。观念是现实的反映，而观念又常常促成现实并在现实的背景下发现自己。如果没有交通的需要，就不会有表现出这种需要的观念形态——开山的神话；而如果没有已经开辟出的通道，开山的神话如无源之水、无本之木，将会干涸、枯萎以至消失。

现在回头来看，五丁故事在情节和内容上都是逐步有所演变的。我怀疑，前引《蜀王本纪》中所说的五丁"能徙山"，当即后来五丁开道的张本。且让我们看这故事的发展！仍从最早记录此事的《蜀王本纪》开始：

秦王献美女于蜀王。蜀王遣五丁迎女，见一大蛇入山穴中。五

---

① 林春：《巴蜀的青铜器与历史》，载李绍明、林向、徐南洲主编《巴蜀历史·民族·考古·文化》，巴蜀书社1991年版，第164—165页。
② 李伯谦：《城固青铜器群与早期巴蜀文化》，载徐中舒主编《巴蜀考古论文集》，文物出版社1987年版，第33—39页。
③ 卢连成、胡智生：《宝鸡茹家庄、竹园沟墓地有关问题的探讨》，《文物》1983年第2期。
④ 林春：《巴蜀的青铜器与历史》，载李绍明、林向、徐南洲主编《巴蜀历史·民族·考古·文化》，巴蜀书社1991年版，第171页。

丁并引蛇。山崩，秦五女皆上山，化为石。①

《艺文类聚》卷九十六又引《蜀王本纪》云：

> 秦惠王欲伐蜀，蜀王好色，乃献美女五人。蜀王遣五丁迎女。还至梓潼，见一大蛇入山穴中。一丁引其尾，不能出。五丁共引蛇，山崩，压五丁。五丁踏蛇而大呼。②

比较之下，可以看出，《艺文类聚》卷九十六所引较其卷七所引，更为详细，且增加了秦王的具体王号并赠送五女的意图等。但是类书引据古书，未必字斟句酌，前后照应。反而经常是断章取义，甚至以意引之，故细节有增减、有不同，自不足怪。但是五丁迎五妇，引蛇而致山崩则是其中最基本的情节，这个情节直接建立在对当地地形地貌的解释上。考《汉书·地理志》有"梓潼"，其下唐颜师古注云：

> 五妇山。驰水所出，南入涪，行五百五十里。③

《汉书》这条颜注说明"五妇"这个故事情节的产生相当早。《水经注》卷三十二云：

> （梓潼）县有五女，蜀王遣五丁迎之至此，见大蛇入山穴。五丁引之，山崩压五丁及五女。因是山为五妇山，又曰五妇堠。蛇水所出，一曰五妇水，亦曰潼水也……自县西径涪城东，又南入于涪

---

① 《艺文类聚》，载《四库全书》，第887册，第255页。引者按：此《艺文类聚》)卷七，《初学记》卷五引略同。
② 《艺文类聚》，载《四库全书》，第888册，第917页。
③ 《汉书》，第1597页。

214

水，谓之五妇水口也。①

从此可以看出，水因山名，山因神话传说而名。那神话传说又因何而生呢？当为地形、地貌而生。或反过来说，地形、地貌使解释它的神话传说产生；而神话传说又反过来影响一系列地形、地貌的命名。《水经注》这条资料中的"县有五女"的说法很值得注意，因为在其他典籍中，都称这"五女"系秦女，独这里说是梓潼（今绵阳市属梓潼县）本地之女。这不能不让人想到，原来这"五女"的故事乃当地的神话传说，可能与五丁并无联系，与五丁发生粘连，或因秦蜀之道经此的缘故。总之地形、地貌及其变迁，在五丁故事中占有重要的地位。因此，《华阳国志·蜀志》亦云：

> 惠王知蜀王好色，许嫁五女于蜀。蜀国遣五丁迎之。还到梓潼，见一大蛇入穴中。一人揽其尾掣之，不禁。至五人相助，大呼抴蛇。山崩，时压杀五人及秦五女并将从。而山分为五岭。直顶上有平石，蜀王痛伤，乃登之。因命曰五妇冢山川，平石上为望妇堠，作思妻台。今其山，或名五丁冢。②

现在我们清楚了，原来山本"五岭"，顶有"平石"，人们为解释这地形，创造了这带有几分凄凉色彩的神话传说。那么五人"引蛇"之说又从何而来呢？学术界有一说，姑录如此：

> "驰水"当作"虵水"。虵今蛇字，也字古文作它，即蛇之义，隶变作"也"，故虵、蛇为一字异书。其水宛曲流行于紫土丘

---

① 《水经注》，载《四库全书》，第573册，第493页。
② 《华阳国志校补图注》，第123页。

陵间，酷似蛇行，故称"蛇水"。《汉志》虽作驰，仍当读如它。虵喻其形状，驰喻其疾速，要之取蛇之义。盖梓潼人传说山蛇出走而成此水也。①

"驰水"当为"虵水"即"蛇水"，虽于典籍无证，但其说符合神话思维，且水名"五妇水"，入涪水处名"五妇水口"已表明乃依神话传说命名山、川之意。只是"驰喻其疾速"似未细考。盖"驰"本有"它"音。《离骚》"抑志而弭节兮，神高驰之邈邈"②，《九歌·大司命》"乘龙兮辚辚，高驰兮冲天"③，又《东君》"撰余辔兮高驰翔"④，皆"驰"读"驼"音之证。故"驰水"即"虵水"无疑。

但是这些说法都仅止于解释地形、地貌，虽已与五丁发生关系，但却并未涉及五丁开路。这应该是这个神话传说现存较早的面貌之一。

第三节　五女与蜀妃

与此同时，乃又另有一位与开明王有关系的妇女——蜀妃出现了。这一故事仍出自《蜀王本纪》，为《北堂书钞》卷一百零六所引：

> 武都有人将其妻、子女适蜀。不安水土，欲归。蜀王心爱其女，留之。乃作《东平》之歌以乐之。⑤

《初学记》所引有不同，其卷八云：

---

① 《华阳国志校补图注》，第92页。
② 《楚辞章句》，载《四库全书》，第1062册，第14页。
③ 《楚辞章句》，载《四库全书》，第1062册，第20页。
④ 《楚辞章句》，载《四库全书》，第1062册，第22页。
⑤ 《北堂书钞》，载《四库全书》，第889册，第523页。

> 武都人有女，蜀王纳以为妃。疾，卒，葬于成都，作石镜一枚，以表其墓。①

其卷五所引则又有不同：

> 武都丈夫化为女子，颜色美好，盖山精也。蜀王娶以为妻，无几物故。于成都郭中葬之，以石镜一枚，径二丈，高五尺。

如若说卷八所引在情节上尚只是略有不同，则卷五所引就大为不同了，本为武都男人之女，现在已成了这个武都男人所变成的女人，更值得注意的是，根本就无所谓什么"武都丈夫"所变的女子，她根本就是一个"山精"。

但应该指出的是，如《汉水·地理志》所说，武都乃汉武帝元鼎六年（公元前111年）所置，那么这一故事虽不能仅仅根据这一点就判定其产生于汉武帝元鼎六年之后，但却可以肯定"武都"是很晚才粘附上去的，且整个故事自然也应该产生于"五妇"的故事之后。扬雄乃以语言学家的审慎，并录而存之。《华阳国志·蜀志》则两说参合、整理而用之：

> 武都有一丈夫，化为女子，美而艳，盖山精也。蜀王纳为妃。不习水土，欲去。王必留之，乃为《东平》之歌以乐之。无几物故。蜀王哀之，乃遣五丁之武都担土，为妃作冢，盖地数亩，高七丈，上有石镜。今成都北角武担是也。后王悲悼，更作《庚邪歌》《陇归之曲》。其亲埋作冢者，皆立方石以志其墓。成都县内有一

---

① （唐）徐坚等：《初学记》，载影印文渊阁《四库全书》，上海古籍出版社1987年版，第890册，第132页。

方折石，亦如之。长老传言：五丁士担土担也。

这个故事显然将扬雄《蜀王本纪》中的两种说法糅合起来了。但值得注意的是，情节上却有了"乃遣五丁之武都担土，为妃作冢"这一神奇的情节。这一情节在前引《蜀王本纪》中没有，而在《后汉书·方术列传》唐李贤注中引《蜀王本纪》作：

武都丈夫化为女子，颜色美绝，盖山精也。蜀王纳以为妃。无几物故，乃发卒之武都担土，葬于成都郭中，号曰武担，以石作镜一枚表其墓。①

可见，《华阳国志》将原文中"发卒"这一情节与五丁联系了起来。

当然，围绕着这位本是"山精"的蜀王妃，后来又衍化出了一系列的情节，且地点也发生了移动。如明曹学佺《蜀中广记》卷九云：

武都山有玉妃溪。《成都耆老传》载妃与五丁同生。父母弃之溪。后闻呱呱声，就视，乃一女五男。女即蜀妃，男即五丁。故《华阳国志》云武都山精化为美女也。②

故事发生的地点，已由秦蜀要道上的梓潼被转移至梓潼以西约百公里且并不处于秦蜀交通要道的绵竹（今属德阳市）。故事情节也大有发展：男女同胎，显然就是原来故事中"武都丈夫化为女子"这一情节的一种合理变形。至于"五丁"，则由原来的担土之"卒"发展到担土的"五丁"，再发展成为蜀妃的同胞骨肉。至于所谓"武都山"，在早期五丁神

---

① 《后汉书》，第2708页。
② 《蜀中广记》，载《四库全书》，第591册，第128页。

话中并没有这一称谓。显然曹氏此处所引，乃是将原故事中的"武都"与"山精"两个词连缀而成。而原故事中的"山"，本指西汉所置武都县之山，在今甘肃与川北交接处，乃嘉陵江源头之一处所。正是商末周初古蜀文化范围边缘，亦蜀与商周族及文化相接壤地带，因此五丁的故事能附会至此。至于曹学佺《蜀中广记》卷九所说"绵竹山亦谓之武都山"①，又引《高僧传》称绵竹为"南武都"。则此处称"武都"乃刘宋时所侨置，图上直线距离距汉置武都约三百公里，而时间已在《华阳国志》之后，故这里"武都山""玉妃溪""一女五男"云云，皆为武都侨置所造成的神话传说的衍变附会所致。不过这一附会虽晚，但它反映了神话传说的演变规律，因此我们还是将它们归于这一故事系统一并讨论。

这些材料，似乎皆未与开路相联系，但是在《太平寰宇记》卷八十四所记载的另一个与此相关的故事中，则似乎可以看到五丁开路的故事因素了：

> （梓潼县）隐剑泉在县北十二里，五丁力士庙西一十步。古老相传云：五丁开剑路迎秦女，拔蛇山催。五丁与秦女俱毙于此。余剑隐在路旁，忽生一泉。又云，此剑每庚申日现。②

《太平寰宇记》撰自宋人乐史。但这里所录，云"古老相传"，当不会产生得很晚。所谓"剑路"当即指剑阁至梓潼，或剑阁以北的通秦之路石牛道。关于这一区域地形交通的艰难，李白在其《蜀道难》一诗中有所描绘，其中两句与这个神话故事有关："地崩山摧壮士死，然后天梯石栈相钩连。"由此可知，五丁掣蛇，山崩路开这一故事情节在唐代以前

---

① 《蜀中广记》，载《四库全书》，第591册，第127页。
② 《太平寰宇记》，载《四库全书》，第469册，第681页。

已经存在了。现在回过头来看，上一节所引《艺文类聚》卷九十六所录《蜀王本纪》那段材料一开头就说"秦惠王欲伐蜀"，即已潜藏着将秦送五女于蜀王和五丁开路相联系的契机。

但是任何阅读上述神话传说的人都会感到几许困惑，难道真如典籍所载，蜀王果然"好色"如此吗？何以一娶"五女"，又留"武都山精"呢？其实，"武都山精"或说"蜀妃"情节正是"五女"这一情节语言上的讹变所造成的。

如果将"五丁"这个故事看成一个系统的话，我们不妨将"五丁"故事认为是这个系统的母故事，而将"五女""蜀妃"等认为是这个系统的子故事，以便于讨论。

回顾"五女"与"蜀妃"两个子故事的上引材料，我们几乎可以在"蜀妃"故事中找到"五女"故事的所有因素。

首先，从主人公看，"蜀妃"故事中的主人公其所以被安排为"武都人"之女，正是"五女"因为语言而可以变为"武女"的缘故。其次，"蜀妃"故事中之所以将这位"武女"认为是"山精"，乃是因为"五女"故事中本有山崩而五女上山化石的因素。再次，何以在"蜀妃"故事中有"丈夫化为女子"的说法？又有一女五男同生一胎而被抛弃的说法？这正是"五女"故事中五丁迎女，同时被山崩压死这一细节的讹变。最后，甚至就是在"蜀妃"故事的那条玉妃溪中，我们也可以看见"五女"故事的一些影子。"五丁""五女"之所以被山崩压死，正是因为掣蛇，而前已说过，故事中这条蛇原来出自"驰水"，因此在"蜀妃"故事中我们也就看到了这样一条河，不过那从武都山缓缓流出的不叫驰水，名为"玉妃溪"而已。

可以将上述情形排列起来，做一对应的参照，不难看出两者之间的演化之迹：

"五女"故事	"蜀妃"故事
五女	武都人有女
五女化石	山精
五丁迎女	一女五男同胎
巨蛇入山穴	玉女溪出武都山

但何以不说是由"蜀妃"故事演化成"五女"故事，而是恰恰相反呢？原因在于：如前所分析，"五女"和"蛇"都是依据当地地形、地貌而来的，类似的这种以地形、地貌发展出来的神话传说极多，难以枚举。因此"五女"故事当在前，而"蜀妃"故事当在后。又从两个子故事的思维看，显而易见的是，"蜀妃"故事在所有的情节上都十分注重合理化的解释，努力自圆其说，如正因为是"山精"，故不服成都水土；因为是妖，所以不能长留宫中而须死去；因为不服成都水土，故须去其原生地担土为冢，有狐死首丘之义；因为一胎男女多生，故须弃之于溪等不一而足。总之，正是对"五女"故事中故事因素及语言上的一种诠释性的衍化，说明其当在"五女"故事之后无疑。

常璩当然不会从这一角度思考问题，因此他把上述两个子故事的顺序按蜀王先得"蜀妃"、后迎"五女"的顺序安排，可能一是微婉之意，意在讽刺蜀王好淫而速祸，一是出于故事情节本身的需要，盖五丁既在迎"五丁"时为山"压杀"，就再也不可能为蜀妃担土作冢。因此只能安排在"蜀妃"故事之后了。

但是，我怀疑"五妇"也不是五丁本故事的原型。姑俟后析。

第四节　五丁与五牛

现在应该提到成都家喻户晓而又与五丁颇有联系的另一个故事——"五牛"故事了。

《艺文类聚》卷九十四引《蜀王本纪》云：

秦惠王欲伐蜀，乃刻五石牛，置金其后。蜀人见之，以为牛能大便金。牛下有养卒，以为此天牛也，能便金。蜀王以为然。即发卒千人，使五丁力士拖牛成道，致三枚于成都。秦得道通，石牛力也。后遣丞相张仪等随石牛道伐蜀。①

《太平御览》卷八百八十八亦引此：

秦惠王时，蜀王不降秦，秦亦无道出于蜀。蜀王徙万余人传猎褒谷，卒见秦惠王。惠王以金一笥遗蜀王，蜀王报以礼物。礼物尽化为土。秦王大怒。臣下皆再拜贺曰："土者，土地。秦当得蜀矣。"秦王恐亡相见处，乃刻五石牛，置金其后。蜀王以为金便，乃令五丁拖牛成道，致三枚于成都，秦道乃得通。石牛之力也。②

这个故事与"五妇"故事的产生有异曲同工之妙。石牛之称，亦源于地理。《水经注》卷二十七云：

廉水又北注汉水，汉水右合池水，水出旱山，山下有祠，列石十二，不辨其由，盖社主之流，百姓四时祈祷焉。③

于此，《太平寰宇记》有载，其卷一百三十三云：

旱山在（南郑）县西南二十里。《周地图记》云：山上有云即

---

① 《艺文类聚》，载《四库全书》，第888册，第880页。
② 《太平御览》，载《四库全书》，第901册，第20页。
③ 《水经注》，载《四库全书》，第573册，第425页。

雨。故谚云：牛头戴，旱山晦，家中干谷莫相贷。旁有石牛十二头。一云五头，盖秦惠王所造以给蜀者。①

由是可知，郦道元"不辨所由"的十二座石头，竟是按山形之数所列的山神、土地之类，所以有"百姓四时祈祷焉"。若加追诘，乐史行文颇为奇怪，倘山下之祠列石十二是像山如石牛十二头，则目力观测所及，自不当有或说，是则又何来"一云五头"呢？其实细寻文意，当可看出《周地图记》所存谚语旱山自是旱山，牛头自是牛头，或二山相依，故谚语并及之。山形所状，观察角度不同，其状自然有异，自某一角度观之，有峰峦十二，故云十二牛；自另一角度观之，或重叠掩映，只见五牛，故云五牛。是以有"一云"之说，亦不足怪。《太平寰宇记》同卷又从褒城县角度记此山云：

牛头山，山形如牛头。高百仞。云覆如笠即雨，故彼一号为戴笠山。②

其山所以得名，乃因其状如牛头，而或观察结果不同，亦可名为"戴笠"。正由于有此一山，故以牛开道之说亦附会而至。因此紧接"牛头山"之后，乐史即写道：

褒谷在县北五十里。《十三州志》云：昔蜀王从卒数千出猎于褒谷西溪。秦惠王亦畋于山中。怪而问之，以金一筐遗蜀王。及报，欺之以土。秦王大怒。其臣曰：此秦得土之端也。秦王未知蜀道，乃刻石牛五头，置金于尾下，伪如养之者，言此天牛。能屎

---

① 《太平寰宇记》，载《四库全书》，第470册，第293页。
② 《太平寰宇记》，载《四库全书》，第470册，第294页。

金。蜀人见而信，乃令五丁共引牛成道，致之成都。秦始知蜀道而亡蜀。今地接故金牛县界。①

因此我们知道，如同"五女"故事一样，"五牛"故事最先亦由自然的地形、地貌的称谓派生出了关于石牛的神话传说。又因这里地理位置正处于秦蜀交通要道褒谷之地，石牛的神话传说遂与秦蜀要道的开通发生了关系，产生了"金牛"的神话传说。而这一神话传说又反过来影响了地理的命名，即如绵竹有了"武都山"，褒地也曾设置了"金牛县"。

上述讨论使我们认识到，如若说"五妇""蜀妃"这两个故事是"五丁"故事这个根本上的枝干，那么"五牛"故事则是这个根本上的另一个枝干。"五女"与"蜀妃"故事的相互关系，我们已经分析如前了，那么"五女"故事与"五牛"故事之间到底是否也存在着内在联系呢？换句话说，它们相互之间是否也如"五女"故事与"蜀妃"故事那样，有一种衍化、派生关系呢？目前尚没有依据做出这样的论断。但是我们注意到：五妇山、牛头山都处于秦蜀交通要道上，因此可以指出，它们应该是从属于"五丁"故事这个系统的。

常璩是极力反对"五牛"开蜀道之说的（见其《华阳国志·序志》），但是他的这种反对只是证实了在他之前早有此说。《水经注》卷二十七引来敏《本蜀论》亦言及五牛，这些都可以证明唐、宋类书所引《蜀王本纪》中的确载有"五牛"故事。但是我们也应该指出，《蜀王本纪》并未将"五女"与"五牛"故事联系起来议论过。不过故事相传，辗转叠加，有人遂将"五女""五牛"故事略加调整，变为一个完整的故事。唐佚名所著《琱玉集》卷十二载一故事云五丁为秦时力士，秦欲伐蜀，但以道险不通，乃作石牛置于界道，遗金于石牛上使入蜀；又献蜀美女，时有蟒蛇从山腹入穴，五女往观之，五丁共拔蛇，山崩，

---

① 《太平寰宇记》，载《四库全书》，第470册，第295页。

死五女，因名其山曰五妇山；秦王遣兵随石牛伐蜀，遂灭蜀。[1]这位佚名的编纂者声称其所谓出扬雄《蜀王本纪》，又或不满《蜀王本纪》未能阐明"五妇""五牛"之间的关系，因而以"五牛"情节为框架，将"五妇"故事装了进去，构成了一个内部并无逻辑结构的貌似完整的故事。清彭遵泗《蜀故》卷一引唐陈子昂的说法云：

> 昔蜀与中国不通，秦以金牛、美女啖蜀侯，侯使五丁力士自栈褒斜，凿通谷，迎秦之馈。秦随以兵，而地入中州。[2]

这些都表明了至少在唐时人们就已经将"五妇"与"五牛"故事联系在一起了。神话传说即如此，在其不断流播的过程中，会碰上无数有意的加工者、修改者。其基本的趋势是由无序而趋向有序，由无理（在后人来看）趋向合理，由简单趋向复杂，由朴素趋向华丽，由人、神、鬼、物浑然不分而趋向人、神、鬼、物甚至社会阶层了了分明。执此以观五丁故事，则我仍觉意犹未尽。前已说过，"五丁故事在情节和内容上都是逐步有所演变的"，"五丁'能徙山'，当即后来五丁开道的张本"。通过上述探讨，或应当对五丁故事的探讨做一总结了。先将《太平御览》卷八百八十八所引《蜀王本纪》载五丁故事的基点照录如下：

> 天为蜀王生五丁力士，能徙蜀山。王死，五丁辄立大石，长三丈，重千钧，号曰石井。千人不动，万人不能移动。[3]

"石井"令人费解，既曰"大石"，何又为"井"？当为"石牛"，乃形近而误也。清严可均《全汉文》所辑即作"石牛"。《华阳国志》所录与

---

[1] 引者按：《珊玉集》原书今藏北京大学图书馆。然原书文字破损磨灭甚多，故引其大意。
[2] 《蜀故校注》，第7页。
[3] 《太平御览》，载《四库全书》，第901册，第20页。

上一段几乎全同，只是常璩不信"石牛"之说，故没有"号曰石牛"四字。立巨石以为墓志，乃原始社会末期、奴隶社会时期流行于世界某些地方的一种文化现象，这种现象被称为"大石文化"。考古学者与历史学者多认为古蜀亦属"大石文化"范围，这一点在本书第一章中已略加论析。这使我们想到了本节前面所引《水经注》卷二十七"山下有祠，列石十二，不辨其由"那几句话了。如前所述，从青铜器群的角度考察南郑之地，本属巴蜀文化范围，当然也就是上述"大石文化"的范围。那么牛头山下的祠堂"刻石十二"从数目而言自然是依据山形峰峦，而从其文化内涵而言，却实在相当古老，可以与成都平原五丁所立的巨石在文化上遥相呼应，颇有深意焉。且五丁所立巨石"号曰石牛"，南郑（今汉中）牛头山下亦依山立"石牛十二头"，这是一种偶然现象，还是文化学上的必然？对此我尚且无法做出明确回答，只能根据前面对五丁故事的探讨，从神话传说的角度作如下示意图：

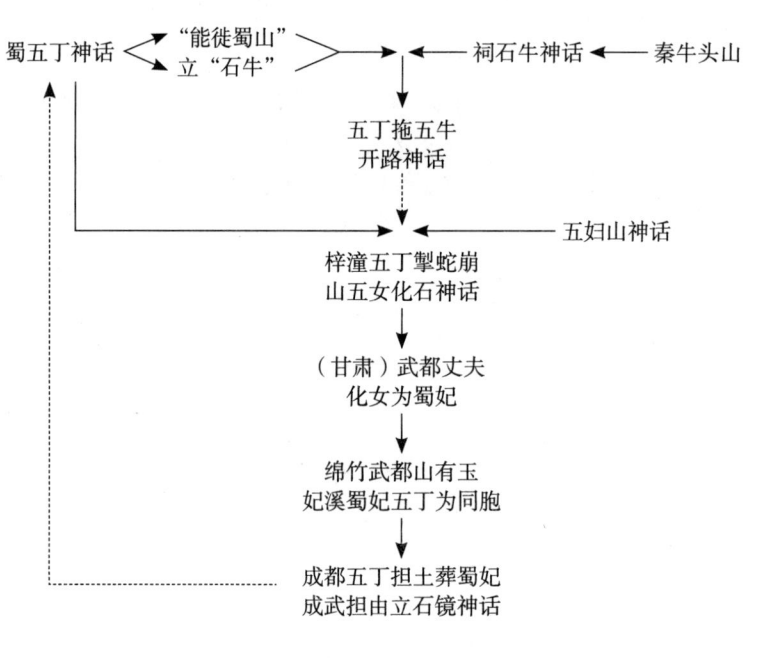

```
蜀五丁神话 ⇆ "能徙蜀山" → ← 祠石牛神话 ← 秦牛头山
            立"石牛"
                ↓
            五丁拖五牛
            开路神话
                ↓
                ←――――――― 五妇山神话
            梓潼五丁掣蛇崩
            山五女化石神话
                ↓
            （甘肃）武都丈夫
            化女为蜀妃
                ↓
            绵竹武都山有玉
            妃溪蜀妃五丁为同胞
                ↓
            成都五丁担土葬蜀妃
            成武担由立石镜神话
```

五丁神话传说衍化图

从上面这个十分简略的示意图中可以看到，五丁神话最核心的内容就是移山、立巨石，五丁的神格就是各民族神话中皆有的大力神。而陕西南郑的牛头山及其相邻的旱山，本有神异。《诗经·大雅》有《旱麓》一篇。其《小序》云：

> 旱麓，受祖也。周之先祖，世修后稷、刘公之业。大王、王季，申以百福干禄焉。①

其诗云：

> 瞻彼旱麓，榛楛济济。②

郑玄笺云：

> 旱山之足，林木茂盛者，得山云雨之润泽也。喻周邦之民独丰乐者，被其君德教。③

由是可知，牛头、旱山脚下的祠庙乃非同凡响，是西周以前就已开始的周人祈祷祖先、祈求丰收的所在地。因此我推断那石牛的神话产生得相当早，应该与蜀地中心地带的五丁神话没有直接的关系。只是那十二块石头与五丁神话存在着相互联系的契机。

当某种目前尚待研究的因素（或就是交通的需要）将两者联系在一起时，五丁以石牛开山的神话遂产生了。

也正是由于有了五丁能徙蜀山这样的神话，因此当它与五妇山的神

---

① 《毛诗正义》，载《十三经注疏》，第515页。
② 《毛诗正义》，载《十三经注疏》，第515页。
③ 《毛诗正义》，载《十三经注疏》，第515页。

话相结合,就产生了五丁掣蛇山崩、五女化石这样的神话。但是这神话之所以能产生于梓潼地区,而不在别的地方,正是受五丁拖五牛在此开道的神话影响的结果,因此在上图中,用实、虚线分别表示主次原因。

"蜀妃"故事是由"五女"故事衍化而来的,从地点上来说,因为语言的因素,故事从梓潼附会到了甘肃武都;又因为武都被侨置的原因,而移植到了绵竹;最后再回到成都。这一些,我已在前面有过讨论了,不过这个故事的结局似表明它实际上是向五丁神话基本要素的回归。从武都担土来造成大冢,称为武担山(亦称"武都山"),又为蜀妃墓上树一块径二丈、高五尺的石镜,这不就是对这个神话最基本的要素"能徙蜀山""立石牛"的诠释和翻版吗?真可谓万变不离其宗。由此可以下这样一个结论:所有与五丁有关的神话传说或都反映了古代蜀地人民渴望移山开路,冲出盆地,开拓生存空间的愿望。这就是这个神话最基本的原型。无论如何变化,最终都能从中寻觅到它的影子。

当然,上面的所有讨论,都是将这个神话传说定位于它应当产生的那个时代背景,然后来讨论问题的。至于这个神话传说在其流传过程中逐步粘附于上的那些表明具体历史年代如"秦惠王""秦始皇"之类的标记;表明着对蜀王好色、贪婪的讽刺和对秦王狡诈的愤慨,以及由此而流露出的对蜀王未能闭关锁国、孤芳自赏的惋惜等道德判断,既无关神话传说研究之宏旨,存而不论可也。

小　结

本章集中讨论了鳖灵业绩与他手下那位导致以鳖灵开始延续十二世的开明王朝轰然倒塌的巨灵神五丁。从各自的事迹看,叙鳖灵业绩似讲述历史,论五丁故事则如探讨公元前约300年时的民间传说,二者既不依傍,亦与神话传说颇有距离。但是我们若耐心琢磨其"业绩""故事",当不会仅为"公元前约300年"所羁绊。因为这"业绩",使人不得不产生鳖灵乃有与传说中的夏相粘连的可能;而这"故事"似乎粗线条地勾勒出了神话传说从产生到流播的过程,并显示出了导致其产生、流播走向的种种自然的、语言的因素。这让我不由得产生一种感觉:其实它们都可能发生在相当久远的年代,在夏?甚或夏以前?虽然我不敢,也不能骤下结论,但是它们都昭示出古蜀文明掩饰不住的光芒。而鳖灵、五丁的所谓君臣关系倒成了将他们包裹在一起的那层薄薄的轻纱。

| 第八章 |

鳖灵论（下）

上一章已大略叙述了开明氏在古蜀的种种业绩，但我却留下了最重要，也是最难以说清楚的一点而未言及，那就是开明氏的第一代君主鳖灵的治水。因此从本章开始，我想尝试对此专门做一探讨。

首先，我想指出，这一探讨断不可死守《华阳国志》所提供的"十二世"和"周慎王五年"这两个时间坐标来硬推杜宇（鱼凫）、鳖灵的年代。我的逻辑当然主要是迄今为止的考古成果与神话思维的一般规律。神话思维勿论，就考古成果言，在前面的讨论中，我曾援引到1986年为止考古学界的一些发掘成果和研究报告，这些成果和报告已经无可辩驳地说明，无论是杜宇（鱼凫）还是鳖灵所处的历史年代，都似较过去史学家们依据《华阳国志》推定的要早许多。其次，我不能不指出，我们不仅不能将鳖灵之取代杜宇确定在旧史学家们依据《华阳国志》所推定的春秋时代，甚至将其确定于商末周初也是大有问题的。因为众所周知，洪水泛滥的神话母题并非古蜀独有，甚至亦非华夏各族人民独有，而是世界范围内的。因此，它曾给人类以如此沉重的物质和精神重创，以至在各民族神话传说中，它都是如此浓墨重彩的一章。与鳖灵有关的洪水故事大体也应该发生在同样的远古时代，这一远古时代按中国古籍记载，至少也是在远迈商末周初的尧、舜时代。既然如此，以治洪水功成而得帝位的鳖灵自然也不应该晚于这一时代。

或曰：彼时愚昧落后，宜乎传播中原洪水神话；又此或乃古蜀地区性洪水所造成之神话。以考古实绩而论，宝墩古城遗址为代表的古城群已足以表明，早在商末以前，蜀地已进入农业社会了。数千年来，耕作方式并未有过根本的改变。当人们遭遇局部的洪水时，或拼死堵防、疏通，或默默搬家，古今皆然。如果说今天的人们不会为此编造出神话，同样环境、条件下的古人不也一样吗？换言之，只有远古那颠覆世界性质的洪水，方足以产生洪水神话，因此认为所谓洪水神话是由古蜀地区局部被淹而产生的这种观点是我所不能赞同的。

如若上述可以成立，则应注意到古蜀洪水神话传说中另一值得关注之点：华夏各族历史和神话传说（或换一个说法，古代文献尤其是经典记载）中几位与洪水、治水有关的人或神都与古蜀有极密切的关系，如共工、鲧、禹、启等。可以毫不夸张地说，倘舍去与古蜀神话传说相关者，华夏各族神话中恐将无洪水神话可言。因此，我颇怀疑那古老的洪水神话就起源于古蜀区域。本著当然不可能解决所有的问题，但我还是想把这个观点提出来，并且以此作为线索展开鳖灵治理洪水业绩这一章的讨论，因此，从讨论技术上而言，本章不得不将鳖灵的治水与夏禹的治水两相对照加以研究。

第一节　鳖灵治水区域

欲考鳖灵治理洪水之区域，不能不自重述鳖灵之来历始。《太平御览》卷八百八十八引《蜀王本纪》云：

> 荆有一人名鳖灵。其尸亡去，荆人求之不得。鳖灵尸至蜀复生，蜀王以为相。时玉山出水，若尧之洪水。望帝不能治水，使鳖

> 灵决玉山，民得陆处。①

此所谓"玉山"，当即《华阳国志·蜀志》所谓"会有水灾，其相开明决玉垒山以除水害"②之"玉垒山"。不过鳖灵治水之地，却又并不仅限于此。《水经注》卷三十三引来敏《本蜀论》云：

> 时巫山峡而蜀水不流，帝使鳖令凿巫峡通水，蜀得陆处。③

故有学者论鳖灵治水之所，认为"玉"乃因与"巫"字形近而误，当作"巫山"；亦有学者认为"巫山在巴国之东，蜀王何能使人凿通之"④。实则此皆不过以历史准神话传说推测之词。正如下述，无论鳖灵，抑或夏禹，治水之迹在传说中绝非一处，倘以今之常识衡之，实难揆之以理，故不必予以坐实。治神话传说关注者，乃在是否有此传说，何以有此传说。上引《水经注》并非一时传写误会，其卷三十四经文云：

> 江水又东径巫峡。

注云：

> 杜宇所凿以通江水也。⑤

这里"杜宇"二字并非笔误，其实当指杜宇相鳖灵，此盖古书恒例，将

---

① 《太平御览》，载《四库全书》，第901册，第20页。
② 《华阳国志校补图注》，第118页。
③ 《水经注》，载《四库全书》，第573册，第500页。
④ 《华阳国志校补图注》，第122页。
⑤ 《水经注》，载《四库全书》，第573册，第509页。

232

臣下所为之事以君名记之。因此，鳖灵治水，在传说中凿巫峡与凿玉山乃可以并行不悖，不必取此而舍彼。

如若谓"凿巫峡"乃疏通长江，此所谓"决玉垒山"乃疏通何处呢？《水经》卷三十三有答：

> 江水又东别为沱。①

郦注云：

> 开明之所凿也。郭景纯所谓玉垒。②

是则传说中开明治水之迹又及于沱江，沱江即其所凿长江支流。由此开头，顺流而下，《金堂县志》(金堂县，今成都市属金堂县)记载云：

> 金堂峡，在金堂山南。相传望帝相鳖令所凿。③

金堂峡位于金堂县境内西部，沱江自北而南纵贯金堂西部，峡呈S形。据传至今金堂峡左岸炮台山与右岸云顶山山腰尚各存一巨大脚印，乃当年鳖灵以双足蹬开峡口所留。④ 而前引《金堂县志》更有如下一段记载：

> 三皇滩上有庙，神像狰狞可畏，相传祀李二郎。然他处二郎像

---

① 《水经注》，载《四库全书》，第573册，第496页。
② 《水经注》，载《四库全书》，第573册，第496页。
③ 《金堂县志》卷三，第23页。
④ 冯广宏：《洪水传说与鳖灵治水》，载李绍明、林向、徐南洲主编《巴蜀历史·民族·考古·文化》，巴蜀书社1991年版，第290页。

皆白面少年，应系讹传也。此峡乃望帝相鳖令所凿，事出三代，洪荒未开，故至今庙祀称"三皇像"，或其然欤。①

还有一段更为清楚的记载：

> 三皇庙在三皇滩上。神像中一，左右七，俱狰狞可畏。或云即李二郎及七圣。然二郎像他处皆白面少年也。按《通志》所载有蜀王蚕丛、杜宇诸祠，此盖蜀相鳖令，因凿峡有功，故建庙祀之，久而昧其原也。行舟至此，必杀鸡祷之乃去。创始无考，康熙中重建。②

是长江、沱江皆有鳖灵治水足迹。然尚不仅此，《芦山县志》（芦山县，今雅安市属芦山县）言芦山县有开明城：

> 相传蜀开明王建。③

芦山当青衣江上流。又《水经注》卷三十三言南安：

> 即蜀王开明故治。④

而乐山正当大渡河、青衣江、岷江三江交汇处。
又《华阳国志·蜀志》云：

> 僰道（今宜宾市）有故蜀王兵阑。⑤

---

① 《金堂县志》，第91页。
② 《金堂县志》卷一，第37页。
③ 《芦山县志》，第137页。
④ 《水经注》，载《四库全书》，第573册，第500页。
⑤ 《华阳国志校补图注》，第133页。

"兵阑"即"兵栏",谓兵营之外所设置之障碍物。此"蜀王"虽未明言为何人,但据《华阳国志》载,自杜宇称帝,鳖灵亦号"丛帝",后九世始改"帝"称"王",则此"蜀王"当指开明氏。且既与治水相关,则此"蜀王"当指鳖灵。而宜宾正金沙江、岷江汇合之处。

又《太平寰宇记》卷八十六记阆中云:

> 仙穴山在县东北十里。《周地图记》云:灵山峰多杂树,昔蜀王鳖灵帝登此,因名灵山。山东南有五女捣练石,山顶有池常清;有洞穴绝微,有一小径通旧灵山。天宝六年勅改为仙穴山。①

是川北阆中亦曾有鳖灵足迹,而如上引书所言:

> 阆中县,阆水迂曲经其三面,居其中,盖取为县名。

而《阆中县志》(阆中县,今南充市属阆中市)则云:

> 鳖灵祠在县东十里灵山上。久废。②

或许由于神话传说中鳖灵治水之迹遍及蜀中,故北宋张俞所撰《郫县蜀丛帝新庙碑记》颇有总结之意,其言略云:

> 当是时,巫山龙战,崩山壅江,水逆襄陵,蜀沉于海。望帝乃命鳖灵凿巫山,开三峡,决江、沱,通绵、洛,合汉、沔,济荆、

---

① 《太平寰宇记》,载《四库全书》,第469册,第696页。
② 《阆中县志》卷九,第33页。

扬，然后蜀得陆处，人保厥命。①

有了上面的种种记载，当可知张俞之说并非完全是杜撰。

以上固鳖灵，请次观禹治水之迹。

禹治水曾至江州（今重庆市）、三峡，传说甚多，仅举一例以见一斑：

《华阳国志》曰：禹娶于涂山。今江州涂山帝禹之庙铭存焉。
又曰：山有禹王祠及涂后祠。陶弘景《水仙赋》云：涂山石帐，天后翠幔，夏禹所以集群臣也。按《倦游录》：三门禹庙，神仪侍卫极肃。后殿一毡裘像，侍卫皆胡人，云是禹妇翁。今不存。②

一篇《禹贡》，详载了禹治水所到之迹。不过从古蜀神话传说的角度，我却更瞩目其中所说：

岷山导江，东别为沱。③

又云：

岷嶓既艺，沱潜既道。④

值得注意的是，"沱"在前引《水经注》中，郦注云"开明之所凿"，是

---

① 袁说友等编，赵晓兰整理：《成都文类》，中华书局2011年版，第631页。引者按：以下凡引是书，皆出此本，仅具书名及页码。
② 《蜀中广记》，载《四库全书》，第591册，第206页。
③ 《尚书正义》，载《十三经注疏》，第152页。
④ 《尚书正义》，载《十三经注疏》，第150页。

236

禹与鳖灵可谓神会也。

又《灌县志》载：

《吴越春秋》云：禹治水至牧德之山，见神人，曰：我有灵宝五符以役蛇龙水豹。子事毕，可秘于灵山。后龙威丈人得符献之吴王阖闾。李膺《益州记》云：天皇真人授帝喾五符文于此山牧德之台，谓禹所至之牧德山即青城也。①

按所谓李膺《益州记》所载亦见《路史》卷十八注：

李膺纪青城，有天皇受帝喾五符文于此山牧德之台。今在。②

《路史》虽多谶纬之说已见《四库》馆臣定评，但其所言地名引《益州记》似不诬。而上引《灌县志》又载：

疏江亭在治西，相传大禹导江至此。又名都江亭。③

今岷江正是由都江堰市进入成都平原。因此可知传说中李冰在此治水之前，禹治水亦过此。

又《蜀中广记》卷二十四云：

县（今南充市属南部县）东南与蓬州相接三十里为禹迹山。《志》云：禹治水所经也。山顶平衍，有小石泉，凿石为像，层楼

---

① 《灌县志》卷十八，第6页。
② （宋）罗泌：《路史》，载影印文渊阁《四库全书》，上海出版社1987年版，第383册，第159页。引者按：以下凡引是书，皆出此丛书，仅具此书名、丛书名、丛书册数及页码。
③ 《灌县志》卷一，第19页。

237

覆之。宋绍兴何汝贤有《禹迹山院记》。①

又《阆中县志》亦载有"禹迹山",且云:

旧称禹治水经此,故名。②

是皆在川北,以理推之,其治水目标应为流经阆中、南部之嘉陵江。因此《保宁府志》(保宁,治所在今南充市属阆中市)有载:

阆州城临嘉陵江,江之浒有乌杨巨木长百余尺,围将半焉。撼于江波者久矣,而莫知其自。耆老相传:尧时泛洪水而至。③

据说时人想百千计,千牛万人亦拽之不动,似有根生水下。当然,尧时洪水侵袭过阆中,于此可得证明。但这却难以证明禹也到过阆中,不过类似的记载还有。清李调元《蜀碑记补》补录有后汉冯绲六玉碑,引云:

《宝刻丛编》:其上有乌三足,狐九尾;其下则二驴,有一人跨其右者;最下一牛首,蜀人谓之双排六玉碑。④

这碑上所雕刻之花纹显然以神话传说故事为其蓝本。"牛首"固然为治水中常见事物。至于"九尾狐",则向来在神话传说多与禹妻涂山氏相联系。冯绲本当地人,故《大竹县志》(今达州市属大竹县)与《渠县志》

---

① 《蜀中广记》,载《四库全书》,第591册,第312页。
② 《阆中县志》卷四,第14页。
③ 《保宁府志》卷五十三,第10页。
④ 《丛书集成初编》,第1581页。

（今达州市属渠县）提及此碑皆如数家珍。据考大竹县、渠县，阆中市、南部县乃相邻。从阆中市、南部县至大竹县、渠县，图上直线距离不过一百五十公里。那么"牛首""九尾狐"之类与禹和治水有关的神话传说显然流传于大竹县、渠县等地。而这不是恰好可与阆中嘉陵江中的"乌杨巨木"相互为佐证吗？说明不但这一地区有尧时洪水的传说，亦有禹治水的传说。且无独有偶，《夔州府志》（夔州，治所在今重庆市奉节县）所载似亦可为阆中嘉陵江"乌杨巨木"作一佐证：

> 木枥山在县（即今重庆市属万县市）西一百里。一名水枥山。昔大禹治水过此，见众山漂没，惟此山木枥不动，故名。①

皆为树木，皆能在洪水之中屹立不动，似乎寄托了神话思维时代人们对树木——这洪水之中唯一之诺亚方舟之尊崇与迷信。综合上述材料，可以说，不仅成都盆地之西部边沿，不仅长江、沱江之分流之所，不仅川东至重庆地流传着禹治水之神话传说，而且川北亦可能广泛流传着禹治水之神话传说。

是流传于古蜀之神话传说中，禹与鳖灵于蜀中治水经历之地乃高度重合。

第二节　鳖灵洪水起因

神话传说中，洪水起因乃十分重要之问题。西方神话中洪水由上帝发动，乃为惩戒人类邪恶与不良；中国南方少数民族中，亦流传有神向人类报复，发起洪水毁灭人类的故事。然华夏各族神话中，洪水却由天神之间争夺帝位而引起。《淮南子·天文》云：

---

① 《夔州府志》卷六，第42页。

239

> 昔者共工与颛顼争为帝，怒而触不周之山。天柱折，地维绝，天倾西北，故日月星辰移焉；地不满东南，故水潦尘埃归焉。①

同书《本经》又云：

> 舜之时，共工振滔洪水以薄空桑。②

这一神话令人联想起流传于阿坝州汶川县羌族的神话《羌戈大战》。故事说羌人与戈基人发生了氏族之间的冲突，天神帮助羌人战胜、歼灭了戈基人，然后：

> 天神发起了滔天洪水，把呷尔布（即戈基人）发臭的尸体冲得干干净净，羌人就在此地安居乐业了。③

两个洪水故事一则发自欲争帝位的恶神，以之为武器；一则发自天神，以之荡涤丑恶。两者看似出自不同的神话传说系统，但却有共同的因素，即都包含了氏族之间的斗争于其中，似乎暗示着一个神话系统变异之不同版本。

那么共工和与之斗争的颛顼或舜到底是什么部族呢？颛顼与舜在此姑不论，至于共工，则典籍有载，龙也。《山海经·大荒西经》郭璞注引《归藏·启筮》云：

---

① （汉）刘安：《淮南子》，载上海古籍出版社缩印浙江书局汇刻本《二十二子》，上海古籍出版社1986年版，第1215页。引者按：以下凡引是书，皆出此丛书，仅具此书名、丛书名、丛书册数及页码。
② 《淮南子》，载《二十二子》，第1239页。
③ 《巴蜀文化新论》，第242页。引者按：此故事由汶川县文化馆长汪有伦先生（羌族）口述，林向先生1980年5月记录。

共工，人面蛇身朱发也。①

《淮南子·地形》高诱注亦云：

共工，天神也。人面蛇身。②

蛇实即龙，因此龙即造成鲧、禹时代洪水之原因与罪魁祸首。

那么鳖灵所遇洪水又缘何形成？《水经注》卷三十三引来敏《本蜀论》谓：

时巫山峡而蜀水不流。帝使（鳖）令凿巫峡通水，蜀得陆处。③

又《太平广记》卷三百七十四引《蜀记》亦云：

时巫山壅江，蜀民多遭洪水。灵乃凿巫山，开三峡口，蜀江陆处。④

那么这种"巫山壅江"是否有什么原因呢？有的。《郫县志》（郫县，今成都市属郫都区）载北宋张俞《郫县蜀丛帝新庙碑记》云：

当是时，巫山龙战，崩山壅江，水逆襄陵，蜀沉于海。望帝乃命鳖灵凿巫山，开三峡，决江沱，通绵洛，合汉沔，济荆扬，然后

---

① 《山海经》，载《二十二子》，第1382页。
② 《淮南子》，载《二十二子》，第1224页。
③ 《水经注》，载《四库全书》，第573册，第500页。
④ 《太平广记》，载《四库全书》，第1045册，第646页。

得陆处，人保厥命。①

所谓"巫山龙战"，当指发生于此地与龙的斗争，造成巫山崩塌。而《山海经·海内经》尝载：

祝融降处江水，生共工。共工生术器……以处江水。②

又前引《淮南子·天文》亦云共工撞不周山造成了天柱折、洪水泛滥。由此看来，无论是禹还是鳖灵所遇洪水都指向了共工——龙一族。

清光绪修《巫山县志》（巫山县，今重庆市属巫山县）对地理位置的记载也与上述材料相吻合：

斩龙台：治西南八十里错开峡一石特立。相传禹王导水至此，一龙错行水道，遂斩之。故峡名"错开"，台名"斩龙"。③

应该指出的是，《巫山县志》还有如下一段记载：

泗瀼，县（今重庆市属巫山县）西南七十里，涧水横通大江，两山对峙，一名错开峡。峡距大江五里，有斩龙台。俗传大禹错开，神女授册，始劈三峡。④

这里一名"泗瀼"，一名"错开峡"的深涧显然就是前面所引据过的所谓一龙错开道而被禹斩的所在。但这里说"禹错开"，则显然是指禹开

---

① 《成都文类》，第631页。
② 《山海经》，载《二十二子》，第1387页。
③ 《巫山县志》卷三十，第3页。
④ 《巫山县志》卷六，第21—22页。

凿有误，而非上节所引同一县志中所谓"龙错行水道"。这很容易导致一种解释，那就可能是禹在驱使龙治水，因此说"禹错开"与"龙错行"实则所言是一回事。这一解释可能延伸出的问题是：龙和禹是一而二、二而一的，那么禹与共工在此究竟是什么关系呢？我于此虽有所思考，但那恐怕将是另一部专著所探讨的问题了。就此处而言，"龙错行""龙战"这些情节都出现于禹和鳖灵治水的故事中，恐不是一种偶然。又据《夔州府志》载：

  闻古初有龙十二腾太虚仙宫，适见严诃叮，霹雳一声反下徂化为奇峰，相与俱至今，逸气不尽除，夭矫尚欲升天衢。①

这里对巫山十二峰来历的记叙，虽颇浸染了些后来道家的宗教气息，且与治水没有直接关系，但却透露出这一地形地貌与龙的传说有关。因此，可以得出结论：鳖灵与禹治水之迹在此有交集，二者所面对的洪水肇事者皆为龙。因此传说中禹与鳖灵所遭遇洪水之起因乃相同。

第三节　鳖灵治水与女神

  巫山神女的故事自经宋玉《高唐》《神女》二赋渲染，已成为后世文学作品中的某种原型形象。关于这位女神，我打算在后面的章节中作一专门探讨。这里，仅想谈谈她与鳖灵和禹治水之间的关系。

  前节所引《巫山县志》"神女授册"云云似乎稍稍透露出了其中的消息。《太平广记》卷五十六引前蜀杜光庭《墉城集仙录》云：

  云华夫人，王母第二十三女，太真王夫人之妹也，名瑶姬，受

---

① 《夔州府志》卷三十五，第26页。

回风混合万景炼神飞化之道。尝东海游还，过江上，有巫山焉。峰岩挺拔，灵壑幽丽，巨石如坛，流连久之。时大禹理水驻山下，大风卒至，崖振谷陨不可制，因与夫人相值，拜而求助。即敕侍女授禹策召鬼神之书。因命其神狂章、虞余、黄魔、大翳、庚辰、童律等助禹斫石疏波，决塞导厄，以循其流。禹拜而谢焉。禹尝诣之，崇巘之颠，顾盼之际，化而为石。或倏然飞腾，散为轻云，油然而止，聚为夕雨；或化游龙，或为翔鹤，千态万状，不可亲也。禹疑其狡狯怪诞，非真仙也。问诸童律。律言……云华夫人，金母之女也。昔师三元道君，受上清宝经，受书于紫清关下，为云华上官夫人，主领教童真之士，理在玉英之台。隐见变化，盖其常也……因命侍女陵云华出丹玉之籍、上清宝文以授。禹拜受而去，又得庚辰、虞余之助，遂能导波决川，以成其功……天锡元圭以为紫庭真人。①

这个故事当然已在前引《巫山县志》中的那个故事的基础上大大仙化了，那个故事中的神女在《墉城集仙录》中变为了仙女。但是巫山神女的传说早已有之，又岂能因为有人将其仙化而一笔抹杀呢？神话传说自有其不可消磨的生命力，于是我们得以看到南宋陆游《入蜀记》卷六这样的记载：

> 二十三日，过巫山凝真观，谒妙用真人祠。真人即世所谓巫山神女也。祠正对巫山，峰峦上入霄汉，山脚直插江中，议者谓太华、衡、庐皆无此奇。然十二峰者不可悉见，所见八、九峰，惟神女峰最为纤丽奇峭，宜为仙真所托。祝史云：每八月十五夜月明时，有丝竹之音，往来峰顶。山猿皆鸣，达旦方渐止。庙后，山半有石坛平旷。传云：夏禹见神女，授符书于此。坛上观十二峰，宛

---

① 《太平广记》，载《四库全书》，第1043册，第281—283页。

如屏障。是日天宇晴霁，四顾无纤翳，惟神女峰上有白云数片，如鸾鹤翔舞徘徊，久之不散，亦可异也。①

陆游以学者的严谨和诗人的抒情，把这个神话故事以及产生这个神话故事的地理、地貌与氛围都传神地勾勒、描绘出来了，使我们仿佛身临其境。如果把陆游这段游记与前引《巫山县志》所载相较，应该说是基本相同的，但来源却又各自不同。可以说，禹在治水的过程中曾得到女神的帮助，绝非道家之流的凭空杜撰。因此历来有人为此赋诗歌咏自不足为怪。前引《巫山县志》曾载：

吴简言一日为神女辨诬云：惆怅巫娥事不平，当年一梦是虚成。只因宋玉闲唇吻，流尽巴江洗不清。是夜梦神女致谢而去。②

又载：

建隆（北宋太祖年号，公元960年—963年）初，有人泊舟巴峡，夜闻人咏曰：秋径堆黄叶，悬崖露草根。猿声一叫断，客累数重痕。通宵凡咏百遍。又有梁伯升者歇业废宅中，梦一女子绿裙红袖，呼梁君听妾幽恨之句。诗曰：卜得上峡日，秋来风浪多。江陵一夜雨，肠断木兰歌。③

此类传说赋、诗甚多，其间虽不无文人墨客无病呻吟的怜香惜玉之词，但却也透露出此间女神神话的氛围。

于是好事者遂有意造作。《夔州府志》载有"神女庙岣嵝碑"，并云：

---

① 《入蜀记》，载《四库全书》，第460册，第920—921页。
② 《巫山县志》卷三十，第7页。
③ 《巫山县志》卷三十，第8页。

《县志》：夏后自题七十七字于衡山岣嵝峰，为岣嵝碑。明国子监沈镒为竖碑于神女庙。①

以上既已证明禹之治水有神女相助，那么鳖灵治水是否也曾有女神相助呢？这一点，似乎典籍中并未有明确记载，不过，从一些神话传说中，或可略窥一二。

前曾引《太平寰宇记》卷八十六记阆中市有鳖灵所登之"灵山"，"山东南有五女捣练石，山顶有池常清"②，且《阆中县志》记灵山上曾有过"鳖灵祠"。而《保宁府志》又载云：

巴西自鳖灵开蜀，古墓犹名，至汉桓侯（指张飞）赫声濯灵，尤为蜀人所敬仰。③

此载最后虽落脚于张飞，但鳖灵在阆中之迹亦可见，可知并非民国修县志等随意杜撰。盖明曹学佺《蜀中广记》卷二十四已引《志》云：

一峰峭拔，介宋江嘉陵之间。上有鳖灵墓。元稹八月六日与僧如展、前松滋主簿韦戴同游碧涧寺，赋得扉字。引云：寺临蜀江，内有碧涧穿注两廊，又有龙女洞，能兴云雨。诗中喷字以平声韵。诗云……他生莫忘灵山别，满壁人名后会稀。④

是知灵山之上，确有鳖灵墓，亦有"能兴云雨"之"龙女洞"，鳖灵之

---

① 《夔州府志》卷三十，第20页。
② 《太平寰宇记》，载《四库全书》，第469册，第696页。
③ 《保宁府志》卷十四，第1页。
④ 《蜀中广记》，载《四库全书》，第591册，第307页。引者按：曹引元稹诗亦载《元氏长庆集》卷十八。

治水，岂亦有神女相助乎？

前曾论及传说中禹治水尝经由南部县，而南部县尚有"离堆山"，明曹学佺《蜀中广记》卷二十四说"蜀三离堆之一"[①]，且记云：

> 唐颜真卿谪蓬州（今南充市属蓬安县），长史来游，作《磨崖记》……欧阳修《集古录》云：新政县（古县名）磨崖记，唐颜真卿撰并书。以宝应年（唐代宗年号，公元762—763年）立碑。[②]

而就在此古迹之地，《保宁府志》记云：

> 磨崖碑亭在县东南离堆山。鳌山亭在县南跨鳌山下。[③]

"鳌"与"鼇"其实皆龟属，浑言之则无别，且此与"离堆"相邻，"跨鳌"云云当亦属与治水有关的神话传说无疑。明曹学佺《蜀中广记》卷八引《方舆胜览》云，仁寿（今眉山市属仁寿县）亦有跨鳌山：

> 跨鳌山上有跨鳌亭。每岁上元、重九，太守率僚属燕其上。有石姥在山顶，岁旱，里人转徙之，天即黯曖，雨四注。[④]

所谓"转徙之"，在这里可以理解为一种祈祷的特殊仪式，如中外乡土之人祈雨常抬龙、舞龙之类。那么这里的石姥，当也是能呼风唤雨的女神了。正如上引《墉城集仙录》记巫山神女的变化云："或为游龙，或为翔鹤；既化为石，又化为人。"也如陆游《入蜀记》卷六所记："入瞿塘

---

① 《蜀中广记》，载《四库全书》，第591册，第312页。
② 《蜀中广记》，载《四库全书》，第591册，第312—313页。
③ 《保宁府志》卷十五，第15页。
④ 《蜀中广记》，载《四库全书》，第591册，第109页。

峡……过圣姥泉,盖石上一罅。人大呼于旁则泉出,屡呼则屡出,可怪也。""石姥""圣姥"只要能够赐人雨露,皆可列为神女之列。这样,凡有龟属神灵(鳖灵?)活动的地方,皆与治水有关,也确实有"龙女""石姥"等女神出现了。

这样说来,无论是禹的治水,还是鳖灵的治水,都离不开女神的帮助了。

不仅如此,有时候,我们还看见女神竟将禹和鳖灵联系在一起。

《重修什邡县志》记什邡红庙场有"禹母庙",云:

> 立三楹肖禹母及大禹神像于内。①

而其白庙场则有"龟灵庙",云:

> 乌龟石,治北八十余里白庙场上。场有庙曰"龟灵"。龛下有一天然生成石龟,大与圆桌相等,头、尾、足酷肖,背上横斜纹路甚多。其坪内农人常常挖出石块,大如碗者甚多,形状纹路颇似大龟。土人相传为大龟所产者,往往送存其庙。但此龟不知产自何时,乡人但知呼其地名曰"乌龟石",祀其神曰"龟灵",庙神肖老姥像。②

"龟灵"其实就是"鳖灵"。在这里,鳖灵与女神(老姥)竟成了一而二、二而一的神灵。且有趣的是白庙场、红庙场遥遥相对,禹母与老姥、鳖灵与大禹亦相映成趣。据《重修什邡县志》,所谓"禹母祠"乃清光绪七年(公元1881年)所建,似乎已是很晚的事,不足与"不知产自何时"的"龟灵"相提并论。但是什邡九联坪自古就有禹迹及

---

① 《重修什邡县志》卷二,第11页。
② 《重修什邡县志》卷二,第10页。

其传说，此红庙场"禹母祠"之建，乃"以九联坪之祠宇基址早经埋没，恐后来无有知者"，因此《重修什邡县志》说"祠虽鄙陋而古迹赖以保存"[①]。可见庙虽后建，但传说却先有。鳖灵、大禹之迹于此又重合矣。

第四节　鳖灵治水之幻形

在神话传说中，治水需要幻化为一定形态，即非常人的形态，才能担当这一重任。以鳖灵而言，仅就其名字，似乎已经足以说明问题，再以他能溯江而上，直到蜀地后方甦醒这一点看，在神话传说中，他无疑就是一只龟，因此治水方成为他的特长。前引《重修什邡县志》所载"龟灵庙"已是很好的说明。

关于禹的治水之形，要复杂一些，不能不多辩。我想首先从神话传说中他的父亲鲧说起。在神话传说中，鲧本来也是一位很有成就的治水者，只是他后与天帝有了矛盾，最终被天帝所杀。在后来的历史文献如《尚书》中，治水失败被摊派到他的头上，也成为他被杀的原因。[②]但是神话传说中却始终保持着对他的崇敬之情，其祭祀亦载在史册。如《左传》昭公七年：

　　昔尧殛鲧于羽山，其神化为黄熊以入于羽渊。实为夏郊，三代祀之。[③]

《国语·晋语》所记几乎完全一致。他享有如此尊崇地位绝非书写误会或传言讹误所致，而是应该来源于远古的传说。《国语·鲁语》云：

---

① 《重修什邡县志》卷二，第11页。
② 《楚辞文心管窥——龙凤文化研究之一》，第40章。
③ 《春秋左传正义》，载《十三经注疏》，第2049页。

> 夫圣王之制祀也，法施于民则祀之，以死勤事则祀之，以劳定国则祀之，能御大灾则祀之，能捍大患则祀之。非是族也，不在祀典……鲧障洪水而殛死，禹能以德修鲧之功……夏后氏禘黄帝而祖颛顼，郊鲧而宗禹……凡禘、郊、祖、宗、报，此五者，国之典祀也。①

从上述记载来看，鲧之治水一定获得了相当成就，而禹之所以最终成功也不过建立在其基础之上。直到战国时屈原的《离骚》《天问》中仍对这一点持肯定态度。那么鲧治水是以什么形态出现的呢？

就"鲧"字本身而言，已可看出，实即鱼类。而"鲧"字或亦作"鲧"，则"玄"正龟类，古称龟为"玄武"即是。正由于鲧乃水族，故其最后结局，多言其沉于羽渊。沉于羽渊者，《左传》《国语》《山海经》《水经注》诸书或言化为"黄熊"，或言化为"黄能"。且谓"能"亦熊类。熊可入于水，颇令人生疑。《左传》唐陆德明《音义》有说云：

> "黄熊"音"雄"，兽名。亦作"能"，如字，一音奴来反。三足鳖也。解者云，兽非入水之物，故是鳖也。一曰，既为神，何妨是兽。案《说文》及《字林》皆：能，熊属。足似鹿。然则"能"既熊属，又为鳖类。今本作"能"者胜也。东海人祭禹庙，不用熊白及鳖为膳，斯岂鲧化为二物乎？②

《史记·夏本纪》唐张守节《正义》之说亦可与陆氏说相发明：

> 鲧之羽山，化为黄熊，入于羽渊。"熊"音乃来反，下三点为三足也。束晳《发蒙纪》云："鳖三足曰熊。"③

---

① 《国语》，载《四库全书》，第406册，第48—49页。
② 《春秋左传正义》，载《十三经注疏》，第2049页。
③ 《史记》，第50页。

由是可知，上述所谓"熊"字分上下结构，下部并非"火"即俗所称"四点水"，而是三点，或状龟类身体后半部分的两足与短尾，十分形象。原来在神话传说中禹父鲧其实就是如鳖灵那样，是一只龟类动物。因而晋王嘉《拾遗记》卷二云：

> 尧命夏鲧治水，九载无绩，鲧自沉于羽渊，化为玄鱼。时扬鬐振鳞，横游波上，见者谓为河精。羽渊与河、海通源也，海民于羽山之中修立鲧庙，四时以致祭祀。常见玄鱼与蛟龙跳跃而出，观者惊而畏之。至舜命禹疏川奠岳，济巨海则鼋鼍而为梁，逾峻山则神龙而为驭。行遍日月之墟，惟不践羽山之地，皆圣德感鲧之灵化。其事互说，神变犹一而色状不同。玄、鱼、黄熊，四音相乱，传写流文，鲧字或鱼边玄也。群疑众说，并略记焉。①

应该感谢《拾遗记》的作者"群疑众说，并略记焉"这种态度。它为后人保留了可贵的神话传说资料，使人们了解到，鲧确实是龟或鱼。因此，毫不奇怪，鲧的治水乃伴随着龟出现。屈原《天问》说："鸱龟曳衔，鲧何听焉"，虽然迄今为止，并未获得一致承认的确诂，但这一句乃针对鲧治水过程中出现的龟而发问，向来治《楚辞》者意见是一致的。

至于说到禹本身，则情况较为复杂一些。关于禹治水中的幻形，传说中有"熊"说：

> 《淮南》曰：禹治鸿水，通辕辕山，化为熊。谓涂山氏曰："欲饷，闻鼓声乃来。"禹跳石，误中鼓。涂山氏往，见禹方作熊，惭

---

① （晋）王嘉：《拾遗记》，载影印文渊阁《四库全书》，上海古籍出版社1987年版，第1042册，第320页。引者按：以下凡引是书，皆出此丛书，仅具此书名、丛书名、丛书册数及页码。

而去。至嵩高山下化为石。①

但是根据上面对鲧的探讨，以及鲧、禹之间的关系，我怀疑禹所化的"熊"实际上也应如张守节所说，读"来乃反"，字形则如束皙所说"下三点为三足也"，实乃三足鳖。这虽然只是一种推断，但典籍所载禹的步态，似乎从侧面提供了一点旁证。如《荀子·非相》云：

　　禹跳，汤偏。

唐杨倞注云：

　　《尸子》曰：禹之劳，十年不窥其家。手不爪，胫不生毛，偏枯之病，步不相过，人曰禹步。②

又明董斯张《广博物志》卷二十五引《帝王世纪》亦云：

　　世传禹病偏枯，足不相过，至今巫称禹步是也。③

何谓"禹步"？后人以想象推之，皆曰乃跛行。但是既为巫所遵从，可见其源流有自，乃有一定规范。如今之道士、端公之流，作法时亦称"禹步"，岂有跛足而行者？其具体实施之法，说甚多，元陶宗仪《说郛》卷七十四下引晋葛洪《登涉符箓》所载最明了：

---

① 《楚辞补注》，载《四库全书》，第1062册，第168页。引者按：此文乃洪氏补注所引，亦见于赵明诚《金石录》卷二十四。今本《淮南子》无此语。
② （唐）杨倞注：《荀子》，载上海古籍出版社缩印浙江书局汇刻本《二十二子》，上海古籍出版社1986年版，第295页。引者按：以下凡引是书，皆出此丛书，仅具此书名、丛书名及页码。
③ 《广博物志》，载《四库全书》，第980册，第524页。

禹步法：正立，右足在前，左足在后，次复前右足，以左足后右足并，是一步也；次复前右足次前左足，以右足从左足并，是一步也；次复前右足，以左足从右足并，是三步也。如此，禹步之道毕矣。①

揆之，其法乃左、右足交替前行，而后足所迈不超前足，即所谓"足不相过"也。与跛足者行走之状所不同者，跛足者恒先迈善足，次迈病足，故而左足病则右足恒先迈，右足病则左足恒先迈。"禹步"者，则左、右交替前迈。此正龟、鳖、蛙类爬行之状。此类说法、做法，于远古巫术时代（亦神话传说时代），可以说是毫不足奇。至今，文化尚处较原始或保留了较多古风民俗的民族在其祭祀仪式中，尚恒有模仿与本民族生活有关的动物状貌及行为的舞蹈。"足不相过"，乃后人所保留的禹神话传说中关于禹的步态比较条理、抽象化的记载，应当从神话传说的角度予以理解，而不能合理化地解释为跛行。其理似毋庸多辩。以治水而言，通考前代典籍，关系最密切者无出龟鳖、蛟龙、牛三者，而绝少有虎、豹、熊、罴之类。原因很简单，龟鳖、蛟龙皆水族类，牛则农耕社会中（尤其蜀中之类地区）不可缺少之物，故能与龟鳖、蛟龙相提并论。因此综上所述，我怀疑禹治水时的变形当亦如其父，为鱼鳖之类。事实上，从《拾遗记》卷二来看，禹在治水当中亦如其父，乃是有龟鳖效力的。其言云：

禹尽力沟洫，导川夷岳，黄龙曳尾于前，玄龟负青泥于后。玄龟，河精之使者也。龟颔下有印，文皆古篆，字作九州山川之字。禹所穿凿之处，皆以青泥记其所，使玄龟印其上。今人聚土为界，

---

① 《说郛》，载《四库全书》，第880册，第187页。

此之遗象也。①

较之其父鲧"鸱龟曳衔"之简约，这一段神话故事可谓道尽了龟鳖在禹治水中的重要作用。

小　结

　　本章继续讨论的是鳖灵的业绩。只是这个"业绩"的内容比较特殊，仅限于鳖灵的治水。但是我在上一章的小结中已经指出，鳖灵的"业绩"，"使人不能不产生鳖灵乃有与传说中的夏相粘连的可能"。而本章则从鳖灵治水的角度，通过治水的区域（限于蜀中）、洪水的起因、治水与女神、治水的幻形四个方面讨论了鳖灵在洪水神话传说故事中和禹（也偶尔及于其父鲧）的相似之处，不难看出，二者极其相似，甚至某些方面的轨迹几乎相重合。这必然会使人们思考：这些相似是否意味着鳖灵就是禹（或鲧）？我认为，仅仅根据上述材料就对这个问题做出肯定的答复，显然是不够的，但是它们对于加强我在上一章的讨论，无疑有极大的裨益。我希望，所有的这些讨论仅仅是对文献和传说所呈现出来的各种素材的一个整理。至于最终的结论，我寄希望于那些有耐心读完本著的读者，在本著的最后一章中，或能寻得一些回答。

---

① 《拾遗记》，载《四库全书》，第1042册，第320页。

| 第九章 |

廪君论

前两章既已讨论了典籍有载的两代蜀王，那么一直被认为是巴的祖先的廪君是否也应该予以讨论？这与本书冠以"古蜀神话传说"之目是否矛盾？这一质疑，事实上首先涉及的是"巴蜀文化"这一概念，这在本著《绪言》部分已有说明，不赘。不过若论廪君与杜宇、鳖灵之先后，以文献所载，我认为若将此三人置于人类历史的发展顺序中，廪君实当置于前。之所以将此章置于此，是从江的源流考虑的，并无厚此薄彼之意。不过应该指出的是，廪君似不如杜宇、鳖灵之幸运，没有一部如扬雄《蜀王本纪》那样的专史论及他。《华阳国志》叙及巴史，则曰：

> 其君，上世未闻。五帝以来，黄帝、高阳之支庶，世为侯伯。及禹治水命州，巴、蜀以属梁州。禹娶于涂山，辛、壬、癸、甲而去。生子启，呱呱啼，不及视。三过其门而不入室，务在救时。今江州涂山是也，帝禹之庙铭存焉……周武王伐纣，实得巴、蜀之师……武王既克殷，以其宗姬于巴，爵之以子。周之仲世，虽奉王职，与秦、楚、邓为比……周之季世，巴国有乱。将军蔓子请师

于楚，许以三城。楚王救巴……周显王时……秦惠文王与巴、蜀为好……周慎王五年，蜀王伐苴。苴侯奔巴。巴为求救于秦。秦惠文王遣张仪、司马错救苴、巴。遂伐蜀，灭之。仪贪巴、苴之富，因取巴，执王以归。①

由上述可见，传说中的巴史是远不能与蜀史相较的。就文化、经济的发展而言，巴虽自有特色，却实在不能与蜀较高下。其实这是由地理环境所决定的，巴不能享有如蜀那样的平原，必然会妨碍其交通、农业的发展，进而制约其文化发展。对于神话传说而言，落后的文化状态往往有利于保留一些极富古老色彩的神话，但是落后的文化状态又是一柄双刃剑，它又往往造成文献竹帛的缺失，因而失去了保留神话传说的重要手段。

就本著第一章第一节所引禹与涂山氏的故事来看，发生于巴地的神话传说探讨恐已不能限于区域，更遑论周以后之说。而廪君的神话传说却正是那文献竹帛缺乏之余仅存的，又被落后的文化状态保护备至而没有遭受更多人为渲染破坏的神话。

第一节　廪君时代

廪君神话，较早当见于《世本》《后汉书·南蛮西南夷列传》《水经注》等。兹将《后汉书》所载照录如下：

巴郡南郡蛮，本有五姓：巴氏、樊氏、瞫氏、相氏、郑氏。皆出于武落钟离山。其山有赤、黑二穴，巴氏之子生于赤穴，四姓之子皆生黑穴。未有君长，俱事鬼神。乃共掷剑于石穴，约能中者

---

① 《华阳国志校补图注》，第4—11页。

奉以为君。巴氏子务相乃独中之,众皆叹。又令各乘土船,约能浮者,当以为君。余姓悉沉,唯务相独浮。因共立之,是为廪君。乃乘土船从夷水至盐阳。盐水有神女,谓廪君曰:"此地广大,鱼盐所出,愿留共居。"廪君不许。盐神暮辄来取宿,旦即化为虫,与诸虫群飞,掩蔽日光,天地晦冥,积十余日。廪君伺其便,因射杀之,天乃开明。廪君于是君乎夷城,四姓皆臣之。廪君死,魂魄世为白虎。巴氏以虎饮人血,遂以人祠焉。[①]

这无疑就是一篇巴人来历的小史,其中多半涉及上古的神话传说,亦涉及廪君的时代,因此不能不一一辨析之。

讨论廪君的时代,不能单纯以其生活的绝对年代作为目标。从神话传说的角度来看,我更为关心的乃是他处于什么样的经济时代。这就正如我在第六章至第九章中述及杜宇、鳖灵时所提出的,当时蜀地已进入了农耕时代。而廪君时代,以上引故事内证而言,乃是"鱼盐"时代。换句话说,以经济生活而言,尚处于渔猎的社会阶段。

上述故事说,为了推选出君长,"各乘土船",廪君为君后,率众人寻找乐土,又是"各乘土船"。这"土船",从历史的、自然科学的角度而言,或许是一种烧制的土陶船;若从神话传说的角度言之,则是抟土而成的船。但是无论何说,均可看出其生产的工艺技术水平尚处于极低的阶段。

故事中又说"君乎夷城,四姓皆臣之"。可见是刚结束游猎(渔)阶段,开始定居。而其城夷城,亦有故事,《晋书·李特李流载记》云:

昔武落钟离山崩,有石穴二所,其一赤如丹……有人出于赤穴者名曰务相,姓巴氏……廪君复乘土船下及夷城。夷城石岸曲水亦

[①] 《后汉书》,第2840页。

曲。廪君望如穴状，叹曰："我新从穴中出，今又入此，奈何！"岸即为崩，广三丈余而阶陛相乘。廪君登之，岸上有平石，方一丈，长五尺。廪君休其上，投策计算，皆著石焉。因立城其旁而居之。①

是刚自石穴出，又将入石穴，休于平石之上，又立城于石旁，要皆不离于石。如我在第一章所言，"石"有其特殊的原始宗教崇拜含义固不待言，而这里所记，却表现出廪君时代工艺技术水平颇低，尚处于依石为城状况。原来廪君所自出的地方，廪君自叹为"穴"，其实也是有城的，此点似为学术界所不察。《太平寰宇记》卷一百四十七说：

武落中山一名难留山。在县西北七十八里。本廪君所出处也。②

这"难留山"也就是城。《水经注》卷三十七曾描写这城的形状说：

东径难留城南，城即山也。独立峻绝，西面上里余，得石穴……东北面又有石室，可容数百人。每乱，民入室避贼，无可攻理，因名难留城也。③

可见乃城、山相依，俱为一体，估计城是依山形而略加凿修堆砌而成的。

上述这个故事，发生在巴尚未有君主的时代，其所采取比掷剑的准确性、比划船的技艺的方式，以此决定谁可以为君（实际上是为部落首领）。这样一种决定首领的办法，乃是相当古老的。这种办法也曾被尧用来考验其接班人舜，在后来的儒家经典《尚书·舜典》中是这样表达的：

---

① （唐）房玄龄等：《晋书》，中华书局1974年版，第3021—3022页。引者按：以下凡引是书，皆出此本，仅具此书名及页码。
② 《太平寰宇记》，载《四库全书》，第470册，第396页。
③ 《水经注》，载《四库全书》，第573册，第548页。

> 纳于百揆，百揆时叙。宾于四门，四门穆穆。纳于大麓，烈风雷雨弗迷。

唐孔颖达《正义》云：

> 言命之以位，试之以事也。[①]

这实在可以和武落钟离山五姓比武艺而定君长同出一辙，不过一是"等额选择"，一是"差额竞争"而已。但是究其实，若以社会阶段划分，可以肯定的是当远在产生阶级以前之原始社会。

因此从这一角度观之，前引《后汉书》文亦多有后世润色。若以后出之《晋书·李特李流载记》加以比较，则《后汉书》为：

> 与诸虫群飞。

《晋书》作：

> 诸神皆从其飞。

《后汉书》为：

> 掩蔽日光，天地晦冥。

《晋书》作：

---

① 《尚书正义》，载《十三经注疏》，第126页。

> 其飞蔽日昼昏，廪君欲杀之，不可别，又不知天地东西。

《后汉书》为：

> 廪君因伺其便，因射杀之，天乃开明。

《晋书》作：

> 廪君乃以青缕遗盐神曰：婴此。即宜之，与汝俱生；弗宜，将去汝。盐神受而婴之。廪君立阳石之上，望䝉有青缕者，跪而射之，中盐神。盐神死，群神与俱飞者皆去，天乃开朗。[1]

还有其他的记载，但仅此已不难看出，《晋书》所载尚更富有原始神话的色彩。这里，廪君所遭遇到的不仅是盐神对他的诱以美色，而且还有群神对他的围困。他想除去敌人，又认不出魁首为谁；他想要率领他的人民离去，却又因天昏地暗，不辨东西南北。最后终于心生一计，将一缕青丝托人交给盐神，说：若你佩戴这青丝合适，我则与你共同生活，倘不合适，那我还是离你而去的好。盐神果然中计，佩戴了青丝，因而终遭射杀。廪君得以带领族人走向自己的新生活。

这里歌颂了一位在困境中誓不低头、不屈服于利诱的部落英雄的形象。这一段故事中，确有很多较原始的神话因素值得细细咀嚼。

首先是"青缕"的赠送和佩戴。这并非一般的情人之间的礼物赠送，而是如前面"掷剑""坐土船"的比赛一样，是一种带有巫术性质的活动。这"青缕"象征着廪君自身，适合佩戴"青缕"，就是适合廪君其人。这实质上就是模拟巫术的一种运用。这种巫术形式无疑是从古

---

[1] 《晋书》，第3021—3022页。

老的神话中派生而出的。或反过来说，某些古老的神话就是某些古老巫术演绎的例证。在廪君的这个故事情节中，我们就看见了这样的例证。

其次，如果仔细追索就会发现，在记录上述故事情节时，很可能还存在着某些被神话传说播迁者所遗失了的环节。《后汉书》所载故事是说盐神夜晚即来与廪君交欢，白日却化虫来困扰廪君。如果仅看这样的内容，当然无法知道廪君是否了解盐神与虫之间的关系。现在从《晋书》中所载的一系列情节来看，无疑廪君是知道这虫就是盐神所变化的。既然如此，又何以会"廪君欲杀之，不可别"呢？她不是"暮辄来取宿"吗？此时难道还存在"不可别"的问题吗？因此，这当中很可能遗失了重要的一环，那就是盐神"暮辄来取宿"必然是乔装打扮而来，故廪君并不知"来取宿"者即盐神。当然，详情究竟如何，已不可知了，但是倘若没有《晋书》里的记载，恐怕就连这里可能存在着重要的而被遗失的一环也不可知了。

最后，《晋书》所录的细节还告诉我们，廪君是立于阳石之上射杀盐神的。既有"阳石"，当亦有"阴石"。《水经注》卷三十七所载正是如此：

> 西面上里余，得石穴，把火行百余步，得二大石碛，并立穴中，相去一丈，俗名阴阳石。阴石常湿，阳石常燥。每水旱不调，居民作威仪服饰，往入穴中。旱则鞭阴石，应时雨；多雨则鞭阳石，俄而天晴。相承所说，往往有效。但捉鞭者不寿，人颇恶之，故不为也。①

由此看来，这阴石、阳石也是通神的，颇有灵性。关于石头的这种灵性，已在前第一章第一节中说过了。这里的"阳石"，诚如《水经注》卷三十七所说，"盛弘之以是推之，疑即廪君所射盐神处也"。在第一章

---

① 《水经注》，载《四库全书》，第573册，第548页。

第一节中，我已从石神崇拜的角度指出过阳石的意义。现在从廪君所处的时代而言，我则要指出，廪君与盐水女神之间的斗争，似乎是父权制部落战胜母权制部落的形象描绘。廪君之所以站在"阳石"上将盐水女神一箭而殪之，不正是象征着"阳"战胜"阴"吗？

因此，综合上述三点而言，廪君故事中的原始神话意味确实值得细细咀嚼。

不过这里引《晋书》以补《后汉书》，《晋书》多出的上述部分会不会是后世文人曲意之笔呢？当然不是这样的。《晋书》多出《后汉书》的那些内容，即见于《后汉书》李贤注所引《荆州图副》《世本》等较早的著作。因此它们是廪君神话故事的一部分而非文人生花妙笔，这是有典籍依据的。

以上，我从廪君神话传说故事中的"鱼盐"等词，指出了故事发生时这一部落尚处渔猎经济水平阶段；从"土船"比赛，"傍山、因山为城"的事实，指出了故事发生时这一部落的生产技艺水平尚相当低下；从其选定首领的事实和方法，指出这一部落尚处于没有阶级划分的时代；还从其神话传说故事的原始性和细节描述，指出这一部落尚处于父权制、母权制社会交替的时代。所有以上这一切，都指明了，廪君和他的部落尚处于较原始的社会状态，而其神话传说故事也产生于这一时代。如果做一横向比较，则就其社会发展阶段而言（非绝对年代），廪君时代应早于杜宇时代。

第二节 廪君身份

廪君到底是什么身份？从来论及"巴"者，皆不遑至此。或以为，廪君既为巴族首领，何必再论？其身份之谜却值得探索。先从其首领之贡献谈起。古代的首领，而使人民生活水平得以提高，常常是其得以出类拔萃的必须条件。正如蚕丛发明了养蚕、杜宇发明了农业、鳖灵制服了洪水……那么廪君呢?

请仍然先从"盐"说起。

按诸籍所载,廪君在与黑穴四子通过比赛而获胜,得以做巴人头领后,带着族人顺夷水而下,至于盐阳。这里"盐阳",似乎非固定专有之地名。山南水北为"阳",当指盐水以北的某一区域。盐水之阳其实就是夷水之阳。《水经注》卷三十七经文说:

> 夷水出巴郡鱼复县江。

郦注说:

> 夷水,即狼山清江也。水色清照十丈,分沙石①。蜀人见其澄清,因名清江也。昔廪君浮土舟于夷水,据捍关而王巴……盐水,即夷水也。又有盐阳石也。盛弘之以是推之,疑即廪君所射盐神处也。②

或"夷"即由"盐"音而讹至,本即当称"盐水"。但因何以"盐水"为称呢?《水经注》又云:

> 夷水又东与温泉三水合。大溪南北夹岸,有温泉对注,夏暖冬热,上常有雾气,疠疾百病,浴者多愈。父老传此泉先出盐,于今水有盐气。夷水有盐水之名,此亦其一也。③

由此来看,廪君率其族人所经之地,确实如盐水女神所说,"此鱼盐所有",当是富庶之地。盐,在人类生活中所占据的重要地位自不消说。

---

① 引者按:"石"据《后汉书·南蛮西南夷列传》唐李贤注引加。
② 《水经注》,载《四库全书》,第573册,第548页。
③ 《水经注》,载《四库全书》,第573册,第549页。

对于上古时代川盐的大略情况，学者亦早有专论，不必在此赘述。[①]虽然我并不认为整个上古史或巴蜀史是以盐为线索贯穿的，但盐对历史所起的推动作用是应予以考虑的。我在第三章第二节谈到李冰治水穿盐井时，曾提到过女神与盐井神秘的关系，而在廪君的神话中，我们又看到了盐水也是由女神在主宰，由此可见，盐在古人生活中所起的重要作用。前引《水经注》说"夷水（清江）出巴郡鱼复县"，"鱼复"之名已在第三章第三节、第六章第四节等处屡及之，其具体地域正在今重庆市奉节县，处巫山地区。《水经注》则说廪君"据捍关而王巴"，"捍关"亦在今重庆市奉节县至巫山县间，又处巫山地区。既言其"据捍关而王巴"，则可说明廪君率领的巴人势力遍及巫山地区。这虽然是较晚的事，但为何廪君之族在其发展之初，其足迹总不离乎这一带呢？盐水有盐自不必说，不过《水经注》既言"父老传此泉先出盐，于今水有盐气"，则可见北魏之前，水中盐已枯涸。但是为何廪君后来所据以"王巴"的巫山地区却盛产盐？

《夔州府志》记大宁县（今重庆市属巫山县境内）有宝源山，山麓有"白鹿盐泉"。宋王象之《舆地纪胜》云：

  宝山盐泉，其地初属袁氏。一日出猎，见白鹿往来于山下。猎者逐之，鹿入洞不复见，因酌泉知味，意白鹿者，山灵发祥以示人也。[②]

这又是一个关于盐是如何被发现的神话传说。据史载，从西汉武帝元狩四年（公元前119年）后，中央朝廷便在此设有专门的盐官加以管理，直至清代犹然。由此可见，巫山之地盐源丰富，也由此可知何以廪君要带领族人上下求索，发祥于此了。

---

① 《华阳国志校补图注·说盐》，第52—59页。
② （南宋）王象之：《舆地纪胜》；中华书局1992年版，第4657—4658页。

第九章　廪君论

　　那么，说廪君之族发祥于鱼盐之地，依据鱼盐而发展壮大，固然有理有据。但是廪君与盐的关系，除了与盐水女神之间的智斗之外，是否还有其他根据呢？有的，那根据恐怕就得从廪君的名字上去寻找了。

　　"廪"的直接含意是仓廪。即今之所谓粮仓。不过，因其字形本作"靣"①，故能因其形与"取其四周帀也"的"牢"②字相通。但是不管从已知的廪君神话传说还是从巴人后来在巫山地区一带活动的情况来看，恐怕这一地区的主要经济活动并不与仓廪的米粟或与牢圈的牛羊有关。既然如此，廪君之"廪"从何而来呢？恐怕还只得从盐方面考虑。《史记·平准书》云：

　　　　大农上盐铁丞孔仅、咸阳言：山海，天地之藏也，皆宜属少府。陛下不私，以属大农佐赋。愿募民自给费，因官器作煮盐，官以牢盆。

关于"牢盆"一词，刘宋裴骃《史记集解》云：

　　　　如淳曰："牢，廪食也。古者名廪为牢也。盆者，煮盐之盆也。"

唐司马贞《索隐》云：

　　　　予牢盆。按：苏林云："牢，价直也。今代人言'雇手牢盆'。"晋灼云：苏说是。乐产云"牢乃盆名"，其说异。③

综观以上，如淳、苏林、乐产三说，乐产说虽异，但恐如实。流风所

---

① 《说文解字·靣部》，载《四库全书》，第223册，第176页。
② 《说文解字·牛部》，载《四库全书》，第223册，第93页。
③ 《史记》，第1429页。

及，宋欧阳忞《舆地广记图经》尚载：

> 旧《志》云：汉永平七年（东汉明帝年号，公元58年），尝引此泉（指白鹿盐泉）于巫山，以铁牢盆盛之。①

由是可知，如乐产所说，牢盆乃一词，为一种煮盐必不可少之器。"牢"与"廪"通，则"牢盆"亦可说是"廪盆"。那么廪君当是廪盆之君，即掌握盐源分配之神。就这一点，亦恰如孟涂之司神于巴，为盐源分配中的争讼做出裁决，因而执掌巴族生命延续、生存发展的控制之权。现在应该知道了，如《晋书·李特李流载记》所说：

> 盐阳水神女子止廪君曰："此鱼盐所有，地又广大，与君俱生，可止无行。"廪君曰："我当为君求廪地，不能止也。"②

很显然，这是廪君的一种托词。已经来到盐水女神的领地内，又要摆脱盐水女神的控制，还有比这更好的借口吗？所谓"为君求廪地"，其实就是为盐水女神寻求更广阔的可置廪盆之地，即更多盐源的意思了。

或云：以上所论"廪""牢""牢盆"等字，皆西汉以后之事，安能用以解释"廪君"？但是我们却不应忘记，记录华夏神话传说的文献，最早也不过西周。以今语而录古事，从来如此。所以必定有廪君与盐水女神之间为盐而争执的神话传说，方才有后人用当时习用的语言对这神话传说故事的记录。廪君的神话如此，其他神话传说也应是如此！廪君的真实身份恐怕就是当地人民在远古时代的盐神。

---

① 引者按：此（清）丁宝桢《四川盐法志》卷三"井厂三"，第46页言（宋）王象之《舆地纪胜》注所引。限于阅读条件，此条出自北京爱如生数字化技术研究中心所发行《爱如生数字再造文本》。
② 《晋书》，第3021页。

第三节　廪君图腾

　　廪君死，魂魄世为白虎。巴氏以虎饮人血，遂以人祠焉。①

从这一记载看，廪君之族所奉图腾当为白虎，这应当是没有什么问题的。研究者对此多无异议。

但是，在文献中却又有另外的记载，《说文解字·巴部》云：

　　巴，虫也。或曰：食象它。象形。②

"它"即蛇，"虫"亦蛇。观小篆之形，确实是一条张着大口，其形蜿蜒的蛇。而所谓"食象它"，则见于《山海经·海内南经》：

　　巴蛇食象，三岁而出其骨。③

又见于屈原《天问》：

　　一蛇吞象，厥大如何？④

廪君既为"巴氏"，那么"巴蛇"说的是否就是廪君之族，或直言之，这"巴蛇"是否就是廪君之族的图腾呢？更由于《淮南子·本经》

---

① 《后汉书·南蛮西南夷列传》，第2840页。
② 《说文解字》，载《四库全书》，第223册，第363页。
③ 《山海经》，载《二十二子》，第1374页。
④ 《楚辞章句》，载《四库全书》，第1062册，第27页。

267

有羿"断修蛇于洞庭"①之说，于是屈骚《山海经》《说文解字》三说相互掺合，产生了今天洞庭湖畔的湖南岳阳古称"巴陵"谓巴蛇葬于此的传说。不少学者认为，巴之图腾非一，乃有虎有蛇。

我认为，图腾的表现尽管是复杂的，但是其含义却有一些基本的要素，要皆不离祖神崇拜、原始宗教、一些特别的禁忌等。如果将"巴蛇"与"白虎"作一比较，就会看出二者是大为不同的：

"白虎"由廪君"魂魄"所化，且"世为白虎"，是白虎为巴人始祖。"巴蛇"，则无此种含义。

"白虎"为巴人世世崇拜，并以活人为祭祀，显然为巴人祖神。"巴蛇"则无此种含义。

"白虎"在其后世时有传说传闻，且被作为纹饰刻铸于青铜之器，为世所公认。"巴蛇"则无此种情形。虽然后世亦有不少蛇、龙之类传说、图纹，但并不能认为就是所谓"巴蛇"。

关于这一点，有必要略加探讨。"白虎"在文字与图案花纹上的遗迹一直存在。仅举几条地域上与古蜀有关的例子，《华阳国志·蜀志》云：

> 白虎仁于广德（今眉山市境内）。②

明曹学佺《蜀中广记》卷十二于此云：

> 《神异记》云：犍为有一白虎，出则众黑虎随之，不伤人物。汉王褒《招碧鸡神》词"黄龙见兮白虎仁"盖指此也。《寰宇记》引秦昭王射白虎事非。③

---

① 《淮南子》，载《二十二子》，第1239页。
② 《华阳国志校补图注》，第172页。
③ 《蜀中广记》，载《四库全书》，第591册，第169页。

显然，这里的"一白虎""众黑虎"自然让人想起"魂魄世为白虎"的廪君，以及"皆生黑穴"的"四姓之子"。依图腾通常的也是基本含义，祖神既为虎，则其族人、子孙皆虎之后裔，故"皆生黑穴"的"四姓之子"宜为"众黑虎"。至于曹学佺所批评的《太平寰宇记》卷七十四那段文字是这样的：

> 白虎山在县东北二十四里，其山壁立，西邻导江水。《华阳国志》云：秦昭王时白虎为害，募人杀之，廖仲乐、秦精等射中之，山因此为名，下有白虎潭。①

"秦昭王"云云先且不管，重要的是我们看到了这里因白虎的活动而留下的遗迹，山因其为名，潭亦因其为名。

至于花纹图案方面，在巴蜀境内发现的所谓巴式兵器上恒有虎纹，被考古学界公认为代表性的巴图腾，自然也是应当出自廪君一族。

现在再回头来说"秦昭王时白虎为害"。据《华阳国志·巴志》：

> 秦昭襄王时，白虎为害，自黔、蜀、巴、汉患之②。秦王乃重募国中有能煞虎者邑万家。金帛称之。于是夷朐忍廖仲、药何、射虎秦精等乃作白竹弩于高楼上射虎。中头三节。白虎常从群虎，瞋恚，尽搏煞群虎，大呴而死。秦王嘉之曰："虎历四郡，害千二百人。一朝患除，功莫大焉。"③

这一段故事向来为史学家所注目。今巴、蜀境内与白虎有关之地名后人亦多援此为说，前引《太平寰宇记》卷七十四所论即一例。诸家或以此

---

① 《太平寰宇记》，载《四库全书》，第469册，第607页。
② 引者按："黔"原作"秦"。据任乃强先生《华阳国志校补图注》改。
③ 《华阳国志校补图注》，第14页。

乃史实之夸大，可置而不论；或以此为白虎图腾之巴族奋起反抗而遭镇压。我则认为，如果从神话传说的角度来看，有几点可肯定：首先，一头白虎能率群虎游历黔中、巴、蜀、汉中四郡，众人皆莫能制之，其受伤后，又能先搏杀同类后死，这无疑是神话。其次，作为史实，这样的事断不可能发生于秦昭王时代。试想，秦昭王之前，秦惠文王已能遣张仪、司马错率大军伐蜀、巴，秦军动辄以十数万众沿江而下讨伐楚国，岂有不能制服一只白虎者？再次，若说是民族动乱，现在尚缺乏史料说明秦昭王时确实在所谓黔中、巴、蜀、汉中四郡这样广阔的范围内发生过大规模的内乱。最后，如若此事纯属向壁虚构，则常璩作史时态度是极其严肃的，其《序志》中已对前人史传中不少内容斥为"怪异"，但对此事却信笔而书，略无疑词，且其后更云：

　　高祖因复之，专以射白虎为事，户岁出賨钱口四十。故世号白虎复夷。一曰板楯蛮，今所谓弜头虎子者也。[1]

其中当亦有历史事实在，可惜不得所闻了。

倘以上四点皆能肯定，则以下一结论，或当为争执各方皆能接受：此或以白虎为图腾之巴人神话传说与某一目前尚不清楚的历史事件发生粘附的结果。虽然我的这一推测目前并未能揭示常璩所记载的事情的真相，但它至少可以说明，在廪君之后，曾发生过广泛的含有丰富神话传说意味的白虎传说，而图腾正与这些神话传说密切相关。

当然，关于蛇和龙的种种神话传说也是有的。但是，是否有蛇或龙就一定有巴或与巴有关，是巴的图腾呢？在蛇（龙）与巴之间是否有着类似上述那种廪君与白虎之间关系的故事呢？就目前我所查证的文献来看，还没有。至于在战国楚墓中出土的绢帛上龙、虎、凤之间搏斗图案

---

[1] 《华阳国志校补图注》，第14页。

第九章　廪君论

的含意，我将在本著结语中有所探讨，兹不赘。只是需要指出，根据《左传》《华阳国志》等典籍，西周至春秋正是巴强盛以至于可以与楚相抗衡的时期。楚与巴有着极其密切的关系，甚至婚姻相通，《左传》昭公十三年（公元前529年）记楚共王（公元前590—前559年）曾与巴姬共埋璧于地下以择嗣即最明显的一例。那么巴地、巴民族所流传的神话传说当作为其文化的一部分与楚发生密切交流。战国楚墓中的绢帛上龙、虎、凤相斗的图案以及那些虎座凤鸟木雕等，应该就是这种交流的证明。至于楚文化和神话传说中的蛇则与巴没有任何关系了[①]。可见巴以虎为图腾的神话遗痕在楚文化中也能发现，正与巴地流传的廪君神话传说相互可以发明。因此，可以确信白虎就是以廪君为始祖的巴人的图腾。至于巴人是否像有的学者所认为的并非一族；而其他族又以别的动物为图腾，恐怕尚需要像诸书所记廪君那样确切的资料，或其他方面更为丰富的资料来证明了。

在巴以虎为图腾这一讨论的基础上，我还想进一步讨论与图腾这一问题有关的廪君的祖先。

虽然前面已指出了廪君尚处于原始社会的渔猎经济时代，但是在历史传说中，廪君却并不是巴人最早的先祖。关于巴人的先祖，有这样三条材料值得注意：

其一《山海经·海内经》：

> 西南有巴国。太皞生咸鸟，咸鸟生乘釐，乘釐生后照，后照是始为巴人。[②]

对于这段材料，一般学者首先注意到的是"太皞"。不少学者认为，太

[①] 《楚辞文心管窥——龙凤文化研究之一》，第45—50章。
[②] 《山海经》，载《二十二子》，第1386页。

皓就是伏戏。但是如果认真考察一下先秦典籍，太皓与伏戏并不相谋。太皓之名，较早见于《左传》昭公十七年（公元前515年）：

> 太皓氏以龙纪，故为龙师而龙名。①

但此后再也没有下文，亦没有其他材料对此加以证明、予以支持。至于伏戏，那已是出于较晚的文献了。早有学者指出：

> 那以伏戏女娲为中心的洪水遗民故事，本在苗族中流传最盛，因此芮氏疑心它即起源于该族。依芮氏的意想，伏戏女娲本当是苗族的祖神。现在既考定了所谓"延维"或"委蛇"者即伏戏女娲。而《山海经》却明说他们是南方苗民之神，这与芮氏的推测不完全相合了吗？②

这一意见极有道理。据我的考察，从神话传说的分布地域上看，讲述伏戏、女娲故事最盛者，至今仍集中在湖北、湖南、广西、贵州、云南等地区的少数民族中。至于汉代以还石刻、壁画中广泛可见的伏戏、女娲像则是秦汉以还文化大一统以及"汉室龙兴"③历史神话影响的结果了。因此，《山海经》里记载的太皓竟有以鸟命名的后代，且又衍生了巴人。虽然书阙有间，尚无进一步的材料来指明太皓、咸鸟、巴人之间的关系，但却感到，巴人与崇拜鸟图腾的楚人比邻而居④，这样的材料应该是有一定历史文化背景的。

---

① 《春秋左传正义》，载《十三经注疏》，第2083页。
② 闻一多：《伏羲考》，载《闻一多全集》，生活·读书·新知三联书店1982年版，第15页。引者按：以下凡引是书，皆出此本，仅具此书名及页码。
③ 《尚书正义·序》，载《十三经注疏》，第115页。
④ 《楚辞文心管窥——龙凤文化研究之一》，第45、46章。

关于巴人先祖的第二条材料仍见于《山海经·海内南经》：

> 夏后启之臣曰孟涂，是司神于巴。人请讼于孟涂之所，其衣有血者执之，是请生。居山上，在丹山西。①

"其衣有血者执之"，郭璞注云"不直者则血见于衣"。依靠这样一种方式来判断曲直，确实是一种十分古老、原始但确实实行过的方法。这也是我们已在上一节中屡见不鲜的巴人采用比赛的形式，然后由神做出裁决的办法在讼狱上的运用。当然，"讼狱"是一个不完全准确的表达，其实孟涂在这里所担任的，并不是单纯的法官，而是君临一切的主宰。"是请生"，郭璞注说是"言好生也"，似乎意思并不显豁。这个"生"，当以《晋书·李特李流载记》中廪君事解之。其中两用"生"，一云：

> 盐阳水神女子止廪君曰：此鱼盐所有，地又广大，与君俱生，可止无行。②

又云：

> 廪君乃以青缕遗盐神曰：婴此。即宜之，与汝俱生；弗宜，将去汝。③

详文意，二"生"皆有开辟、开始新生活和新生命的意思。若此说可用以解《山海经》"是请生"中的"生"，则此句中"是"当为指示代词，指所有有求于孟涂的巴人。如此说来，孟涂确实并非单纯的法官，而是

---

① 《山海经》，载《二十二子》，第1374页。
② 《晋书》，第3021页。
③ 《晋书》，第3021—3022页。

巴人展开新生活的主宰了，这不是巴人的主神又是什么呢？因此郭璞注一开始注"是司神于巴"，就说"听其讼狱，为之神主"，乃是二者皆兼顾的。由此看来，巴人乃与夏启有着神秘的关系。

关于巴人先祖的第三条材料则见于《后汉书·南蛮西南夷列传》唐李贤注引《世本》云：

> 廪君之先故出巫诞也。①

"巫诞"，又作"巫载"，"诞"与"载"音同可通。"巫载"见于《山海经·大荒南经》：

> 有载民之国。帝舜生无淫，降载处，是谓巫载民。巫载民盼姓，食谷，不绩不经，服也；不稼不穑，食也。爰有歌舞之鸟，鸾鸟自舞。爰有百兽，相群爰处，百谷所聚。②

"帝舜"是崇拜鸟图腾的民族所崇拜的神。因此他的后代所处的地方，诚然应当"鸾鸟自歌，凤鸟自舞"。这里所描写的这样一个地方，多像本著第六章一开始就引的《山海经·海内经》所记录的那样一个美好的国度啊！不过，同时也应注意到这个美好的国度乃在成都平原上。"载民"还见于《山海经·海外南经》：

> 载国在其东。其为人黄，能操弓射蛇。③

我曾经有过专门论述，认为这里"操弓射蛇"和上面的"食谷"都是崇

---

① 《后汉书》，第2840页。
② 《山海经》，载《二十二子》，第1381—1382页。
③ 《山海经》，载《二十二子》，第1369页。

第九章　廪君论

拜鸟图腾的民族恒有的动作，载民之国即其中之一，《山海经》中例甚多。[①]而如今这里却告诉我们载民之国竟是廪君的先祖，这一切意味着什么呢？

回顾上述三条关于廪君或巴人先祖材料的探讨，我注意到，除了《左传》昭公十七年那条太皞"为龙师而龙名"的材料我们尚未能做出让人满意的回答外，其他材料似乎都有倾向性地指出了廪君与其族人的先祖与崇拜鸟图腾的民族有着神秘的也是极为亲密的关系。当然，正如前面已经指出的，巴是以白虎为其图腾的。那么鸟和虎之间的关系，或许可以理解为鸟是一个相当大的范围内的民族所奉行着的总图腾，而白虎乃是其中的一个分支图腾。是耶非耶？姑提出以俟方家正之。

不过确实值得深思的是：楚人以凤凰为其崇拜图腾，这一点我已在《楚辞文心管窥——龙凤文化研究之一》一书中有过专门研讨。而至少杜宇时代以前的蜀人又以鸟为其崇拜图腾，这一点也已在第六章第三节中专门研讨过了。那么从岷江之源到长江中游，两头是崇拜鸟图腾的民族，中间则是崇拜白虎图腾的巴族；在这其间，又有鳖灵沿着这条水道，从楚地溯流而上，直达蜀地腹心，而后以开明（白虎）为其帝号，承担起了古蜀文明建设的重任……还有比蜀、巴、楚的图腾关系、民族关系，更神秘、更精巧、更富有魅力的吗？我虽未能解决此问题，却不惮提出问题，而于廪君之图腾三致意焉！

小　结

本章从"时代""身份""图腾"立说，讨论了廪君的神话传说，大致上可以确定，从神话传说的角度看，廪君是远古流传于巫山地区的盐

[①] 引者按：对此余有专门论述，此处只是联系巴族略为疏通。《楚辞文心管窥——龙凤文化研究之一》，第47章。

神；如果从历史的角度言，则廪君大约是发现了对巴族生存发展生死攸关的重要资源——盐的巴族首领。但是客观而论，相较于杜宇、鳖灵甚至李冰，廪君的神话传说虽神奇但却因书缺有间而略显单薄，又或者，因为自然生活条件的艰难，或因秦以后受到诸种因素的影响，故其历史亦脱离文献典籍而罕见了。但这并不能说明廪君神话传说没有重大意义。恰恰相反，正是依据廪君神话传说，我看到了古蜀文化之流从长江之源的岷江直达长江中游的楚，可以说是源远流长，未曾稍歇。而廪君神话传说中的一些因素如"白虎"正是这源流中的关键所在，因此岂能视而不见？故不能不在专论古蜀神话与传说的著述中为其专辟一章。

| 第十章 |

神女论

还在第六章第三节讨论杜宇与后稷的相似之处时,我就提到过"他们都与一位游于江(姜)原的女性有关";还在第八章第三节讨论鳖灵治水与女神的关系时,我亦曾将鳖灵与夏禹做过比较,指出他们治水获得成功与一位神秘的女神相关。关于我国女性神祇的研究虽已有刘勤教授等精审的研究,[①]但就这一课题本身的宏大来说,实在还有广阔空间需要探索。因此我专辟一章,对这个课题的一个局部略做探讨。

大约半个世纪前,闻一多先生写过一篇《高唐神女传说之分析》[②]。其中某些结论在当时而言,或可视为惊世骇俗之论,而在神话研究已蔚为壮观的今日,这些结论已为多学者所认可。他所论述的"高唐神女",无论是在中国文学还是神话学中,都应该据有一席。我亦久欲站在巨人的肩膀上,将闻先生宏论中有些尚未涉及的问题略加探讨,希望能再为这位事关蜀、巴、楚关系的女神,献上一掬芬芳的花瓣以为祭祀之礼。本章将继续上一章的思路,以江水作为讨论的地域范围,原

[①] 刘勤:《性别文化视域下的神话叙事研究:女神论》,中国社会科学出版社2013年版;《神圣与世俗之间:中国厕神信仰源流考》,生活·读书·新知三联书店2021年版。
[②] 《闻一多全集》,第81—116页。

因是自岷江至长江，在中国古代文献中视其为一体，概称"江"，女神们既享祀于江，则讨论不能不依江流所及。这也正好既为上一章《廪君论》的成立补充进一步的依据，亦为本章的讨论昭示一个大致的方向。我且先把闻先生那篇文章结束时的一席话引在这里，既作为对前辈的致敬，亦作为讨论的开篇：

> 文明的进步把羞耻心培植出来了，虔诚一变而为淫欲，惊畏一变而为玩狎，于是那以先妣而兼高禖的高唐，在宋玉的赋中，便不能不堕落成为一个奔女了。①

就请允许我自这位高唐神女开始吧！

第一节 巫山 高丘 高唐 云梦

既提及高唐神女，首先得从高唐所在"巫山"的得名说起。《艺文类聚》卷七引郭璞《巫咸山赋》曰：

> 盖巫咸者，实以鸿术为帝尧医。生为上公，死为贵神，岂封斯山而因以为名乎？②

是巫山之外又有巫咸山，在今山西夏县以东。自《汉书·地理志》之后，其名迭见诸地志书。虽然此山与我这里所说的巫山并非同一山，但是郭璞所提出的"巫咸山"之命名，却启发我认识到巫山之得名当亦由此。《山海经·大荒南经》云：

---

① 《闻一多全集》，第107页。
② 《艺文类聚》，载《四库全书》，第887册，第259页。

> 有巫山者，西有黄鸟。帝药，八斋。黄鸟于巫山，司此玄蛇。①

考《山海经》一书，凡独言"帝"者，似皆指最高神天帝；凡言及神格略低于天帝但为各民族（或说氏族、部落）崇拜之祖神者，则谓"帝某"，如"帝颛顼""帝尧""帝舜""帝俊"等。明乎此，则大略可知此处的凤凰（黄鸟）正担任着监视（司）玄蛇，并为天帝看守神药的职责。郭璞注谓：

> 天帝神仙药在此也。②

郭说极是。原始部落、民族中的"巫"，是集通神、领袖、教育、医生等诸多职责于一身的介乎神、人之间者。此山既以天帝之神药所在，宜乎命为"巫山"。因此，《山海经·大荒西经》又有这样的记载：

> 有灵山。巫咸、巫即、巫盼、巫彭、巫姑、巫真、巫礼、巫抵、巫谢、巫罗十巫从此升降。百药爰在。③

这里所谓"升降"，当然不是郭璞所说"上下此山采之（药）"的意思，而正是群巫往来天上人间，沟通神人之际的盛况。这种盛况直至战国时代，从屈原《离骚》中还可以想其仿佛：

> 巫咸将夕降兮，怀椒糈而要之。百神翳其备降兮，九疑缤其并迎。④

---

① 《山海经》，载《二十二子》，第1381页。
② 《山海经》，载《二十二子》，第1381页。
③ 《山海经》，载《二十二子》，第1382—1383页。
④ 《楚辞章句》，载《四库全书》，第1062册，第12页。

《说文解字·玉部》云：

> 灵，巫也，以玉事神。①

因此，古多以为"灵""巫"其实即一。屈原《离骚》说：

> 欲从灵氛之吉占兮，心犹豫而狐疑。巫咸将夕降兮，怀椒糈而要之。②

即变换其词以显其语言之摇曳多姿。是"灵山"当即"巫山"，且两山所言，皆有帝之百药在焉。尽管如此，我还是无意于将二山视为一山。我认为这里"灵山"连同《山海经·大荒南经》中所言诸山当在蜀地，而前之"巫山"当在巴地。一蜀一巴，一"灵山"一"巫山"，乃正说明着巴、蜀在古神话系统中似有着密切关系。但是这里提出"灵山"，已足可证"巫山"之命名，当即由于巫之出入。同时又可证明"巫山"自来即非等闲之地，乃是荟萃着神、神话之所在。

现在且说"高丘"。《太平寰宇记》卷一百四十八云：

> 高都山，《江源记》云：楚辞所谓巫山之阳，高丘之阻。高丘盖高都也。③

《江源记》这里所引用的"楚辞"，其实并非楚辞，而是已开汉大赋先声的宋玉赋。关于宋玉赋，我还将在下文提到，这里先论"高都"与"高丘"。

---

① 《说文解字》，载《四库全书》，第223册，第78页。
② 《楚辞章句》，载《四库全书》，第1062册，第12页。
③ 《太平寰宇记》，载《四库全书》，第470册，第402页。

"都",在古代较大之城皆可曰"都",非仅国都才得以称。《周礼·地官·小司徒》中"四县为都"、《管子·度地》所谓"州十为都"皆指较大之城市,而非专指首都。故"都"乃都邑之意。但是"高都山"又名"高丘山",乃巫山之一局部,山丘之所在,自然谈不上什么"都邑",更不用说"四县""州十"了。那么"高都"之名究竟缘何而来呢?我怀疑,这里的"都",当如《左传》庄公二十八年所谓:

> 凡邑,有宗庙先君之主曰都,无曰邑。

杜预注申其说云:

> 《周礼》:四县为都,四井为邑。然宗庙所在,则虽邑曰都,尊之也。[1]

如此说来,通衢高城者固可以称"都",而地虽僻处,城邑虽简陋,只要宗庙先君之主在者,亦得称"都"。高都山之名,盖由此欤!

既说"有宗庙先君之主",理当有所祭祀。对于这一点,近年来考古学发掘的实绩已颇有证明,楚包山简的内容就是其证明:

> 包山简238,241:祝之高丘、下丘各一全豚。高丘、下丘楚人重要祭祀对象兼祭祀场所之名。此又前所未知者[2]。

应该指出的是,"一全豚"虽非特别隆重的祭祀,但是作为距离传说中的夏已两千年左右的楚人,尚能记得到那远离楚都的僻野之地去进行祭

---

[1] 《春秋左传正义》,载《十三经注疏》,第1782页。
[2] 刘信芳:《楚辞与楚简札》,中国屈原学会第六届年会论文,1994。

祀，还需要再找什么其他证据来证明"高丘""下丘"在楚人历史和文化中的重要性呢？屈原《离骚》说：

> 朝吾将济于白水兮，登阆风而绁马。忽反顾以流涕兮，哀高丘之无女。溘吾游此春宫兮，折琼枝以继佩。及荣华之未落兮，相下女之可诒。①

显而易见的是，屈原在这里深深哀叹那"高丘"用来进行祭祀的"春宫"里，已经没有了平日传说中那位享受祭祀的神女，因此诗人只好流泪、叹息，在这空荡荡的"春宫"中匆匆游览之后就赶快去寻找那可通心曲的贤惠姑娘了。②"高丘"确为前引《左传》庄公二十八年所谓"有宗庙先君之主"处，居其所之"女"身份不辨而明。

现在说"高唐"。所谓"高唐"，当是庄严的又一祭祀场所。我认为，"高唐"不一定如闻先生那样讲成"高阳""高禖"③。那样讲虽然在语音上说得过去，但是终嫌迂曲且少了历史典籍的证据。据《太平寰宇记》卷一百四十八云：

> 阳云台高一百二十丈，南枕长江。楚宋玉赋云：游阳云之台，望高堂之观即此。④

由上述可见，"高堂"即"高唐"，与"宫""坛""台"等一样，皆古代祭祀之场所。宋玉《高唐赋》在谈到进入"高堂"之前，必须"进纯牺，祷璇室，醮诸神，礼太一"，"王将欲往见，必先斋戒，差时择

---

① 《楚辞章句》，载《四库全书》，第1062册，第10页。
② 《楚辞文心管窥——龙凤文化研究之一》，第26章。
③ 《闻一多全集》，第97—99页。
④ 《太平寰宇记》，载《四库全书》，第470册，第402页。

日"①云云，皆可见出"高堂"确为一庄严的祭祀场所。

综上所述，从"巫山"到"高丘"，又到"高唐"，我由大到小逐次检讨了整个巫山地区所笼罩着的强烈的原始宗教色彩。就神话传说角度言，恐还得从宋玉《高唐赋》《神女赋》说起，兹将《高唐赋》所言照录如下：

> 昔者楚襄王与宋玉游于云梦之台。望高唐之观，其上独有云气，崪兮直上，忽兮改容，须臾之间，变化无穷。王问玉曰："此何气也？"玉对曰："所谓朝云者也。"王曰："何谓朝云？"玉曰："昔者先王尝游高唐，怠而昼寝，梦见一妇人曰：'妾，巫山之女也。为高唐之客。闻君游高唐，愿荐枕席。'王因幸之。去而辞曰：'妾在巫山之阳，高丘之阻，旦为朝云，暮为行雨。朝朝暮暮，阳台之下。'旦朝视之，如言。故为立庙，号曰朝云。"②

此处有一点必须要清楚，从地理上来讲，前举《太平寰宇记》卷一百四十八将"神女庙""高都山""楚宫""阳云台"等都置于"奉节县"条下，且明言"楚宋玉赋云，游阳云之台"，这给人一种感觉，似乎当年宋玉与楚襄王之游讲述神女故事的地方就在"阳云之台"，即在巫山。这样的看法是很有问题的。因为宋玉与《高唐赋》《神女赋》今存各本或言"云梦之台"，或言"云梦之浦"，或言"云梦之野"，都不言游"阳云之台"。《古文苑》载宋玉《小言赋》云：

> 楚襄王既登阳云之台。③

---

① 《文选》，载《四库全书》，第1329册，第327页。
② 《文选》，载《四库全书》，第1329册，第324—325页。
③ （宋）章樵：《古文苑》，载影印文渊阁《四库全书》，上海古籍出版社1987年版，第1332册，第587页。引者按：以下凡引是书，皆出此丛书，仅具此书名、丛书名、丛书册数及页码。

但并未言具体何在。唯司马相如《子虚赋》云：

> 楚王乃登阳云之台。①

刘宋裴骃《史记集解》云：

> 徐广曰，宋玉云楚王游于阳云之台。骃案：郭璞曰：在云梦之中。②

如此说来，《太平寰宇记》中所说"阳云台"或后人出于《高唐赋》中巫山神女的自我介绍"朝朝暮暮，阳台之下"，将云梦中的"阳云之台"误植于巫山，遂使《太平寰宇记》有此记载。其实"云梦"既然不在巫山，则楚王所登"阳云之台"当然也不在巫山了。又宋玉赋诸本皆言"望"高唐之观（馆），可见高堂亦并不在云梦。《高唐赋》明言"妾，巫山之女也，为高唐之客"，又言"去而辞"，可知高唐亦并不等于巫山，可能在巫山与云梦之间的某个地方，而从宋玉赋的情形看，应该更靠近巫山区域，因为就在前引那一段后，楚襄王就急切地询问自己是否也可以去游高唐，并问高唐之所在。宋玉的回答是：

> 惟高唐之大体兮，殊无类之可仪比。巫山赫其无畴兮，道互折而曾累。③

因此综上所述，巫山、高丘是一个地方；高唐是一个地方，靠近巫山；云梦、阳云之台则又是一个地方。学术界对于云梦的具体所在位置虽尚

---

① 《史记·司马相如列传》，第3014页。
② 《史记·司马相如列传》，第3014页。
③ 《文选》，载《四库全书》，第1329册，第325页。

有争议，但大体认为其范围在今湖北江陵（楚郢都）与沔阳之间，其地以靠近巫山的一端江陵计，距巫山的图上直线距离约为二百公里。如若像宋玉那样以文人之辞来描写，说楚君在云梦可以"望"高唐之观固然是可以的，但若像《太平寰宇记》那样将后人误植于巫山的"阳云之台"，误认为乃宋玉与楚襄王当年所登，说是"望高唐之观即此"，则是不可取的。若像前人所说：

> 云梦的神是楚的高禖，而云梦又有高唐观，看来高唐与高禖的关系非常密切，莫非是一回事。①

则失去了实际地望的支持和宋玉赋原文的支持，当然也是不可取的。

明白以上这点非常重要，因为正如《墨子·明鬼篇》所说：

> 燕之有祖，当齐之社稷，宋之有桑林，楚之有云梦也。②

"祖""社稷""桑林""云梦"都是先秦各诸侯国祭拜其祖先、祖神的地方，所以楚襄王要"游"云梦，此亦其职责之所在也。当然，在他之前，其父楚怀王又曾游过高唐，尽管对高唐之来历完全要靠着宋玉来解说，却并不能抹杀"高唐"对于楚民族的意义。恐怕楚怀王的游高唐并不只是把它当作一个有神话传说的名胜之地，而是追寻着"宗庙先君"而来游的吧。就其意义而言，楚怀王之游高唐，意义正应该与楚襄王之游云梦相当。总之，从实际上来讲，楚襄王时代的云梦是楚人当时祭祀祖先之所在。地处巫山区域的高唐虽早已不是楚人的政治、经济中心，但却靠着早先祭祀祖先的历史传承与诸如《高唐赋》《神女赋》这样的文学作品中所保留的一

---

① 《闻一多全集》，第97页。
② 《墨子》，载《二十二子》，第249页。

些神话传说将它与当时的楚人与今天的华夏民族联系起来了吧。

因此，虽然巫山地区彼时已非楚人政治、经济中心，但这一区域仍充满着强烈的宗教色彩，但凡充满着这种原始宗教色彩的地方，也就一定有精彩的神话传说。因为，神话传说往往就是对原始宗教的诠释。

本章所欲论述的神话中的这位主角——高唐神女，或换一个更准确、通俗、美妙的名字——巫山神女是时候该出场了。

第二节　帝女　枕席　母羊　瑶草

其实在上一节讨论"云梦"时，我们已与这位神女见过面了。或许她给人的印象，确实是一个有些不洁的，自荐枕席于楚王的"奔女"。虽然后来在宋玉的《神女赋》中她再现于楚顷襄王梦中时，曾经拒绝了襄王的亲近，但这种拒绝在神话学上，却未必有什么深远的含意，那只不过是诗人讽刺襄王的微婉之笔罢了。所以我们得承认，她确实有些"奔女"的嫌疑。

但是我却要问：这位巫山神女到底为什么总有这种"愿荐枕席"的行为呢？

对于这个问题，前人已通过"高唐"与"高禖"之间的关系，作了回答。虽然我并不完全同意高唐与高禖关系的具体结论，但是神女"自荐枕席"的行为确是从祀高禖的宗教祭祀中衍化出来的。原始社会和稍晚些时候的宗教仪式中，包含着大量暗示男女两性关系的环节，巫山神女的"愿荐枕席"不过仅其中一例。兹略举几例以明之。

《诗·邶风·简兮》毛传云：

祭祀当万舞。[①]

[①] 《毛诗正义》，载《十三经注疏》，第308页。

何谓"万舞"?《左传》庄公二十八年(公元前666年)载:

> 楚令尹子文欲蛊文夫人,(文王夫人息妫也。子元,文王弟)。为馆于其宫侧而振万焉。夫人闻之泣曰:"先君以是舞也习戎备也。今令尹不寻诸仇雠而于未亡人之侧,不亦异乎?"

晋杜预解释说:"蛊,惑以淫事。"又说:"万,舞也。"[①]此处明明白白道出了宗教祭祀中乃有舞蹈涉及"淫事",足以蛊惑妇女。

又更在之前,《春秋》庄公二十三年(公元前671年):

> 夏,公如齐观社。[②]

"社"乃宗庙之所在,亦为民族祭祀之大典,鲁庄公"如齐"观之,亦如现代国家正常的外交活动。但是《左传》对经文竟视而不见,不予记载,可见《左传》作者对经文中相关内容采取了回避态度。《公羊传》于此说:

> 何以书?讥!何讥尔?诸侯越竟观社,非礼也。

汉何休注云:

> 观社者,观祭社。讳淫,言观社者,与亲纳币同义。

唐徐彦疏云:

---

① 《春秋左传正义》,载《十三经注疏》,第1781页。
② 《春秋左传正义》,载《十三经注疏》,第1778页。

> 谓实以淫泆大恶不可言，因其有事于观社，故以观社讥耳。①

此处所谓"亲纳币"见于《春秋》庄公二十二年（公元前671年），是说鲁庄公亲自到齐国送聘礼。对这一行为的无礼，后世注家有不同看法，一则认为未婚，男方送礼不应直接登门，而应委派使者送达；一则认为其时鲁庄公尚在母丧中，不应急于此事。上引《公羊传》汉、唐注家显然是持前说的。而《榖梁传》的看法呢：

> 常事曰视，非常曰观。观，无事之辞也。以是为尸女也。

晋范宁注：

> 尸，主也。主为女，往尔，以观社为辞。②

这下可以明白了，原来鲁庄公越过国境的"观社"，并非去从事什么重大的外交活动，而是为了去参观齐国的国家大祭，且瞩目的中心乃在于那位在祭礼中装扮代替被祭祀对象的女性，通常而论，就是那位巫女。在春秋时代，华夏诸族虽早已进入文明社会，这种情况却仍旧到处搬演着。《诗·召南·采蘋》有云：

> 于以采蘋，南涧之滨。于以采藻，于彼行潦……于以奠之，宗室牖下。谁其尸之，有齐季女。③

---

① （汉）何休注，（唐）徐彦疏：《春秋公羊传注疏》，载清阮元校刻《十三经注疏》，中华书局1980年版，第2237页。
② （晋）范宁注，（唐）杨士勋疏：《春秋榖梁传注疏》，载清阮元校刻《十三经注疏》，中华书局1980年版，第2386页。
③ 《毛诗正义》，载《十三经注疏》，第286页。

即为明证。

但是我不禁还要追问，倘若仅仅是为了作为某种祭祀活动的旁观者，何至于《公羊传》《穀梁传》会攻讦得如此猛烈呢？那其中恐亦不免"高唐""云梦"之事罢！无怪乎《墨子·明鬼》说：

> 燕之有祖，当齐之社稷，宋之有桑林，楚之有云梦也。此男女之所属而观之也。①

由此我们看到了在已进入文明的时代、文明的国度里，年复一年的国家级的祭祀情况。不过人类毕竟在进步、开化，其中不免的"高唐""云梦"之事，有时候，或竟转化为另一种隐讳的形式表现出来。《礼记·月令》记仲春之月说：

> 是月也，玄鸟至。至之日，以大牢祠于高禖。天子亲往，后妃帅九嫔御。乃礼天子所御，带以弓韣，授以弓矢于高禖之前。

对于在祭祀高禖时所上演的这一节目，东汉郑玄解释说：

> 天子所御，谓今有娠者。于祠，大祝酌酒，饮于高禖之庭，以神惠显之也。带以弓韣，授以弓矢，求男之祥也。②

其实从本质上看，这一仪式就是原来姜嫄履巨人迹，简狄吞燕卵之类故事披着文明外衣的重演。只不过在姜嫄、简狄的故事中，神是通过自身的某种行为如踩下脚印、扔下鸟卵之类来表现自己的存在；而上述例子

---

① 《墨子》，载《二十二子》，第249页。
② （汉）郑玄注、（唐）孔颖达等：《礼记正义》，载清阮元校刻《十三经注疏》，中华书局1980年版，第1361页。

中，神却是躲在"太祝酹酒"之类的行为背后，从而肯定了那怀孕者肚子中的子息所具有的纯正血统和神的后裔的资格。这难道不就是"高唐""云梦"之类抽象化和仪式化的表演吗？

应该指出的是，所有上述这些涉及"高唐""云梦"之类的事情，当然不能以我们今日所谓"羞耻心"以衡之。他们的表演具有非常强烈的功利性，那就是祈祷民族的人丁兴旺和国家的五谷丰登。

这样的情况并非仅存于华夏神话中，英国学者弗雷泽曾经这样写道：

> 人们常常在同一时间内用同一行动把植物再生的戏剧表演同真实的或戏剧性的两性交媾结合在一起，以便促进农产品的多产，动物和人类的繁衍。对他们来说，生命和繁殖的原则，不论就动物而言还是就植物而言，都只是一个不可分割的原则。[1]
>
> 由于闪族人把大自然的生产活力人格化为男性和女性——一位巴尔和一位巴拉斯，他们也就自然而然地将男性生殖力特别和水等同起来，而将女性生殖力特别与大地等同起来。按照这种观点，植物和树木，动物和人都是巴尔和巴拉斯的后代。这样看来，如果拜布勒斯和其他地方的闪族王被恩准，或者干脆说需要装扮为男神并同女神婚配的话，那么这一风俗的动机也无非是要依照交感巫术的原则来确保土地的繁殖力和人口、畜群的兴旺。有理由认为，出于类似动机的同样风俗在古代世界的其他地区也一样可以找到。[2]

是的，在西亚的这样一种风俗在华夏民族中也不难找到。正因为它是整个民族生息繁衍的需要，因此这种风俗的遗留是从上到下的。前

---

[1] 叶舒宪选编：《神话——原型批评》，陕西师范大学出版社1987年版，第50页。引者按：以下凡引是书，皆出此本，仅具此书名及页码。
[2] 《神话——原型批评》，第59页。

面我曾引用过楚令尹子文用"万舞"来企图蛊惑其嫂的材料,但是千万不要将其理解为旁门左道的下流音乐舞蹈。按毛传的说法,《诗·鲁颂·閟宫》写的是"先妣姜嫄之庙"中的活动。其诗云:

> 万舞洋洋,孝孙有庆。俾尔炽而昌,俾尔寿而昌。①

此正活脱脱地写出了包括"万舞"在内的祭祀活动所欲达到的使后代繁荣昌盛的目的。

前面我也曾引用过《礼记·月令》所描写的发生于三月,国家祀典中君王、妃嫔们上演的"节目"。现在我们再来看看《周礼·地官·媒氏》所载:

> 中春之月,令会男女。于是时也奔者不禁。若无故不用令者,罚之。②

东汉高诱在注《吕氏春秋·仲春纪》时谈到了这一国家发布的命令:

> 《周礼·媒氏》以仲春之月合男女。于是时也,奔则不禁。因祭其神与郊,谓之郊禖。郊,音与高相近,故或言高禖。王者后妃以玄鸟至日祈继嗣与高禖。③

他是把前引《礼记·月令》那一段和《周礼·地官·媒氏》这一段联系

---

① 《毛诗正义》,载《十三经注疏》,第615页。
② (汉)郑玄注,(唐)贾公彦疏:《周礼注疏》,载清阮元校刻《十三经注疏》,中华书局1980年版,第733页。引者按:以下凡引是书,皆出此丛书,仅具此书名、丛书名及页码。
③ (宋)吕大圭:《吕氏春秋》,载上海古籍出版社缩印浙江书局汇刻本《二十二子》,上海古籍出版社1986年版,第632页。

在一起来讨论的。这一联系十分重要，立即使我们明白了，皇家之祭祀于高禖固然是为了"祈继嗣"，而普通百姓的"奔者不禁"，甚至"无故不用令者"还要"罚之"，也正是为整个民族"继嗣"吗。

《周礼·地官·媒氏》还记载了这"中春之月"，"媒氏"所须担任的另一种工作：

> 凡男女之阴讼，听之于胜国之社。①

什么是"男女之阴讼"呢？根据汉郑玄引《诗·鄘风·墙有茨》解释，乃指男女间"不可道"的丑事所引发的官司。这种"丑事"当然不是指一般男女间不正当的私情。是诗小序说是：

> 《墙有茨》，卫人刺其上也。公子顽通乎君母，国人疾也，而不可道也。②

显然，"阴讼"是指亲属之间被法律、习俗所禁止的"枕席"关系。媒氏处理这类"丑事"的处所当在"胜国之社"。

那么何谓"胜国之社"呢？按汉郑玄的注和唐贾公彦的疏，那就是战胜敌国后，从敌国搬迁来并予以保留的被灭亡国家宗族的宗庙。同样是"高唐""云梦""枕席"之事，有利于人丁兴旺者，就在自己的宗庙和祭祀中去表演；而必定败坏血统，不利优生者，就拿到昔日敌族的宗庙中去审判，二者所为，其功能效果看似有别，但其心理动机和出发点却是一致的，总之欲达到的是本民族的兴旺，敌宗族的败亡。由此，让我们再度看到了远古遗留下来的模拟巫术的精彩上演。

---

① 《周礼注疏》，载《十三经注疏》，第733页。
② 《毛诗正义》，载《十三经注疏》，第313页。

现在回头来看巫山神女的所作所为，我深信，宋玉笔下所写，绝非纯粹文人杜撰，更非文人无聊透顶的宫廷生活反映。从神话和原始宗教的角度来说，乃是有其原型与神话传说为其根据的。

而且，更需要注意到的是，在宋玉的时代，虽有文学作品，却没有作家自觉的文学创作。就是说，屈原也好，宋玉也罢，虽然他们都精心撰写了自己的作品，但却并未认为自己是在从事文学创作，因此他们的作品在涉及古代神话传说与神话原型时，虽也不免润色裁割，却总是能保持着比较浓厚的神话意蕴。这就是流传千古的巫山神女故事得以保留下来的重要原因。

讨论至此，或者有人会问：既如上所说，那么巫山神女"愿荐枕席"的行为是不是也有期望民族兴旺、繁衍的含意呢？

前已说过，宋玉所作乃有其原型根据，但并非等于原型本身。原型本身所衍化的故事有时候可能汇入民族文化浩瀚的大海中被淡化了，有时候被嫁接异化了，但有时候却也被史家、子家、小说家无意间保留下来了。《渚宫旧事》卷三引《襄阳耆旧传》中关于巫山神女的故事就是一例：

> 襄王与宋玉游于云梦之台，望朝云之馆，其上有云气，变化无穷。王曰："何气也？"玉曰："昔者先王尝游高唐，怠而昼寝，梦见一妇人，暧乎若云，皎乎若星，将行未止，如浮忽停。详而观之，西施之形。"王悦而问之。曰："我夏帝之季女也，名曰瑶姬。未行而亡，封乎巫山之台。精魂为草，摘而为芝。媚而服焉，则与梦期。所谓巫山之女也。为高唐之客。闻君游高唐，愿荐枕席。"王因幸之。既而言之曰："妾处之羭，尚莫可言之。今遇君之灵，幸妾之搴，将抚君苗裔藩乎江、汉之间。"王谢之。辞去，曰："妾在巫山之阳，高丘之岨。旦为朝云，暮为行雨。朝朝暮暮，阳台之下。"王朝视之，如言。乃为立馆，号曰朝云。王曰："愿子赋之，

以为楚志。"①

这一大段奇闻实在有惠于我们很多,待以下慢慢讨论。首先应注意到的是"将抚君苗裔藩乎江、汉之间"一句。这不就是前面举的那些"枕席"之事的功能的又一证明吗?因此不难理解,为什么楚襄王在听了宋玉讲的这个故事后,要求他写下一篇赋,作为楚国历史的记载。

我既已通过上述讨论指明了巫山神女"愿荐枕席"的背后所包含着的神话原型,那么还得要问:眷顾、爱护着楚民族的这位女神到底是谁呢?前人已经说他就是高阳,但我仍然觉得,说帝颛顼高阳是楚人的先祖,那是有依据的,因为屈原在《离骚》一开始就说自己是"帝高阳之苗裔",表明了帝颛顼高阳与自己的血统关系,而屈原本身又是楚国王室贵胄,因而《离骚》开篇这一句实际上也就点明了高阳与楚王室即先楚民族的血缘关系。但是若说高阳就是高唐,也就是这位神女,却又缺乏足够的佐证了。

其实不必远求,上面所引《襄阳耆旧传》那篇材料不是已经明明白白说了"我夏帝之季女也",这岂能被忽略过去?

当然,首先应该从文献上说清楚《襄阳耆旧传》那篇材料。从内容上看,这段材料应当即来自宋玉《高唐赋》。前人曾以包括这一段在内的其他几段材料一起,与《文选》卷十九所载《高唐赋》相较,认为《文选》卷十九所载已经萧统删节。此说恐无据。其实萧统之时,宋玉作品之流传已有异本,因此后来李善注《文选》,即随原文而引各本。如《文选》卷三十一有江淹《杂体诗》三十首,其中《拟潘岳悼亡诗》云:"尔无帝女灵。"李善注:

---

① (唐)余知古:《渚宫旧事》,载影印文渊阁《四库全书》,上海古籍出版社1987年版,第407册,第581页。

294

第十章 神女论

  《宋玉集》云……昔先王游于高唐,怠而昼寝,梦见一妇人。自云:我,帝之季子,名曰瑶姬,未行而亡,葬于巫山之台……①

《文选》卷十六又有江淹《别赋》云:"惜瑶草之徒芳。"李善注:

  宋玉《高唐赋》曰:我,帝之季女,名曰瑶姬,未行而亡,封于巫山之台。精魂为草,寔曰灵芝。②

显而易见,这些异文都是极其重要且有价值的,都证实了前引《襄阳耆归传》那一段文字确实就是出自宋玉的《高唐赋》。但是这却并不是萧统选文有删节,也不是李善注例有省略,正如李善在注嵇康《琴赋》时所说:

  然《集》所载,与《文选》不同,各随所用而引之。③

因此《襄阳耆旧传》中"我夏帝之季女也"一句绝非空穴来风。

  那么这位"夏帝"是谁呢?恐怕就是大名鼎鼎的夏禹。

  禹之治水巫峡(峡以山名),曾受到过这位后来被仙化为"云华夫人"的女神的眷顾帮助,我已在第四章第三节介绍过。则就在前面讨论巫山一节时所提到的《山海经·大荒南经》尚有这样的记载:

  大荒之中,有山名朽涂之山,青水穷焉。有云雨之山,有木名曰栾。禹攻云雨。有赤石焉,生栾,黄本,赤枝,青叶。群帝焉取药。④

---

① 《文选》,载《四库全书》,第1329册,第553页。
② 《文选》,载《四库全书》,第1329册,第286页。
③ 《文选》,载《四库全书》,第1329册,第316页。
④ 《山海经》,载《二十二子》,第1382页。

学术界久已有人疑"云雨之山"即我前面提到的巫山①。联系到"云雨之山"与巫山本同在一经，又女神尝自称"旦为朝云，暮为行雨"，又与巫山皆有天帝之药这些情形看，"云雨之山"当即巫山。"攻云雨"或即止云遏雨之意，当为禹治水之一法。因此禹与巫山神女竟会合于巫山，巫山神女又自称"夏帝之季女"，当不是一种偶然。

还特别值得注意的是，上引《渚宫旧事》载《襄阳耆旧传》中巫山神女对楚王所说"妾处之羭，尚莫可言之。今遇君之灵，幸妾之骞"云云。先说前一句。"羭"，《说文解字·羊部》："夏羊牝曰羭。"据《说文解字》段注，各本皆误"牝"为"牡"，段氏乃引唐颜师古注《急就篇》正之。②其实此处巫山神女以母羊自喻，不就是佳证吗？那么奇怪的是：何以巫山神女会以母羊而自喻呢？这要从巫山神女与禹之间的关系（虽然到底是何种关系尚待深究）去考察。按照众多古籍所记载，夏禹不正是从羌氏族地出生的吗？过去已有不少学者认为夏禹就是羌人，此说虽未得最后结论，但夏禹之生于羌地，确实传说甚多（详下第十一章第二节）。果如此，则夏禹不也就是夏羊吗？且《史记·夏本纪》说：

禹之父曰鲧。鲧之父曰帝颛顼。③

而《史记·楚世家》则说：

楚之先祖出自帝颛顼高阳……高阳生称，称生卷章，卷章生重黎……（帝）诛重黎，而以其弟吴回为重黎后……吴回生陆终，陆

---

① .《山海经校注》，第376—377页。
② （清）段玉裁：《说文解字段注》，成都古籍书店影印，第153页。引者按：以下凡引是书，皆出此本，仅具此书名及页码。
③ 《史记》，第49页。

> 终生子六人……六曰季连，芈姓，楚其后也。①

从字而言，"羊""芈""羌"皆属《羊部》。《说文解字·羊部》云：

> 芈，羊鸣也。②

又云：

> 羌，西戎牧羊人也。③

以甲、金文观之，许说皆不误。④那么巫山神女自称夏帝之女，以"瑶"自称，就是很自然的了。

顺便指出，郭璞注《尔雅·释兽》时说：

> 白者吴羊，黑者夏羊。⑤

但是"吴""夏"并无训白、黑例。因此我怀疑这里的"吴""夏"皆以地或国、族名。如若是，则"瑶"即夏族之母羊。是耶，非耶？姑置此以待识者。但要而言之，神女以夏帝季女和母羊自居并非偶然则无可怀疑了。

现在且再来看看后一句"幸妾之挛"。从语法上来讲，这是一句宾

---

① 《史记》，第1689—1690页。
② 《说文解字》，载《四库全书》，第223册，第141页。
③ 《说文解字》，载《四库全书》，第223册，第142页。
④ 引者按：依任乃强先生说，"楚国芈姓，其字为羌之变体，而读音如米，与羌氏语呼人为米同音。盖羌族语犹存之证"。余不识羌语，姑录此待识者。参其《华阳国志校补图注》，第222页。
⑤ 《说文解字段注》，第153页。

语前置的句子，其意当为"幸搴妾"。"搴"，采摘之义。何以会将楚王对自己的亲幸称为"搴"呢？这就是前引《襄阳耆旧传》中神女称自己"精魂为草，摘而为芝"的结果。屈原《九歌·湘君》亦咏湘水之女神中有句曰：

> 采薜荔兮水中，搴芙蓉兮木末。①

正以"采""搴"二词互文为义（至于是句训解则与本著无关，姑勿论）。
女神化草、化芝的传说不止一起，《山海经·中山经》云：

> 又东二百里曰姑媱之山。帝女死焉，其名曰女尸，化为瑶草。其叶胥成，其华黄，其实如菟丘，服之媚于人。②

又晋干宝《搜神记》卷十四云：

> 舌埋山，帝之女死，化为怪草，其叶郁茂，其实如兔丝。故服怪草者，恒媚于人焉。③

此外尚有晋张华《博物志》等讲述这个故事，那么这个故事的含义到底是什么呢？从事物起源的角度看，这个故事讲述的是瑶草——灵芝的起源。但是从神话中所包含着的民族源流发展的角度言，这个故事中当也包含有使民族兴旺发达的内容。

---

① 《楚辞章句》，载《四库全书》，第1062册，第18页。
② 《山海经》，载《二十二子》，第1361页。
③ （晋）干宝：《搜神记》，载影印文渊阁《四库全书》，上海古籍出版社1987年版，第1042册，第434页。引者按：以下凡引是书，皆出此丛书，仅具此书名、丛书名、丛书册数及页码。

郭璞注前引《山海经》"服之媚于人"一句说：

> 为人所爱也，传曰人服媚之如是.一名荒夫草。①

"媚于人"乃为人所爱，"荒夫"则为使男人沉溺迷惑。所言角度不同，但实质则一。是此草具有一种沟通两性的特殊功能。当然从故事本身的发展线索来讲，帝女"未行而亡"，作为青春的生命，渴望爱情生活亦是常理，故得"媚于人"，使"夫荒"。但是如若从使民族兴旺发达的角度来看，从前面已讨论过的神女"愿荐枕席"中所表露的深层含义来看，应该说，瑶草（菟丝）沟通两性的特别功能，或灵芝使人长寿的功能，其实就是神女"抚君苗裔藩乎江汉之间"的另一种表述。

从另一角度来看，这里的女神，名曰"瑶姬"，草称"瑶草"，山为"姑媱"，恐怕都来自美玉之名的"瑶"。这不禁使我想起屈原《九歌·大司命》中"折疏麻兮瑶华，将以遗兮离居"。"瑶华"显然就是"疏麻"之花，盖因其花白而得称"瑶"。那么为什么要折洁白的麻花赠送给"离居"之人呢？已有学者指出：

> 麻之花雌雄异株，雌株曰苴麻（亦名苎麻。苎与苴音近）。《尔雅·释草》云："苎，麻母。"郭璞注云："苴麻盛子者。"②

在这里，我们看到了，"瑶花"正有与"瑶草"相同的性质和功能。因此屈原取此以表达男女欲互通心曲之意。当然，这是表层上的文学意义，如若从深层次上分析，则"折疏麻兮瑶华，将以遗兮离居"，差不多就略相当于"遇君之灵，幸妾之蹇"，只不过前者表示的是一种期望，而

---

① 《山海经》，载《二十二子》，第1361—1362页。
② 李大明：《九歌论笺》，四川大学出版社1992年版，第97页。引者按："麻母"盖古人之说，今人以为苎麻乃雌雄同株。但析古诗例当用古说是。

后者表示的是一种结局而已。虽然屈原始终并未达此深层之意，但是我们且看屈骚中那些相类的句子：

《九歌·湘夫人》：

搴汀州兮杜若，将以遗兮远者。①

《九歌·湘君》：

采芳洲兮杜若，将以遗兮下女。②

《九歌·山鬼》：

折芳馨兮遗所思。③

《离骚》：

溘吾游此春宫兮，折琼枝以继佩，及荣华之未落兮，相下女之可诒。

《九章·思美人》：

揽大薄之芳茞兮，搴长洲之宿莽，惜吾不及古人兮，吾谁与玩此芳草。④

---

① 《楚辞章句》，载《四库全书》，第1062册，第20页。
② 《楚辞章句》，载《四库全书》，第1062册，第19页。
③ 《楚辞章句》，载《四库全书》，第1062册，第23页。
④ 《楚辞章句》，载《四库全书》，第1062册，第42页。

第十章　神女论

《远游》：

> 谁可与玩斯遗芳兮，晨向风而舒情，高阳邈以远兮，余将焉所程。①

诸如此类，可谓不乏其例。其中或花或草，或男或女，纷挐似不可究诘，但倘了解到这些句子背后原本包含着的神话原型，当自不难理解这些句子其实都包含着屈原盼望与楚王心有灵犀一点通，君臣际会，有一番作为使楚国强大的迫切心情。当然，上述"杜若""芳馨""琼枝""芳茝"等未必都具备"瑶草""苴麻"那样的助生殖的功能或"灵芝"那样令人延年益寿的效果。但是试想：如果在楚地不曾流行过巫山神女的种种神话，屈原诗歌中会为表达同一个主题而反复使用"献花"这种在华夏文化中绝无仅有的艺术意象吗？尽管诗人自己也不一定能够对这种艺术意象追根溯源。

因此可以说，屈原的诗歌也证实了由宋玉直接讲出来的巫山神女的故事，乃早就在楚地流传。而这个故事的核心就是：有一位夏族的女神居住在巫山，她总是十分照顾楚国人民，希望楚民族繁荣昌盛。当然，我们已了解到前面所举的《史记·夏本纪》《史记·楚世家》中所透露的夏、楚之间的关系，已了解到虽鲧至少春秋时就已被列为"四凶"之一，但在屈原诗歌中却对其充满同情，已了解到近代遍及巴、蜀的"禹王宫"却往往由楚人在祭祀，为楚人之会馆。所以我们将不会对上述所论感到奇怪，因为这位巫山神女就是夏民族，也是楚人的保护神啊！

行文至此，或许必须对这一问题做出回答了：不是在讨论古蜀神话传说吗？怎么从空间上似乎皆及于楚呢？何况楚人对于其祭祀向来有严格的规矩。如《国语·楚语》云：

---

① 《楚辞章句》，载《四库全书》，第1062册，第49页。

> 屈到嗜芰，有疾，召其宗老而属之曰："祭我必以芰。"及祥，宗老将荐芰。屈建命去之。宗老曰："夫子属之。"子木曰："不然。夫子承楚国之政，其法刑在民心而藏在王府。上之可以比先王，下之可以训后世。虽微楚国，诸侯莫不誉。其《祭典》有之曰：'国君有牛享，大夫有羊馈，士有豚犬之奠，庶人有鱼炙之荐。笾豆脯醢，则上下共之。不羞珍异，不陈庶侈。'夫子不以其私欲干国之典。"遂不用。①

这段文字说的是楚国重臣屈到嘱其逝世后祭祀用"芰"，而后来其子屈建（子木）不允许，理由是《祭典》有明文规定，不能违反。由是可见，楚人对于祭祀之典，乃有《祭典》之类严格规定。又《左传》哀公六年云：

> （楚）昭王有疾。卜曰：河为祟。王弗祭。大夫请祭诸郊。王曰：三代命祀，祭不越望。江、汉、雎、章、楚之望也。祸福之至，不是过也。不谷虽不德，河非所获罪也。遂弗祭。②

这又说明了楚人的祭祀，乃有严格的空间范围。这里提到的江、汉、雎、章都是对"河"而言的，是指其流经楚境之内的部分而言，因此晋杜预注说"四水在楚界"。确实，正如本章第一节已经指出的，云梦与巫山之间，有着不小的距离，楚虽在巫山修有高唐观（馆），但从前引包山竹简祭祀情况来看，仅用一全豚，的确算不上隆重。给人的印象是，春秋至战国时楚人对巫山高都（丘）之祭，似乎不过聊以塞责而已。远古神话传说所流行的与当时祭祀所奉行的似乎形成了一热一冷鲜

---

① 《国语》，载《四库全书》，第406册，第151页。
② 《春秋左传正义》，载《十三经注疏》，第2162页。

第十章 神女论

明对照。倘不是宋玉赋讲述的神话传说，人们差不多已忘了巫山神女，更不知巫山神女和楚国的关系了。既如此，楚国的历史、文化以及君臣为何又不能将巫山彻底忘怀呢？明明讨论着古蜀神话传说的我何以又要"越望"说到这许多神女和楚之间的关系呢？

是的，这当然是必须予以回答的问题。最先是《水经注》卷三十四的一段记载引起了我的深思：

> 《山海经》曰：夏后启之臣孟涂，是司神于巴。巴人讼于孟涂之所，其衣有血者执之。是请生，居山上，在丹山西。郭景纯云丹山在丹阳，属巴，丹山西，即巫山者也。又帝女居焉。宋玉所谓天帝之季女，名曰瑶姬，未行而亡，封于巫山之阳，精魂为草，寔为灵芝。所谓巫山之女，高唐之姬，旦为行云，暮行为雨，朝朝暮暮，阳台之下。旦早视之，果如其言，故为立庙，号朝云焉。[1]

其实上述《山海经》与宋玉文在前面已具引过，这里之所以不惮其繁，乃是因为这一段郦文使我得到启发，认识到巫山神女的故事与夏后的故事在区域上原本竟是重合的，同时也与巴的故事是重合的。说巴并不仅止巴，说楚原来亦并非为楚，流传着神女故事的楚只是整个故事中的一环。它牵引出的竟是古蜀神话传说的精髓所在。

这样一来，我们竟看到巫山神女恰如一个中点，处于巴地，通过楚怀王、楚襄王一头连着楚国，又通过夏禹一头连着蜀。因此，我也就不再满足于把认识仅仅停留在巫山神女与楚地关系的认识上。联系到前面已提到的"羌""芈""鱻"等字关系的认识和第八章中关于开明帝（鳖灵）的种种讨论以及第二、三章关于李冰治水的讨论，我突然产生了一个想法：如果说巫山神女所在的巫山就是一个中点，牵连着蜀、楚

---

[1] 《水经注》，载《四库全书》，第573册，第509页。

两头，那么从岷江到长江不就是一条血缘和文化的纽带吗？千百年来，或顺流而下，或溯游而上，长江、岷江是多少文化和多少神话传说的见证啊！

于是我更不愿遵从巫山神女仅仅为楚人高禖的前说，巫山神女其实就是江神在巫山的化身。因此我将对江神作一鸟瞰式的讨论。

第三节　女神　江神　汉神　湘神

上一节专门讨论了巫山神女，由巫山神女联系到了江神，终于揭示出，何以这位自称是夏帝之女的女神虽处于巫山，但却又眷顾着楚人。原来她所眷顾的并非单独为楚。从岷江江源到洞庭湖，江源的江神、汉水的汉神、巫山神女、洞庭之神、湘水之神，沿江而下，到处都可以看到她的足迹。

这里我故意使用了单数人称的"她"，而没有说"她们"，是不是说这些女神就是一位神呢？且先不忙着下结论，而是先讨论一下她们的行事吧。

江（源）神

江源之神，已在第六章第二节讨论过了。这里首先要指出，正如巫山神女一样，她也是一位帝女。《史记·封禅书》云：

江水祠蜀。

谓对江神的祭祀在蜀。唐司马贞《索隐》云：

《风俗通》云：江出岷山。岷山庙在江都。《地理志》：江都有江水祠。盖汉初祠之于源，后祠之于委也。《广雅》云：江神，谓之奇湘。《江记》云：帝女也，卒为江神。《华阳国志》云：蜀守

第十章 神女论

李冰于彭门关立江神祠三所。《汉旧仪》云：祭四渎，用三牲，圭沉，有车马绀盖。

唐张守节《正义》云：

> 《括地志》云：江渎祠在益州成都县南八里。秦并天下，江水祠蜀。①

既然是江神，例亦能如巫山神女那样朝云暮雨地"致风雨"。清张澎《蜀典》卷二引《一统志》谓：

> 《山海经》云：神生汶川，马首龙身，禹导江，神实佐之。②

明曹学佺《蜀中广记》卷七载：

> 《山海经》云：岷山神马首龙身，祠用雄鸡瘗用黍，则风雨可致焉。③

且江神亦有"枕席"之类的事。前第三章第二节已指出，李冰治水传说中恒有一"玉女"相伴。这位"玉女"在《山海经》中又被称为"素女"。《山海经·海内经》云：

> 西南黑水之间，有都广之野，后稷葬焉。其城方三百里，盖天

---

① 《史记》，第1373页。
② 引者按：今本《山海经》无此语。
③ 引者按：今本《山海经》无此语。

305

下之中，素女所出也。①

因此，明曹学佺《蜀中广记》卷六说青城山：

山有玉女洞，亦名素女。②

而这位"素女"正与传说中的古帝王颇有些暧昧的情事。东汉王充《论衡·命义篇》云：

素女对黄帝陈五女之法，非徒伤父母之身，乃又贼男女之性。③

于是我颇怀疑这位常伴李冰左右助其治水者，或即江神。

此外尚有二例提出以就教于学界。

其一，前面第六章第二节写杜宇与朱利之结合。朱利之来源颇奇特，乃从"江源地井中出"。一些学者释"江源"为江水之源，另一些学者则认为"江源"即今成都市崇州市与双流县之间的江源镇。其实从神话学的含义而言，正如我已在第一章第一节所指出过的，水井在神话中乃含有生命之源的意义，且举了不少例证阐明这一点。那么无论是江水之源，还是从江源镇井中而出，她如任何女神一样（在华夏历史中又往往以妃、后的面目出现），都有使杜宇一族繁衍、壮大的能力，那么她是否就是江神呢？姑存以待考。

---

① 《山海经》，载《二十二子》，第1386页。引者按："其城"及以下凡十六字今本《山海经》皆以为郭璞注语。唯王逸《楚辞章句·九叹》注云"都广，野名也"，《山海经》曰"都广在西南，其城方二百里，盖天地之中"，可以据补。
② 《蜀中广记》，载《四库全书》，第591册，第84页。
③ （汉）王充：《论衡》，载影印文渊阁《四库全书》，上海古籍出版社1987年版，第862册，第20页。

第十章　神女论

其二，闻一多先生在论及巫山神女助夏禹治水时，曾注意到前蜀杜光庭《墉城集仙录》中将巫山神女故事"仙化"的记载中有这样一段话：

> 宋玉作《神女赋》以寄情，荒淫秽芜。高真上仙，岂可诬而降之也？有祠在山下，世谓之大仙，隔岸有神女之石，即所化也。复有石天尊神女坛，侧有竹，垂之若彗。有槁叶飞物著坛上者，竹则因风扫之，终莹洁不为所汙。楚人世祀焉。①

因此，闻先生论说：

> 《隋书·礼仪志》称梁太庙有石，"文如竹叶，"据陆澄说是孝武时郊禖之石。这里说"石天尊神女坛侧有竹垂之若彗"，与《隋志》所载颇有相似之处，大概石天尊之石亦即郊禖之石②。

虽然此处闻先生说"石天尊之石亦即郊禖之石"，乃"大概"之词，并不能肯定"石天尊之石"即郊禖之石，但与此相类，我却注意到文献中与江神相联系的"若彗"一类的植物。《山海经·海外南经》有载：

> 三珠树在厌火北，生赤水上。其树如柏，叶皆为珠，一曰其为树若彗。③

显然此处"若彗"之树，正因其珠在树上若彗。清郝懿行敏锐地指出：

---

① 引者按：此语亦见明曹学佺《蜀中广记》卷七十五引《集仙传》，语句有小异。
② 《闻一多全集》，第115页。
③ 《山海经》，载《二十二子》，第1369页。引者按："三珠"本作"三株"，从清郝懿行校改。郝懿行此校极重要！

307

《庄子·天地篇》云：黄帝游乎赤水之被，遗其玄珠。①

将黄帝遗失的"玄珠"与"若葽"的"三珠树"联系了起来，而在神话中黄帝所遗失的"玄珠"乃为江神所窃。宋张唐英《蜀梼杌》卷上引《古史》云：

震蒙氏之女窃黄帝玄珠，沉江而死，化为此神，即今之江渎庙。②

不知此"玄珠"是否也具备郊（高）禖石头那样的功能，倘若是，则此江神具备繁衍民族之能力亦可得证明了。

从上述情形看，江（源）神为帝女，可致风雨，尝佐禹导江，助李冰治水，有"枕席"之事和高禖能力的可能，乃与巫山神女有诸多一致处。

汉神

《诗·周南·汉广》首章云：

南有乔木，不可休息。汉有游女，不可求思。汉之广矣，不可泳思。江之永矣，不可方思。③

过去旧传、笺都一律将这首诗讲为道德教化的典范，将"不可"一律讲成"不准""不该"一类的意思。其实平心静气而论，这首诗不过是表达了对汉上"游女"欣羡、渴望但无法求得的思慕之心。大约与《秦风·蒹葭》同调：

---

① 《山海经校注》，第192页。
② 《蜀梼杌》，载《四库全书》，第464册，第227页。
③ 《毛诗正义》，载《十三经注疏》，第281—282页。

> 所谓伊人，在水一方，溯洄从之，道阻且长，溯游从之，宛在水中央。①

那么这位游女到底是什么人呢？

《文选》卷十八载嵇康《琴赋》云：

> 游女飘焉而来萃。

李善注云：

> 《韩诗》曰：汉有游女，不可求思。薛君曰：游女，汉神也。言汉神时见，不可求而得之。《列女传》曰：游女，汉水神。郑大夫交甫于汉皋见之，聘之橘柚。②

江、汉之间的关系不用说，自是十分密切，从古至今，人们都习惯连称之。既然岷江之神得称江神，那么作为江之又一支流——汉水，汉水之神也得称江神。因此，我们在这里又看到了一位江神。她与郑大夫交甫之间的交往到底是什么性质，虽然暂时还不清楚，但"聘"乃是以礼物相赠，互致爱慕之意的意思，却是众所周知的。且再来看看《文选》卷十二郭璞《江赋》：

> 冰夷倚浪以傲睨，江妃含颦而矉眇。

这里以"冰夷""江妃"相对提出，"冰夷"为河伯自不待言，那么"江

---

① 《毛诗正义》，载《十三经注疏》，第372页。
② 《文选》，载《四库全书》，第1329册，第318页。

妃"当然就是江神了。因此李善注云：

《列仙传》曰：江斐二女出游江滨，郑交甫所挑者。①

江神乃由一变为了二。且既言"妃"，则可理解为某帝王之配偶。所谓"挑"，当是指郑交甫向江神表示男女间的爱悦之情了。那么细节如何呢？《江赋》说是：

感交甫之丧珮，愍神使之婴罗。②

何谓"丧珮"？李善注引《韩诗内传》云：

郑交甫遵彼汉皋台下，遇二女。与言曰：愿请子之珮。二女与交甫，交甫受而怀之，超然而去。十步循探之，即亡矣。回顾二女，亦即亡矣。③

原来江神与郑交甫开了个小玩笑，把自己的玉珮赠送给了他，最后却又收了回去。这里需要注意到"汉皋之台"。前面已说过了，凡古籍中的"台""坛""堂"之类，其初即为具备祭祀功能之场所。且但凡有女神所在的这类场所，都难免"枕席"之事。此处郑交甫虽"挑"之而未得，但是江神在这一问题上的挥洒自如却可以略窥一二。而且这一故事在当时流传颇广，从人们有时并不严肃的文学性描写中，可以感到，郑交甫的态度抑或代表了当时人们从神话中所建立起来的对江神的印象和态度。《文选》卷四有西晋左思《蜀都赋》一篇写到过这一故事：

① 《文选》，载《四库全书》，第1329册，第218页。
② 《文选》，载《四库全书》，第1329册，第220页。
③ 《文选》，载《四库全书》，第1329册，第220页。

> 娉江斐，与神游。

刘渊林注曰：

> 江斐二女游于江滨，逢郑交甫挑之，不知其神女也。遂解珮与之。交甫说，受珮而去。数十步空怀无珮，女亦不见。①

对照前引李善注，可以看出，"不知其神女也"不过是刘渊林为郑交甫的唐突轻佻所作的一种注脚和解释。其实他不解释倒不打紧，他一解释，反而使我注意到了这一则故事中的那种全然不顾礼仪的轻佻气氛。不过刘渊林有个小小的疏忽，他只顾着去为郑交甫做解释，却忘了为左思回护，其实左思对江神的态度，那非分（或应该说是合情、合神话背景）的念头，较之郑交甫，似乎就走得更远。因为"娉"已是订婚、嫁娶一类的意思，而非"聘"所表示的以物相赠之类了。

以上当然还不是我们所得知的这个神话的全部。《文选》卷四有东汉张衡《南都赋》一篇有句云：

> 耕父扬光于清泠之渊，游女弄珠于汉皋之曲。②

"耕父"乃载于《山海经·中山经》中之旱神，正宜与江神相提而并论，李善注云：

> 《韩诗外传》曰：郑交甫将南适楚，遵彼汉皋台下，乃遇二女，佩两珠，大如荆鸡之卵。③

---

① 《文选》，载《四库全书》，第1329册，第80页。
② 《文选》，载《四库全书》，第1329册，第65页。
③ 《文选》，载《四库全书》，第1329册，第65页。

此处所引，似乎恰好可以与李善前引《韩诗内传》参合而观之，整个事情的过程就更清楚了。但是，我所注目的不仅是这个故事各个环节能否前后紧密衔接，而更关心郑交甫所请之"珮"的形状——原来那竟是两颗"大如荆鸡之卵"的玉珠。这里当然不便根据它的形状凭空虚构什么，但是至少有两点引起了我的注意：第一点是，江（源）神曾窃过黄帝的玄珠，因而沉江而死成为江神，换句话说，由帝女至江神，获得了新生。而现在，在被称为江妃的汉神这里，我们又看见了这两颗神奇的珠子，郑交甫想要得到它，江神开了个玩笑，珠子从郑交甫怀中消失了，江神也随之消失了。那么珠子与神之间的关系与江（源）神和汉神之间的关系，不是太相似了吗？第二点是，另一对有名的女神简狄姊妹也曾得到过二枚燕（凤凰）卵。《吕氏春秋·音初篇》记这一故事说：

> 有娀氏有二佚女，为之九成台，饮食必以鼓。帝令燕往视之，鸣若谥隘。二女爱而争搏之，覆以玉筐。少选，发而视之，燕遗二卵，北飞遂不反。①

当然，据说后来是简狄吞了这卵，从而孕生了商人的始祖，其实就是繁衍了整个商民族。江妃的情形与上述颇为相似：二者皆有卵（珠），不过一是真卵，一是"大如荆鸡之卵"的珠；二者的卵（珠）都是两枚；二者都处在宗教祭祀场所——台，不过一在上，一在下；简狄姊妹被称为高辛的"次妃"（《史记·殷本纪》），二位汉神被称为"江妃"。

总之，相似点是明显的。做这样的对比，当然不是想说江神就是简狄的姊妹（至少目前还不打算这样说）。只是想借这种对比，指出资料较少的汉神所具备的某些特点。回顾以上讨论，这些特点归纳起来就是：她（们）是江神，是某一位不知姓名的帝王的配偶，她（们）在两

---

① 《吕氏春秋》，载《二十二子》，第646页。

性关系上持比较随意的态度,她(们)有似卵的珠且佩戴着它(们)出现在宗教祭祀场所,这珠似乎有着使人获得新生命的功能,因而亦可能具备某种繁衍民族后代的功能。

湘神

这里所论之湘神,似已超出古蜀范围了,但是循江神所经足迹,不得不稍涉及。

《山海经·中山经》云:

> 又东南一百二十里曰洞庭之山……帝之二女居之。是常游于江渊,澧沅之风,潇湘之渊。是在九江之间,出入必以飘风暴雨。是多怪神,状如人而载蛇,左右手操蛇。多怪鸟。

郭璞注云:

> 天帝之二女,而处江为神也。①

这里已经指出了这二位江神与上一节所言处于汉水的二位江神的类同之处。而"出入必以飘风暴雨"则又指出此二神能如巫山神女朝云暮雨。且在传说中,这二位女神既为帝女,又为帝妃。《水经注》卷三十八云:

> 湘水又北径黄陵亭西,又合黄陵水口,其水上承太湖,湖水西流,径二妃庙南,世谓之黄陵庙也。言大舜之陟方也,二妃从征,溺于湘江,神游洞庭之渊,出入潇湘之浦。

---

① 《山海经》,载《二十二子》,第1368页。

令人感到奇怪的是这里竟出现了"黄陵庙"这一名称的庙宇，且成为"二妃庙"。这使我想起第四章第三节中曾引据过的托名诸葛亮的那篇文章，那文章的题目就叫《黄陵庙记》。文章说：

> 惜乎庙貌废去，使人太息。神有助禹开江，不事凿斧，顺济舟航，当庙食兹土。仆复而兴之，再建其庙貌，目之曰黄牛庙。①

从中可以推测，这庙初名为"黄陵庙"是因为神助禹治水有功而得建，可惜后来废弃了。"诸葛亮"乃又恢复了其庙貌，且依据自己亲目所见石壁上的黄牛印记等而更名为"黄牛庙"。不管这篇文章是谁写的，但文章所叙之事却是有的。那么湘水神所在的此"黄陵庙"与长江岸的彼"黄陵庙（黄牛庙）"是一种命名上的巧合，还是其间有必然的文化内因联系呢？

令人奇怪的尚不止此，《文选》卷十二所载郭璞《江赋》云：

> 奇相得道而宅神，乃协灵爽于湘娥。②

李善注云：

> 《广雅》曰：江神谓之奇相……王逸楚辞注曰：尧二女坠湘水之中，因为湘夫人。③

五臣注云：

---

① 《广博物志》，载《四库全书》，第980册，第295页。
② 《文选》，载《四库全书》，第1329册，第220页。
③ 《文选》，载《四库全书》，第1329册，第220页。

> 奇相者，人也，得道于江，故居江为神，乃合其精爽与湘娥俱为神。①

看来奇相就是前面已不止一次提到过的江（源）神，而湘娥则是上面正在讨论的两位女神。五臣此注用一"俱"字，意在说明江神乃江神，湘娥自湘娥，并不能视而为一。但郭璞原文亦可解释为：奇相得道为神，乃合其精魂成为湘娥。李善、后人则往往是在后世既有奇相传说，又有湘娥传说的基础上来解释字词的。其实将"协"解释为"合"，恐较解释为"偕"更直接，且于字面上亦毫无阻碍。宋人罗愿《尔雅翼》卷二的一则故事为我的解释提供了一种支持：

> 盖二女死于湘，有神奇相配焉。奇相，湘君也。二女，湘夫人也。故《湘君》之歌称君，称夫君，其美称也，而其言女与下女者，谓湘夫人也。《湘夫人》之歌称帝子者，其美称也，而其言公子、佳人、远者、谓湘君也。湘君则捐袂②遗佩，而采杜若以遗夫人。夫人则捐袂遗褋而搴杜若以遗湘君，此则交相欢之义矣。③

我这里关心的当然不是罗愿对屈原《湘君》《湘夫人》的解释是否正确，也不是他对"奇相"性别的指定。我更关心的是这个故事和故事中透露出的"奇相"与"二湘"并存的神话传说信息。罗愿这里所记载"奇相"与"二湘"之间的关系到底来自他所了解的民间传说，还是他对郭璞《江赋》中那句话的理解呢？不管如何，如果从江神的整个活

---

① （梁）萧统编、（唐）李善等注：《六臣注文选》，载影印文渊阁《四库全书》，上海古籍出版社1987年版，第1330册，第219页。
② 引者按：此处"袂"当为"袂"误。
③ （宋）罗愿：《尔雅翼》，载影印文渊阁《四库全书》，上海古籍出版社1987年版，第222册，第268—269页。

动,尤其是以巫山神女为身份的活动来看,《江赋》和《尔雅翼》中所透露的江神与湘神同在的神话传说的价值,才是值得注意的。

归纳上述所说,我们可以看到湘神的几个特点:她们是帝女,又是帝妃,能兴飘风暴雨,且可能与夏禹在巫峡治水的传说有关,又可能与江(源)神有关。

现在我该正面回答这样一个问题了:巫山神女到底是谁?

根据前人和上述讨论,巫山神女是江神的变型之一。她不仅是楚民族的高禖,而且还应该是蜀、巴、楚民族所共同拥有的远古神话中庇护着(至少)岷江至长江中游文化区域各民族的女神。

小　结

本章以巫山神女为端,且实际上以这位神祇为中心,渐次讨论了江源的江神,处于汉水的江神,处于湘水、洞庭的江神,以及与这些女神活动相关的一些名号(如"羊")、变异(如"芝""草")等。我发现,这些女神都有着这样或那样的共同点,相互之间又时有或明或暗的联系。归纳而言之,值得注意的特点是:她们是女性;居住于江中或江边;她们能招致风雨,又曾帮助治水;她们有强烈的原始宗教色彩,几乎无一例外居于庙、堂、台等古代的宗教祭祀场所,享受着庄重的祭祀;她们的活动常与性、生殖有关,而我已指出这并非后人传为的"淫乱",而是与作为人类祖神的女神有着人类或民族繁衍的能力有关(这种能力在神话传说中最常见的是两种形态的呈现:一是与祖宗祭祀相关联,二是以保佑人类生殖繁衍为己任);她们都或因为神话传说的播迁而次序和称谓纷乱地被称为"帝"的女儿或配偶……

最后,当然对于本著这或许也是最重要的,上述这几位女神正好活动于从岷江源头到长江中下游的被古人统称为江水的水系,从地区区域上言,正是古代的蜀、巴、楚,也即是现在的长江流域地区。

第十章 神女论

上述这样一些特点使我不得不思考这样一个问题：远古时代的人类文明，总是随着河流的走向，在河畔的台地或由河流交汇冲积而成的平原等处迁徙、扩散。在从岷江之源到长江中下游广阔的流域中，依次形成了蜀、巴、楚三个古老的文明和灿烂的文化，如若说这三个由江水作为纽带联系起来的文明之间没有文化上内在的共同点，那岂非咄咄怪事？

而就神话传说来看，从前面已经论述过的杜宇、鳖灵、廪君、李冰等章中的有关内容看，这种内在的共同点已经略露端倪。而本章所讨论的从巫山神女到江神的故事也正是这种共同点的一个例证。同时也为本章的存在和讨论提供了充足的理由，因为在这些讨论中，我们无时不感到古蜀神话传说巨大的文化背景的存在和影响。

更应指出的是，这种具有内在共同点的文化在其传播过程（最先是沿着河道）中，将会逐渐衍生出它的若干亚文化。种姓、图腾、神话传说等就是共同的文化和由它派生出的亚文化中的重要部分，也是最容易找到相互关系、具有共同文化基本点的部分。以神话中的江神为例，原本只有一个，但后来派生出多个江神。唐司马贞注《央记·封禅书》尚说对江神的祭祀是"汉初祠之于源，后祠之于委"，且由朝廷批准设立祭祀。但是在神话传说中，江神却早就随着文化的播迁，被迁徙的民族和文化带到了岷江、长江流域的许多地方。这就是有不止一个江中的女神，且她们却又有着那样多的共同点的缘故。由此，我忽然产生了一个想法，今人尝批评古人搞错了长江之源，江源并不应在岷江，而应溯金沙江而上，去到今青海省境内的当曲流域或沱沱河等。但是，现代地理学上精确的指认不能成为对华夏文化源流的否定。如若从文化发源的角度看、从江神的足迹看，我倒觉得古人之认岷江为江源，恐怕正有其深刻的文化意涵在其中。

从上述一系列的探讨中还可以看出一个问题，江神正因肩负着保护民族子孙繁衍兴旺的职能而"兴云致雨"，助人类遏制疏通洪水，且作

317

为帝（天帝或传说中原古帝）的妻子、女儿，担负起民族生育的责任。江神如此伟大，或许华夏文化上夏、殷、周等民族传说中的先妣、高禖都可以找到与她的联系呢。不过这当另著一书来专门探讨了。而遗憾的是，所有这一切，在过去却被忽视，只在远古神话的原型中还依稀保留着长江为华夏文化摇篮、母亲的潜意识。岷江、长江在华夏文献中俱得单称"江"，盖由此！李冰治水之初，出天彭门在水上立祀三所，方能告治水之成功，盖由此！鳖令死，溯江而上，至于岷山脚下方得甦醒而拯救万民于水溺中，盖由此！华夏文献中皆认"生民以来，功莫先者"的夏禹乃生岷山脚下，亦盖由此也！狐死首丘，叶落归根！来，且让我们将目光再度投向华夏诸帝滥觞之形吧！

| 第十一章 |

岷山蜀江诸神论

奥林匹斯山是古希腊神话中的一座高峰，其峰顶常云雾缭绕，古希腊神话中的众神就居住在这山上。

中国古代神话中也有这样一座山，那就是众所周知的岷江之源——岷山。

有学者曾认为：

> 岷山就是古史中传说的黄帝部与西王母部所居的昆仑。
>
> 《蜀王本纪》中说，第一位蜀王"蚕丛始居岷山石室",[1]与典籍所说"黄帝居昆仑石室"的记载也是相合的。[2]

《华阳国志·巴志》序巴之来历，起始便说：

---

[1] 《古文苑》，载《四库全书》，第1332册，第605页。引者按：此语出《古文苑》卷四，扬雄《蜀都赋》章樵注引《先蜀记》。
[2] 邓廷良：《西南丝绸之路考察札记》，成都出版社1990年版，第18页。

《洛书》曰:"人皇始出,继地皇之后,兄弟九人,分理九州,为九囿。人皇居中州,制八辅。"华阳之壤,梁岷之域,是其一囿,囿中之国,则巴蜀也。其分野,舆鬼、东井;其君,上世未闻,五帝以来,黄帝、高阳之支庶,世为侯伯。[①]

常璩乃历史学家,历史学家而引《洛书》,自当为后世学人诟病,然当代学者言及黄帝、西王母与岷山的关系,岂不与常璩所引《洛书》相伯仲,亦可嗤之以鼻?

但是一种说法之所以能源远流长、盛传不衰,必自有其内在原因,而不能单纯以典籍"经""纬"而轩轾之。我特别注意到巴、蜀乃被称为"黄帝、高阳之支庶",因而不惧诟病想承继上说以求索之。从神话传说的角度看,难道华夏族传说中的诸帝不就是诸神吗?他们是否都住在岷山之上或出入江流所及区域呢?于是作为本著最后一章,我想在此前所论诸章的基础上,试探析一下岷山、蜀江诸神。

第一节 五帝世系

本节以"世系"为目,其实乃受古代文献如《帝王世纪》《世本》等名目启迪,欲讨论五帝世系中有关诸神。

一、黄帝

《史记·五帝本纪》云:

> 黄帝居轩辕之丘而娶于西陵之女,是为嫘祖。嫘祖为黄帝正妃,生二子,其后皆有天下:其一曰玄嚣,是为青阳,青阳降居江水;其二曰昌意,降居若水。昌意娶蜀山氏曰昌仆,生高阳,高阳有

---

① 《华阳国志校补图注》,第4页。

圣德焉。黄帝崩，葬桥山。其孙昌意之子高阳立，是为帝颛顼也。①

千百年来黄帝都被奉为华夏民族的始祖。黄帝之名最早虽见于《国语·鲁语》，但是关于他的说法，见于儒家经典者却少。所以太史公在《史记·五帝本纪》中说：

> 《尚书》独载尧以来，而百家言黄帝，其文不雅训，荐绅先生难言之。②

因此"择其言尤雅者"而著《五帝本纪》。按其实际，则"黄帝"并未留下什么事迹。但是从诸杂史及子书来看，战国秦汉之际所流传的黄帝传说却特别多。蜀中也曾流传过他的传说。如明曹学佺《蜀中广记》卷六云：

> 《青城甲记》：黄帝封青城山为五岳丈人，乃岳渎之上司，真仙之崇秩，一月之内，群岳再朝焉。③

又《蒲江县志》（今成都市属蒲江县）亦云其县北有"浴丹池"：

> 相传轩辕黄帝峨眉山见天皇真人于玉堂，咨问三才合一之道，曾炼丹于此。④

这些说法诚然已完全将黄帝仙化，以太史公角度看，当属"荐绅先生难

---

① 《史记》，第10页。
② 《史记》，第46页。
③ 《蜀中广记》，载《四库全书》，第591册，第81页。
④ 《蒲江县志》卷一，第21页。

言之"之列。但明曹学佺《蜀中广记》卷十七所载却似颇与古代神话有关：

> 《图经》：缙云山在县（今重庆市）西北百三十里。其山高耸多林木，下有温泉，分东西流。相传黄帝于此合药。陶弘景《水仙赋》曰：增城瑶馆，缙云琼阙，黄帝所以觞百神也。《方舆胜览》：即谓之巴山矣。宋灵成侯庙碑云：此山出于禹别九州之前。黄帝时有缙云氏不才子，曰混沌缙云氏；高辛氏亦有不才子之人，投出于巴寰，以御鬼魅，名基于此。①

所有黄帝的这些说法，都需要专门的探讨，姑存之可也。但《史记》所言其"娶于西陵之女"的说法，却值得注意。"西陵"何在？唐张守节《正义》仅言"国名"，而不详何处。但《华阳国志·蜀志》却称：

> 蜀之为邦……婚姻则黄帝婚其女。②

当即指"西陵"在蜀。

史家指出，"西陵"当即西汉武帝时所置"蚕陵县"。据说20世纪30年代，此处地震山崩，水壅为湖，后疏导水消，乃于湖畔得古碑，上有"蚕陵县"字云云。"蚕陵县"已于东晋时废，其古城在今阿坝藏族羌族自治州之松潘县之叠溪，③正在岷江发源地。由此可以看出"西陵之女"当在蜀。

又《华阳国志》既已声言黄帝于蜀"婚其女"，且观《史记·五帝本纪》以及太史公所依从之《大戴礼记·帝系》，又《世本》等，黄帝

---

① 《蜀中广记》，载《四库全书》，第591册，第208页。
② 《华阳国志校补图注》，第216—217页。
③ 《华阳国志校补图注》，第218页、190页、192页。

之裔皆处蜀,则"西陵之女"当确生于蜀地。既言"西",则要当处于成都盆地西部岷山山系中某地,当无疑义也。且不止此!依当时社会进化状况,可能尚远未达到父权制社会,且其子女皆在蜀,黄帝又岂能不在蜀?《山海经·海内经》云:

> 流沙之东,黑水之西,有朝云之国。司彘之国。黄帝妻雷祖,生昌意,昌意降处若水,生韩流。韩流擢首谨耳,人面豕喙,麟身、渠股、豚止,取淖子曰阿女,生帝颛顼。

从神话的角度,恰好与太史公《史记》所载相吻合,《尚书·禹贡》云:

> 华阳黑水惟梁州。①

正指蜀地。而"朝云之国"虽并不等同巫山的"朝云馆",但难道嫘祖就不兴"朝为行云,暮为行雨","愿荐枕席"②于黄帝吗?且与《史记·五帝本纪》配合看,其地恐正在蜀。

因此,可以这样说,黄帝虽于战国晚期之前仍是个虚无缥缈的人物,但他毕竟是华夏文化中声名显赫者。以上这些记载若只有一两条,或可指为一种附会。但是多条性质完全不同的材料皆指向一个方向,则表明古蜀神话传说与华夏文化中的这位古帝王确有难解的渊源。

二、玄嚣(少昊)

上引《史记·五帝本纪》说嫘祖生二子,一曰"玄嚣",一曰"昌意"。此所以黄帝之后立即讨论"玄嚣",乃在于他很可能就是史籍中那位名声如雷贯耳,远迈"昌意"的少昊。前引《史记·五帝本纪》说:

---

① 《尚书正义》,载《十三经注疏》,第150页。
② 《文选》,载《四库全书》,第1329册,第324页。

> 其一曰玄嚣,是为青阳,青阳降居江水。①

《大戴礼记·帝系》于此略有异文,称:

> 青阳降居泜水。②

于《史记》,唐司马贞《索隐》云:

> 江水、若水皆在蜀,即所封国也……是蜀有此二水也。③

那么《大戴礼记》所言"泜水"何在?考经传所言,《左传》僖公三十三年(公元前627年)"与晋师夹泜而军"④,在今河南省;《史记·张耳陈余列传》"斩陈余泜水上"⑤,则在今河北省,皆与《史记·五帝本纪》《大戴礼记·帝系》"江水""泜水"互文之义不合,亦与"西陵之女"所处不合。其实《大戴礼记》此处所言"泜水",应即古湔水。《水经》卷三十三云:

> 江水自天彭阙东径汶关而历氐道县北,又有湔水入焉。⑥

所谓"泜水"当就"氐道县"范围内言,故诸书但知江、湔而不知此"泜水"。唯《彭县志》(彭县,今成都市属彭州市)云:

---

① 《史记·五帝本纪》,第10页。
② 《大戴礼记》,载《四库全书》,第128册,第474页。
③ 《史记》,第11页。
④ 《春秋左传正义》,载《十三经注疏》,第1834页。
⑤ 《史记》,第2582页。
⑥ 《水经注》,载《四库全书》,第573册,第495—496页。

> 《大戴礼》昌意降居派水（《大戴礼记》原文为"青阳"即玄嚣），则彭之湔水自三岔河而南出堋口，析为三流，从北视之，像牛触人俯其首也。①

所谓"像牛触人俯其首"之说待考。依《说文解字·氏部》：

> 巴蜀名山岸胁之堆旁箸欲落堕者曰氏。氏崩，声闻数百里。②

考文字中"氏""氐"二字音、形皆近，或其地、水皆取许慎说"氏"之意，而以下加点或加水旁以别姓氏之"氏"欤？要之，以《史记·五帝本纪》与《大戴礼记·帝系》前后文考之，玄嚣之降，固当在蜀地。

而湔水的中流经今资阳、内江等地，于今泸州汇入长江，习称沱江。又有荣县（今自贡市属荣县）则夹于自成都南下之岷江、沱江间，其地遂多玄嚣之说。《荣县志》（荣县，今自贡市属荣县）云：

> 荣梨山，一名五龙山……有玄嚣崖。是于县为要典。青阳降居江水，先民审之矣。转角为青阳洞……旧东有青阳寺云。③

《荣县志》为近代蜀中著名学者赵熙主持修纂，故其《志》非一般志书以徒矜乡贤为务，当值得重视。又：

> 青阳洞，县南一里，浮图崖后。深十二丈，广十三丈。《史记》：黄帝之子玄嚣是为青阳，降居江水。荣界江、派（此"派"即指沱江）之间，东距派百五十里，西距江二百里。揆之地望，证

---

① 《彭县志》卷一，第48页.
② 《说文解字》，载《四库全书》，第223册，第323页。
③ 《荣县志》山脉第四，第2页。

之国闻，互相印合。考《国语》司空季子言青阳，方雷之甥，为己姓；而嫘祖之子为姬姓，似黄帝之子有两青阳。居江、泜者，姬姓青阳也……且荣梨山古称玄嚣崖。旧传有绪，是山阿石穴，实古神皋奥区。①

因此，玄嚣青阳之居于蜀地，当大致可以肯定了。

不过，上述《荣县志》中所提出的"似黄帝之子有两青阳"这一问题却值得注意。当然，这一问题并不是《荣县志》首次提出的，如唐司马贞《索隐》就说：

> 案皇甫谧及宋衷皆云玄嚣青阳即少昊也。今此《纪》下云玄嚣不得在帝位，则太史公意青阳非少昊明矣。而此又云玄嚣是为青阳，是当误也。②

关于玄嚣是否即青阳（即少昊）这一问题尚待进一步探讨。不过《竹书纪年》中有一条材料却颇能与太史公书契合。其文云少昊：

> 或曰名清，不居帝位。帅鸟师居西方，以鸟纪官。③

"不居帝位"与"居西方"正能与《史记》所言一致，可见黄帝之子少昊确实生于蜀地。又依《山海经》，少昊尝抚育了颛顼，是其所在，也有居蜀之可能。当然，若更加追究，则少昊之"以鸟纪官"又见《左

---

① 《荣县志》古迹第十三，第5页。
② 《史记·五帝本纪》，第10页。
③ （清）徐文靖：《竹书纪年统笺》，载上海古籍出版社缩印浙江书局汇刻本《二十二子》，上海古籍出版社1986年版，第1049页。引者按：以下凡引是书，皆出此丛书，仅具此书名、丛书名及页码。又按：虽徐文靖以为此说乃梁沈约所说，似不以为然。但我却觉得即参合本著有限证据，此说亦非想当然。深入讨论请姑俟他日。

传》昭公十七年，[①]是一段常为治古史者乐引的材料，这不正与古蜀两代蜀王以鸟为图腾的传说相契合吗？他不应正生于蜀吗？

三、颛顼

《史记·五帝本纪》前已言黄帝妻嫘祖生二子，"其二曰昌意，降居若水"。《大戴礼记·帝系》云：

> 昌意娶于蜀山氏。蜀山氏之子，谓之昌仆氏，产颛顼。[②]

这一说法即为后世诸书所承。唯《华阳国志·蜀志》谓：

> 至黄帝，为其子昌意娶蜀山氏之女，生子高阳，是为帝喾。[③]

"高阳"似当为颛顼号，而"帝喾"则当为高辛号，此说与诸书不同，不知何故，当存以待考。而《史记》所云昌意所降之"若水"亦在蜀地。《水经注》经文云：

> 若水出蜀郡旄牛徼外，东南至故关，为若水也。[④]

郦道元注云：

> 若水沿流间关蜀土。黄帝长子昌意德劣，不足绍承大位，降居斯水为诸侯焉。取蜀山氏女，生颛顼于若水之野，有圣德，二十登

---

① 《春秋左传正义》，载《十三经注疏》，2083页。
② 《大戴礼记》，载《四库全书》，第128册，第474页。
③ 《华阳国志校补图注》，第113页。
④ 《水经注》，载《四库全书》，第573册，第527页。

帝位，承少昊金官之政，以水德宝历矣。①

由此而观之，不但黄帝娶妻于蜀，生子于蜀，为子娶妻在蜀，其孙辈亦生于蜀矣。且所谓"髦牛徼外"，又为羌氏族地区，是以上传言黄帝妻、子、孙皆与此岷山地区有关。郦注向来为人重视，其说当为古来所传。清徐文靖《竹书纪年统笺》云：

> 帝颛顼高阳氏母曰女枢，见瑶光之星贯月如虹，感己于幽房之宫，生颛顼于若水。首戴干戈，有圣德，生十年而佐少昊，二十而登帝位。②

不过应该指出的是，正如前已引《山海经·海内经》所云：

> 昌意降处若水，生韩流……取淖子曰阿女，生帝颛顼。③

是帝颛顼为黄帝曾孙。此乃传闻异词，非仅《山海经》所言，故徐文靖云：

> 《诗含神雾》曰：瑶光如蜺月，正白，感女枢，生颛顼（按《河图》所言同）。④《蜀国春秋》曰：昌意娶蜀山氏女曰景仆，生乾荒，乾荒娶蜀山氏女曰枢，是为阿女，所谓淖子也，生颛顼。⑤

---

① 《水经注》，载《四库全书》，第573册，第528页。
② 《竹书纪年统笺》，载《二十二子》，第1049页。
③ 《山海经》，载《二十二子》，第1386页。
④ 引者案：括号中字为引文原有。
⑤ 《竹书纪年统笺》，载《二十二子》，第1049页。

但是不管是黄帝的孙子,还是曾孙,其生于蜀地却是不可置疑的了。

四、喾

诸书皆言不知其母,亦不言其母生帝喾于何处,仅言不自觉而生喾,喾生而自称名"夋"。但《史记·五帝本纪》却说:

> 帝喾高辛者,黄帝之曾孙也。高辛父曰蟜极,蟜极父曰玄嚣,玄嚣父曰黄帝。自玄嚣与蟜极皆不得在位,至高辛即帝位。高辛于颛顼为族子。①

前既已言玄嚣降处江水(一说泜水),则当以史学家所称诸侯身份居于一隅,是以情理推之,帝喾亦当生于蜀地。

是《史记·五帝本纪》中所言"五帝",已有黄帝、颛顼、帝喾三位在蜀。这种情况的出现不得不说是惊人的!这使我不由得想起那一部记叙着众多地域、众多古代帝王的奇书《山海经》来。蜀中学界著名学者蒙文通曾经说过:

> 总的说来,《山海经》十八篇虽是一部离奇神怪的书,但它绝不能如《四库提要》所拟议的那样,是一部闭门臆造的小说。春秋战国时代,各国都有它所流传的代表其传统文化的典籍,邹鲁有《六艺》,齐有《五官技》,楚有《三坟》《五典》《八索》《九丘》,孔子之宋而得《乾坤》,之杞而得《夏时》,巴、蜀之地当也有它自己的作品,《山海经》就可能是巴、蜀地域所流传的代表巴蜀文化的典籍。②

对《山海经》的研究自然尚待深入,但是此说却不能不予以重视。《山海

---

① 《史记》,第13页。
② 蒙文通:《巴蜀古史论述·略论〈山海经〉的写作时代及其产生地域》,四川人民出版社2019年版,第199—200页。

经》既然被视为与古蜀有如此密切关系的文献,且向来又被视为华夏神话传说的渊薮,因此讨论古蜀神话传说,自不能不注意到其中所载,以对上述所论略做补充。我对《山海经》所涉及的古帝王或神做了个粗略简单的统计,结果发现他们在《山海经》中被提及的次数按数量排序分别是:

帝俊17　帝颛顼16　禹13　黄帝12　帝舜12　后稷11　鲧7
叔均7　祝融7　共工7　少昊5　羿5　启5　尧5
西王母4　炎帝3　太昊2　孟涂2　帝喾1　昌意1

显然此中多有与五帝世系相关者。

五、舜

《史记·五帝本纪》说:

> 虞舜者,名曰重华。重华父曰瞽叟,瞽叟父曰桥牛,桥牛父曰句望,句望父曰敬康,敬康父曰穷蝉,穷蝉父曰帝颛顼,颛顼父曰昌意。以至舜,七世矣。自从穷蝉以至帝舜,皆微为庶人。[①]

如此说,则舜当为颛顼后代。虽然这里《史记·五帝本纪》中并没有说舜生于何地,但是《山海经·大荒南经》的一条材料却引起了我的注意:

> 大荒之中有不庭之山,荣水穷焉。有人三身,帝俊妻娥皇,生此三身之国。姚姓,黍食,使四鸟。有渊四方,四隅皆达,北属黑水,南属大荒。北旁名曰少和之渊,南旁名曰从渊,舜之所浴也。[②]

---

① 《史记》,第31页。
② 《山海经》,载《二十二子》,第1381页。

据此，舜亦极可能生于蜀。其中所言"荣水"，《明一统志》有载"荣经水"，其自注云："在荣经县北曰荣水，南曰经水。经出瓦屋山，荣出相公岭。"① "荣"，今写作"荥"，荥经县今属雅安市，其所在地域正与上引《山海经·大荒南经》合。

按古籍记载，帝俊曾分别被指为帝喾、颛顼、舜、少昊中的一位（在《山海经》中，"俊"被指认为舜的材料实居多），或是他们的集合体，总之尚待进一步研究。但应该注意到的是，上述四位，均与蜀有着密切关系，那么"俊"是否也与蜀有关系呢？有一个特别的现象值得注意，在《山海经》中凡被称为上述颛顼、帝喾、少昊、舜的后代者，都有两个明显的特征：一是"使四鸟"，一是"食谷（或黍）"。反过来说，凡是"使四鸟""食谷"者，也几乎都能找到与上述四位古帝（神）的从属关系。因此我认为，与其因求其甚确而失之于凿，倒不如略存其梗概而得其近似，也就是概略言之，这几位古帝（神）在较早期的神话传说中应当是同属于一个部族的，或者是一个部族中某位祖神的不同的历史变型。

应附带指出，《山海经》中所提及较多的祝融历来都被认为属于颛顼这一体系，被认为是颛顼之子，又被认为与夏的兴起有密切关系，《国语·周语》所谓"夏之兴也，融降于崇山"②即是。

由上观之，《史记·五帝本纪》中所载黄帝、颛顼、帝喾、舜以及少昊、祝融与古蜀尤其蜀西部地域皆有着神秘的关系。

第二节　夏帝世系

一、鲧

据《竹书纪年统笺》云：

---

① 《明一统志》，载影印文渊阁《四库全书》，上海古籍出版社1987年版，第473册，第531页。
② 《国语》，载《四库全书》，第406册，第12页。

（颛顼）三十年，帝产伯鲧，居天穆之阳。①

鲧乃颛顼之后，被视为传说中的夏朝开国君主禹的父亲，古书所载甚多，皆无异词。然在与颛顼的具体关系上，说则不同。有说为颛顼之子者，见《墨子·尚贤》《山海经·海内经》郭注、《史记》司马贞《索隐》引《世本》与《帝系》等；有说为颛顼五世之后者，见《汉书·律历志》；亦有笼统言为颛顼之后者，见《吴越春秋》。但其出生之地"天穆之阳"，据《竹书纪年》之外，又见于《山海经·大荒西经》：

西南海之外，赤水之南，流沙之西……此天穆之野，高二千仞，开焉得始歌《九招》。②

"天穆之野"与"天穆之阳"仅一字之差，且非关键之字，所言似为一地。郭璞注云：

《竹书》曰：颛顼产伯鲧，是维若阳，居天穆之阳。③

郭璞晋人，出生后五年，晋太康二年（公元281年），汲郡人（今河南新乡市属卫辉市）发魏襄王墓，得竹书数十车。④因此他是能够亲眼见到竹书的，其所引据，当然较诸后来真伪相混的《竹书纪年》可靠得多。这里所谓"若阳"，当指若水北岸。巧的是据《山海经·海内经》中说：

---

① 《竹书纪年统笺》，载《二十二子》，第1049页．
② 《山海经》，载《二十二子》，第1384页．
③ 《山海经》，载《二十二子》，第1384页．
④ 《晋书·束皙传》，第1432页．

> 黄帝生骆明，骆明生白马，白马是为鲧。①

至今四川羌族中尚有称"白马羌"者，不知与此神话是否有关？但不管怎么说，鲧生于蜀中若水地区，当应没有疑问。

二、禹

禹，我在前面已屡有所及了。但是始终没有正式谈到他的出生之地，即便偶有涉及，也多一掠而过，语焉未详。其根本原因在于，禹生于蜀，过去在学界已遭过不少驳斥了。我虽没有什么新的材料，唯一的贡献就在于主张将禹的出生地这个问题置于前面所论的这个大文化背景之下来考虑。由此，许多人们司空见惯的材料或许会显示出它们崭新的意义。

《史记·夏本纪》说：

> 夏禹，名曰文命。禹之父曰鲧，鲧之父曰帝颛顼，颛顼之父昌意，昌意之父曰黄帝。禹者，黄帝之玄孙而帝颛顼之孙也。禹之曾大父昌意及父鲧皆不得在帝位，为人臣。②

太史公在此重申了禹的谱系，表明了古人对血缘、出身等的重视。大抵愈往古，愈是如此。因此这一类谱系虽不一定可靠，但它们却有重要的参考价值。

对禹的出生，《史记·夏本纪》唐司马贞《索隐》引《世本》云：

> 鲧取有莘氏女，谓之女志，是生高密。③

---

① 《山海经》，载《二十二子》，第1387页。
② 《史记》，第49页。
③ 《史记》，第49页。

唐张守节《正义》则引《帝王纪》云：

> 父鲧妻修已，见流星贯昴，梦接意感，又吞神珠薏苡，胸坼而生禹。名文命，字密，身九尺二寸长，本西夷人也。①

又是见天象而意感，因而孕生禹，情形恰与颛顼相似。而"西夷人"虽言之不详，却已将禹的出生地指向了西蜀。

《太平御览》卷八十二引扬雄《蜀王本纪》云：

> 禹本汶山广柔县人，生于石纽。其地名痢儿畔。②

"汶山"即古称岷山，因此禹之生于蜀当无疑也。而较之其他传说生于蜀地的古帝王，则禹出生的传说更具体，故事也更多。关于禹在蜀中的出生地，也多有争执。《重修什邡县志》（什邡县，今德阳市属什邡市）云：

> 禹王庙，治北二百四十里三江口山内，后有禹母祠。其地怪石嵯岈，层岩左右交插。洛流曲屈环绕，中有九联坪，坪境之末，庙基在焉。基址鸿阔，年代无稽，古碑屹立，字迹不可辨，疑秦、汉间物。相传禹母居此。③

可谓言之凿凿，无可怀疑。但是大多数看法乃认为扬雄所说"广柔县"即今绵阳市属北川羌族自治县。其生禹之具体地点，则如《三国志·蜀志·秦宓传》所说：

---

① 《史记》，第49页。
② 《太平御览》，载《四库全书》，第893册，第775页。
③ 《重修什邡县志》卷二，第1页。

第十一章　岷山蜀江诸神论

> 禹生石纽，今之汶山郡是也。①

裴松之更注云：

> 谯周《蜀本纪》曰：禹本汶山广柔县人也。生于石纽，其地名刳儿坪。②

所谓"刳"，当即指《史记》张守节《正义》引《帝王纪》所谓"胸坼而生禹"（按《竹书纪年统笺》言"背剖"）。其地，据清嘉庆修《四川通志》卷五十九于"石泉县"（石泉县，今绵阳市属北川羌族自治县）下引《碑目考》云：

> 南二十里。夏禹实生于此，镌古篆书"禹穴"二大字于石壁，又有李白所书二楷字。③

又有"岣嵝碑"：

> 县南一里，石纽山下禹王庙前。四川旧《通志》云大禹所书，字画奇古。④

《龙安府志》（龙安，治所在今绵阳市属平武县）云：

---

① 《三国志》，第975页。
② 《三国志》，第975页。
③ （清）黄廷桂监修，（清）张晋生编纂：《四川通志》，载影印文渊阁《四库全书》，上海古籍出版社1987年版，第560册，第488页。
④ 《石泉县志》卷二，第51页。

> 石纽山在县南一里，有二石结纽，每冬月霜晨有白毫自石纽出射云霄，山麓有大禹庙。①
>
> 九龙山在县北二十里，山势嶙峋，排列九岭如龙起伏状。第五岭下即刳儿坪，禹生于此，血石满溪。李白书"禹穴"二大字镌于山顶。②

又《石泉县志》（石泉县，今绵阳市属北川羌族自治县）云：

> 刳儿坪在九龙山第五峰下，地稍平，有迹俨如人坐卧状。相传圣母生禹遗迹。③
>
> 血石，只禹穴一里许。春间人凿取之，明年后长如故，《志》称孕妇握之利产。④
>
> 又有大禹采药亭在大业山，其地药气触人，往往不可到。⑤

又民国修《北川县志》（北川县，今绵阳市属北川羌族自治县）载有"洗儿池"则云：

> 在禹穴侧有小池，水色金赤，四时无变，相传禹母诞禹后洗儿处也。⑥

---

① 《龙安府志》卷二上，第64页。
② 《龙安府志》卷二上，第65页。
③ 《石泉县志》卷二，第47页。
④ 《石泉县志》卷二，第47页。
⑤ 《石泉县志》卷二，第47页。
⑥ 《北川县志》卷九。引者按：原书不具页码。

以上皆当地志书所记，参合战国末以来典籍所载，大约不差。某些记载更富有原始神话色彩，如《水经注》卷三十六所载：

> （广柔）县有石纽乡，禹所生也。今夷人共营之，地方百里，不敢居牧。有罪逃野，捕之者不逼。能藏三年不为人得，则共原之，言大禹之神所佑之也。①

这里应该顺便指出的是，前论及黄帝妻"西陵之女"时，有学者认为"西陵"乃汉蚕陵县，若果是，则正与上述禹所生地汉广柔县相比邻，同属汉汶山郡。

三、启

禹所出生地既如上述，则不得不问及夏禹之子启的出生。启的出生地，依清马骕《绎史》卷十二引《随巢子》、宋洪兴祖《楚辞补注》引《淮南子》，皆云禹追涂山氏至嵩高山下，涂山氏化石，石破而生启。但是《华阳国志·巴志》却云：

> 禹娶于涂山，辛壬癸甲而去。生子启，呱呱啼，不及视。三过其门而不入室，务在救时。今江州（今重庆市）涂山是也。帝禹之庙铭存焉。②

可见禹娶妻生子皆在巴矣。当地此类传说附会尤多，不胜枚举。《蜀中广记》记江州塗山引《倦游录》一则多为后人称引，其略云：

> 三门禹庙，神仪侍卫极肃。后殿一毡裘像，侍卫皆胡人，云是

---

① 《水经注》，载《四库全书》，第573册，第530—531页。
② 《华阳国志校补图注》，第4页。

禹妇翁。①

其含义到底何在？惜无其他旁证，只能存以俟考了。

如上所述，启虽生于巴，但其活动地域却值得注意。《山海经·大荒西经》有云：

西南海之外，赤水之南，流沙之西，有人珥两青蛇，乘两龙，名曰夏后开。开上三嫔于天，得《九辩》与《九歌》以下，此天穆之野，高二千仞。开焉得始歌《九招》。②

这一段材料在华夏神话传说中实在是极其珍贵的，它告诉我们，在远古传说中，音乐艺术竟然是启（所以称"开"是后人抄写文献时避汉景帝刘启讳的结果）从天帝那儿偷来的；启的"珥两青蛇，乘两龙"等有丰富的含义。不过这些都不在本著讨论的范围，只好暂时略而不论了。这里要特别注意的是，夏启歌舞所在的"天穆之野"，即颛顼产鲧的"天穆之阳"，正在"若阳"，亦即"若水之北"，也就是在蜀地西北部与岷山相邻地区。

综上所述，历史载籍中有夏三代君主均生于蜀，活动于蜀。更为值得注意者，乃以夏三代君主为纽带的有关蜀、巴、楚三者的联系。这种联系可以进一步说明古蜀神话传说与古代文献中所传有夏一系古帝王之间的神秘关系并非仅限于成都平原，而是沿蜀江（岷、长）而下及于更大的地域范围。我想通过一些历史文献并辅以民间传说，从鲧、禹、鳖灵的族属略加探讨来进一步说明这种联系。

从前引《左传》昭公七年文与《国语·鲁语》文已不难看出，鲧和

---

① 《蜀中广记》，载《四库全书》，第591册，第206页。
② 《山海经》，载《二十二子》，第1384页。

禹在夏人中皆享有着极高的尊崇，所谓"郊鲧""宗禹""郊""宗"均属国家祭祀大典。在某些记载中，鲧甚至被作为民族的祖神加以崇拜。如《国语·周语》云：

> 十三年，有神降于莘。王问于内史过曰："是何故？固有之乎？"对曰："有之！周之将兴，其君齐明、衷正、精洁、惠和，其德足以昭其馨香，其惠足以同其明人。神飨而民听，民神无怨，故明神降之，观其政德而均布福焉……昔夏之兴也，融降于崇山……商之兴也，梼杌次于丕山……周之兴也，鸑鷟鸣于岐山……是皆明神之志者也。①

这里"梼杌"指鲧，"鸑鷟"指凤凰，"融"指祝融。这一段的意思是，每当一个民族兴起之时，天神或上一个民族的祖神都要向这个新兴的民族显示出某种吉兆，以祝贺这个民族的兴起。夏民族的兴起，乃是由天神祝融的出现以示吉兆；商民族的兴起，则是由夏民族的祖神鲧的出现来显示吉兆；而周民族的兴起，则是由商民族的祖神凤凰（或称玄鸟）的出现来显示吉兆。

由此看来，鲧在夏民族中所占的崇高地位即已可见一般了。直到汉代，这种说法也还存在。如《史记·吴太伯世家》在记伍子胥论夏史时有这样一段话：

> 少康奔有虞……遂灭有过氏，复禹之绩，祀夏配天，不失旧物。②

---

① 《国语》，载《四库全书》，第406册，第12页。
② 《史记》，第1469页。

对"祀夏配天"一语,刘宋裴骃《集解》云:

> 服虔曰:以鲧配天也。①

从这些记载中已不难看出,鲧、禹在夏民族中的崇高地位。他们是夏民族的祖神,是开国君主。

但是值得注意的是,鲧和禹在主要活动于长江中下游区域的楚民族中亦享有极崇高的地位。这一点,只需要看看屈原《离骚》中凡提及鲧的地方所充满的那种愤愤不平之词便可以略知一二。而这绝非屈原作为诗人个人的愤懑之词,实在是深厚的历史文化背景使然。这里,再录一则明谢肇淛《五杂俎·地部》中的故事:

> 《山海经》:"鲧窃帝之息壤以湮洪水。"今江陵(即春秋战国时楚都郢,今湖北省荆州市江陵县)南门有息壤祠,云息壤,石也,而状若城郭。唐元和(唐宪宗年号,公元806年—820年)中,裴宇牧荆州,阴雨弥旬不止。有道士欧阳献谓宇曰:"公曾得一石室乎?瘗之则雨止矣。"宇惊曰:"有之!但已弃竹篱外矣。"觅而瘗之,雨即止。后人有发之者,辄致淋雨。苏轼序云:"今江陵南门外,有石状若宅,陷地中,而犹见其脊,旁有石记云:'不可犯舂锸,以致雷雨。'"后失其处。万历(明神宗年号,公元1573年—1620年)壬午,新筑南门城,乃复得而瘗之,置祠其上。②

在楚国的首都建立起这样一所祠庙,且以鲧与他偷窃的息壤为祭祠

---

① 《史记》,第1471页。
② (明)谢肇淛:《五杂俎》,明万历四十四年,潘膺祉如韦馆刻本,卷四,第4页。引者按:限于阅读条件,此条出北京爱如生数字化技术研究中心所发行《爱如生数字再造文本》。

对象，姑勿问是否真有所谓"息壤"，仅就这一故事流传的事实，已经足以说明楚人对鲧及其事业的崇敬之情了。

至于对禹的崇敬，则只需举一个事实就够了。禹本生于蜀地，但至明、清之时，似乎楚人对禹的祭祀却更普遍，遍及蜀中的"禹王宫""禹王庙"等几乎无一例外全是湖广会馆，事实上已成了湖北人、湖南人在蜀中的同乡会所、议事所。《大竹县志》（大竹县，今达州市属大竹县）记载了这样一件事可以见出大概：

> 禹王宫在城东街。雍正八年（公元1730年）建，乾隆三十三年（公元1768年）重修，同治、光绪两次修补，壮丽为各庙冠。原籍三楚人祀之，一曰湖广会馆……三圣宫在城小东街，清乾隆五十二年（公元1787年）建，祀川主、土主、药王……原籍楚黄人祀之，一曰黄州会馆。①

何以"楚黄人"不在"禹王宫"中去拜禹王，反而来拜"川主、土主、药王"呢？《大竹县志》解释说是：

> 按黄州亦湖广属郡，旧同一馆，后以微有争执，黄籍人始募资增修三圣宫作为黄州会馆。②

从中已经可以看到，黄州人修三圣宫祭祀"川主、土主、药王"乃是有其不得已的苦衷。且再看：

> 三圣祀川主李冰、土主冯绲、药王孙思邈。又帝主张公名七，

---

① 《大竹县志》卷三，第14页。
② 《大竹县志》卷三，第14页。

相传为初唐时四川壁（"壁"今作"璧"）山人。七岁好道，弱冠弃家至楚经商。以毁淫祠事系麻城三年，梦受紫微法。岁旱通霖，火宅熄火。明万历加威显化封号，清同治加灵感普救封号。麻城人（今湖北省黄冈市代管麻城市）尊为帝主，迁蜀者亦崇祀之。旧塑神像于三圣座侧。光绪中增修正殿于后，而以前殿作拜殿，始奉帝主像与三圣同龛。①

从上述过程中可以看出，黄州人当初从禹王宫湖广会馆中分离出来，不是不想祭祀禹王，大概是势单力薄，不能为之。故入乡随俗，以蜀各地普遍祭祀的秦守李冰、大竹等地祭祀的当地杰出人物后汉冯绲、曾在蜀中活动过的唐人孙思邈为祭祀对象而建立自己的会馆，这样既可避开与原禹王宫中同乡的争执，又可获得当地土著强有力的支持。为此，甚至将自己从家乡带来的"帝主张公"也置于三圣"座侧"。或许经过一些复杂历程，从乾隆五十二年（公元1787年）至"光绪中"（光绪元年为1875年），花了差不多一百年的时间，方才把自己家乡真正的"偶像"抬到与三圣"同龛"的地步。

我的本意当然不是说明和考察蜀中地方祭祀沿革。但刚才的一番考察和分析则从另一个侧面说明了禹在楚人心目中的位置，乃至于为其建祀也不是可以随意而为之的。

不过我虽然强调了鲧和禹在楚人心目中的崇高地位，特别强调了蜀中各地禹王宫（庙）几乎全为楚人所主祀的事实，但却并不意味着地处长江中下游的楚与地处长江中上游的巴、蜀的隔离。恰恰相反，禹从蜀地走出，治水于蜀、巴，足迹遍及华夏大地，这就不可避免地使蜀、巴、楚三地不但拥有了如禹这样共同的祀拜对象，且在一些涉及远古图腾意蕴的风俗上亦具有共同的特点。《巴县志》（巴县，今重庆市主城

---

① 《大竹县志》卷三，第14页。

区）尝录当地一风俗云：

> 五月五日俗谓之端阳节……用朱砂醑（美酒）避邪毒。各以余酒染指额、匈、手足，保无虫蜴之患。又以洒墙壁门窗以远毒蛇……取郊外百草煎汤澡身，日避毒龙。[1]

这样一种风俗或自楚地。盖楚人乃以凤凰（鸟）为崇拜图腾，在从荆山筚路蓝缕向江汉平原发展的过程中，与崇拜龙（蛇）图腾的某些部族曾发生激烈冲突，最后虽战而胜之，但是对于龙（蛇）的畏惧和避忌却留在了楚人的风俗之中。[2]这里且举一证与《巴县志》所载相映成趣。《太平寰宇记》卷一百四十五引《襄阳风俗记》云：

> 屈原五月五日投汨罗江，其妻每投食于水以祭之。原通梦告妻，所祭食皆为蛟龙所夺。龙畏五色丝及竹。故妻以竹（叶）为粽，以五色丝缠之。今俗其日皆带五色丝，食粽，言免蛟龙之患。[3]

此种风俗一直遗留至今日。今蜀、巴之人农历五月五日仍于市集购置艾等野草，但用于煎汤沐浴者已鲜见，多挂于门框言以避邪；喝朱砂雄黄酒之俗至20世纪50年代已少之，以之染指点额、胸、手足等俗亦鲜见，食粽之俗至今犹然，但已不用五色丝缠之，只有乡村中尚存一种风俗、以五色丝绸布等做成香囊，香囊中实以掺有雄黄之香料以佩戴，姑娘常以赠情人。显然，形制虽略有改变，但民俗却以其不可思议的生命力而绵延流传千年之上。

---

[1] 《巴县志》卷五，第51页。
[2] 《楚辞文心管窥——龙凤文化研究之一》，第40—50章。
[3] 《太平寰宇记》，载《四库全书》，第470册，第376页。

当然，风俗的产生与播迁，是一个专门的研究领域，非此草草数语可以讨论。但是当这些风俗与神话传说互参时，其意义确实是值得深思的。《重庆府志》载：

> 虎乳溪，距涂山半里。溪横立一石如屏，下有泉深三丈。相传禹生启，虎为之乳，故名。万历（明神宗年号，公元1573年—1620年）时，镌"虎乳泉"三字于石。①

"虎"乃巴人所崇拜的主要图腾，这一点在前文论述。楚人最为尊崇的祖神之一禹的儿子，在神话传说中，竟认巴虎为其乳娘，这岂不是绝妙的民族文化交流融合的明证吗？其实考古发掘的实绩早已显示出长江中游这一地区文化交流的基本状况。1982年湖北江陵马山一号楚墓出土的"丝绸宝库"中的文物就是一个很好的说明，姑且举发掘报告中的一节为例：

> N九绣罗禅衣用皂色罗作绣地，用朱红、黑、金黄、淡黄、银灰等色线绣出龙、凤、虎等飞禽走兽。完整图案为长形，长二十八点五厘米。图案的一侧是头戴花冠、展翅飞舞的凤鸟，下践一条蜷曲的小龙；另一侧似为龙虎相斗，一只昂首卷尾的斑斓猛虎张着大口向前方的龙扑去，龙返身卷曲作S形，以爪御虎。图案的两部分通过凤翅联系起来。②

这可以说是一幅绝妙的巴、楚联合而与崇拜龙（蛇）图腾的部族斗争的写照。当然，文化的交融既意味着联合，但也不乏争斗。近年来在战

---

① 《重庆府志》卷一，第47页。
② 湖北荆州地区博物馆彭浩：《湖北江陵马山砖厂一号墓出土大批战国时期丝织品》，《文物》1982年第10期。

国楚墓中出土了不少的凤鸟虎座鼓架，虎座立凤等，往往以一虎卧地，而虎背上站立一只展翅欲飞之凤鸟，这似乎反映了巴、楚之间的民族冲突。同时，我想在此再次指出，蜀人乃是崇拜着鸟的。这鸟与凤凰又是怎样的关系呢？上述所引江陵马山一号楚墓出土丝绸图案中有着古蜀图腾崇拜的影子，可惜年代邈远，神话传说播迁的轨迹已经难以寻觅，而徒留艺术作品中依稀的影子让人去回味、揣想，发思古之幽情了。

蜀、巴、楚之间的关系在那位传说中被巴虎养大的夏后启的传说中也表现了出来。《山海经·海内南经》云：

> 夏后启之臣曰孟涂，是司神于巴，（巴）[1]人请讼于孟涂之所，其衣有血者乃执之。[2]

启与巴之关系密切若此！或当时巴本来即夏之一部分，故启派出一位神来统治巴。所谓"其衣有血者乃执之"，郭璞注说是："不直者则血见于衣。"[3]这种判断争执是非的办法极其古老，于世界各民族古俗中恒见之，可信其有之。

至于孟涂司神于巴的具体地点，《山海经》说是"在丹山西"。而《水经注》卷三十四引郭璞云：

> 丹山在丹阳，属巴。丹山西即巫山也。[4]

由是可知，其地正处楚、巴交界之处，楚、巴在文化上的交融，当可推至一个迄今无法完全确定的年代。

---

[1] 引者按："巴"字依《水经注》卷三十四增。
[2] 《山海经》，载《二十二子》，第1374页。
[3] 《山海经》，载《二十二子》，第1374页。
[4] 《水经注》，载《四库全书》第573册，第509页。

上述我从神话传说、楚地出土的文物等方面着重讨论了楚与巴、蜀在民族、文化交融方面的密切关系。鲧、禹出生于蜀地,成为历史传说中夏的祖神,又与楚民族有着极特殊的关系,受到楚民族特别的尊崇;而这种尊崇又由于蜀、巴、楚密切的交流和交融,浸染着相同的风俗。但是蜀、巴、楚三者在民族文化交融方面的情况还远不止此。实际上,就历史记载与今天蜀地挖掘的墓葬情况来看,这种交流、交融一直绵绵不绝,源远流长,前辈时贤所论亦甚多。① 我则想另辟蹊径,从神话传说的角度,以鳖灵为例来予以讨论。

鳖灵或他的后代所进行的一系列国家制度建设乃"乃有其鲜明的特色。其主要特点乃可以与文献记载中的夏、楚相参照",这在前述第七章第一节已有比较详尽的讨论。因此鳖灵的族属,与鲧、禹一样,乃以夏、楚为其根基,当无可置疑。

但是我还注意到其他方面的情况,拟提出来探讨,以帮助判断鳖灵活动于楚、巴、蜀之间的意义。

鳖灵即位后,即号称"开明"。"开明"一词源何而来?《山海经·海内西经》云:

> 海内昆仑之虚在西北,帝之下都。昆仑之虚方八百里,高万仞。上有木禾,长五寻,大五围。上有九井②,以玉为槛。面有九门,门有开明兽守之,百神之所在。③

---

① 引者按:依出版先后为序,可参任乃强先生《四川上古史新探》,四川人民出版社1986年版。蒙默、刘琳、唐光沛、胡昭曦、柯建中先生《四川古代史稿》,四川人民出版社1988年版。邓廷良先生《西南丝绸之路考察札记》,成都出版社1990年版。王建辉、刘森淼先生《荆楚文化》,辽宁教育出版社1992年版。林向先生《巴蜀文化新论》,成都出版社1995年版。
② 引者按:"上"本作"面",此依《初学记》卷七引改。
③ 《山海经》,载《二十二子》,第1374页。

这段神话记载十分传神地描写出了"昆仑之虚"这个中国神话中的诸神之山的情形。"帝"在这里大约就是众神之王,而"开明"显然就是镇守这众神之山的神兽,事实上也是众神之一。既然称"兽",那么"开明"的形象是什么呢?《山海经·海内西经》说:

> 开明兽身大类虎而九首,皆人面。①

显而易见,开明乃是一位常以虎的形象出现的神。这立即就让人想起《温江县志》的一段记载:

> 鱼凫王墓在治西北三十三里吴家场南二里,俗呼大墓山。清邑人李芳林诗:闻说鱼凫王,乘虎升仙去。如何湔水隈,尚留有大墓。②

既言"闻说",想必所"闻说"者,即鱼凫王与虎之间的神话传说。前已说过鳖灵当初入蜀时,乃溯江而上,可以想见,既经巴地,当然可能将巴人文化引入,因此,作为巴人的主要图腾——虎的形象,当是这样为荆人鳖灵所采纳,融进了自己的夏、楚文化中了。

不过正如前已提及的,中国神话传说中的诸神之山大约就在蜀地西部边沿的岷山山系之中,目前典籍所载华夏文明或许正发源于此,成都平原乃首当其冲受其惠者。那么鳖灵既以此神话传说中天帝的神兽开明而自命,在传说中,他是否意识到自己确实处于《山海经》中随时提到的这片西部地域呢?答案应该是肯定的。鱼凫、杜宇皆有在西山"仙

---

① 《山海经》,载《二十二子》,第1375页。
② 《温江县志》卷二,第42—43页。

去"①或"隐焉"②的说法。又《彭县志》一则记载颇足引人注意：

> 白虎夷王墓，《寰宇记》讹为周夷王墓。在濛阳县（今成都市属彭州市濛阳镇）西北二十里。又云在九陇县（今成都市属彭州市九陇镇）。案今蛮子城东南三里有古冢，土人名高堆子，殆是也。③

由是可见，巴之影响早已抵成都平原西部边沿，而鳖灵对此"西山"当亦不陌生，因此明曹学佺《蜀中广记》卷五十九引扬雄《蜀记》云：

> 令鳖灵为刺史，号曰西州。④

由上来看，鳖灵之以"开明"为帝号，乃以天帝神兽虎为帝号，实受巴族图腾影响所至。因此，鳖灵亦略同于鲧、禹、启，不过反蜀、巴、楚之道而行之，本自出于楚，而又经巴，最后终至蜀而为蜀王。是鲧、禹、启活动与图腾之迹与鳖灵又密切联系若此。且又由于这种联系虽然多为神话传说，但亦与本著第十章所论相得益彰，足可说明第十章第三节所论竟远涉汉、湘非虚言矣。

第三节　青神蚕丛

岷山蜀江诸神的讨论已近尾声，我却一直还没有讨论过一位无论是研究古蜀史或古蜀神话传说都不能回避的神（或人），那就是古蜀王蚕

---

① 后蜀李昊《创筑羊马城记》："蚕丛启国，鱼凫羽化于湔山。"《成都府志》卷三十八，第543页。
② 《蜀中广记》，载《四库全书》，第592册，第3页。
③ 《彭县志》卷二，第25页。
④ 《蜀中广记》，载《四库全书》，第592册，第3页。

丛。这一方面是书缺有间，在古蜀神话传说中，所传蚕丛故事较少，章节之间也颇费踌躇；另一方面，更重要的是，本著自论"石神"始，而置居于"岷山石室"中的这位地位最高的古蜀王于殿后，于本著之结构完整自洽，不亦宜乎！

扬雄《蜀王本纪》最先载蚕丛，《艺文类聚》卷六引云：

> 蜀王始曰蚕丛。[1]

宋章樵注《古文苑》载扬雄《蜀都赋》，引《先蜀记》云：

> 蚕丛始居岷山石室中。[2]

《华阳国志·蜀志》证实了此说：

> 有蜀侯蚕丛，其目纵，始称王，死，做石棺、石椁。国人从之，故俗以石棺椁为纵目人冢也。[3]

以今日学者实地考察，石棺椁在川西边地多有发现。因此成都西北岷江发源滥觞和小支流处，或即当时蚕丛王建国之处。

蚕丛国事迹虽淹没无闻，但人们却记得蚕丛王，且将他当作蚕神祭祀。如宋黄修复《茅亭客话》卷九即云：

> 每年正月至三月，州及附近郡县，循环一十五处……耆旧相传，古蚕丛氏为蜀主，民无定居，随蚕丛所在至市居，此其遗

---

[1] 《艺文类聚》，载《四库全书》，第887册，第249页。
[2] 《古文苑》，载《四库全书》，第1332册，第605页。
[3] 《华阳国志校补图注》，第118页。

风也。[1]

元费著《岁华纪丽谱》亦尝记云：

> （正月）五日，五门蚕市。盖蚕丛氏始为之，俗往往呼为蚕丛。太守即门外张宴。[2]

其实依《资治通鉴》卷二百五十三文及元胡三省注，唐末西川节度使崔安潜尝出库钱分置三市：

> 成都城中鬻花果蚕器于一所，号"蚕市"；鬻香药于一所，号"药市"；鬻器用者号"七宝市"。[3]

因此"蚕市"之兴，至少在唐代即已出现了。但这是原始宗教祭祀市俗化的一种历史遗存，人们借着"蚕市"之名，行各类交易、游玩观赏之乐。而宗教性的祭祀估计当早得多，据《成都府志》云：

> 蚕丛祠，府治西南。蚕丛氏初为蜀侯，后称蜀王，教民桑蚕，俗呼青衣神。[4]

由此看来，蜀中人民是将蚕丛王作为蚕神来祭祀的。但是关于蚕、蚕

---

[1] （宋）黄休复：《茅亭客话》，载影印文渊阁《四库全书》，上海古籍出版社1987年版，第1042册，第956页。
[2] （元）费著：《岁华纪丽谱》，载影印文渊阁《四库全书》，上海古籍出版社1987年版，第590册，第435页。
[3] （宋）司马光撰，（元）胡三省音注：《资治通鉴》，载影印文渊阁《四库全书》，上海古籍出版社1987年版，第309册，第751页。
[4] 《成都府志》卷三，第28页。

神，在古代长江的中下游却又有另外的故事，初见于晋干宝《搜神记》卷十四：

> 旧说太古之时，有大人远征，家无余人，唯有一女，牡马一匹，女亲养之。穷居幽处，思念其父，乃戏马曰："尔能为我迎得父还，吾将嫁汝。"马既承此言，乃绝缰而去，径至父所。父见马惊喜，因取而乘之。马望所自来悲鸣不已。父曰："此马无事如此，我家得无有故乎。"亟乘以归。为畜生有非常之情，故厚加刍养。马不肯食。每见女出入，辄喜怒奋击，如此非一。父怪之，密以问女，女具以告父，必为是故。父曰："勿言，恐辱家门。且莫出入。"于是伏弩射杀之，暴皮于庭。父行，女与邻女于皮所戏，以足蹙之曰："汝是畜生，而欲取人为妇耶？招此屠剥，如何自苦？"言未及竟，马皮蹶然而起，卷女以行。邻女忙怕，不敢救之，走告其父。父还求索，已出失之。后经数日，得于大树枝间，女及马皮，尽化为蚕而绩于树上。其茧纶理厚大，异于常蚕。邻妇取而养之，其收数倍。因名其树曰"桑"。桑者，丧也。由斯百姓竞种之，今世所养是也。言桑蚕者，是古蚕之余类也。案：《天官》，辰为马星。《蚕书》曰："月当大火，则浴其种。"是蚕与马同气也。《周礼·校人》职掌"禁原蚕者"，注云："物莫能两大。禁原蚕者，为其伤马也。"汉礼，皇后亲采桑，祀蚕神，曰"菀窳妇人""寓氏公主"。公主者，女之尊称也；菀窳妇人，先蚕者也。故今世或谓蚕为女儿者，是古之遗言也。[①]

这一段关于蚕的来历的故事实际包含了三个内容：一是关于民俗、神话所传蚕的来历；二是蚕与天文星宿的对应关系，事实上是一种颠倒的

---

① 《搜神记》，载《四库全书》，第1042册，第434页。

对蚕的来历的解释；三是汉代祭祀蚕神的情况介绍。上述这些情况如若作为蚕的专题神话传说研究，还要涉及很多问题，与本著主旨不合。这里我只想指出，从上述神话传说中不难看出，蚕神在较早的时候就是女性，且不但是女性，其称"公主"，恐还与天神或古帝有关。《山海经·中山经》云：

> 又东五十里曰宣山……其上有桑焉，大五十尺，其枝四衢，其叶大余尺，赤理、黄华、青柎，名曰帝女之桑。①

但是这些故事都没有明确说其与蜀有关系。后来前蜀杜光庭《墉城集仙录》卷六又录《搜神记》这个故事，其情节与《搜神记》大致相同，但在个别重要细节上有些不一致，兹将特别值得注意之处照录如下：

> 蚕女者，乃是房星之精也。当高辛之时，蜀地未立君长，唯蜀山氏独王一方，其人聚族而居，不相统摄，往往侵噬，恃强暴寡。蚕女所居，在今广汉（今德阳市属广汉市）之部，亡其姓氏，其父为邻部所掠已逾年，唯所乘马犹在。女念父隔绝，废饮忘食。其母慰抚之，因告誓于其部之人曰："有能得父还者，以此女嫁之。"……（后马救父还，欲得女）父怒，射杀之，曝其皮于庭中。女行过侧，马皮骤然飞起，卷女飞去。旬日复栖于桑树之上，女化为蚕……一旦，蚕女乘彩云，驾此马，侍卫数十人，自天而下，谓父母曰："太上以我孝能致身，心不忘义，授以九宫仙嫔之任，长生矣，无复忆念也。"言讫冲虚而去。今其冢在什邡、绵竹、德阳三县界，每岁祈蚕者四方云集，皆获灵应。蜀之风俗，诸观画塑玉女

---

① 《山海经》，载《二十二子》，第1367页。

之像，披以马皮，谓之马头娘，以祈蚕桑焉。①

这个故事中，最值得注意的是言之凿凿地将故事发生的地点放在了蜀地。此外，以天上仙嫔命蚕女，事实上强调了《山海经》中已潜藏着的蚕女的帝女身份；另外还提出马头娘的命名。

当然，"马头娘"这样一种称谓虽见于此，但其形象早就见于深受长江中下游的楚文化影响的荀子的《赋篇》中：

> 有物于此，㒩㒩兮其状，屡化如神，功被天下，为万世文，礼乐以成，贵贱以分，养老长幼，待之而后存，名号不美，与暴为邻，功立而身废，事成而家败，弃其耆老，收其后世，人属所利，飞鸟所害。臣愚而不识，请占之五帝。帝占之曰：此夫身女好而头马首者与？屡化而不寿者与？善壮而拙老者与？有父母而无牝牡者与？冬伏而夏游，食桑而吐丝，前乱而后治，夏生而恶暑，喜湿而恶雨，蛹以为母，蛾以为父，三俯三起，事乃大已，夫是之谓蚕。②

"身女好而头马首"是对蚕形象的准确描写。可见"马头娘"的形象其实早已有了，故事当源起更早。此外，还可以从祭祀中看出一些问题，南宋罗泌《路史·后纪五·黄帝纪上》云：

> 帝之南游，西陵氏殒于道，式祀于行；以其始蚕，故又祀先蚕。③

《路史》之说或有一定根据，因为至少南北朝时，已明确地将嫘祖作为

---

① 《墉城集仙录》，载文物出版社、上海书店、天津古籍书店《道藏》，第18册，第196页。
② 《荀子》，载《二十二子》，第351页。
③ 《路史》，载《四库全书》，第383册，第127页。

蚕神祭祀。如元马端临《文献通考·郊社考》所云：

> 后周制（公元557年—581年），皇后……至蚕所，以一少牢亲近，祭奠先蚕西陵氏神。①

上述当即证实《路史》之说。但这些蚕神的形象皆为女性，而在此前北齐（公元550年—577年）对蚕神的祭祀则说：

> 以一太牢祠先蚕皇帝轩辕氏。②

则蚕神乃黄帝，为男性了。

如果把这里所探讨的蚕神故事与祭祀和本章第一节讨论的祭祀中嫘祖为蚕神的一段相互参证，那么上面探讨的蜀中与蜀之外两个不同的蚕神形象立刻显示出了它的意义。可以拟出这样一些基本要素：蚕丛以后关于蚕神的故事一直在蜀中发展，男性蚕神的特点是"衣青衣"；女性蚕神的特点是马头娘、帝女。与此同时，蚕神的故事也在蜀之外特别是长江中下游地区发展，但无明显的男性蚕神形象；而女性蚕神是黄帝之妻嫘祖、马头女身。但是汉魏以后的故事中，祀蚕者皆"衣青衣"，北齐制称"以一太牢祠先蚕黄帝轩辕氏"③，可见亦有黄帝被作为蚕神祭祀的例子。其基本要素如下所示：

蜀：帝女（仙嫔）——马头娘；蚕神蚕丛王——衣青衣。

蜀之外：西陵女、黄帝妻——马头女身；先蚕黄帝轩辕氏——衣青衣。

---

① 《文献通考·郊社考》，载《四库全书》，第612册，第127页。
② 《文献通考·郊社考》，载《四库全书》，第612册，第127页。
③ 《文献通考·郊社考》，载《四库全书》，第612册，第127页。

从上述分析中可以得到的初步结论是：那位在蜀中蚕神传说中被作为帝女（《山海经》）、仙嫔（《墉城集仙录》）的，正与"西陵之女"也就是中原蚕神祭祀中黄帝的妻子嫘祖相对应，这是结论一。黄帝和传说中的蚕丛王都成为或曾经被视为蚕神，在蜀中民间传说中，蚕丛王作为蚕神的形象是"衣青衣"，而典籍中凡祠蚕者汉魏以还例皆"衣青衣"[①]；黄帝作为蚕神很偶然，而作为蜀中蚕神祭祠对象的仍是"马头娘娘"而并非蚕丛王，作为蚕神的蚕丛王已被淡化，这是结论二。汉蚕陵县既是黄帝妻嫘祖的故乡，又是蚕丛王的故乡，[②]这是结论三。

在这三个基本结论中，青神蚕丛正是其中关键的环节。

小　结

本章从三个世系讨论了居于岷山蜀江诸神。当然，对于中国神话而言，这并非一个完整的神的谱系，更不是所有的神的聚合。但是至少有两个要点却是我不得不特别加以强调的：第一，这三个系列一个来自"二十五史"之首的《史记》开篇，从来都被视为正统、可靠（相对于其他加入纷争不已的"三皇"之类系列而言）的历史传承；一个来自公认的华夏文明传承的骨干；一个来自广泛的野史传闻但却在两千余年的文献史中甚少受到质疑的区域性历史传说。这三个系列若否定前两个系列，则华夏文明无从谈起；若否定最后一个系列，则两千年文献所传必然破碎，且近年来以成都为中心的一系列考古成果亦无所归宿。第二，这三个系列相互纠结，多有交叉，似亦不便分而论之。故我实在不得不论述如上一章。

---

① 引者按：以上所言古代祭祠制度均参元马端临《文献通考·郊社考》。《四库全书》，第612册。
② 引者按：任乃强先生说："蚕丛之邑，汉为蚕陵县（《后汉志》作'八陵县'）。盖汉代已发见其墓群，故称以'蚕丛'也。"《华阳国志校补图注》，第119页。

结　语

本著的讨论正在走向结束，但就古蜀神话传说而论，正如我在本著绪言中已经表述过的——它却仅仅是其中的一小部分。

最近有一位学者在介绍瑞典学者马丁·佩尔森·尼尔森所著的《希腊神话的迈锡尼源头》[①]时曾说过这样一段话：

> 《希腊神话的迈锡尼源头》的写作特点、学术贡献及诸多精彩论述，在本期两篇书评中都会有介绍。在此，笔者想提出一个有趣的问题假设和置换：
>
> 倘若，中国神话学已然高度参与到中华文明的探源工程中（虽然，事实上远没有如此），并且，在此过程中出现了新研究路径。这种路径，不仅结论有先入为主的倾向，取材采样也不全面，论述对象的分类也不太合理；那么，这类研究及其成果是否能成为不可替代的学术经典？

[①] ［瑞典］马丁·佩尔森·尼尔森著，王倩译：《希腊神话的迈锡尼源头》，陕西师范大学出版社2016年版。

我想，读者朋友都会答"不能"。且不说数"罪"叠加，仅神话与历史的关系可信度，足以让神话学界之外的研究者对此类不屑。后者看重文献和文物的力量，不会轻易就神话材料进行推演或信仰论述，否则恐有不够国际视野的狭隘之嫌。

然而，学术史的有趣在于，上述"数罪"在《希腊神话的迈锡尼源头》中都有体现：尼尔森将希腊神话与两千多年前的物质遗存相结合，提出了重要假说——古希腊神话的源头在史前迈锡尼时代。在随后著作中，他不断完善此推论，进一步将古希腊宗教中最为重要的"英雄崇拜"也追溯到迈锡尼时代。尼尔森的系列努力确实只能是"假说"和"推论"。事实上，后世的口传理论、考古挖掘，尤其是已释读的线文B泥板文字，都说明迈锡尼社会与"荷马社会"有巨大差异。后世更多学者认为，即使叙述英雄神话的灵感来源于史前迈锡尼时代残留的文化遗存，但是，"荷马史诗"的众多英雄故事还是"后迈锡尼时代"希腊人的创作。换言之，尼尔森的假设基本不成立。另外，书名《希腊神话的迈锡尼源头》会让读者笃定，尼尔森要论述的是希腊神话的起源。然而，终其所有，该书只追溯了英雄神话的起源，并没涉及神祇，在考古地名与神话地名的对应关系上也多有牵强。

既然从立论、方法论、再到结论，从书名到聚焦对象，从论证方式到后世检验，《希腊神话的迈锡尼源头》都值得商榷；那么，尼尔森何以成为一代宗师？换个角度，如果国内有学者将文献记载的大禹神话与任何一处有其遗存可能的考古遗址，进行关系上的强论证，会是什么样的后果？不言而喻，"后果"一定"惨不忍睹"。这促使我们反思，神话学研究寻求破壁的"代价"，及其与时代学术语境的兼容问题。

诚然，任何时代的学术资源、研究方法与旨趣都会因时而异，因势而异，今日的学术发展已然形成强大周密的实证范式。假若尼尔森在今时今日进行研究，恐怕也不敢、无法实践他的诉求——用考古文物对神话叙事进行全面阐释，希望在神话史诗与考古之间进行全面互动，探索早期信仰如何以独特方式转化为神话仪式。如果没有尼尔森的开创性，古典学、宗教学、考古学的融合将失去巨大力量和影响。究其根本，尼尔森的开创性必然基于以古希腊神话为主核的西方古典学的枝繁叶茂，古希腊神话始终能以一种价值源泉的地位根深蒂固于研究者心中。对当下中国学界而言，尤其面对争论不休的夏问题，这本书的特点及其学术史地位，将促使我们反思中国神话学在当代的价值缺失，或者说，促使我们反思当代中国学术在古今转化和融合重塑中，正在失去的那个重要内核。①

我尚未读到《希腊神话的迈锡尼源头》，当然更不敢高攀，与其相提并论。但这一大段话确实足以使我感到心虚，因为这段话里所揣测的很多对尼尔森这部书可能招致的负面评价都似乎在针对着本著，更何况这段话里的"大禹神话""争论不休的夏问题"云云都是本著所接触到的问题。我只好这样安慰自己：孔子在两千多年前就对自己的学生说过：

  何伤乎？亦各言其志也。②

可否套用这句话说：何伤乎？亦各言其论也。因此，我决定为本著写下这样的"结语"。

如若说，1986年四川广汉三星堆的考古发掘只是轻轻地撩起了古蜀文明神秘的面纱，那么1996年下半年以来，中日两国考古工作者对成都邻近地区如新津宝墩龙马古城、都江堰芒城、郫县古城、温江鱼凫城的

---

① 谭佳：《反思失去的那个内核》，《博览群书》2021年第12期。
② （魏）何晏注，（宋）邢昺疏：《论语注疏》，载清阮元校刻《十三经注疏》，中华书局1980年版，第2500页。

发掘和考察,①2020年9月5日,由四川省委宣传部牵头召开的"古蜀文明保护传承工程·2020年度三星堆遗址考古发掘与研究咨询会"②,以及到目前为止已经发现的八座遗存丰富的祭祀坑,则似乎初步勾勒出了古蜀文明大致的轮廓,从而更加揭示出它深邃而又令人怦然心动的历史文化内涵。19世纪后期,德国人海因里希·谢里曼对传说中的特洛伊古城及其他古希腊文化遗址的发现,与荷马传唱的史诗《伊利亚特》交相辉映,印证了一段辉煌的古希腊历史;19世纪前期,法国学者让·弗朗索瓦·商博良对古埃及象形文字的破译,架起了后人通向璀璨夺目的古埃及文化的又一道桥梁。文献典籍中所载神话与历史、史前文物、口头传说这三者,或许是研究任何一种古老的文明系统不可或缺的最基本的几个支撑点,而这几者在古蜀文明中都已具备。尤其是现存古代文献典籍中有关古蜀的神话传说更为丰富。只是成都平原的考古实绩,使我对有关古蜀的神话传说及它与华夏文化的关系有了新的审视和思考。

首先讨论古蜀神话传说的地域和时代。

《山海经·海内经》曾记载过一个充满神话和农业文明色彩的国度:

> 西南黑水之间,有都广之野,后稷葬焉。其城方三百里,盖天下之中,素女所出也。③爰有膏菽、膏稻、膏黍、膏稷。百谷自生,冬夏播琴。鸾鸟自歌,凤鸟自舞,灵寿实华,草木所聚,爰有百兽,相群爰处。此草也,冬夏不死。④

---

① 引者按:《中日联合对成都平原进行考古研究》,载《成都晚报》1996年10月15日。《都江堰史前城址调查获重大收获》,载《成都晚报》1996年10月20日。金沙遗址的发现,2001年中央电视台、上海与成都各媒体已进行多次报道。
② 中国日报网2020年9月7日。
③ 引者按:"其城"及以下凡十六字今本《山海经》皆以为郭璞注语。唯王逸《楚辞章句·九叹》注云"都广,野名也。《山海经》曰:都广在西南,其城方二百里,盖天地之中",可以据补。
④ 《山海经》,载《二十二子》,第1386页。

这个神秘的国度，前已指出，晋代学者郭璞认为即西汉扬雄所撰《蜀王本纪》中"蜀王据有巴蜀之地，本治广都樊乡"的"广都"。具体地望，就在今天几乎已成为成都市区的双流。证之以上述成都平原的考古，这个古已有之的结论应该是可信的。我特别想指出，应该注意到成都平原发现史前古城址的几个地方与它们相互间的关系：都江堰正处岷山山系与成都平原的交接之处，岷江由此汨汨滔滔，流向成都平原；以今日图上距离衡之，都江堰市东向约五十公里，是德阳市属广汉市三星堆遗址；都江堰市南向约七十公里，是发现宝墩龙马古城的成都市新津区；新津区与三星堆之间，也是约七十公里。在这个约二千平方公里的三角区域内，除了都江堰市、新津区、广汉市，在成都市区内的成都市郫都区、成都市温江区、成都市双流区等地也都发现了史前古城址或史前文化遗址，可以说，饱含古蜀文明的遗存。岷江由北向南，正流经这一区域的边缘。因此《山海经》所称"都广之野"无疑正指这个三角区域极其周边地带。

当"都广之野"的所在得到考古支持后，我不由得要将眼光投向早已提及的"岷山""岷江"。"岷山"与"岷江"无论在儒家经典中，还是稗官野史中；无论在小说家言中，还是文学辞赋中，出现频率都相当高且充满神秘色彩，但是却并未引起人们足够的注意。从现存古代文献来看，人们错将殷商以来所误会的古蜀的偏远蛮荒拿来推定殷商以前古蜀的文明状态，因此古代文献中的"岷山""岷江"成了偏僻、迷茫的地理词汇。而今天，随着成都平原一系列史前古城址和其他充满高度文明的史前遗址的发掘，人们知道了，殷商以后人们所认为的古蜀偏远蛮荒之地，不过是古华夏文明中心由自岷江、长江上游向长江中游与中原转移的结果。古蜀虽然由此而偏离了古华夏文明的政治、经济、文化中心，但其实从未蛮荒过。当然还不仅止于此，更重要的是人们知道了，"岷山""岷江"等词汇在古代文献中的大量存在是自有其文化渊源的，虽然使用它们的人当时已不知道这种渊源。近现代已不断有学者猜测，神话传说中黄帝、西王母所居之昆仑山实即岷山，那么从神话学角度看，中国神话中大约与古希腊神话中奥林匹斯山相匹的众神之山即岷山。前已引述，古代文献中记载西部边陲山中有"日月山"①，天帝在此命令重、黎二神将天地分开，使天地人神判断划分，不相杂糅；②又记载这里有"灵山"③，"十巫从此升降"④，描绘出了"十巫"来往天上人间的壮观景象。古蜀神话传说中的第一代蜀王蚕丛即"始居岷山石室中"，死亦葬以"石棺""石椁"；⑤另两位古蜀王鱼凫与杜宇最终"仙去"⑥，"隐焉"⑦的地方，亦皆在此山系中，似有叶落归根、狐死首丘之深义存焉。因此，李冰治水之初即对众人宣告，岷山是天之旁门（天彭门），死去的人灵魂皆由此升天，因而至山中岷江之源，于水上立祠三所，祭祀天神、江神、人鬼，以求治水成功。⑧

既如上述，岂不是说，对任何民族都极其重要的篇章——华夏民族的神话传说竟是在古蜀西陲的岷山中翻开其首页的？岂不是说，古华夏文明主要的根柢竟在这岷山之中？

或许我不应该如此性急地得出这样的结论，此种结论的认定仍需大量研究与实物予以证明。但至少随着成都平原上一系列考古遗址的发现，使古代文献中的"岷山""岷江"有了崭新的意义。

古蜀神话传说形成或播迁的时代，是我关心的又一问题。据《华阳国志》的记载，按习惯上的"三十年为一世"计算，从"死，作石棺、

---

① 《山海经·大荒西经》，载《二十二子》，第1383页。
② 《国语·楚语》，载《四库全书》，第406册，第158—159页。
③ 《山海经·大荒西经》，载《二十二子》，第1382页。
④ 《山海经·大荒西经》，载《二十二子》，第1383页。
⑤ 《华阳国志校补图注》，第118页。
⑥ 据后蜀李昊《创筑羊马城记》："蚕丛启国，鱼凫羽化于湔山。"《成都府志》卷三十八，第543页。
⑦ 《蜀中广记》，载《四库全书》，第592册，第3页。
⑧ 《华阳国志校补图注》，第132页。

石椁"①的蚕丛王到柏灌王、鱼凫王、望帝杜宇、丛帝开明直到开明十二世，才四百四十五年时间，即宋罗泌《路史》卷三十八所谓：

> 以今《蜀记》望帝远记周襄王至鳖令王蜀十一代，三百五十年。②

但考古的结果告诉我们，新津宝墩古城的兴建在四千五百年前，亦即在公元前二十世纪以前。而文明进化史的一般规律告诉我们，农业的发明和农业文明的形成当在城市出现之前，且本身即为一个漫长的历史过程。因此，古蜀神话传说中发明了农业、被古蜀人民尊崇为农神的杜宇的时代，距今至少也在四千年前（三星堆遗址一号、二号祭祀坑的考察已极有力地说明了这一点），③而蚕丛、柏灌、鱼凫等王更当在杜宇之前。《文选·蜀都赋》刘渊林注引扬雄《蜀王本纪》说"从开明上到蚕丛，积三万四千岁"④，李白《蜀道难》说"蚕丛及鱼凫，开国何茫然。尔来四万八千岁，不与秦塞通人烟"⑤云云，虽非确数，且亦难免文人夸饰，但却显然以一定的神话传说为基础，有其历史的投影。《华阳国志》对古代文献典籍与口头传承的材料加以整合，将古蜀神话传说硬塞进东周以还的历史框架中，难免造成削足适履、矛盾丛生的情况。现在随着成都平原考古的发掘，我们不仅可以将古代文献典籍中所涉及的古蜀神话传说置于一个相当广阔的空间中加以研究，同时也可以将其置于至少已经绵延了上千年且距今数千年的时间中加以研究。换言之，过去在空间上相当模糊，在时间上过分紧缩的古蜀神话传说，现在应当

---

① 《华阳国志校补图注》，第118页。
② 《路史》，载《四库全书》，第383册，第566页。
③ 《广汉三星堆考古记略》，第331—338页。
④ 《文选》，载《四库全书》，第1329册，第73页。
⑤ （唐）李白撰，（清）王琦注：《李太白全集》，中华书局1977年版，第162页。

被扩展、伸张开来加以思考。这些神话传说反映出在一个在相当长的时间内，曾以其高度发达的农业文明而煊赫辉煌的帝国已经浮现在我们眼前，促使我们不得不更加深入地思考古蜀神话传说对于整个古华夏文明的意义。

其次讨论古蜀神话传说与岷江长江。

前已提及，岷江在古代文献中并不鲜见。从由"岷山导江，东别为沱"①到"江水又东别于沱"②，处处可见，古人自来将岷江视为长江之源，这种看法甚至一直持续到近代。③今人虽指出了长江之源并非岷江而在青海省境内当曲流域或沱沱河等，但现代自然科学的精确并不能用以指责历史人文科学的真实。认岷江为长江之源绝非古人疏懒而不谙地理的结果，倒毋宁说，它执着地反映了一种经历数千年而积淀下来的集体潜意识。从文化人类学的角度观察，这种集体潜意识正是十分丰富的古蜀神话传说的存在与播迁所造成的。

岷江自岷山中发源，经都江堰流经成都平原，汇入蜀南之乐山市（古称南安），再入于宜宾市（古称僰道），最后汇入长江。自岷江至长江中游，古蜀神话传说播迁之迹触处皆是。如前所述（详第六章第三节），成都平原上有鱼凫古城、鱼凫墓；沿岷江南下，眉山市彭山区、乐山市自古皆有"鱼涪津"；宜宾市南溪区今有"鱼符津"；宜宾市屏山县某土司家谱竟指鱼凫为其先人；沿长江而下，长江以南的泸州市叙永县至今仍有"鱼凫乡"，传说为鱼凫王曾逗留之地；泸州市合江县古有"巴苻关"；重庆市奉节县则古称"鱼复"或"鱼腹"。不仅如此，西陵峡至鄂西红花套等地出土的鸟嘴状把勺竟与三星堆遗址第二期、三期（约当夏至商代中期）所出土文物高度一致，被认为具有共同文化特征。

---

① 《尚书正义》，载《十三经注疏》，第152页。
② 《水经注》，载《四库全书》，第573册，第496页。
③ 引者按：明代徐霞客虽然在其游记中已对此有所质疑，但却并未动摇古人这一根深蒂固的意识。

且考古学界认为,巴、蜀青铜器之分布自岷江以至于长江中游地带最为集中。

当然,仅就上述情况而言,到底是古蜀神话传说东迁,还是形成古蜀神话传说的某种因素西来,是不能够遽然做出定论的。但是有了成都平原上的考古成果,我们已经可以在前述古蜀文化历史广阔的空间和绵亘的时间背景下讨论上述问题,问题的结论当不言而喻:传说中的鱼凫王或,一支信仰鸟图腾的部族曾在夏、商之际或更早时候顺岷江、长江由西向东迁徙,正是这种迁徙造成了成都平原上以农业经济为特色的古蜀神话传说在蜀巴各地甚至蜀巴以外地区的影响。楚民族崇拜鸟图腾[1],或与此亦有着尚待揭示的重大关系。

同样,在此背景下探讨其他问题,结论亦不难得出:夏禹生于岷山山系中,治水自岷山、岷江始,沿江而下,又治水于三峡并娶妻于江州（今重庆市）涂山,有庙存焉（详上第八章第一节）。江有江神,为帝女之灵,"盖汉初祠之于源,后祠之于委",因此李冰治水之初即祭祀于岷江之源,果然能得其相助；这位江神又出现于三峡,称巫山神女,不但助禹治水,且朝云暮雨,世世享受楚民族祭祀,被视为楚民族的高禖之神,说明了古蜀神话传说与楚民族的密切关系（详上第十章各节）。

李冰治水故事亦值得深思：李冰在蜀治水,以《史记》《华阳国志》诸书所记,不外乎兴修农田水利与疏通航道二事。以常理而论,若从蜀和巴的战略位置观察,即可知秦取蜀、巴,意图当在谋楚,诚如司马错、中尉田真黄所言,"得蜀则得楚",因此其时蜀守的基本战略任务也在此。如若李冰治水真在此时,岂能不首先顾及之？史载李冰于南安（今乐山市）凿离堆,疏通岷江,在僰道（今宜宾市）火烧蜀王兵阑（江中大石滩）皆此意。唐宋之际,李冰治水的故事逐渐集中于都江堰,农田水利兴建之功完全取代了航道疏浚之绩（详上第二、三、四章

---

[1] 《楚辞文心管窥——龙凤文化研究之一》,第45—50章。

各节）。当然，战国末年早已不是神话传说的时代，但如若从古蜀神话传说播迁这一角度观察，那么李冰在南安斗水怪，在僰道烧蜀王兵阑的神奇故事不都黏附着古蜀人民当初疏通岷江、长江航道，为向东追求新生活而努力的影子吗？这一追求不会携带着古蜀神话传说伴随其前行吗？因此，岷江、长江水道对古蜀神话传说播迁中的作用，在构建古华夏文明中的功绩，随着成都平原考古的收获，理应引起进一步的思考。

再其次讨论古蜀神话传说与华夏文明。

为省读者翻检之劳，请允许我再重复一次约一千七百年前，蜀人秦宓曾说过的这样一段话：

> 蜀有汶阜之山，江出其腹。帝以会昌，神以建福，故能沃野千里。淮、济四渎，江为其首，此其一也。禹生石纽，今之汶山郡是也。昔尧遭洪水，鲧所不治，禹疏江决河，东往于海。生民已来，功莫先者。此其二也。天帝布治房、心，决政参、伐，参、伐则益州分野。三皇乘祇车出谷口，今之斜谷是也。[①]

秦宓之意，竟隐约有以古蜀文明为天下先，古蜀文明为古华夏文明之源的意思。其所得到的评价，在当时是陈寿所谓"专对有余，文藻壮美，可谓一时之才士"[②]。而在今天看来，恐亦难免被视为狂怪之论。但是这些话却启迪我们不能不深思古蜀神话传说与华夏文明在古代文献记载中的神秘关系。

一曰古蜀神话传说与古代文献中所传古帝王多有神秘关系。

所谓"神秘关系"，盖指二者或多者之间，有着若明若暗、若隐若显的联系。黄帝被视为华夏之祖，"五帝"之首，却娶于蜀，婚于蜀，生

[①] 《三国志·蜀志·秦宓传》，第975页。
[②] 《三国志·蜀志·秦宓传》，第977页。

子于蜀，世系于蜀（详上第十一章第一节）。玄嚣青阳是否即少昊？史家所说不一，但史载少昊"帅鸟师居西方，以鸟纪官"，揆之地望与所崇拜固腾，其人恐亦当居于蜀地（详上第十一章第一节）。黄帝子昌意生于蜀地，又"娶于蜀山氏。蜀山氏之子，谓之昌仆氏，产颛顼"。因此"五帝"中帝高阳颛顼又生于蜀。观其具体地理位置，则在若水之野（详上第十一章第一节）。帝喾高辛为玄嚣孙，当然亦生于蜀地。舜在《史记·五帝本纪》中虽未明言在蜀，但通过多种材料互证可知在神话传说中他亦活动于蜀（详上第十一章第一节）。

以上以《史记·五帝本纪》所称"五帝"言，已占其四：黄帝、颛顼、帝喾、舜。唯尧例外。

又以夏世系来论颛顼子鲧亦生于蜀。据《竹书》，"颛顼产伯鲧，是维若阳，居天穆之阳"（详上第十一章第二节）。鲧之子为禹，乃生于汶山郡广柔县，其地在今绵阳市北川羌族自治县（详上第十一章第二节）。夏禹之子为启，生于巴，而活动于"天穆之野"，即颛顼产鲧之"天穆之阳"，亦即若水之北，在蜀地西北部与岷山相邻地区（详上第十一章第二节）。

且鲧、禹、启事迹自岷山脚下发迹沿蜀江（岷、长）而下，联通蜀、巴、楚，史籍、方志所载竟雅、俗难分（详上第十一章第二节）。

蚕丝虽独见于蜀中，但实与黄帝相混淆，如影如响（详上第十一章第三节）。因而可以说，以各种文献中所记载的人或神的材料综合参之，多与古蜀神话传说所传有关，古蜀神话传说实与华夏文献所传古帝王多有神秘关系。

二曰古蜀神话传说中诸王与华夏古帝王多能相叠合。

所谓"叠合"，盖指两者或多者之间的事迹有重合之处。

一、黄帝与蚕丛之叠合

如所周知，在古代文献中黄帝与其妻嫘祖都曾被作为发明了蚕桑的蚕神享受祭祀，当其受到祭祀时，黄帝被称为"先蚕皇帝轩辕氏"，而那位马首女身的蚕神形象则似乎就是黄帝妻；在北方，汉魏以后祀蚕神者须一律"衣青衣"，依古蜀地的传说，古蜀王蚕丛被认为是蚕桑的发明者，因而被作为蚕神祭祀，民俗呼为"青衣神"或说蚕神为女性、为帝女或"仙嫔"，"马头娘"。那么根据上述诸点比较，可知黄帝与蚕丛王二者乃可以叠合，而叠合的空间，就在我已屡言之的岷山中，其地汉时称蚕陵县（以上详见第十一章）。

二、后稷与杜宇之叠合

后稷与杜宇相合者颇多，姑数其荦荦大者：他们活动于同一区域；他们来历都神奇；他们有共同的神格与业绩；他们都有一位善治水的同事；他们都与一位出于水"原"的女性有关；他们族属同出一源；他们皆属鸟图腾（以上详见上第六章）。

三、鳖灵与鲧禹启之叠合

鲧、禹、启在历史典籍中是直接承继的三代帝王，在古华夏文明的形成建构中举足轻重。而他们与古蜀神话传说中丛帝开明即鳖灵，有着神秘的对应关系。在上面第八章我已经从鳖灵的治水区域、彼时洪水的起因、治水中得女神相助、治水时的幻形等几个方面着重讨论了相当多鳖灵与禹的相似之处。但是，这些相似还不能完全说明问题，下面我想将鳖灵与鲧、禹、启三代（或说三神）相直接叠合的地方再做一补充说明如下。

鳖灵与鲧之叠合：二者皆龟鳖属。鲧死（或说被流放）化为鳖类，沉于羽渊；鳖灵死而其尸溯江而上，复活为人。二者皆为王侯。鲧为崇伯，鳖灵为丛帝。"崇""丛"二字本可通用。"丛"字为聚合之义。"崇"字亦有此义，《左传》僖公二十四年：

弃德崇奸。[①]

[①] 《春秋左传正义》，载《十三经注疏》，第1818页。

又隐公六年：

> 芟夷蕰崇之。①

杜预注皆曰：

> 崇，聚也。

又《尚书·酒诰》：

> 矧曰其敢崇饮。②

孔氏传："崇，聚也。"因此，《广雅·释诂》云："崇，聚也。"《小尔雅·广诂》亦云："崇，丛也。"可见，二者王者之号相通。

鳖灵与禹之叠合：

二者皆以治水成功闻名；二者所治洪水起因皆同；二者治水区域在蜀、巴范围大体相同；二者治水皆有女神相助（以上四点皆详上第六章）；二者治水中其妻皆有非常情况出现。禹于治水中与涂山氏"通之于台桑"。屈原《天问》云：

> 禹之力献功，降省下土四方。焉得彼涂山女，而通之于台桑。③

"台桑"，乃古代举行祭祀的宗庙所在之地，即前已两引《墨子·明鬼》所言：

---

① 《春秋左传正义》，载《十三经注疏》，第1731页。
② 《尚书正义》，载《十三经注疏》，第207页。
③ 《楚辞章句》，载《四库全书》，第1062册，第27页。

> 燕之有祖，当齐之社稷，宋之有桑林，楚之有云梦也。此男女之所属而观也。①

在这样的地方，每年的仲春之月，如《礼记·月令》所说：

> 是月也，玄鸟至。至之日，以大牢祠于高禖。天子亲往，后妃帅九嫔御。乃礼天子所御，带以弓韣，授以弓矢于高禖之前。②

这里"高禖"，其实就是前面所说的那"媒崖"一类的地方（详上第一章第一节）。不过这里不以石，乃以神的形像出现。天子去祈求，乃是一种祈求后嗣的行为。倘众嫔妃中已有怀孕者，则大家都向她致礼，让她喝下那敬过禖神的酒，又将弓披挂在她身上，让她手握箭矢，以这样的一种仪式，来使她腹中胎儿获得一种神的后代的身份，并希望获得一位王子。这是王家所举行的祭礼。而对于一般的普通百姓，则如《周礼·地官·媒氏》中所说：

> 中春之月，令会男女。于是时也，奔者不禁。若无故而不同令者。罚之。③

也就是说，在春天的这一个月里，当王家在宗庙里举行着盛大的祭典以祈求子嗣时，普通老百姓中因各种原因而耽误了嫁娶年龄的人必须在这一个月中结合，甚至可以采取野合、私奔等非常方式，如若不这样做，将会受到惩罚。这样一种习俗显然是由上古时人民祈求民族繁荣昌盛、庄稼丰收而举行的某种仪式而演化遗留下来的。禹或即在这样一种文化

---

① 《墨子》，载《二十二子》，第249页。
② 《礼记》，载《十三经注疏》，第1361页。
③ 《周礼》，载《十三经注疏》，第733页。

历史背景下与涂山氏结合。屈原在《天问》中使用了一个"通"字，就明白地指出了禹和涂山氏的行为是野合。而《吕氏春秋·当务》说：

禹有淫湎之意。①

显然是从后世文明社会的准则出发对此做出的解释。总之，禹与涂山氏的关系是一种非正常的配偶关系。而鳖灵与其妻关系亦出自非常情况。虽然其间详情莫得闻，但是望帝趁着他外出治水而与其妻相"淫"，情形虽与禹不一样，但鳖灵与禹的妻室都发生了非常事件这一点却是相同的。

二者治水中幻形皆相同，同为龟鳖类。

二者同受禅让。禹位由舜禅让，即《史记·夏本纪》所谓：

帝舜荐禹于天为嗣。②

鳖灵之位传说中亦有由望帝禅让之说。

二者皆有一为农神之同事。不过，禹为其臣稷，鳖灵则为其君杜宇。

鳖灵与鲧、禹之叠合：鲧、禹皆受到楚民族极度尊崇（仅观屈骚即可了然）。鳖灵为荆楚之尸，浮于岷山而复活。

鳖灵与启之叠合：二者帝号同为"开"。鳖灵帝号开明，夏启亦称夏后开。或说"开"为避汉景帝讳，正可证"启"与"开"实可通。鳖灵号开明，为神话中昆仑山守护神，形象为白虎。启生于巴，应与虎有关。

鳖灵与启皆用夏乐（详上第七章第一节）。

总括上述诸点，可以酌拟下表：

---

① 《吕氏春秋》，载《二十二子》，第661页。
② 《史记》，第82页。

鳖灵与鲧、禹、启事迹叠合表

事项＼人名	鳖灵	鲧	禹	启
族属	荆人。尊夏，用夏制。	夏、楚祖神。	夏、楚祖神。	夏后。
文化背景	有巴图腾影响，与虎有关。		有巴图腾影响，与虎有关。	有巴图腾影响，与虎有关。
生地	自楚来蜀，为蜀王。	生于蜀。	生于蜀。	活动于蜀。
洪水起因	龙斗崩山壅江。	共工争帝崩山，共工属龙。	共工争帝崩山，共工属龙。	
治水区域	巫峡、岷江、沱江、金沙江、嘉陵江。		巫峡、岷江、沱江、嘉陵江。	
治水有无援助	治水处有石姥、龙女。		治水处有女神。有地名圣姥泉。	
治水中形态	龟鳖。	三足鳖。	可能是三足鳖。	
妻室	妻被淫。		与涂山氏野合。	
同事	农神。		农神。	
王号	丛帝，开明。	崇伯。		夏后开。
登位方式	被禅让，一说夺杜宇位。		被禅让。	夺后益位。
制礼乐	楚乐，可能来自夏乐。宗庙，来自夏制。		制夏乐。	用夏乐。

上述这个表尚不完善，且从严肃的史学角度来看，或亦不乏牵强之处，但是其中确实有值得研究的巨大空间。

鳖灵就是鲧、禹、启中的一位吗？到底又是其中的哪一位？

何以古蜀神话传说中的治洪水的故事竟会与华夏文献中所载禹治洪水的故事如此如出一辙？中国神话传说中的治水者竟皆在蜀地，为蜀人，且非暂居或旅居于蜀，而是世系皆在蜀地？

为什么古蜀神话传说中诸王与华夏古帝王事迹竟有如此多的叠合？

为什么古华夏文献所传古帝王竟与古蜀有那么多神秘关系？

……

371

或说，华夏神话传说中的洪水故事即出自于蜀地。那么可否推测，当鲧、禹、启等神（人）随着上古民族的大迁徙，经过融合、分化等重新组合，由西部边陲进入中原腹地之后，使他们早期的神话传说或播迁于中原其他民族中，或融合、混杂于其他部族中，从而发生了新的变化，呈现出新的面目，打上了新的历史文化烙印。《尚书·禹贡》中所记载的禹的治水功绩与江河地理地貌及其称谓、故事等就是这些新的"变化""面目""烙印"之历史角度的反映。

又或说，战国以还，三皇五帝之说杂乱无章，人云亦云，这些古帝王谱系、关系的叠合，被后世人为编排、模拟痕迹可能很重，其实我亦早有怀疑，黄帝或即战国以后诸古帝（神）形象之集大成者，帝喾与尧可能是某一位古帝（神）的复制翻版等等。

又或说，神话传说播迁中亦有自身规律，往往一神的事迹，可能会逐步地随着各种契机而被移植到其他神、人的身上，或分化到几个神、几个人身上；当然也可能循着相反的轨迹，发生于多个人或多个神身上的事迹，随着神话传说故事的发展和延伸，逐步地随着各种契机而被移植、集中到一个神或一个人身上。

又或说，神话传说在播迁中还有更多规律，从播迁的空间角度看，某一神话传说原本可能发生于甲地，而后逐步被迁徙、转移到了乙地，甚至渐渐在乙地发展得更丰满、完整；之后，它也可能像回娘家似的，又从乙地被传播回了甲地。回到甲地后，很可能又以原来在甲地时的面目出现，也可能与原来留在甲地的故事重新发生融合，呈现出似曾相识的新面目。

又或说，神话传说不过如班固所谓"街谈巷语，道听途说者之所造也"[①]，岂足以为凭。但我想指出，神话传说并非谎言。如蚕丛、鳖灵、杜宇是古蜀神话传说中遗存最多亦最有建树的三位古帝王（或

[①] 《汉书·艺文志》，第1745页。

神），但他们的形象事迹恰与被视为古华夏文明最关键的三个阶段（前夏、夏、周）的代表人物相叠合印证，不是已经隐隐约约指出古蜀神话传说乃与传说中的以夏为关键枢纽的华夏文明的形成有着极其密切的关系吗？又特别值得注意的是，在古蜀神话传说中，三位蜀王的排序是蚕丛、杜宇、鳖灵，但若以其与西周以来形成的历史序列对比，何以与夏关系密切的鳖灵竟至被倒置在了与周关系密切的杜宇后面呢？何以古蜀神话传说竟如此执着地、系统地讲述着这样的历史颠倒呢？我们应该把鳖灵与夏的对应肯定以后，将蚕丛和杜宇的时代再往上推吗？我们应该对西周以来形成的西周以前的历史序列重新加以思考吗？

……

以上所有这些"或说"，都使神话传说进入"乱花渐欲迷人眼"的境地，使探讨者面临"山重水复疑无路"的困境。但是只要勇于探索，则亦不难发现其中的一些带有规律性的指向，从而得出相应的结论。尤其是面对历史遗存丰厚，却因这种"丰厚"而支离破碎的古蜀与华夏神话传说，采取一种鸟瞰式的、远距离的、全景式观察，把握其趋势性、大倾向性，而不斤斤计较于细枝末节的准确诠释的研究原则和方法显然是非常有必要的。本著所论，或许就是这样一种尝试。

既然如此，那么到底古蜀神话传说与作为华夏文明关键枢纽的历史记载到底孰先孰后，且是什么关系呢？如按司马迁《史记·五帝本纪》中所提到的五位帝王加上禹的最后归宿言，则黄帝的归宿在阳周（今陕西省延安市属子长市北），颛顼的归宿在顿丘（今河南省鹤壁市属浚县），禹的归宿在会稽（今浙江省绍兴市东南），他们都曾统治过一片辽阔的疆域（按传统的说法）。如若单纯以文献典籍中所载来看，从一种以北方黄河流域为中心的传统观念出发，很容易得出蚕丛即黄帝，鳖灵即鲧、禹、启，杜宇即后稷的翻版的结论；很容易就认为，古蜀神话传说中的古帝王及其事迹，不过是古华夏神话与历史传说敷衍的结果罢了。但是现在，随着成都平原一系列考古实绩的显现，说明早在四千多年以前，亦即传说中夏朝尚未开始之时，古蜀就已出现不止一座城市以及演述这样的城市文明的神话传说，且其确实曾沿着岷江、长江、汉水等流域播迁。那么，华夏文明，或者说得准确一些，古代文献中所反映出来的古华夏文明，其主体部分是否应该拜古蜀神话传说的播迁所赐呢？

那么古蜀文明是否也接受过某种外来文明的改造熏染呢？有的！反映在文献中，特别值得注意的大约就是鳖灵溯江而上又复活于岷山之下，甚至最后入主古蜀地的故事了。但是三星堆八个祭祀坑与三星堆古城邑的考古却告诉我们，文献记载中鳖灵取代杜宇，其历史下限不当晚于目前初步认定的三星堆文化第四期，即商末周初。果若是，则我想大胆指出，这并非什么外来文明对古蜀地的侵入，当鳖灵携带着存留于楚民族中的华夏文明基因来到古蜀地时，他当不会对古蜀文化感到陌生。毋宁说，古蜀文化乃像母亲欢迎游子回归似地张开双臂欢迎了他。鳖灵之所以能在岷山下的岷江中复活，之所以能为相，复取代杜宇为帝，而又被蜀地人民所拥戴，其神话学的深层含意恐正在于此，原来古华夏文明中本身就包含着极其浓厚的古蜀神话传说因素啊！从神话思维的角度看，鳖灵的复活，其实不就是古蜀文明的又一次苏醒吗！

后 记

本著其实是以我1996年出版的《巴蜀神话传说刍论》为基础的。从材料来看，较之旧著固然有所增加；但更重要的是从讨论而言，无论是全书的结构，还是基本的论述，都有很大改变，简而言之，认识大大往前推进了。以凡俗而论，作一篇文字，反复思考，反复结构，反复下结论，不断推进，当正是常态；而不断开辟新领域，提出新问题，建树新成就，只能是出类拔萃之士方能为，非吾辈所敢望也。二十余年来，我对当时提出的论点，念兹在兹，却一直没有改变，反而是蜀地现代不断的考古发现，使我的看法日益清晰坚定。我不知道我的这些看法最终的反响和命运，但是以常理而论，对一个人文科学的论题，数十年来，一直坚持着对其进行思索、探讨，我想，应该对自己感到满意了。

从"巴蜀神话传说"到"古蜀神话传说"，我以为反映了我思想上的两大进展：一是对从学术界到浸淫至日常生活中的"巴蜀文化"概念的反思；二是对古蜀文化及其在建构华夏文化中重要作用的执念与坚信。

先说前者。具体理由和讨论，我已在《前言》中有所申述，兹不赘。这里要补充说明的是，以"古蜀"取代"巴蜀"，并不意味着我对"巴""蜀"二者的比较、轩轾（尽管这种比较若干年来都潜藏于世俗，甚至令人吃惊地也潜藏于不少庄士雅人中），只是因为我对"巴"尚缺乏了解，缺乏研究，因而只能暂付阙如。我多年所填"籍贯"，一直为"重庆"。人生经历前三十年中约有十五年生活于重庆，十五年生活在泸州；三十年后则踟蹰成都，因此足可自诩为土生土长的"巴蜀"之子。不过对"巴"及"巴文化"的研究却只能有待将来了。

再说后者。长期以来，蜀人蜀地蜀文化独特的韵味和风格都使我深思。华夏以有五千年文化传承而骄傲而享誉世界。但是即使在这样一个国度，这样一方土地上，成都，这座城市的历史文化悠久与独特也是罕见的，甚至独一无二。"成都"之名，源自《史记·五帝本纪》，一个城市以其为名二千余年未有过变更，实属罕见；成都之成城习惯上以为秦时张仪所为，距今约二千三百年，其实若以金沙遗址为准，则成都城之筑，实已逾三千载。漫步这座城市，"文翁石室""琴台故径""青羊宫观""杜甫草堂"等等流芳千载的古迹触处皆是且融于寻常百姓日常生活中。岷山、岷江，除考古以外，在现代人文科学研究中几无人问津，然而在古籍中却被认为江源、诸神居所，是神秘般的存在，现在有了营盘山、宝墩、三星堆、金沙等一系列考古实绩的支撑，不能不使人遥想千载，去追寻华夏古帝（或诸神）自岷山而出，沿岷江而下的足迹，进而追问古蜀文化在华夏文化建构中的作用和地位……

我的执念与坚信由此而生。浩如烟海的巴、蜀文献中所蕴藏的神话传说尚多，我之所及，尚未尝鼎一脔，岂敢辄止。

当我搁笔起身，书桌重又恢复整齐洁净，胸中油然而生的，是感恩之心。

首先想到的是我的妻子。我们相濡以沫，已经在一起共度四十余年。是她的坚定信念和付出，使我坚守读书至今。如今我们仍然一如既往地相互搀扶着走向夕照满天的金黄未来。在这样的氛围下读书，"做作业"，我很幸福、知足。

其次想到的是那些促使本著出版的人，尤其是四川省社科院神话研究院与四川师范大学巴蜀文化研究中心诸领导与老师。虽然我不便在此一一提及他们的尊姓大名，但内心对他们感激难以言表，是他们使我重新找到了坐在书桌前阅读和写作的愉快。

再其次念及四川省文史馆、学校与学院及其古代文学专业、资料室。虽然我已退休，但只要还在读专业书籍，做"作业"，就不可能离开"组织"的帮助和支持，一个简单的微笑，一声寻常的招呼，一项政策的传达，一件具体事项的落实，都使人感念不已，铭记在心。

最后我要感谢汪燕岗、汤洪教授慨然允诺他们所指导的研究生邹娴、曾定友两位小朋友帮助我查阅文献，解决了上千条注释的详细出处。我自认为这是本著相较旧著重大的进步之一。当然我应该声明的是，整个注释的体例是由我决定的。注释中，除了个别特殊需要，我总是偏向于使用一些获得了定评的丛书（如《四库全书》《十三经注疏》《二十二子》等）中的本子，而不喜欢用近现代人的整理之本。原因很简单，就本著而言，我需要的，更多的是原文基本的文本，而少有需要近现代人的整理（凡有采取者，皆已特别说明，不敢掠美）。如将来的"作业"需要，我自然是会对前辈时贤的意见从善如流的。

深谢所有爱我，关心我，帮助我，施惠于我的人！

李　诚
2022年2月于成都